봉제인형 살인사건

Rag Doll

Rag Doll

Rag Doll

다니엘 콜 장편소설 | 유혜인 옮김

BOOK PLAZA

Rag Doll

"말해 봐, 네가 악마라면 나는 뭐가 되지?"

프롤로그

2010년 5월 24일 월요일

배심원 사만다 보이드는 법원 앞에 둘러진 폴리스라인을 뚫고 나와 고개를 들었다. 그녀는 지금 중대 형사 재판이 열리는 곳으로 악명 높은 올드 베일리Old Bailey(영국의 중앙형사법원-옮긴이) 앞에 서 있다.

건물 꼭대기에 있는 정의의 여신상이 그녀를 내려다보고 있다. 정의의 여신상은 원래 정의를 추구하는 강인함과 어디에도 치우치지 않는 불편부당함을 상징할 의도로 만들어졌겠지만, 사만다는 거기서 그 허상을 엿보았다. 정의의 여신상은 도리어 사법 현실에 환멸을 느끼고 지붕 꼭대기에서 건물 아래로 몸을 던지려는 여자의 모습을 상징하는 듯했다.

오늘도 법원 앞에 벌떼처럼 몰려든 기자들 덕분에 인근 도로와 지하철역은 마비되었다. 사만다는 주위의 시선을 의식하며 사람들 사이를 비집고 지나갔다. 재판 시간에 늦어 지하철역에서부터 부랴부랴 뛰어오느라 땀이 비 오듯이 흘렀고, 사람들이 자신을 알아볼까 봐 올려 묶은 금발 머리도 그새 흐트러졌다.

언론은 이번 재판과 관련된 사람들을 모두 파악하고 있었다. 공판 46일째로 접어든 지금, 사만다는 전 세계 주요 신문에 얼굴이 팔리고 말았다. 집요한 기자 하나가 켄싱턴에 있는 사만다의 집까지 쫓아와 버티는 바람에 경찰을 부른 일이 있었기 때문이다.

사만다는 오늘 또 괜히 주목을 받지 않도록 고개를 푹 숙인 채 걸음을 재촉했다. 이제 8시간만 더 버티면 배심원 생활을 끝내고 평범한 삶으로 돌아갈 수 있다.

사만다는 마침내 법정으로 들어섰고, 법원 서기가 배심원단을 불러 모았다. 다른 배심원들의 지목으로 배심장이 된 중년 남성 스탠리가 천천히 일어나 앞장섰다.

전 세계에서 가장 유명한 법정이라 해도 과언이 아닌 올드 베일리의 1번 법정은 중대 형사 재판이 아니면 웬만해서 열리지 않았다. 크리픈(아내를 죽인 죄로 처형된 미국인 의사-옮긴이), 서트클리프(5년 동안 13명을 살해한 연쇄 살인범-옮긴이), 데니스 닐슨(최소 12명의 청년을 살해한 연쇄 살인범-옮긴이) 같은 살인마도 이곳 1번 법정 중앙에 있는 피고인석에서 자신의 중죄에 대해 답변했다. 천장의 커다란 반투명 유리로 쏟아지는 조명이 항상 피고인석의 녹색 의자를 근엄하게 비추고 있다.

방청석은 졸린 눈의 방청객들로 가득했다. 이들은 다시없을 세기의 재판을 방청하기 위해 노숙까지 하는 열정을 불살랐다. 얼마 전 피고인을 체포해서 현재 논란의 중심에 있는 수사관도 방청석에 있었다. 윌리엄 올리버 레이튼 폭스William Oliver Layton-Fawkes, 세상 사람들은 그의 이름 머리글자를 따서 일명 '울프WOLF'라고 불렀다.

울프는 마흔여섯 차례 열린 재판에 한 번도 빠짐없이 참석했다. 40대 초반쯤으로 보이는 그는 체격이 좋았고, 세파에 찌든 얼굴이지만 영롱한 푸른색 눈동자만큼은 항상 반짝거렸다. 사만다가 매력을 느낄 법한 남자였다. 몇 달째 불면증에 시달리는 것 같은 얼굴과 세상의 짐을 혼자 다 짊어진 듯한 표정만 아니라면.

하지만 그럴 만도 했다. 언론에서 '방화 살인범'이라 부르는 오늘의 피고인은 런던 역사상 가장 많은 사람을 죽인 연쇄 살인범에 등극했다. 그는 27일 동안 열너댓 살 먹은 매춘부 스물일곱 명을 죽였다. 피해자 대부분이 다량의 수면제를 먹고 산 채로 불에 타 죽었고, 증거는 전부 불길에 휩싸여 사라졌다.

그러다 살인 행렬이 갑자기 뚝 끊겼지만, 경찰은 유력 용의자소자 특성하지 못하고 허둥거렸다. 죄 없는 소녀들이 죽어 가는데도 아무런 예방 조치조차 취하지 못한 런던 경시청은 혹독한 비난을 감수해야 했다. 하지만 마지막 소녀가 죽은 지 18일째 되던 날, 범인은 울프의 손에 잡히고 만 것이다.

지금 피고인석에 앉아 있는 그 남자의 이름은 나기브 칼리드. 파키스탄계 영국인으로 런던에 혼자 살며 택시를 운전하는 수니파 무슬림으로, 가벼운 방화 전과가 있었다. 피해자 중 세 명이 그의 택시에 탑승했었다는 DNA 증거와 울프의 결정적인 증언이 법정에 제출되었을 때만 해도 유죄 입증은 너무나 쉬워 보였다.

그러나 얼마 지나지 않아 모든 것이 무너졌다. 수사팀의 보고서와 어긋나는 알리바이가 나타났고, 칼리드가 구속 수사를 받는 도중에 폭행과 협박을 받았다는 주장이 제기되었다. 게다가 법의학 증거들이 서로 일치하지 않다 보니 불에 탄 DNA 증거는 신빙성이 없다는 의견이 우세해졌다.

그 무렵 런던 경시청 감사위원회가 재판부에 편지 한 통을 증거로 제출하자, 피고인 측 변호인단은 무죄판결이 날 것을 확신했다. 마지막 살인이 일어나기 며칠 전에 작성된 그 편지는 울프의 수사 방식과 정신 상태에 우려를 표명하고 있었다. 편지를 작성한 익명의 수사관은 울프가 사건에 집착한 나머지 범인 검거에 혈안이 되어 있다며, 즉시 이 사건에서 손을 떼야 한다고 주장했다.

결국 경찰이 칼리드를 희생양으로 삼았다는 비난이 터져 나왔다. 런던 경시청장과 수사국 차장은 부실 수사를 묵인했으니 자리에서 물러나라는 압력을 받았다. 한편, 온갖 타블로이드 지는 울프 수사관이 원래 알코올 중독자이고 가정 폭력 때문에 이혼을 했다는 등의 스캔들 기사를 쏟아냈다.

재판 마지막 날의 변론은 예상대로 진행되었다. 검사와 변호사가 최후 진술을 했고, 판사는 배심원단에게 몇 안 되는 유효한 증거를 간략히 설명했다. 배심원단은 평결을 위해 증인석 뒤에 있는 방으로 이동했다.

몇 주 전부터 어디에 표를 던질지 이미 결정한 사만다와 달리, 나머지 배심원단은 의견이 제각각이었다. 사만다는 다른 배심원에게 휘둘리지 말자고 마음을 다잡았다.

배심장 스탠리가 주기적으로 투표를 실시했지만 몇 번을 해도 만장일치에 이르지 못했다. 그래도 투표를 할 때마다 다수표를 얻은 쪽 사람 수가 늘어나자 소수 의견을 낸 사람들이 한 명, 한 명 뜻을 꺾었다. 마침내 5시간을 몇 분 남긴 상황에서 10 대 2 라는 투표 결과가 나왔다. 스탠리는 못마땅한 얼굴로 그 결과를 적어 서기에게 전달했다. 10분 후 돌아온 서기가 그들을 법정으로 안내했다.

사만다는 법정으로 돌아가는 내내 그녀에게 쏟아지는 시선을 느꼈다. 걸음을 내디딜 때마다 또각또각 하는 하이힐 소리가 고요한 법정에 울려 퍼졌다.

"피고인은 자리에서 일어나주십시오." 서기가 침묵을 깼다.

피고인석에서 나기브 칼리드가 머뭇거리며 일어났다.

"배심장은 자리에서 일어나주십시오."

첫 번째 줄 끝에서 스탠리가 일어났다.

"만장일치 평결이 나왔습니까?"

"아니요."

"다수가 동의한 평결이 나왔습니까?"

"예, 나왔습니다."

판사가 배심원단의 평결을 받아들인다는 의미로 서기에게 고개를 끄덕였다.

"피고인 나기브 칼리드는 스물일곱 건의 살인 혐의에 대해 유죄입니까, 무죄입니까?"

사만다는 답을 이미 알고 있는데도 숨을 죽이지 않을 수 없었다. 여러 사람이 기대감에 몸을 앞으로 기울이자 의자가 삐걱거렸고….

"무죄입니다."

사만다는 칼리드의 반응을 살폈다. 칼리드는 얼굴을 손에 묻고 안도감에 몸을 떨고 있었다.

바로 그 순간이었다. 고함소리를 시작으로 일대 혼돈이 벌어진 것은.

울프가 단숨에 피고인석까지 몸을 날려 유리 칸막이 위로 칼리드의 머리채를 잡아끌었다. 법정 경위가 대응할 새도 없었다. 바닥으로 내동댕이쳐져 신음하던 칼리드는 인정사정없는 울프의 폭행에 꿈쩍도 하지 못했다. 울프는 칼리드의 갈비뼈를 걷어차고 주먹 살갗이 벗겨질 정도로 무참히 공격을 퍼부었다.

법원 내 어디선가 사이렌이 울리기 시작했다.

법정 경위들에게 얼굴을 맞은 울프가 배심원석까지 밀려나며 사만다와 함께 넘어졌다. 울프가 겨우 몸을 가누는 사이, 경위들은 피고인석 아래에 쓰러져 있는 칼리드의 앞을 가로막았다.

경위들로부터 두들겨 맞은 울프가 앞으로 휘청거렸고, 경위들은 그를 강제로 무릎 꿇리더니 바닥에 엎드리게 했다.

칼리드는 죽은 것처럼 조용했다. 하지만 아직 명확하지는 않았다.

그때 마지막으로 울프의 아드레날린이 솟구쳤는지, 울프는 경위들의 속박을 풀고 기절한 남자를 향해 엉금엉금 기어갔다. 칼리드의 남색 수의는 이미 적갈색 피로 물들어 있었다. 울프는 경위가 떨어뜨린 묵직한 곤봉에 손을 뻗었다.

곤봉을 움켜쥐고 그것을 머리 위로 치켜든 순간, 울프는 뒤에서 날아온 강한 일격에 나동그라졌다. 정신을 차릴 틈도 없었다. 법정 경위 하나가 곤봉을 다시 사정없이 휘두르며 울프의 손목을 박살냈다.

이 모든 것은 무죄 평결이 나오고 불과 20초 사이에 일어난 일이었다.

곤봉이 쨍그랑 소리를 내며 바닥에 떨어지는 소리를 들었을 때, 울프는 깨달았다. 이제 그가 할 수 있는 것은 아무것도 없다는 것을. 칼리드를 향한 그의 공격이 충분했기를 기도할 뿐이었다.

비명을 지르며 출구로 달아나던 방청객들이 쏟아지는 경찰 병력에 밀려 뒷걸음질 쳤다. 배심원 사만다 보이드는 바닥에 쓰러져 허공만 쳐다보고 있었다. 몇 미터 앞의 소동은 눈에 제대로 들어오지도 않았다.

시간이 얼마나 흘렀을까, 어떤 여자 하나가 사만다를 일으켜 세우더니 법정 밖으로 인도해 주었다. 도움을 받아 간신히 법원 중앙 로비까지 나온 사만다는 지나가는 사람들에 밀려 다시 차가운 대리석 바닥에 넘어지고 말았다. 거기서 20미터 높이에 이르는 웅장한 돔 천장과 육중한 조각상, 화려한 스테인드글라스 창문과 벽화를 망연자실한 채 올려다 보았다.

군중이 우르르 빠져나가자 아까 그 여자가 사만다를 다시 일으켜주었다. 그 여자는 사만다를 법원 중앙 출입구까지 데려다 준 뒤, 다시 1번 법정으로 달려갔다.

사만다의 눈앞에 보이는 법원의 육중한 출입문은 지금 활짝 열려 있다. 구름 낀 런던 하늘도 그녀에게 빨리 밖으로 나오라고 손짓하는 듯했다. 사만다는 비틀거리며 법원 밖으로 나왔다.

일부러 포즈를 취했다 해도 이보다 완벽한 구도의 사진이 나오기는 어려웠으리라. 새하얀 원피스에 피를 뒤집어 쓴 아름다운 금발의 배심원은 넋이 나간 채 서 있고, 그녀의 머리 위에서 정의의 여신상이 그녀를 내려다보고 있었다.

사만다는 플래시를 마구 터뜨리며 덤벼드는 기자들을 무시한 채 뒤를 돌아보았다. 수천 대의 카메라 불빛이 법원 출입구 위에 새겨진 문장을 비추고 있었다. 돌기둥 네 개가 그 문장의 위세를 지탱하려는 듯 석판을 떠받들고 있었다.

가난한 아이를 변호하고, 죄인을 벌하라.

그 문장을 읽은 순간, 사만다의 마음 속에 죄책감이 엄습했다. 그녀는 과연 울프 수사관이 칼리드의 유죄를 확신한 만큼 칼리드의 무죄를 확신할 수 있었을까? 그랬기에 무죄에 한 표를 던졌나?

다시금 정의의 여신상으로 시선을 돌린 사만다는 비로소 깨달았다. 이미 그녀의 이름은 죄인 명부에 올라가 있음을.

그녀는 방금 심판을 받은 것이다.

4년 후...

1

2014년 6월 28일 토요일
오전 3시 50분

울프는 어둠 속에서 잘 보이지 않는 휴대전화를 찾아 손을 뻗었다. 진동이 울릴 때마다 전화기는 마룻바닥 위에서 울프로부터 점점 멀어지고 있었다. 서서히 어둠이 걷히면서, 새로 이사와 아직 익숙지 않은 아파트 실내가 눈에 들어왔다

울프는 땀에 젖은 이불보를 휘감은 채로, 성가시게 윙윙거리는 전화기를 향해 매트리스 위에서 기어내려왔다.

"울프입니다."

전등 스위치를 찾아 벽을 더듬던 울프가 전화를 받으며 말했다. 다행히 잠결에도 헛소리가 나오지는 않았다.

"나야, 시몬스."

스위치를 켜자 백열등 불빛이 쏟아졌다. 울프는 눈앞에 펼쳐진 현실에 무거운 한숨을 내쉬었다. 다시 불을 꺼버리고 싶었다. 좁은 침실에 물건이라고는 바닥에 깔린 낡은 매트리스와 천장에 달린 전구가 고작이었다. 방은 밀실공포증이 생길 만큼 좁았고 창문을 열 수 없어 찜통이나 다름없었다.

"반가워하는 눈치가 아니군." 시몬스 경감이 말했다.

"몇 시죠?" 울프가 하품을 했다.

"새벽 4시 10분 전."

"저 이번 주말에 휴가 아닙니까?"

"지금부터는 아니야. 내가 있는 현장으로 나와 줘야겠어."

"현장요? 경감님 사무실 책상 옆으로 오라고요?" 울프는 몇 년째 사무실에만 틀어박혀 있는 상관에게 농담 반 진담 반으로 물었다.

"지금 농담할 때가 아니야. 상부에서 나보고 직접 나가래."

"그렇게 심각해요?"

수화기 반대편에서 침묵이 흐르더니, 한참 만에 시몬스가 대답을 했다.

"많이 안 좋아. 옆에 펜 있나?"

울프는 문가에 쌓아둔 상자 하나에서 볼펜을 찾아 잘 나오는지 손등에 시험을 하며 말했다.

"있어요. 말씀하세요."

얼핏 주방 찬장에 불빛이 어른거렸다.

"주소가…" 시몬스가 사건 현장의 위치를 알려주려는 모양이었다.

울프가 수화기를 귀에 댄 채 휑한 주방으로 걸어가자 부엌 창문 아래로 푸른색 불빛이 환하게 깜박이고 있었다. 아파트 주차장에 와 있는 경찰차의 경광등 불빛이었다.

"…트리니티 타워…"

"켄티시 타운 히바드 로드요?"

울프가 시몬스 경감의 말을 가로채며 말했다.

그리고 창밖을 다시 내려다보니, 맞은편 아파트 주차장 앞에 열 대도 넘는 경찰차와 기자들이 깔려 있었다. 아파트 주민들은 대피 중이었다.

"어떻게 알았어?"

"저 이래봬도 수사관입니다."

"그 정도로 사건에 대해 잘 안다면, 자넨 가장 유력한 용의자야. 당장 여기로 와."

"그러죠. 그런데 그 전에 입을 옷이…."

울프가 말을 맺기도 전에 시몬스는 이미 전화를 끊어버렸다.

경찰차의 깜박이는 경광등 불빛 사이로 세탁기의 주황색 불빛이 눈을 찔렀다. 그제야 확실히 생각났다. 어젯밤 근무복을 빨아만 놓고 아직 말리지 않았던 것이나. 턱에 술술이 늘어선 이삿짐 상자 수십 개를 바라보자, 욕이 저절로 나왔다.

"젠장."

★

5분 후, 울프는 아파트 앞에 벌떼처럼 모여든 구경꾼을 헤치고 경관에게 신분증을 내밀었다. 곧바로 저지선을 통과할 수 있을 거라고 생각했지만, 젊은 경관은 울프의 손에서 낚아챈 신분증을 꼼꼼히 뜯어보았다. 그러고는 낡은 티셔츠와 반바지 차림으로 당당히 서 있는 울프를 수상하다는 듯이 위아래로 훑어보았다.

"당신이 윌리엄 레이튼 폭스라고요?" 경관은 믿지 못하겠다는 말투였다.

울프는 자신의 화려한 이름을 듣고 인상을 찌푸렸다. "폭스 경사 맞습니다."

"그러니까…, 법정 난동 사태의 주인공인 그 폭스란 말이에요?"

"내 이름이 정확히는 윌리엄 올리버…, 지나가도 될까요?" 울프가 아파트 건물을 향해 들어가겠다는 손짓을 했다.

젊은 경관은 신분증을 돌려주고, 울프가 지나갈 수 있게 테이프를 들어주었다.

"제가 안내해 드릴까요?" 경관이 물었다.

"나 혼자서도 잘할 수 있을 것 같은데."

경관이 씩 미소를 지으며 말했다. "4층입니다. 혼자 올라가려면 조심하세요. 쓰레기 같은 동네거든요."

울프는 다시 한번 무거운 한숨을 쉬고, 표백제 냄새가 나는 현관을 지나 엘리베이터에 올라탔다. 2층과 5층 버튼이 사라진 엘리베이터 제어판에는 갈색 액체가 말라붙어 있었다. 수사관으로서의 경험에 비춰볼 때, 얼룩은 대변, 녹, 콜라 중 하나가 분명했다.

지금까지 이런 엘리베이터를 수백 대도 더 타 보았다. 허름한 아파트에 설치된 엘리베이터에는 바닥 깔개도, 거울도, 조명도, 부속품도 없었다. 망가뜨릴 물건도, 훔쳐서 쓸 만한 물건도 전혀 존재하지 않았다. 그래서 사람들은 스프레이 페인트로 음란한 글귀를 쓰는 쪽을 택한 것 같았다. 여기 사는 누구누구가 '추남'이고 '게이'라는 부분까지 낙서를 읽었을 때 4층에 도착한 엘리베이터 문이 시끄럽게 열렸다.

조용한 복도 곳곳에 열 명도 넘는 사람이 있었다. 겁먹은 표정으로 서 있던 사람들은 울프의 옷을 못마땅하게 흘겨보았다. 하지만 과학수사팀 배지를 단 후줄근한 남자만큼은 지나가는 울프에게 양 손 엄지를 들어 보였다.

복도 끝으로 다가갈수록 익숙한 냄새가 희미하게 풍겼다. 분명 죽음의 냄새였다. 이런 일을 자주 접하는 사람은 퀴퀴한 공기와 대소변 냄새, 살이 썩는 냄새가 섞인 독특한 악취에 익숙했다.

안에서 누가 달려 나오는 소리에 울프가 한 걸음 비켜섰다. 열린 현관문으로 젊은 여자가 뛰어 나오더니 무릎을 꿇고 그의 발밑에 토를 했다. 여자에게 언제 비켜달라고 해야 하나 기다리고 있는데, 또 한 사람의 발사국 소리가 들렸다.

그 사람도 토할까 봐 울프는 반사적으로 한 걸음 더 물러났다. 그런데 이번에 복도로 달려 나온 사람은 다름 아닌 에밀리 백스터 경사였다.

"울프! 여기 숨어서 뭐해요?" 백스터의 목소리가 고요한 복도에 시끄럽게 울려 퍼졌다. "진짜 대단한 사건 같지 않아요?"

백스터는 신이 나서 울프를 아파트 안으로 끌고 들어갔다. 백스터는 그보다 열 살 가까이 어렸지만 키는 비슷했다. 현관의 어두운 조명을 받자 그녀의 짙은 갈색 머리가 검은색으로 변했다. 늘 그랬듯 스모키 메이크업을 해서 매력적인 눈이 더 커 보였다. 딱 달라붙는 셔츠와 정장 바지를 입은 백스터는 울프를 위아래로 훑어보며 짓궂은 미소를 지었다.

"사복 입는 날인 줄은 몰랐네."

울프는 미끼를 물지 않았다. 대꾸하지 않으면 백스터는 금세 흥미를 잃을 것이다.

"이런 사건을 놓친 걸 알면 챔버스 경사가 배 아파 죽으려고 하겠죠?" 백스터가 환하게 웃었다.

"나라도 시체를 보느니 카리브 해로 크루즈 여행을 가겠다." 울프는 담담하게 말했다.

백스터가 놀라서 가뜩이나 큰 눈을 더 크게 떴다. "경감님 말 못 들었어요?"

"무슨 말?"

백스터는 아파트 안으로 앞장섰다.

집 안은 미리 온 감식반원들이 손전등 열 몇 개를 꼭 필요한 곳에만 달아놓아서 무척 어두웠다. 복도에서 맡았던 냄새가 점점 진해졌다. 머리 위를 쌩쌩 날아다니는 파리 떼를 보니 악취를 풍기는 진원지에 더 가까워진 모양이다.

천장이 높은 이 아파트에 가구는 없었다. 울프가 이사 온 집보다 훨씬 넓었지만 더 쾌적하지는 않았다. 누렇게 바랜 벽 여기저기에 구멍이 나서 배선과 단열재가 제멋대로 빠져나왔다. 욕실과 주방은 1960년대 이후로 전혀 수리하지 않은 것 같았다.

"무슨 말을 들어?" 울프가 다시 물었다.

"이건 일생일대의 사건이에요, 울프." 그의 질문을 무시하고 백스터가 말했다. "앞으로 다시는 없을 사건이란 말이에요."

울프는 백스터의 말에 집중할 수 없었다. 이 집을 보고 있자니, 바로 건너편에 있는 자신의 아파트도 바가지를 쓰고 이사 온 것은 아닐까 하는 의심이 들었기 때문이다.

모퉁이를 돌자 사람들로 꽉 찬 안방이 나왔다. 울프는 시체가 어디에 있는지 보려고 잡다한 장비와 사람들의 다리 사이를 훑어보았다.

"백스터!" 울프가 다시 백스터를 불러 세우자, 백스터가 앞으로 가다 말고 짜증스럽게 돌아보았다.

"경감님이 무슨 말을 했냐고?"

백스터의 뒤에 있던 사람들이 옆으로 비켜서자, 바닥부터 천장까지 뻗은 커다란 창문이 드러났다.

백스터의 대답을 듣기도 전에 울프는 다리에 힘이 풀렸다. 울프는 눈높이 위쪽의 한 지점에서 눈을 뗄 수 없었다. 그곳에는 범인이 집 안에서 빼놓지 않은 딱 하나의 전구가 달려 있었다. 스포트라이트가 비추는 어두운 무대에는….

부자연스럽게 뒤틀린 알몸이 천장에 매달린 채, 방문을 등지고 창밖을 내다보고 있었다. 천장에 설치된 공업용 갈고리 두 개에서 뻗어 나온 수백 줄의 투명한 실이 시체를 그 자리에 고정시켰다.

울프는 이처럼 비현실적인 풍경 중에서도 가장 끔찍한 특징을 뒤늦게 발견했다. 그는 눈을 의심하면서 시체를 가까이서 보기 위해 사람들을 밀치고 나아갔다. 토막 난 시체를 커다란 바늘땀이 한 땀, 한 땀 연결하고 있었다.

한쪽 다리는 피부가 검은 남자의 것이었지만 반대편 다리는 눈처럼 하얗다. 큼지막한 남자의 손 반대편에는 까무잡잡한 여자의 손이 보였다. 마른 백인 여자의 몸통 위로 헝클어진 검은 머리가 불길하게 축 늘어져 있었다.

옆으로 다가온 백스터는 울프의 혐오스러운 표정을 보고 즐거워했다.

"이게 지금 무슨 상황이냐면…, 시체는 하나인데 피해자가 여섯 명이란 말이죠!" 백스터가 들뜬 목소리로 그의 귓가에 속삭였다.

울프는 아래를 내려다보았다. 그는 기괴한 시체의 그림자를 밟고 있었다. 그림자로 형태가 단순해지자 시체의 부자연스러운 비율이 더 두드러졌다. 게다가 몸통과 팔다리를 연결한 틈으로 불빛이 새어나오는 바람에 결합 부위가 일그러져 보였다.

"왜 벌써부터 기자들이 왔어?" 시몬스 경감이 특별히 누구를 지목하지 않고 외쳤다. "또 누가 정보를 유출한 거야? 기자와 말 섞는 사람 있으면 정직당할 줄 알아!"

웃음이 나왔다. 시몬스는 전형적인 상관 행세를 하면서 위엄을 뽐내고 있었다. 울프는 시몬스와 10년 넘게 같이 일했고, 칼리드 사건이 터지기 전까지는 친구처럼 가깝게 지냈다. 지금 부하들에게 일부러 권위를 세우고 있는 시몬스도 사실 현장에서 발로 뛰던 유능한 수사관이었다.

"폭스!"

시몬스가 두 사람을 향해 성큼성큼 다가왔다. 그는 부하들의 별명을 부르는 법이 별로 없었다. 50대 초반인 시몬스는 울프보다 20센티미터는 더 작았고, 관리직으로 승진한 뒤로 뱃살만 점점 늘어나고 있었다.

"사복 입는 날인 줄은 몰랐네."

옆에서 백스터가 키득거렸다.

울프는 백스터가 아까 사복에 대해 말했을 때와 마찬가지로 상관의 말을 무시했다. 시몬스 경감이 어색한 침묵을 깨고 백스터에게 물었다.

"애덤스는 어디 갔어?"

"누구요?"

"애덤스. 새로 온 네 후배 말이야."

"에드먼즈요?"

"그래, 에드먼즈."

"그걸 제가 어떻게 알아요?"

"에드먼즈!" 시몬스가 혼잡한 방에 대고 외쳤다.

"너 요새 에드먼즈랑 같이 다니나 봐?" 울프가 질투를 숨기지 못하고 소용이 불었다. 맥스터가 비소를 시켰다.

"어린애 돌보기하고 있는 거죠, 뭐." 그녀가 속삭였다. "에드먼즈는 전에 재산범죄수사팀에 있다 와서 시체도 몇 번 못 봤대요. 나중에 울지도 몰라요."

스물다섯쯤 돼 보이는 비쩍 마른 청년이 사람들 사이를 비집고 나왔다. 불그스름한 금발이 헝클어지기는 했지만 옷차림은 비교적 말끔했다. 그는 당장 메모를 할 기세로 수첩을 펼쳐 들고 시몬스 경감을 향해 웃었다.

"과학수사팀은 뭐래?" 시몬스가 물었다.

에드먼즈가 수첩을 몇 장 앞으로 넘겼다.

"현재까지는 집 안에서 피 한 방울도 발견하지 못했다고 합니다. 여섯 개 부위가 각각 다른 피해자의 신체이며, 쇠톱 같은 도구로 대충 절단했다는 사실은 확인해주었습니다."

"이미 아는 사실 말고 다른 말은 못 들었나?" 시몬스가 차갑게 말했다.

"아, 있습니다. 피부에 혈흔이 보이지 않고, 절단 부위 주변의 혈관이 수축하지 않았기 때문에…."

시몬스가 인상을 쓰고 시계를 보았다.

"…사후경직이 일어난 후에 절단한 것이 분명합니다." 에드먼즈가 스스로 기특하다는 표정으로 마무리했다.

"굉장한 사실을 알아냈군, 에드먼즈." 시몬스가 빈정거렸다.

에드먼즈의 웃음기가 싹 사라졌다.

울프도 시몬스와 눈을 맞추고 피식 웃었다. 그도 예전에 비슷한 구박을 받은 적이 있었다. 전부 수련 과정의 일부였다.

"제가 드린 말씀은 팔과 다리의 주인이 팔다리의 절단 당시 분명히 사망한 상태였다는 뜻이었습니다. 부검실로 시신을 옮긴 뒤에는 더 많은 정보를 알아낼 수 있다고 합니다." 에드먼즈가 얼굴을 붉히며 작게 말했다.

울프는 문득 어두운 창문에 시신의 앞모습이 비치고 있다는 사실을 알아차렸다. 그러고 보니 아직 앞모습을 보지 못했다는 생각에 그가 시신 앞쪽으로 돌아갔다.

"백스터, 자네는 뭐 없나?" 시몬스 경감이 물었다.

"많지는 않습니다. 이 집의 현관문 열쇠 구멍이 약간 손상되었어요. 도구로 쑤셔서 문을 열었다는 뜻이겠죠. 부하들 보고 이웃 주민들에게 질문을 하라고 시켰는데, 어떤 장면을 목격했거나 소리를 들은 사람은 아직 없다고 합니다. 아, 전기가 나간 건 아니었습니다. 범인이 집 안의 전구를 다 빼 버린 거예요. 피해자…들 위에 있는 전구 하나만 남기고요. 꼭 무대 조명처럼 말이죠."

"폭스는 어때? 짚이는 거 없어, 폭스?"

울프는 시신의 여섯 조각 중 피부가 검은 얼굴 부분을 올려다보고 있었다.

"이런, 내 얘기가 지루한가?"

"아닙니다. 추리를 좀 해보느라고요. 오늘 같이 더운 날씨에 악취는 이제야 겨우 풍기기 시작했습니다. 피해자 여섯 명을 다 어젯밤에 죽였다는 뜻일 수도 있지만 그러지는 않았을 거예요. 그보다는 며칠에 걸쳐 살인을 하고 시체를 냉동 보관 했을 가능성이 큽니다."

"농삼이야. 냉동 상고나 산업용 냉동고가 있을 만한 슈퍼마켓, 레스토랑에 침입 사건이 있는지 알아보라고 지시하지." 시몬스가 말했다.

"드릴 소리를 들은 이웃이 있는지도 확인해야 합니다." 울프가 제안했다.

"드릴 소리는 흔하지 않나요?" 에드먼즈가 불쑥 반론을 제기했지만, 세 사람의 눈총을 받고 입을 다물었다.

울프가 말을 계속했다. "이게 범인이 계획한 걸작이라면, 놈은 경찰이 도착하기 전에 시신이 바닥으로 떨어지지 않도록 철저히 대비를 했을 겁니다. 저 갈고리는 천장의 철골 부분에 드릴로 박은 거예요. 누군가는 드릴 소리를 들었어야 합니다."

시몬스가 고개를 끄덕였다. "백스터, 가서 지시 내리고 와."

"그런데, 경감님, 잠깐 저 좀 보시죠?"

백스터와 에드먼즈가 나간 후 울프가 시몬스를 불렀다. 울프는 일회용 장갑을 낀 손으로 섬뜩한 시체의 얼굴을 들어올렸다.

남자였다. 눈을 감지 못한 피해자는 참혹한 최후와 어울리지 않게 침착한 표정을 짓고 있었다. "익숙한 얼굴 아닌가요?"

시몬스 경감은 울프가 있는 창가 쪽으로 돌아와 쪼그려 앉았다. 구릿빛 피부의 얼굴을 자세히 살펴본 시몬스가 모르겠다는 듯 어깨를 으쓱했다.

"칼리드입니다." 울프가 말했다.

"말도 안 돼."

시몬스는 생명의 빛이 꺼진 얼굴을 다시 보았다. 의심은 점차 깊은 우려로 바뀌었다.

"백스터!" 시몬스가 외쳤다. "애덤스와⋯."

"에드먼즈요."

"⋯벨마쉬 교도소에 다녀와. 교도소장에게 나기브 칼리드를 직접 만나게 해달라고 해."

"칼리드요?" 깜짝 놀란 백스터가 울프를 쳐다보았다.

"그래, 칼리드. 확인해 보고 살아 있으면 당장 내게 전화하고. 어서!"

울프는 그가 살고 있는 건너편 아파트 동을 쳐다보았다. 불을 밝힌 집은 얼마 없었지만 몇몇은 흥분한 얼굴로 아래의 소란을 휴대전화 카메라에 담고 있었다. 섬뜩한 장면을 촬영해 날이 밝으면 친구들에게 보여주려는 거겠지. 이곳 살인 현장은 어두워서 보이지 않는 듯했다. 보였다면 진작 이쪽으로 카메라 각도를 잡았을 것이다.

울프의 시선이 건너편 아파트의 창문 몇 개를 지나 그의 집 창문에서 멈췄다. 서두르느라 불을 다 켜놓고 나왔다. 탑처럼 쌓인 종이 상자 중 하나에 '셔츠와 바지'라고 휘갈겨 쓴 글씨가 보였다.

시몬스가 피곤한 눈을 문지르며 울프에게 다가왔다. 두 사람은 천장에 매달린 시체의 양 옆에 서서 동이 트는 모습을 말없이 지켜보았다. 방 안의 소음과 대조적으로 바깥에서는 새가 평화롭게 지저귀는 소리가 들렸다.

"이렇게 충격적인 장면은 처음이지?" 시몬스가 가볍게 물었다.

"첫 번째는 아니고, 아깝게 두 번째네요." 울프는 점점 밝아지는 하늘을 보며 대답했다.

"두 번째라고? 이보다 심한 게 있었어? 뭔지 물어보기도 겁나는군." 시몬스는 토막을 이어붙인 시체를 마지못해 다시 바라보았다.

울프가 조심스럽게 시체의 오른팔을 건드렸다. 피부가 구릿빛이고 손톱에 보라색 매니큐어까지 칠해서인지 손바닥이 더 창백해 보였다. 일자로 뻗은 팔을 가느다란 실 수십 개가 지탱하고 있었고, 더 많은 실이 검지를 억지로 펼쳐 손가락질하는 모양으로 만들어 놓았다.

울프는 주위에 아무도 없음을 확인하고 시몬스에게만 속삭였다.

"손가락이 제가 사는 집 창문을 가리키고 있어요."

2

2014년 6월 28일 토요일

오전 4시 32분

백스터는 엘리베이터를 하염없이 기다리는 에드먼즈를 두고 아파트 비상계단으로 돌아섰다. 계단은 밤새 추위에 떨다가 이제 집으로 돌아가도 된다는 허락을 받은 주민들로 북적였다. 짜증을 내며 올라오는 사람들에게 경찰 신분증을 보이며 계단을 내려가던 백스터가 신분증을 다시 넣었다. 경찰이라고 하니 오히려 길을 비켜주지 않았기 때문이다. 사건이 터진 직후에는 경찰을 보고 신기해하던 주민들도 몇 시간째 잠을 못 자게 만드는 경찰들에게 고운 시선을 보낼 리 없었다.

백스터가 간신히 1층으로 내려와 보니 에드먼즈는 진작 아파트 로비에 도착해 있었다. 백스터는 에드먼즈를 본 척도 하지 않고 쌀쌀한 아침거리로 나왔다. 아직 해가 다 뜨지 않았지만 하늘에는 구름 한 점 보이지 않았다. 오늘도 지긋지긋한 폭염이 계속될 모양이었다.

밖으로 나온 백스터는 욕설을 내뱉었다. 폴리스라인 주변에 몰려든 기자와 구경꾼 숫자가 늘어나며 그녀의 검정색 아우디 A1 차량으로 가는 길이 꽉 막혀 있었다.

"입도 뻥긋하지 마." 백스터가 에드먼즈에게 매몰차게 말했다.

에드먼즈는 늘 그랬듯 잠자코 있었다.

폴리스라인에 이르자 질문이 날아들고 카메라 플래시가 번쩍거렸다. 저지선을 넘어 사람들을 밀치며 나아가는 백스터의 뒤로, 에드먼즈가 기자들에게 앵무새처럼 사과하는 소리가 들렸다. 백스터는 화가 나서 이를 악물었다. 에드먼즈를 노려보려고 고개를 돌리려는 찰나, 앞에 있던 덩치 큰 남자와 부딪치고 말았다. 남자가 떨어뜨린 텔레비전 방송용 카메라는 엄청난 수리비를 예감하는 소리를 내며 산산이 부서졌다.

"젠장! 미안합니다." 백스터는 반사적으로 주머니에서 명함을 꺼냈다. 지난 몇 년 동안 이런 식으로 건넨 명함이 수백 장은 됐다. 차용증처럼 명함을 건네고 돌아서면 또 까맣게 잊곤 했다.

거구의 남자는 땅바닥에 무릎을 꿇고 사방으로 흩어진 기계라 잔해를 죽은 연인인 양 애처롭게 바라보았다.

그때 한 여자가 손을 불쑥 내밀어 백스터의 명함을 낚아챘다. 불쾌해진 백스터가 고개를 들자, 신경질적인 얼굴이 보였다. 그 여자는 이른 아침에도 텔레비전 출연을 위해 풀메이크업을 한 상태였다. 피곤에 찌든 사람들 특유의 다크서클도 없었다. 세팅한 붉은 머리카락을 길게 늘어뜨린 여자는 깔끔한 투피스 차림이었다. 두 여자가 말없이 팽팽한 신경전을 벌이는 모습에 에드먼즈는 당황스러움을 금치 못했다. 직속 상사이자 사수인 백스터가 이렇게 기를 못 펴는 상대는 처음 보았기 때문이다.

붉은 머리 여자가 에드먼즈를 힐끗 쳐다보았다.

"드디어 자기 나이에 맞는 짝을 찾았나 봐요." 그 여자가 비아냥거리자 백스터는 옆에 서 있는 에드먼즈를 못마땅하게 째려보았다. 여자가 이번에는 에드먼즈를 향해 안쓰럽다는 듯 물었다. "당신 상관이 같이 자자고 유혹하지 않던가요?"

에드먼즈는 얼어붙었다. 인생에서 최악의 순간이 있다면 지금이 아닐까?

"아직 그런 적 없어요?" 여자가 시계를 보며 말을 이었다. "하긴, 앞으로도 날은 많으니까."

"전 결혼할 사람이 있어요." 에드먼즈가 자기도 모르게 중얼거렸다.

붉은 머리가 의기양양하게 웃으며 뭔가 말하려고 입을 열었다.

"빨리 가자고!" 백스터가 냉정을 되찾고 에드먼즈를 앙칼지게 불렀다.

"잘 있어요, 안드레아."

"그래요, 백스터." 여자가 응수했다.

백스터가 휙 등을 돌리고 조각난 카메라를 밟으며 자리를 뜨자, 에드먼즈가 서둘러 뒤쫓았다.

에드먼즈가 백스터의 차에 타 안전벨트를 제대로 맸는지 확인하는 사이, 백스터는 시동을 걸고 갑자기 후진을 했다. 두 사람이 탄 차는 연석 두 개를 덜컹거리며 밟고 올라섰다가, 다시 앞으로 속도를 높였다. 백미러로 보이는 푸른색 경광등 불빛이 점점 작아졌다.

★

백스터는 현장을 떠난 후로 한마디도 하지 않았다. 에드먼즈는 백스터가 뻥 뚫린 거리를 질주하는 동안 잠들지 않으려고 애를 썼다. 하지만 눈꺼풀 무게를 이기지 못하고 졸다가 조수석 창문에 머리를 쾅 찧었다. 상관 앞에서 또다시 나약한 모습을 보인 자신에게 화가 치밀었다.

"그분 맞죠?" 에드먼즈가 불쑥 말을 꺼냈다. 졸지 않으려면 대화가 절실했다.

"누구?"

"폭스 말이에요. 그 유명한 윌리엄 폭스요."

사실 전에도 지나가면서 울프를 몇 번 본 적이 있었다. 고참 수사관을 대하는 듯한 동료들의 태도로 미루어 그가 울프임을 짐작할 수 있었다. 범접하기 힘든 유명인이 내뿜는 아우라는 누구도 놀라보기 힘들었다.

"그 유명한 윌리엄 폭스라." 백스터는 냉소적이었다.

"들은 얘기가 워낙 많아서…" 에드먼즈는 이쯤에서 화제를 돌려야 할지 백스터의 반응을 살피며 말끝을 흐렸다. "그때 같은 팀이셨죠?"

백스터는 아무 말도 듣지 않은 것처럼 묵묵히 운전만 했다. 에드먼즈는 바보가 된 기분이었다. 하지만 그렇게 민감한 이야기를 수련 중인 후배와 하고 싶을 리 없겠지. 머쓱해서 휴대전화를 꺼내려는데, 뜻밖에도 백스터가 대답을 했다.

"그래. 같이 일했어."

"정말로 그런 일들을 다 했어요?" 에드먼즈는 민감한 부분을 건드리고 있었다. 하지만 백스터에게 혼이 나더라도 진실을 꼭 알고 싶었다. "증거 조작, 피고인 폭행…"

"일부는 맞아."

에드먼즈가 무의식적으로 혀를 차자 백스터가 버럭 성을 냈다.

"멋대로 판단하지 마! 이쪽 일이 어떤지 쥐뿔도 모르는 주제에. 울프는 칼리드가 방화 살인범이라는 사실을 확신했어. 다 알았단 말이야. 또 범행을 저지르리라는 것도 알았어."

"그렇다면 명백한 증거가 있었을 것 아니에요?"

백스터가 씁쓸하게 웃었다.

"너도 몇 년만 더 있어 봐. 거지같은 범죄자 새끼들이 미꾸라지처럼 법망을 빠져나가는 모습을 수도 없이 보게 될 테니까." 백스터가 흥분을 가라앉히려고 말을 멈췄다. "세상 일은 그렇게 흑과 백으로 딱딱 나뉘지가 않아. 울프는 분명 잘못을 했어. 하지만 그때는 그럴 만한 이유가 있었어."

"법정에서 사람을 잔인하게 폭행할 이유가 있었다고요?"

"그 일이 특히 그랬어." 백스터가 대답했다. 그녀는 다른 생각을 하느라 에드먼즈의 도전적인 말투를 알아차리지 못했다. "부담감을 이기지 못하고 무너져버린 거야. 언젠가는 너도, 나도 겪을 일이야. 누구든 피할 수 없어. 그런 날이 올 때 곁에서 도와줄 사람들이 있기를 빌 뿐이지. 그때는 아무도 울프를 도와주지 않았어. 나조차도…."

백스터의 후회 섞인 목소리에 에드먼즈는 입을 다물었다.

"울프는 그 일로 감옥에 들어갈 뻔했어. 희생양이 필요했으니까. '부패하고 무능한 수사관'의 본보기로 삼으려 했던 거지. 그러다 2월이 되고 어느 추운 겨울날 아침, 여학생 하나가 불에 타통구이가 됐어. 그 시체 옆에 누가 서 있었는지 알지? 사람들이 울프 말만 믿었어도 그 여자애는 여태 살아 있었을 거야."

"하지만 아까 그 머리 부분이 정말 칼리드일까요?" 에드먼즈가 말했다.

"나기브 칼리드는 아동 살인범이었어. 범죄자들조차도 아동 살인범은 사람으로 안 본다더라. 다른 수감자들이 해코지할까 봐 칼리드는 보안이 가장 철저한 교도소 안에서도 독방에 격리돼 있어. 사람을 못 만나는데 누가 거기서 칼리드의 머리를 들고 나오겠어? 말도 안 되지."

백스터는 지금 시간 낭비를 하고 있다고 단호히 결론을 내렸다. 또다시 어색한 침묵이 흘렀다. 석 달 반 동안 함께 일하면서노 두 사람이 이렇게 길게 대화한 적은 처음이었다. 에드먼즈는 지금이 기회다 싶어 아직 풀리지 않은 궁금증을 다시 꺼냈다.

"폭스…, 아니, 울프가 법정에서 그 정도로 난동을 부리고도 다시 돌아왔다는 것도 정말 대단하네요."

"대중이 그렇게 요구하고 상관들이 간절하게 원하면 불가능이란 없어." 백스터의 말에는 누군가에 대한 경멸이 섞여 있었다.

"그럼 선배님은 울프가 돌아오지 말았어야 한다고 생각하세요?"

백스터는 대답하지 않았다.

"어쨌든 경찰 입장에서는 난처했겠네요." 에드먼즈가 말했다. "울프를 무죄 방면 해야 했으니까요."

"무죄 방면?" 백스터는 기가 막히다는 말투였다.

"어쨌든 감옥에는 안 갔잖아요."

"차라리 감옥에 가고 말지. 변호사들은 무조건 무죄판결을 받아 성공보수를 챙기려고 울프를 강제로 입원시켰어. 그렇게 하면 울프가 심신미약 상태에서 그런 행위를 했다고 상황을 무마하기 쉬웠을 테지. 그들은 이렇게 말했어. 사건 때문에 울프가 극도의 스트레스를 받아 '평소답지 않은 반응'을 했다고….."

"평소답지 않은 행동을 몇 번쯤 하면 그걸 '평소 늘 해왔던 행동'이라고 말할 수 있을까요?"

백스터는 에드먼즈의 실없는 말을 무시했다.

"담당 변호사는 울프가 꾸준히 치료를 받아야 한댔어. 그러면서 울프가 잠재적인 반인격…, 아니, 반사회적 인격 장애라고 진단하더군."

"선배님은 아니라고 생각하고요?"

"입원 당시에는 실제로 정신적 문제가 있었다고 봐. 누군가가 옆에서 계속 '너는 미쳤다, 너는 미쳤다'고 말하면서 약을 먹인다면 누구라도 당해낼 재간이 없지. 결국 울프의 정신 상태는 병원에서 정말로 이상해진 셈이야." 백스터가 한숨을 쉬었다. "울프는 1년 만에 세인트 앤 정신병원에서 퇴원했어. 직위를 강등을 당하고 명예는 땅에 떨어진 뒤였지. 게다가 집에 이혼 서류까지 도착했어. 절대 '무죄 방면'은 아니야."

"부인되시는 분은 울프가 옳았다고 밝혀졌는데도 떠났어요?"

"그 속을 누가 알겠어? 나쁜 년이지."

"선배님도 누군지 아세요?"

"아까 현장에서 본 빨간 머리 기자 있지?"

"그 사람이에요?"

"안드레아는 이상한 망상에 빠져 울프와 나를 두고 혼자 소설을 쓰고 있어. 그래서 아까 너랑 나를 두고도 그런 말을 한 거야."

"같이 잤냐고요?"

"또 뭐가 있겠어?"

"그럼…, 사실은 아니고요?"

에드먼즈는 잠시 숨을 죽였다. 그가 아슬아슬하게 밟고 있던 선을 넘어버리며 이로써 대화는 끝났다. 백스터는 에드먼즈의 주제넘은 질문을 무시하고 가속 페달을 밟았다. 백스터의 자동차는 우렁찬 엔진 소리를 내며 교도소로 향하고 있었다.

★

"그게 무슨 말이에요? 죽었다니요?" 백스터가 데이비스 교도소장에게 고함을 쳤다.

벌떡 일어난 백스터와 달리 소장과 에드먼즈는 덤덤하게 자리에 앉아 있었다. 소장은 뜨거운 커피를 한 모금 마시고 미간을 찌푸렸다.

"백스터 수사관, 이런 정보는 법무부에서 수사팀에 전달할 사항입니다. 우리는 보통….'

"하지만…" 백스터가 소장의 말을 끊었다.

하지만 소장은 더 단호하게 백스터의 말을 끊으며 말을 이었다. "칼리드 수감자는 독방에 있다가 탈이 나서 의무실로 옮겨졌습니다. 그러다 퀸 엘리자베스 병원으로 이송되었어요."

"탈이 얼마나 심하게 났길래요?"

소장은 돋보기를 쓰고 책상에 있던 서류철을 펼쳤다.

"보고서에는 '호흡 곤란과 구토'라고 나와 있어요. 오후 8시경

'반사 반응이 사라져 심폐소생술을 실시했음에도 산소포화도가 떨어짐'이라고 적혀 있으니, 그 무렵 퀸 엘리자베스 병원 중환자실로 옮겨졌을 겁니다. 어떤 증상인지 아시겠지요?"

백스터와 에드먼즈는 소장을 향해 고개를 끄덕였다. 하지만 소장이 다시 보고서로 시선을 떨어뜨리자 사실은 자기네들도 모르겠다는 듯 서로 마주 보며 어깨를 으쓱했다.

"관할 경찰이 병실 앞을 24시간 내내 지켰는데, 결과적으로는 21시간 동안이나 상황을 너무 낙관했던 것으로 밝혀졌죠. 칼리드 수감자는 병원 이송 후 3시간째인 오후 11시에 이미 사망했기 때문입니다." 소장은 보고서를 덮고 안경을 벗었다. "미안하지만 내가 할 말은 여기까지입니다. 더 자세한 얘기는 병원에 직접 물어보세요. 자, 이제 됐나요?"

뜨거운 커피를 무심결에 다시 홀짝인 소장이 혀를 데었는지 이제는 커피 잔을 멀찌감치 밀어두었다.

백스터와 에드먼즈는 자리에서 일어났다. 에드먼즈는 웃으며 소장에게 악수를 청했다.

"시간 내주셔서 감사…."

"감사는 무슨!" 백스터가 소장실을 나가며 에드먼즈에게 면박을 주었다.

에드먼즈는 어색하게 손을 거두고 백스터를 따라 나왔다. 하지만 소장실 문이 완전히 닫히기 직전에, 백스터가 다시 안으로 들어가더니 마지막 질문을 던졌다.

"참, 잊을 뻔했네요. 칼리드가 교도소를 떠났을 때에는 머리가 몸에 붙어 있었나요?"

소장은 황당하다는 표정을 지으면서도 고개를 끄덕였다.
"알겠습니다."

★

강력범죄수사팀 회의실에 음악이 울려 퍼졌다. 울프는 음악을 틀어놓아야 능률이 오르는 스타일이었다. 마침 이른 시간이라 눈치 안 보고 음악을 마음껏 들을 수 있었다.

울프는 옆 테이블에서 번쩍이는 휴대전화 불빛을 미처 발견하지 못한 채 노래의 음량을 높였다. 그는 지금 회의실을 독차지하고 있었다. 한쪽 벽이 불투명 유리로 되어 있어 바깥쪽 사무실에서 회의실 내부를 볼 수도 없었다.

울프는 사진 한 장을 더 집어 들고, 회의실 앞에 있는 커다란 게시판으로 다가갔다. 마지막 사진까지 핀으로 고정한 뒤에는 미술 작품을 감상하는 양 한 걸음 뒤로 물러섰다. 그는 게시판에 각각의 부위를 확대한 사진을 이어 붙여, 섬뜩한 시체의 앞모습과 뒷모습을 만들었다. 그리고 밀랍 인형 같은 얼굴을 다시 보았다. 그의 짐작이 옳았기를 바랐다. 차라리 칼리드가 죽었다면 잠자리가 조금은 편해질 테니까. 하지만 그것을 확인하러 간 백스터에게서 아직은 전화가 없었다.

"왔어?" 누군가 터프한 스코틀랜드 말씨로 울프에게 인사를 건넸다.

최고참 수사관인 핀레이 쇼 경사가 회의실에 들어왔다. 항상 담배 냄새를 풍기며 다니는 핀레이는 과묵하지만 만만하지 않은 상대였다. 올해로 쉰아홉인 그는 햇볕에 많이 타 피부가 까칠

했고, 범인을 검거하다가 여러 번 부러진 코는 원래 자리로 돌아오지 못했다.

백스터가 에드먼즈를 달고 다니듯, 울프는 복직한 후로 핀레이와 조를 이루어 일하고 있었다. 핀레이는 은퇴할 시기가 다가와, 업무를 단계적으로 줄여 가던 참이었다. 그래서 두 사람은 불문율을 만들었다. 울프가 대부분의 업무를 단독으로 처리하되, 핀레이는 매주 울프의 관찰 보고서를 작성하기로.

"뭔가 어색한데?" 핀레이가 벽으로 다가오며 말했다. 그는 울프가 방금 핀으로 꽂은 사진을 툭툭 쳤다. "…여기 왼발이 두 개야."

"어?" 울프는 현장 사진을 이리저리 뒤져 마침내 맞는 사진을 발견했다. "사실은 일부러 실수한 척한 거예요. 선배가 이제 내 옆에 없어도 된다고 생각할까 봐서요."

핀레이가 웃었다. "잘도 그러겠다."

끔찍한 콜라주(종이나 사진 여러 장을 오려 붙이는 미술 기법-옮긴이)의 한쪽 발 사진을 오른발 사진으로 교체한 후, 두 남자는 그것을 올려다보았다.

"70년대에 비슷한 사건을 맡은 적이 있었어. 찰스 테니슨 사건이라고."

핀레이의 말에 울프는 어깨를 으쓱했다.

"테니슨은 신체 일부를 여기저기에 하나씩 남기는 놈이었어. 다리 하나는 여기, 손 하나는 저기 이런 식으로. 처음에는 마구잡이로 버린다고 생각했지만 아니었지. 부위마다 피해자의 신원을 알아볼 수 있는 특징이 있었어. 범인은 자기가 누구를 죽였는지 알려주고 싶었던 거야."

울프는 벽으로 다가가 사진을 가리켰다.

"왼손에 반지를 꼈고, 오른다리에는 수술 흉터가 있지만 딱히 의미 있어 보이지는 않아요."

"분명히 단서가 더 있을 거야." 핀레이가 무덤덤하게 말했다. "이렇게 대량 학살을 하고도 피 한 방울 남기지 않은 놈이 반지를 실수로 남겼을 리 없어."

울프는 날카로운 의견을 내놓는 핀레이를 보며 입이 찢어져라 하품을 했다.

"커피 마실래? 그 김에 나도 담배 한 대 피우려고." 핀레이가 말했다. "크림에 설탕 두 스푼?"

"아직도 못 외웠어요?" 문 쪽으로 나가는 핀레이에게 울프가 물었다. "아주 뜨거운 더블샷 마키아토에, 우유는 저지방으로 바꾸고, 무가당 캐러멜 시럽 뿌려달라니까."

"크림에 설탕 두 스푼이다." 그렇게 못 박으며 회의실을 나서던 핀레이는 하마터면 바니타 총경과 부딪칠 뻔했다.

몸집이 아담한 인도계 여성인 바니타 총경은 텔레비전에 워낙 자주 출연해 울프도 익숙했다. 울프가 여기저기 복직 승인 평가를 받으러 다니던 시절, 면접장에서 한 번 만난 적도 있었다. 기억에 따르면 그때 바니타는 울프의 복직을 반대했었다.

울프는 총경이 다가오기 전에 진작 알아봤어야 했다. 더구나 그녀는 1년 365일 만화에서 튀어나온 것 같은 차림새가 아니던가. 오늘 아침은 선명한 보라색 재킷과 광택 소재의 주황색 바지를 조합해 입었다.

"반가워, 폭스 수사관."

"안녕하십니까?"

"여기는 꼭 꽃집 같네."

무슨 뜻인지 몰라 고개를 갸웃하던 울프는 수사본부 사무실을 가리키는 바니타의 손끝을 보고서야 이해했다. 수사본부에는 사치스러운 꽃다발이 책상과 서류함 곳곳에 놓여 있었다.

"아, 이번 주 초부터 계속 배달이 오고 있습니다. 아무래도 뮤니즈 사건 때문인 것 같습니다. 지역 주민들이 꽃을 보냈나 봐요." 울프가 설명했다.

"이렇게 우리 수고를 인정해주는 사람들도 있다니 뿌듯하군." 바니타가 말했다. "시몬스 경감을 찾고 있어. 사무실에는 없던데."

테이블에서 울프의 휴대전화가 시끄럽게 진동했다. 그는 발신자를 얼른 확인하더니, 전화를 바로 끊어 버렸다.

"제가 뭐 도와드릴까요?" 울프가 마음에도 없는 말을 했다.

바니타는 희미하게 미소를 지었다.

"없어. 밖에서 기자들이 우리를 잡아먹으려 안달이야. 청장님은 그걸 처리하라시고."

"그건 총경님 업무인 줄 알았는데요?"

"흠, 오늘은 내가 저 앞에 나가고 싶지 않네."

마침 시몬스 경감이 본부로 돌아오고 있었다.

"앞으로 언론이 더 시끄러워질 거야, 폭스. 자네는 이미 잘 알고 있겠지?"

"보다시피 나는 여기서 꼼짝도 못 해. 자네가 대신 나가서 저 인간들 좀 상대해줘." 시몬스는 지금 울프더러 나가서 언론을 상대하라고 부탁하는 중이었다. 농담이 아닌 것 같았다.

바니타 총경이 떠나고 2분도 되지 않아, 시몬스 경감은 자기 사무실로 울프를 불러 그렇게 말했다. 사무실은 4평방미터도 채 되지 않았다. 이런 단독 사무실이 특권이라면 굳이 열심히 일해서 승진할 이유가 없어 보였다. 이곳은 그야말로 사다리 꼭대기에서 더는 올라갈 곳이 없는 사람을 위한 공간 같았다.

"제가요?" 울프가 미심쩍은 듯 물었다.

"그래. 기자들이 사랑하는 윌리엄 폭스 아니야!"

한숨이 나왔다. "아래 직급 중에 대신할 사람 없습니까?"

"아까 남자 화장실에서 청소부 한 명을 보기는 했다만, 자네가 낫지 않겠어?"

"그렇다고 합시다." 울프가 투덜거렸다.

전화벨이 울렸다. 시몬스는 전화를 받더니 일어나려는 울프를 향해 앉으라고 손짓했다.

"옆에 폭스도 있어. 스피커폰으로 받지."

"퀸 엘리자베스 병원으로 가는 길입니다. 칼리드는 일주일 전 중환자실로 이송되었다고 해요."

"살아 있어?" 시몬스가 성미 급하게 다그쳤다.

"그때는요." 에드먼즈가 대답했다.

"지금은?"

"죽었습니다."

"시신에 머리는 붙어 있어?" 시몬스는 답답한 마음에 소리를 쳤다.

"확인하고 알려드릴게요."

"놀랄 노자군." 시몬스가 전화를 끊고 고개를 절레절레 저었다. 그리고 울프를 올려다보며 말했다.

"자, 기자들이 밖에서 자넬 기다리고 있어. 피해자가 여섯 명이라고 발표해. 어차피 다 알고 있을 거야. 현재 신원을 확인하는 중이고, 가족과 연락을 한 후에 이름을 공개하겠다고 못 박아둬. 몸을 꿰매서 서로 이어 놨다는 얘기는 절대 하지 말고. 사건 현장이 자네 집 건너편이라는 이야기도 빼."

울프는 입을 삐죽거리며 인사를 하고 사무실을 나왔다. 때마침 핀레이가 테이크아웃 커피 두 잔을 들고 다가오고 있었다.

"타이밍 기가 막히네요." 울프가 큰소리로 핀레이를 불렀다. 주간 근무를 시작하는 수사관들이 속속 출근하여 본부를 채우고 있었다.

커다란 꽃다발 다섯 개가 놓인 책상을 지나는데, 배달부가 또 커다란 꽃다발을 한아름 품에 안고 엘리베이터에서 내렸다.

"에밀리 백스터 님께 꽃 배달 왔습니다." 초라한 행색의 청년이 말했다.

"대단하구먼."

"그분한테만 다섯 개인가, 여섯 개째예요. 백스터라는 분이 꽤 미인인가 보죠?" 배달부의 허를 찌르는 질문에 울프는 할 말을 잃었다.

"음…, 글쎄, 아주…." 울프가 곤란해하며 말을 더듬었다.

"수사관끼리는 서로를 남녀로 보지 않아요." 핀레이가 끼어들어 울프를 도와주었다.

"울프!"

그때 사무실 건너편에서 여자 경관이 울프를 부르며 수화기를 들어 보였다. "사모님 전화예요. 중요한 일이래요."

"우린 이혼했어." 울프가 바로잡았다.

"어쨌든요. 아직 전화 안 끊으셨어요."

울프가 전화를 받으려는 순간, 자기 방에서 나온 시몬스 경감이 아직 본부에 있는 울프를 발견했다.

"당장 안 내려가고 뭐해? 폭스!

울프는 짜증이 치밀었다.

"내가 다시 전화한다고 전해." 울프는 경관에게 그렇게 말하고 엘리베이터에 올라탔다. 마주하려는 기자들 틈에 제발 전 부인이 없기를 빌며.

3

2014년 6월 28일
오전 6시 9분

백스터와 에드먼즈는 퀸 엘리자베스 병원 본관의 접수대 앞에서 10분 넘게 기다려야 했다. 근처 편의점에 쌓여 있는 과자 봉지를 보자 백스터의 배에서 요란하게 꼬르륵 소리가 났다. 드디어 병적으로 뚱뚱한 경비원 하나가 무거운 몸을 이끌고 안내 데스크로 다가왔고, 불친절한 접수원이 그를 가리켰다.

"잭!" 접수원은 강아지를 부르듯 손짓을 하며 백스터에게 말했다. "여기 잭을 따라가세요."

잭이라는 경비원은 노골적으로 불만을 드러냈다. 그는 귀찮다는 티를 내며 느릿느릿 엘리베이터로 두 사람을 안내했다.

"저희가 조금 바빠요." 백스터가 참지 못하고 따졌다. 하지만 그 말을 들은 경비원의 발걸음은 더 느려졌다.

경비원은 지하 1층에 도착한 후에야 처음으로 입을 열었다.

"경찰 나리들께서 우리 같이 수준 떨어지는 경비원은 못 믿겠다면서 직접 병실 앞을 지키셨더랬죠. 일 한번 끝내주게 잘 합디다."

"그럼, 시신이 영안실에 안치된 후에 경찰이 영안실 앞도 지켰었나요?" 에드먼즈는 적대적인 경비원을 달랠 요량으로 공손하게 물었다. 비좁은 복도를 지나는 동안, 에드먼즈는 대답을 받아 적으려고 수첩을 꺼냈다.

"그렇게까지 했겠어요? 병실 앞을 지키기도 벅찬데. 경찰은 놈이 죽었으니 더는 위험하지 않다고 판단했을 거예요. 순전히 내 추측이지만요."

"이 친구 질문은 시신이 안치된 이후에 누군가 영안실에 들어간 적이 있냐는 뜻이에요." 백스터가 거들었다.

마침 세 사람은 영안실 앞에 도착했다. 경비원은 창문에 작게 붙은 '출입금지' 스티커를 거만하게 툭툭 쳤다.

"보면 몰라요?"

백스터는 얄미운 남자를 밀치고 에드먼즈가 지나갈 수 있게 문을 열어주었다.

"고맙습니다. 정말…." 그녀가 경비원의 면전에 대고 문을 힘껏 닫았다. "재수가 없으시네요."

비협조적인 경비원과 달리 검시관은 기꺼이 돕겠다고 나섰다. 그는 나기브 칼리드에 관한 부검 자료와 컴퓨터 파일을 금세 찾아주었다.

"사실 저는 부검에 참가하지 않았습니다. 하지만 보고서를 보니 사인은 테트로도톡신이라네요. 그게 혈액에 소량 남아 있었습니다."

"테토신이라면…."

"테트로도톡신요." 검시관이 백스터의 말을 바로잡았다. 하지만 잘난 체한다는 느낌은 없었다.

"네, 그거요. 그게 뭐죠? 어떻게 몸에 들어가나요?"

"테트로도톡신은 신경계통에 작용하는 독입니다. 자연계에도 흔히 존재하죠."

백스터와 에드먼즈는 멀뚱멀뚱 그를 바라보았다.

"즉, 흔한 독성 물질이라는 말입니다. 아마 먹어서 중독되었을 거예요. 테트로도톡신으로 사망했다면 대부분 복어를 먹었기 때문이죠."

백스터의 뱃속에서 다시 꼬르륵 소리가 났다.

"그럼 경감님께 방화 살인범 칼리드가 생선을 먹고 죽었다고 해야 하나요?" 영 탐탁지 않았다.

"죽는 방법은 저희가 어떻게 할 수 없으니까요." 검시관은 변명을 하며 어깨를 으쓱했다. "물론 테트로도톡신은 다른 생물에도 존재합니다. 불가사리, 달팽이…, 제 기억으로는 개구리도…."

그 말을 들어도 찜찜하기는 마찬가지였다.

"시신을 보시겠어요?" 잠시 후 검시관이 물었다.

"부탁드려요." 백스터가 대답했다. 에드먼즈는 백스터 입에서 '부탁'이라는 말을 오늘 처음 들었다.

"이유를 여쭤봐도 될까요?"

검시관이 금속 소재의 커다란 냉동 서랍이 있는 벽 쪽으로 걸어가며 물었다.

"머리가 붙어 있는지 확인하려고요." 에드먼즈가 수첩에 메모를 하며 말했다.

검시관은 그 말에 백스터가 웃음을 보이거나, 동료의 농담이 지나쳤다고 사과할 줄 알았다. 하지만 백스터는 진지하게 고개를 끄덕였다. 검시관이 의아해하며 아래쪽 서랍 하나를 조심스럽게 잡아당겼다. 세 사람은 모두 숨을 죽이면서 악명 높은 연쇄 살인범이 서서히 드러나는 모습을 지켜보았다.

구릿빛 피부의 발과 다리는 오래전에 생긴 상처와 화상으로 뒤덮여 있었다. 다음으로 사타구니와 팔이 드러났다. 백스터는 울프가 부러뜨린 왼손가락 두 개를 불편한 마음으로 바라보았다.

흉부가 불빛에 드러나자 수많은 수술 자국도 함께 나타났다. 칼리드는 울프에게 폭행을 당한 후 여러 차례 수술을 받았었다. 마침내 서랍이 딸칵 소리를 내며 다 열렸다. 칼리드의 머리가 있어야 할 공간에는 금속판을 내려다보는 세 사람의 일그러진 얼굴밖에 보이지 않았다.

"젠장."

★

울프는 런던 경시청 앞에 빽빽이 몰려든 기자들을 바라보며 출입구 밖을 어슬렁거렸다.

주머니에서 휴대전화가 진동하자 울프는 아차 싶었다. 깜박하고 전원을 끄지 않은 것이다. 하지만 시몬스 경감이라는 발신자 표시를 확인하고는 얼른 전화를 받았다.

"네?"

"백스터가 방금 확인했어. 칼리드 맞대."

"그럴 줄 알았어요. 사인은 뭐래요?"

"복어 같은 생선."

"뭐라고요?"

"독을 먹었어."

"그놈이 한 짓을 생각하면 더 고통스럽게 갔어야 하는데 아깝네요.” 울프가 독설을 뱉었다.

“그 말은 못 들은 걸로 하지.”

그때 기자회견을 준비하던 경찰 하나가 울프에게 손짓을 하며 말했다. “연단에 올라가실 준비가 된 것 같습니다.”

“행운을 빌어.” 시몬스가 말했다.

“네, 파이팅.” 울프가 건성으로 말했다.

“망치지 말고 잘해.”

“알았어요.”

울프는 전화를 끊고 브리핑을 최대한 빨리 끝낼 생각으로 연단을 향해 성큼성큼 다가갔다. 하지만 사람들의 목소리가 점점 커지고 텔레비전 카메라의 검은 렌즈가 목표물을 겨냥하는 대포처럼 그를 따라다니자 기가 눌렸다. 꼭 그날의 형사 법정으로 돌아간 기분이었다. 경찰차 뒷좌석에 거칠게 떠밀려 들어가면서 얼굴을 가렸지만 소용없었다. 원하는 장면을 찍지 못한 기자들은 욕을 하면서 차체를 난폭하게 두드렸다. 그 소리는 꿈에서라도 평생 그를 따라다닐 것이다.

울프는 초조하게 연단에 올라 연습한 대로 기자회견을 시작했다.

“저는 런던 경시청 소속….”

“뭐? 더 크게 말해!” 누군가 야유를 했다.

임시 연단을 설치한 직원이 달려와 마이크 전원을 켜자, 이번에는 귀청이 터질 듯한 잡음이 울려 퍼졌다. 앞쪽에 서 있는 사람들이 짓궂게 웃었지만 울프는 못 들은 척했다.

“감사합니다. 방금 말했듯이 저는 런던 경시청 소속이고, 오늘

발생한 다중 살인사건의 수사를 맡고 있는 윌리엄 폭스 경사입니다."

아직까지는 괜찮다. 질문 세례가 쏟아졌지만 울프는 무시하고 대본을 읽었다. "피해자 여섯 명의 시신은 켄티시 타운 모처에서 오늘 오전…"

그 순간 고개를 든 것이 실수였다. 울프가 고개를 들자, 안드레아의 빨간색 머리카락이 눈에 들어왔기 때문이다. 울프는 당황한 나머지 대본을 땅에 떨어뜨리고 말았다.

하지만 대본을 봐야 시몬스 경감이 아직 밝히지 말라고 한 사항을 일 수 있잖나. 일른 대본을 주운 울프가 마이크 앞에 다시 섰다.

"…오전에 발견했습니다."

목이 바짝 말랐다. 민망한 상황에서 늘 그렇듯 얼굴이 새빨갛게 달아올랐을 것이다. 그래서 울프는 마지막 대본을 서둘러 읽었다.

"현재 피해자의 신원을 확인하고 있고, 피해자의 이름은 가족에게 연락을 취한 후 공개할 예정입니다. 수사가 진행 중인 관계로 현재 말씀드릴 수 있는 사항은 여기까지입니다. 감사합니다."

잠시 박수를 기대했지만 생각해 보니 지금은 박수 받을 상황이 아니었다. 브리핑 자체도 박수 받을 만큼 훌륭하지 않았다. 울프는 그의 이름을 외치는 사람들을 뒤로 하고 연단에서 내려왔다.

"울프! 울프!"

뒤를 돌아보자 안드레아가 그에게 달려오고 있었다. 안드레아는 용케 첫 번째 경찰을 피했지만 결국 다른 두 명의 경찰에게 가로막혔다. 이혼 직후 안드레아를 몇 번 만날 때마다 느꼈던 혼란스러운 분노가 다시금 밀려들었다. 한편으로는 경찰에 끌려가게 두자는 생각마저 들었다. 하지만 헤클러 앤 코흐 G36C 돌격소총으로 무장한 경비요원까지 나서자 울프는 결심을 하고 막아섰다.

"됐어요, 괜찮습니다. 보내주시죠." 울프가 마지못해 말했다.

마지막으로 만난 날만 해도 안드레아는 그에게 냉정했다. 그랬기 때문에 안드레아가 달려와 그를 껴안은 지금, 울프는 놀라지 않을 수 없었다. 머리카락 향을 맡지 않으려고 입으로 숨을 쉬었다. 안드레아가 애용하는 향수는 그가 가장 좋아하는 향이기 때문이다. 한참 만에 포옹을 푼 안드레아는 거의 울기 직전이었다.

"안드레아, 아무리 당신이라도 더는 말할 수…"

"전화 받을 줄 몰라? 거의 2시간 동안 전화를 했어!"

울프는 그녀의 변덕을 따라잡을 수 없었다. 이번에는 진심으로 화가 난 것 같았다.

"미안해. 오늘 조금 바빴어." 울프는 가까이 다가가 은밀히 속삭였다. "살인사건 비슷한 일이 터졌거든."

"그것도 당신 집 근처에서?"

"그래." 울프가 말했다. "원래 쓰레기 같은 동네잖아."

"질문 있어. 솔직히 대답해 줄 거지?"

"흠."

"기자회견 내용이 전부가 아니지? 시체를 인형처럼 꿰매서 연결했다며?"

울프가 어색하게 말을 더듬었다.

"어떻게…? 어디서…? 런던 경시청을 대표해 나는 그저 발표를 했을 뿐…."

"칼리드 맞지? 머리?"

울프는 다른 경찰들로부터 최대한 멀리 떨어진 쪽으로 안드레아의 팔을 잡아끌었다. 안드레아가 가방에서 두툼한 갈색 봉투를 꺼냈다.

"누구는 그 끔찍한 인간 이름을 입에 올리고 싶은 줄 알아? 내 입장에서는 그 놈이 우리 결혼을 망친 장본인인데. 하지만 사진을 보고 알아봤어." 안드레아가 말했다.

"사진이라고?" 울프가 경계했다.

"세상에! 진짜 맞구나." 안드레아는 충격을 받은 목소리였다. "그 봉제인형 같은 시체 사진이 우편으로 왔어. 몇 시간째 이러지도 저러지도 못하고 있었단 말이야. 그럼 난 이만 사무실로 돌아가 봐야겠다."

누군가 곁을 지나가자 얼른 입을 다물었던 안드레아가 다시 말을 꺼냈다.

"울프, 그걸 보낸 사람이 누군지 모르겠지만 봉투에는 그 시체 사진 말고도 명단 하나가 들어 있었어. 그래서 당신에게 전화했던 거야. 그 명단이 도통 무슨 뜻인지 모르겠어서. 여섯 명 이름 옆에 날짜가 각각 적혀 있었어."

울프는 재빨리 안드레아의 손에서 봉투를 낚아채 뜯었다.

"첫 번째는 턴블 시장이고, 날짜는 오늘이야." 안드레아가 말했다.

"턴블 시장?" 울프는 발밑의 땅이 갑자기 꺼진 것만 같았다.

그는 더 이상 아무 말도 하지 못한 채 경시청 출입구로 전력 질주 했다. 뒤에서 안드레아가 무어라 소리를 쳤지만 그 말은 경시청의 두꺼운 유리에 부딪쳐 들리지 않았다.

★

시몬스는 경시청장과 통화 중이었다. 수사팀이 뚜렷한 성과를 내지 못해 죄송하다고 거듭 사과하는 시몬스에게, 청장은 계속 이런 식으로 하면 그를 다른 사람으로 대체할 수도 있다며 노골적으로 협박했다. 시몬스가 한창 작전 계획을 청장에게 설명하고 있는데, 울프가 노크도 없이 사무실에 들이닥쳤다.

"폭스! 나가!" 시몬스가 외쳤다.

울프가 책상에 몸을 기대더니 전화기의 버튼을 아무거나 눌러댔다.

"지금 무슨 짓이야?" 시몬스가 버럭 화를 냈다.

스피커폰에서는 당황한 기색이 역력한 목소리가 흘러나왔다. "나보고 하는 말인가, 시몬스?"

"젠장." 울프가 다른 버튼을 눌렀다.

"음성 메시지를 남기려면…." 이번에는 녹음된 기계음이 나왔다.

시몬스가 손으로 머리를 감싸 쥐는 동안 울프는 전화기에 있는 모든 버튼을 미친 듯이 눌러댔다.

"이거 어떻게 끊어요?" 울프가 답답해서 고함을 쳤다.

"커다란 빨간 버튼을…." 경시청장이 고맙게도 조언을 해줬다. 정말 그의 말대로 딸깍 하는 소리와 함께 사무실이 고요해졌다.

울프는 시몬스 경감의 책상 위에 흉측한 시신의 모습이 담긴 폴라로이드 사진을 뿌렸다.

"범인이 언론에 시체 사진과 함께 살인 예고 명단을 보냈어요."

시몬스가 마른세수를 하고 사진을 내려다보았다. 범인은 토막 시체를 조립하는 모습을 단계별로 찍어놓았다.

"새로운 살인의 첫 번째 표적은 턴블 시장이고 날짜는 오늘입니다." 울프가 말했다.

시몬스는 한참 만에 그 말이 무슨 뜻인지 이해하고 서둘러 휴대전화를 꺼냈다.

"시몬스!" 턴블 시장이 반갑게 전화를 받았다. 그는 지금 외부에 나와 있는 듯했다. "어쩐 일로 전화를 다 하셨나? 친구."

"턴블, 지금 어디야?" 시몬스가 물었다.

"리치먼드 공원을 걸어서 시청으로 돌아가는 중이야. 그러고 보니 예전에 자네랑 나랑 자주 걷던 곳이군."

시몬스는 시장이 있는 장소를 울프에게 작은 소리로 전했다.

"턴블, 문제가 생겼어. 자네 목숨을 노리고 있다는 믿을 만한 제보가 들어왔어."

시장은 놀랍도록 침착하게 소식을 받아들였다.

"그거야 일상이지." 그가 웃음을 터뜨렸다.

"그 자리에 움직이지 말고 있어. 호위 차량을 몇 대 보냈으니까 추가 정보가 나올 때까지 이쪽으로 와 있으라고." 시몬스가 말했다.

"굳이 그렇게까지 해야 돼?"

"여기 도착하면 전부 다 설명하지."

시몬스가 전화를 끊고 울프를 돌아보았다. 울프는 이미 경시청 상황통제실과 통화를 마쳤다.

"세 대가 출발했습니다. 가장 가까운 건 4분 거리에 있고, 한 대는 무장특공대 소속 차량입니다."

"좋아." 시몬스가 말했다. "백스터와 누구더라, 아무튼 그 친구도 여기로 오라고 해. 그런 다음 이 층을 전부 폐쇄하고 출입을 금지한다. 시장님이 주차장에서 올라올 예정이라고 경비실에 알려. 당장!"

★

턴블 시장은 기사가 운전하는 메르세데스 벤츠 E클래스의 뒷좌석에 참을성 있게 앉아 있었다. 차에 타기 전, 보좌관에게 연락해 빡빡한 스케줄을 전부 취소하라고 말했다. 오늘은 왠지 길고도 지루한 하루가 될 것 같았다.

불과 두 달 전에도 협박 이메일을 받고 오후 내내 자택에 숨어 있어야 했다. 하지만 협박범을 잡고 보니 어처구니없게도 주초에 방문한 학교를 다니고 있던 열한 살짜리 소년이었다. 이번에도 시간만 낭비하지 않겠냐는 생각이 들었다.

턴블 시장은 서류 가방을 열고 갈색 천식 흡입기를 찾아 숨을 깊이 들이마셨다. 끝을 모르는 폭염으로 꽃가루 수치가 급상승하며 천식 증상이 더 심해졌다. 올해 들어 벌써 두 번 병원에 실려 간 그였다. 세 번이나 그럴 수는 없었다. 여론조사에 따르면, 차기 시장 선거에서 가장 위협적인 경쟁자가 이미 그의 지지율을 다 따라잡았다. 오늘도 정해진 일정을 지키지 않았다고 그쪽에서 걸고넘어질 게 분명하다.

스트레스가 치솟자 시장은 창문을 내리고 담배에 불을 붙였다. 천식 흡입기와 담배를 함께 들고 다닌다는 아이러니는 외면한 지 오래였다.

멀리서 들리던 사이렌 소리가 가까워지자 가슴이 철렁 내려앉았다.

경찰차가 옆에 멈춰 서더니 제복 경찰이 차에서 내려 운전기사와 짧게 대화를 나누었다. 30초 후 출발한 시장의 벤츠 차량은 신호를 무시하고 버스 전용 차선을 넘나들었다. 벤츠 양쪽에 경찰차 두 대가 달라붙었다.

턴블 시장은 이렇게 우스꽝스러운 과잉 경호를 촬영하는 시민이 없기만을 기도했다.

4

에드먼즈는 방금 자전거 탄 사람을 친 게 아닌가 의심하지 않을 수 없었다. 난폭하게 강변을 역주행한 백스터의 차량이 이번에는 길을 건너려던 사람들을 통째로 날려 보낼 뻔했다.

푸른 경광등은 아우디의 프론트 그릴 안에서 깜빡거리고 있었다. 백스터가 역주행을 끝내고 올바른 방향으로 차선을 바꾸고서야 에드먼즈는 움켜쥐고 있던 문손잡이를 놓았다.

백스터는 앞에 있는 버스와 충돌하지 않으려고 잠시 속도를 늦추는 듯했다. 우렁찬 엔진 소리가 작아지자 아까부터 울리고 있던 에드먼즈의 휴대전화 벨소리가 비로소 들렸다. 20대 중반으로 보이는 아름다운 흑인 여성의 사진이 화면을 채웠다.

"아, 티아. 무슨 일 있어?" 에드먼즈가 전화기에 대고 고함을 질렀다.

"아니. 한밤중에 일어나 보니 자기는 없고 뉴스에 별별 얘기가 다 나와서…, 그냥 잘 있는지 확인하려고."

"전화 받을 상황이 아니야, 티아. 이따가 다시 걸어도 될까?"

티아는 토라진 목소리였다. "그래. 오는 길에 우유 사올 수 있어?"

에드먼즈는 수첩을 꺼내 테트로도톡신의 정의를 메모한 곳 바로 아래에 '우유'라고 썼다.

"소고기 버거도." 티아가 덧붙였다.

"너 채식주의자잖아!"

"버거 사 와!" 티아가 날카롭게 말했다.

에드먼즈는 쇼핑 목록을 추가했다.

"초콜릿 잼도."

"대체 뭘 만들려고 그래?" 그가 물었다.

백스터가 에드먼즈를 힐끗 돌아보았다가 에드먼즈의 비명 소리에 다시 도로로 시선을 돌렸다. 백스터는 핸들을 급하게 꺾으며 또 한 번의 추돌 사고 위기를 간신히 모면했다.

"깜짝이야!" 백스터가 가슴을 쓸어내렸다.

"자기, 무슨 일 있어?"

"아니, 괜찮아." 에드먼즈는 숨을 헉헉 몰아쉬었다. "그만 끊어야겠다. 사랑해."

두 사람이 탄 차는 경시청 입구 차단기를 지나 지하 주차장으로 진입했다. 그러자 티아가 인사를 하는 도중에 휴대전화 신호가 약해지면서 전화가 끊겨버렸다.

"약혼녀예요." 에드먼즈가 미소를 지으며 설명했다. "지금 24주거든요."

백스터는 덤덤하게 그를 보았다.

"임신요. 임신 24주째예요."

그래도 백스터의 표정은 변하지 않았다.

"축하해. 안 그래도 수사관들이 잠을 너무 많이 잔다고 생각하던 참이었는데, 울고 보채는 아기가 있으면 최소한 넌 그러지 못하겠다."

백스터는 옆 차에 딱 붙여 아슬아슬하게 주차를 하고 에드먼즈를 돌아보았다.

"이봐, 어차피 너는 여기서 못 버텨. 내 시간 그만 뺏고 재산범 죄수사팀으로 돌아가지 그래?"

그러고는 혼자 차에서 내리더니 문을 쾅 닫았다. 그녀의 반응은 충격이었다. 거침없는 말 때문도 아니고, 아빠가 된다는 소식에 표정 하나 변하지 않던 무심함 때문도 아니었다.

에드먼즈는 처음으로 누군가 그에게 불편한 진실을 말해줬다는 생각에 불안해졌다. 백스터의 말이 맞을까 봐 두려웠다.

★

강력수사팀 전체가 회의실을 가득 메웠다. 이번 사건과 직접 관련된 수사관들에다, 경시청 긴급 봉쇄 조치로 덩달아 발이 묶인 사람들까지 더해 발 디딜 틈이 없었다. 약한 에어컨 바람에 시신 복원도가 흔들리자 실제로 천장에 시신이 매달려 있는 듯한 착각이 들었다.

시몬스 경감과 바니타 총경은 5분 넘게 대화를 나누는 중이었다.

사람들은 계속 올라가는 회의실 온도에 가만히 있지 못하고 들썩이기 시작했다.

"…주차장을 통해 들어올 거야. 그런 다음 턴블 시장님을 1번 조사실에 보호할 계획이다." 시몬스가 말했다.

"2번으로 하세요." 누군가 끼어들었다. "1번 조사실은 아직 파이프에서 물이 새고 있습니다. 가뜩이나 오늘 큰일을 겪은 분이 물고문까지 원하지는 않겠죠."

몇몇이 웃음을 터뜨렸다.

"그럼 2번 조사실로 하지." 시몬스가 말했다. "핀레이, 준비 됐나?"

"예."

시몬스는 대답에 만족하지 못한 눈치였다.

울프가 핀레이를 쿡 찔렀다.

"아, 이미 말해뒀습니다. 백스터와…, 또…."

"에드먼즈." 울프가 속삭였다.

"…에느번스, 에느먼즈를 늘여보내라고요. 모든 문에 경비원을 세워뒀고, 무장특공대 대원들도 주차장으로 시장님을 모시러 나갔습니다. 경찰견들도 따라갔고요. 우리 층은 블라인드를 다 내리고 엘리베이터 운행을 멈췄습니다. 그러니 다들 계단을 이용해야 합니다."

"좋아." 시몬스가 말했다. "폭스, 일단 시장님을 만나면 특공대가 여기까지 동행할 거라고 전해. 건물 규모가 크고 우리가 모든 직원의 얼굴을 다 알지 못한다는 사실도 염두에 두도록. 일단 조사실에 들어가면 한참 동안 거기 머물러 있을 각오를 해."

"얼마나 오래요?" 울프가 물었다.

"시장님의 안전이 확실해질 때까지."

"소변 보실 수 있도록 제가 요강은 들여보낼게요." 손더스라는 거만한 순경이 농담이랍시고 끼어들었다.

"그보다는 점심 메뉴가 궁금한데." 울프가 대답했다.

"복어 어때요?" 손더스가 키득키득 웃으며 시몬스의 인내심을 자극했다.

"이게 웃을 일이라고 생각하나, 손더스?" 시몬스가 외쳤다. 옆에 있는 바니타 총경을 의식해서인지 조금은 과민 반응 하는 것 같았다. "당장 나가!"

"지금은 그럴 수가…. 출입 금지라서요." 손더스가 꾸지람을 받은 학생처럼 말을 더듬었다.

"그럼 닥치고 앉아 있어."

하필 그 순간에 백스터와 에드먼즈가 회의실로 들어왔다.

"무슨 얘기 하고 있었어요?" 백스터가 물었다.

"울프와 나는 시장님 경호 담당이야." 핀레이가 대답했다. "너는 에드먼즈와 조사를 시작하면 되고."

"좋아. 자리에 앉지." 시몬스가 말했다. "다들 모였으니 시작해 볼까. 현재 피해자 여섯 명을 꿰매 붙인 시체가 하나 있고, 시장을 살해할 계획이라는 협박이 들어왔다. 추가로 죽이겠다는 다섯 명의 명단도 입수됐어. 또…."

"괴물 인형의 손가락이 울프 경사의 집 창문을 가리키고 있었죠." 핀레이가 호기롭게 끼어들었다.

"그래. 여기까지 들은 상태에서 어떤 의견 있는 사람?" 시몬스의 질문에 수사관들은 대답 대신 멍한 표정을 지었다. "아무도 없어?"

조심스럽게 에드먼즈가 손을 들었다. "제가 말씀드리겠습니다, 경감님."

"그래."

"대학 때 연쇄 살인범이 언론이나 경찰에 메시지를 보낸 이유를 주제로 논문을 쓴 적 있습니다. 별자리 살인범, 웃는 얼굴 살인범…."

"저 친구 재산범죄수사팀에서 오지 않았어요?" 누군가 물었다.

에드먼즈는 그래도 동요하지 않은 척했다.

"대체로 연쇄 살인범이 언론이나 경찰에 보낸 메시지에는 자신이 진짜 범인임을 입증하는 증거가 들어 있었습니다."

"오늘 폭스 부인이 받은 사진처럼 말이지?" 바니타 총경이 거들었다.

"전(前) 부인입니다." 울프가 끼어들어 바로잡았다.

"맞습니다. 그리고 드물기는 하지만, 범인이 메시지를 통해 경찰에 도움을 요청하는 경우도 있었습니다. 다시는 자신이 살인을 못 저지르도록 막아달라고 경찰에 부탁하는 셈이죠. 어떤 살인범들은 살인 욕구를 통제할 수 없는 자신이 피해자와 다름없다고 생각하거든요. 반면, 자기 작품에 다른 사람이 끼어들어 공을 가로채는 상황을 못 견디기도 하고요. 의식적이든 무의식적이든 경찰에 메세지를 보내는 범인의 의도는 하나입니다. 자신이 잡히기를 바라는 거예요."

"자네는 이번 사건이 그런 경우라고 생각한다는 뜻이지?" 바니타 총경이 물었다. "이유는?"

"우선 추가 살인을 예고하는 명단을 보냈습니다. 구체적인 시간을 제시한 데다, 언론에 미끼를 던지기까지 했죠. 범인은 일단 상황의 추이를 지켜보면서 관망하겠지만, 결국 수사망에 점점 가까워질 겁니다. 살인을 한 건 저지를 때마다 자신감이 붙고,

갓God 콤플렉스(자신이 남보다 우월하다고 생각하고 오류를 인정하지 않는 문제 행동-옮긴이)가 심해져 더 큰 위험을 감수할 테니까요. 결국에는 저희 앞에 나타날 겁니다."

그럴듯한 추리에 모든 수사관들이 놀라 에드먼즈를 빤히 바라보았다.

"하지만 왜 하필 나지?" 울프가 말했다. "그 흉물의 손가락이 다른 사람 집 창문을 가리키지 않은 이유가 뭐야? 게다가 왜 내 아내에게 사진을 보냈냐고?"

"전 아내." 백스터와 핀레이가 합창했다.

"대체 왜…." 울프는 말을 잇지 못했다. "왜 나야?"

"네 팔자가 그래." 핀레이가 능글맞게 웃었다.

모든 수사관이 기대에 찬 눈빛으로 에드먼즈를 돌아보았다.

"웬만해선 연쇄 살인범이 경찰 전체가 아닌 특정 수사관 한 명을 지목하지는 않습니다. 물론 사례가 아예 없다고 할 수는 없겠지만요. 만약 그럴 경우에는 사적인 원한이 있다는 의미겠죠. 어쨌든 특정 경찰을 지목했다면 어떤 의미에서는 범인이 보내는 일종의 찬사예요. 자신을 상대할 적수는 울프 선배님 한 사람뿐이라는 뜻입니다."

"그렇게 말하니 좀 낫군. 좋은 의도라면 괜찮아." 울프가 정리했다.

"명단에 또 누가 있어요?" 백스터가 일부러 에드먼즈의 논문과 관계없는 화제로 이야기의 방향을 돌렸다.

"이 얘기는 내가 하지, 시몬스 경감." 바니타 총경이 한 걸음 앞으로 나오며 말했다. "현재로서는 정보를 공개하지 않기로 결

정했다. 왜냐하면 첫째, 소란을 일으키고 싶지 않고, 둘째, 지금
은 시장님 경호에 집중해야 하고, 셋째…, 협박의 진위 여부가
확인되지 않았기 때문이다. 수사팀이 또다시 소송에 휘말리는
일은 없어야겠지?"

몇몇 사람이 울프를 돌아보았다.

그때 회의실 내선 전화가 울렸다. 시몬스 경감이 전화를 받자
모두가 숨을 죽이고 귀를 기울였다.

"그래…, 알았네." 시몬스가 상대에게 말하며 바니타를 향해
고개를 끄덕였다. 시장이 주차장에 도착했다는 뜻이었다.

"좋아, 오늘 각자 자기 위치에서 최선을 다하기 바란다. 회의
끝."

★

울프가 지하 주차장에 도착하니 시장의 메르세데스 벤츠는
이미 주차되어 있었다. 건물 지상부와 달리 지하 주차장에는 에
어컨 바람이 없었다. 그래서 차량이 내뿜는 열기와 배기가스 냄
새에 숨이 막힐 지경이었다.

울프가 차에 다가가자 뒷문이 열리며 턴블 시장이 차에서 내
렸다.

"이게 무슨 난리야?" 시장이 쏘아붙이며 문을 쾅 닫았다.

"시장님, 폭스 수사관입니다."

울프가 인사를 하며 손을 내밀자 시장이 화를 가라앉혔다. 그
는 잠시 불안한 표정을 짓더니 침착하게 울프와 악수를 나눴다.

"드디어 만났군. 반가워요, 폭스 수사관." 턴블 시장이 필요 이

상으로 환히 웃었다. 마치 카메라 앞에서 포즈를 취하는 듯했다.

"따라오시죠." 울프가 위층까지 동반할 특공대원에게 손짓을 하며 말했다.

"잠깐만." 시장이 말했다.

울프는 서둘러 움직이려고 시장의 등에 올렸던 손을 거두었다.

"무슨 일인지 지금 이 자리에서 말을 하지?"

울프는 오만한 말투를 애써 무시하고 이를 악물었다. "시몬스 경감님이 직접 설명하실 겁니다."

거절당하는 상황이 익숙하지 않은 시장은 적잖이 당황했다.

"그럽시다. 하지만 의외인걸. 나 하나 돌보라고 시몬스가 폭스 수사관을 보냈다니 말이야. 오늘 아침 라디오 뉴스 들었어요. 이 번 연쇄 살인사건을 수사해야 하지 않습니까?"

수사 규정상 울프는 아무 말도 할 수 없었다. 하지만 빨리 턴블 시장을 이동시켜야 했고, 벌써부터 그의 거만한 태도에 짜증이 치밀었다. 울프는 시장을 돌아보며 눈을 맞추었다.

"그러고 있습니다."

★

시장은 보기보다 민첩했다.

만성 천식과 수십 년간의 흡연으로 폐가 망가지지만 않았더 라면 울프도 따라잡지 못했을 것이다.

세 남자는 중앙 로비에 들어서자 속도를 조금 늦추었다.

시몬스는 시장이 이동하는 동안 로비와 계단을 완전히 봉쇄

하자고 했지만 경시청장은 단번에 거절했다. 경시청장은 무장 특공대, CCTV, 금속 탐지기, 수사관들로 가득한 경시청 건물이야말로 런던에서 가장 안전한 곳이라고 주장했다.

로비는 조용했지만 건물을 드나들거나 중앙에 있는 커피숍 주위를 어슬렁거리는 사람들도 여럿 보였다. 울프는 사람의 왕래가 뜸해지는 틈을 타 얼른 계단 입구로 향했다.

7층까지 걸어 올라오는 것은 보통 일이 아니었다. 얼굴이 붉어지고, 숨을 쉴 때마다 거친 호흡 소리가 들렸다.

시장이 마침내 수사본부에 도착하자, 시몬스 경감이 자기 방에서 달려 나와 오랜 친구와 악수를 나눴다.

블라인드를 다 내린 수사본부 사무실은 밀실처럼 갑갑했다. 삭막한 인공조명은 실제 햇빛을 도저히 흉내 낼 수 없었다.

"잘 왔어, 턴블." 시몬스가 시장에게 인사했다.

"시몬스, 제발 무슨 일인지 설명을 해줘." 시장이 말했다.

"물론이지. 조용한 곳에서 이야기하자고." 시몬스가 시장을 조사실로 끌고 들어가 문을 닫았다. "집에 순찰차를 보냈어. 멜라니와 로지에게도 자네가 무사하다고 알려야 할 것 같아서."

"고마…."

시장의 호흡 상태는 수사본부에 들어온 후로 더욱 거칠어졌다. 그는 숨을 제대로 쉬지 못하고 쌕쌕거리며 한바탕 기침을 터뜨렸다. 누군가 가슴을 깔고 앉은 듯한 느낌에 시장은 서류 가방을 뒤져 푸른색 천식 흡입기를 꺼냈다. 두 번 깊게 흡입을 하자 조금 괜찮아진 것 같았다.

"고마워, 마음이 놓이네."

시장은 설명을 기다리고 있었다. 이를 눈치를 챈 시몬스가 조사실을 서성였다.

"그래, 어디부터 시작할까? 오늘 아침에 시신 여섯 구가 발견됐다는 소식은 들었지? 그게 말처럼 단순하지 않아서…."

이후 15분 동안 시몬스는 아침에 일어난 모든 일을 설명했다. 언론에 절대 말하지 말라던 상세한 정보까지도 이야기했다. 그만큼 친구를 철석같이 믿는 듯했다. 다만, 살인 예고 명단에 오른 나머지 다섯 명의 이름만큼은 시장이 아무리 물어도 알려주지 않았다.

"걱정 마. 여기보다 안전한 곳은 없으니까." 시몬스가 시장을 안심시켰다.

"정확히 몇 시간 동안 여기 숨어 있으라는 건가, 시몬스?"

"최소한 자정까지는 있어야겠지. 자정이 지나면 범인이 협박을 실행에 옮기지 못할 거야. 물론 경호를 강화해야겠지만 돌아가서 평소처럼 생활은 할 수 있을 거야."

시장은 체념하고 고개를 끄덕였다.

"나는 이만 나가볼게. 이놈을 빨리 잡아야 자네도 여기서 빨리 탈출하지." 시몬스가 자신 있게 말하며 문 쪽으로 걸음을 옮겼다. "폭스가 여기 함께 있어줄 거야."

시장이 시몬스와 따로 대화를 하고 싶은지 자리에서 일어났다. 울프는 뒤로 돌아섰다. 마치 벽을 보고 있으면 좁은 방에서도 대화가 들리지 않는 것처럼.

"이게 정말 좋은 생각일까?" 시장은 여전히 숨을 헐떡였다.

"그럼. 아무 일 없을 거야."

그 말을 남기고 조사실을 나간 시몬스가 문 앞의 경관에게 작은 소리로 무어라 지시를 내렸다. 시장은 천식 흡입기를 두 번 더 길게 빨아들이고 울프를 쳐다보았다. 그의 얼굴에 또다시 가식적인 웃음이 떠올랐다. 이번에는 악명 높은 수사관과 하루 종일 함께 있게 되어 기쁘다는 의미 같았다.

"그래요." 시장이 발작에 가까운 기침을 참으며 말했다. "이제 뭘 어떻게 합니까?"

울프는 시몬스가 친절하게 놓고 간 서류 더미 중 하나를 집어 들고 의자에 기대앉으며 말했다.

"기다려야죠."

5

2014년 6월 28일 토요일
오후 12시 10분

무의미하게 시간만 흐르고 있었다.

고요한 수사본부 사무실 내에서 수사관들은 소리 낮춰 짜증과 원성을 쏟아냈다. 그들은 평범한 사람이 피해를 입는 동안 '위대하신' 시장님은 특별대우를 받는 상황이 불공평하다고 열을 올렸다.

이따금씩 납득할 수 없다는 눈빛으로 조사실을 힐끔거리는 사람도 있었다. 마치 무슨 일이 벌어지기를 기대하는 것 같았다. 그렇게 해야만 지금의 불편한 상황을 정당화할 수 있을 테니까.

지금 런던 경시청에 닥친 상황을 전 세계가 지켜보고 있다. 사전에 예고한 살인조차 막지 못한다면 경시청은 나약하고 무능한 집단으로 낙인찍힐 것이다. 그렇게 참담한 결과는 막아야 했다.

시몬스는 문득 휴가를 간 챔버스 경사가 떠올랐다. 카리브 해에 있는 챔버스도 지금쯤 소식을 들었을까? 유능한 수사관인 챔버스가 여기 있었다면 사건 해결에 도움이 되지 않았을까?

백스터는 아침 내내 시신이 발견된 집의 실제 거주자를 추적했다. 집주인은 그동안 세입자가 늘 은밀하게 연락을 해왔고, 집세 또한 우편함에 현금으로 넣어놨다고 했다. 그 봉투를 이미

다 버렸다는 그는 임대소득에 대해 탈루한 점에 대해서는 제발 신고하지 말아달라고 부탁했다. 백스터는 그냥 눈감아주기로 했다. 벌써 몇 시간을 허비했는지 모른다.

한편, 백스터의 책상 한쪽 구석에 앉은 에드먼즈는 쾌재를 불렀다. 백스터가 맡긴 단조로운 임무를 처리하다가, 중요한 단서를 발견했기 때문이었다. 에드먼즈는 백스터의 지시대로 칼리드가 있던 교도소에 음식을 납품하는 업체를 알아보고 있었다. 교도소에서는 대부분 자체적으로 조리를 하지만, 2006년 조리사 파업을 계기로 무슬림 수감자에게 제공하는 특별식은 컴플리트푸드라는 급식 전문 업체를 통해 납품받고 있었다.

교도소 측과 통화한 결과, 특별식을 먹는 수감자는 칼리드뿐이었다.

하지만 교도소가 아닌 곳 중에는 해당 급식 업체로부터 음식을 공급받은 몇몇 사람이 칼리드와 비슷한 식단을 먹고 입원했다는 사실도 확인되었다. 급식 업체의 공장장은 음식을 밤새 조리해 아침 일찍 교도소, 병원, 학교 등에 배송한다고 설명했다.

에드먼즈는 애써 흥분을 감췄다. 일단은 백스터에게 이 사실을 숨긴 뒤, 성과를 독차지하고 싶었기 때문이다. 에드먼즈는 급식 업체 공장장에게 내일 방문할 테니 그날 밤 근무한 직원 명단과 CCTV 영상을 준비해달라고 요청했다.

그리고 최근 그 급식 업체를 고소한 두 곳에도 연락을 취해보려고 수화기를 들었다. 칼리드와 같은 식사를 한 사람들이 어떤 운명을 맞았는지는 충분히 짐작이 갔다. 막 번호를 누르려는데 처음 보는 누군가 어깨를 두드렸다.

"저기, 반장님이 호지 수사관 대신 너보고 조사실을 지키래. 내가 호지에게 부탁할 일이 생겨서."

에드먼즈는 그가 몇 시간 동안 따분하게 조사실 문 앞을 지키고 있는 자기 친구를 쉬게 하려고 수작을 부린다고 생각했다. 도와달라고 백스터를 보았지만 백스터는 그냥 가라고 손짓을 했다. 에드먼즈는 어쩔 수 없이 입을 내밀고 조사실로 향했다.

★

에드먼즈가 한 시간 가까이 쏟아지는 잠을 참으며 조사실 앞을 지키고 있을 때였다. 조사실 안에 있던 시장이 갑자기 입을 열었다.

"정치라는 게 참 재미있는 게임입니다."

턴블 시장이 갑자기, 하지만 치밀하게 계산된 말을 꺼냈다. 시장과 울프는 벌써 5시간째 침묵을 지키며 앉아 있었다.

깜짝 놀란 울프는 서류를 테이블에 내려놓고 시장이 구체적으로 설명하기를 기다렸다. 하지만 시장은 바닥만 내려다보고 있었다. 다시 어색한 침묵이 흘렀다. 시장은 자기가 말을 꺼낸 사실을 잊은 것일까? 울프가 망설이며 다시 서류로 손을 뻗었을 때, 시장은 다시 이야기를 시작했다.

"좋은 일을 하고 싶어도 권력을 잡지 못하면 불가능하지요. 표가 없으면 권력을 유지할 수 없고, 민심을 외면하면 표를 얻을 수 없어요. 그래서 대중을 달래기 위해 선의를 희생해야 할 때도 있죠. 재미있는 게임이에요, 정치라는 거."

울프는 궤변 같은 기묘한 명언에 어떻게 반응해야 할지 몰라

머쓱했다. 그래서 시장이 계속 어떤 말을 해주거나 그냥 입을 다물기를 기다렸다.

"나를 좋아하는 척 연기는 하지 맙시다, 폭스 수사관."

"그러죠." 울프가 주저 없이 대답했다.

"나도 그걸 알고 있기 때문에 당신이 오늘 나를 도와준 점에 대해 더 고맙다고 생각해요."

"제 일일 뿐입니다."

"나도 그랬어요. 그걸 알아줬으면 해요. 그때는 민심이 폭스 수사관 편이 아니었기에 나도 당신을 도와줄 수 없었던 겁니다."

울프는 '도와줄 수 없었다'는 표현이 진실을 모두 담기에는 한참 부족하다고 생각했다. 시장은 예전에 그를 향해 거침없는 비난을 쏟아냈고, 노골적인 공작을 벌여 부정부패에 염증을 느끼는 대중을 자극했다. 그는 울프가 부도덕의 상징이라는 식으로 줄기차게 묘사했다. 시장에게 울프는 사람들이 분노를 쏟아낼 수 있는 적절한 희생양이었다.

턴블 시장이 헛발질만 하는 런던 경찰을 비난하고 나서자, 시장의 지지율은 끝없이 치솟았고, 그에 힘입어 시장은 획기적인 '경찰 개혁 정책'을 발표했다. 그는 경찰들 앞에서 울프를 법정 최고 형량으로 다스려야 한다고 열변을 토하기도 했다.

하지만 나기브 칼리드가 두 번째로 체포된 후로는 상황이 코미디처럼 역전되었다. 그러나 시장은 이번에도 울프를 이용하며, 울프처럼 '용감하고 위대한 경찰'이 적절한 대우를 받지 못하고 있다고 분통을 터뜨렸다.

지지율이 하늘을 찌르는 정치인의 지휘 아래 지지자들은 결집했다. 울프의 피를 요구했던 시장의 지지자들이 손바닥 뒤집 듯 입장을 바꾸어 그를 복직시켜야 한다는 청원 운동을 벌였다.

시장의 영향력과 '추락한 영웅'의 명예를 회복해야 한다는 대대적인 운동이 없었더라면 울프는 여전히 철창 안에 갇힌 신세였을 것이다. 하지만 울프가 그에게 갚아야 할 빚 따위는 없었다. 그 점 정도는 시장도 잘 알았다.

울프는 그저 잠자코 있었다. 입을 열면 자기 입에서 무슨 험한 말이 나올까 두려웠다.

"아무튼 폭스 수사관은 옳은 일을 했습니다. 부적절한 행동이었을지 모르나 간절한 행동이었음에는 틀림 없죠. 이제는 알겠어요. 우리끼리만 하는 얘기지만, 폭스 수사관이 그때 법정에서 차라리 그 개자식을 죽여버렸어야 더 좋았겠다 싶습니다. 놈이 마지막으로 불태운 소녀는 우리 딸이랑 비슷한 나이였거든요."

말이 길어지자 시장은 다시 거칠게 숨을 내쉬었다. 천식 흡입기를 한 번 더 빨아들인 그가 귀중한 숨을 입 안에 오래 머금고 나서 말했다.

"예전부터 이 말 한마디를 하고 싶었습니다. 사적으로 내가 무슨 악감정이 있어서 그랬던 게 아니에요. 나는 그저…."

"시장님 일을 하셨죠, 네." 울프가 씁쓸하게 대신 말을 맺었다. "이해합니다. 다들 자기 일을 했을 뿐이에요. 기자들도, 변호사도, 칼리드에게서 저를 떼어내려고 제 손목을 부서뜨린 법정 경위도요. 압니다."

시장은 고개를 끄덕였다. 속내를 이야기하고 나니 그래도 기분이 후련해진 것처럼 보였다. 그간 가슴속에 묵혀두었던 작은 부담감을 떨쳐낸 듯했다. 시장은 서류 가방을 열고 담뱃갑을 꺼냈다.

"담배 피워도 괜찮겠소?"

울프는 쌕쌕거리며 숨을 쉬는 남자를 어이없는 눈으로 바라보았다.

"이 좁은 공간에서…, 농담이시죠?"

"누구에게나 안 좋은 습관이 있지."

시장이 미안한 기색 하나 없이 말했다. 사과 비슷한 말을 한 후로 그의 태도는 더욱 거만해졌다.

"나를 싫으노 11시산 너 가눠두려면 따시시 말아요. 지금 한 대, 저녁 식사 후 한 대만 피울 겁니다."

울프가 말릴 새도 없이 시장은 담배를 입에 물고 라이터를 켰는데….

찰나의 순간, 두 남자는 서로를 멍하니 바라보았다. 누구도 상황을 이해할 수 없었다.

시장이 입에 문 담배에 불꽃이 피어오르더니, 순식간에 불길이 번지며 얼굴 아래쪽을 집어삼켰다. 시장이 비명을 지르려고 숨을 헉 들이마셨지만 불길은 공기의 흐름을 타고 시장의 코와 입으로 침투해 폐까지 흘러들어갔다.

"밖에 누구 없어!" 울프가 밖을 향해 외쳤다.

시장은 외마디 비명도 못 지르고 산 채로 불에 타들어갔다. "도와줘!"

문이 벌컥 열렸지만 에드먼즈는 입만 벌리고 서 있었다. 울프도 어떻게 해야 할지 몰라, 일단 몸부림치는 시장의 팔부터 붙잡았다. 시장이 소름 끼치는 소리를 내며 기침을 하자 울프의 왼쪽 팔에 거품 섞인 피와 불꽃이 튀었다.

울프가 잠시 팔 힘을 풀자 시장의 버둥거리는 팔이 울프의 얼굴을 세차게 때렸다. 이제 울프의 셔츠 소매까지 불이 붙었다. 시장에게 가까이 다가가 코와 입을 막을 수만 있다면…. 그렇게 산소를 차단하면 불은 곧바로 꺼질 것이다.

화재경보장치가 작동하는 소리에 정신을 차린 에드먼즈가 복도로 달려 나갔다. 에드먼즈는 수사본부 내에 설치되어 있는 방화 담요를 잡아 뜯고 조사실로 돌아왔다.

시몬스 경감도 조사실을 향해 뛰어오고 있었다.

스프링클러가 울프와 시장 위로 물을 쏟아부었지만 도움은커녕 일을 더 크게 만들었다. 패닉에 빠진 시장이 입에 들어오는 족족 물을 내뿜는 바람에 불길은 더 크게 번졌다. 시장은 입으로 불을 뿜는 용이나 다름없었다.

울프가 계속해서 시장을 바닥에 눕히려고 안간힘을 쓰고 있을 때, 에드먼즈가 담요를 들고 두 사람에게 몸을 날렸다. 이제 세 사람은 물이 흥건한 바닥으로 쓰러졌다.

조사실로 들어오던 시몬스 경감이 얼음처럼 얼어붙었다. 에드먼즈가 담요를 걷어내자 한때 미남이었던 친구의 일그러진 얼굴이 드러났다.

살이 타는 고약한 냄새에 시몬스가 구역질을 하며 뒷걸음질 치는 사이, 경관 두 명이 안으로 달려 들어와 불이 꺼지지 않은 울프의 팔에 담요를 덮었다. 에드먼즈는 시장의 목을 짚어 맥박을 확인한 후, 형태를 잃은 입에 귀를 대고 숨소리도 들어 보았다.

"맥박이 뛰지 않습니다!" 에드먼즈가 외쳤다.

에드먼즈는 시장의 고급 와이셔츠를 찢고 흉부 압박을 실시했다. 하지만 시장의 흉골을 누를 때마다 불에 탄 조직과 피가 망가진 목구멍을 통해 흘러나왔다. 기도가 손상되었다면 흉부를 아무리 압박해도 살릴 수 없다. 에드먼즈는 이내 처치를 포기하고 젖은 바닥에 주저앉았다. 그는 문 밖에 서 있는 시몬스를 올려다보았다.

"죄송합니다, 경감님."

시몬스는 남은 평생 그를 따라다니며 괴롭힐 섬뜩한 광경에서 힘겹게 눈을 떼고 울프를 돌아보았다. 울프는 무릎을 꿇고 화상 입은 팔을 고통스럽게 붙잡고 있었다.

그런데 갑자기 조사실에 있던 모든 사람이 경악할 일이 벌어졌다. 시몬스가 울프의 멱살을 쥐고 일으켜 세우더니 벽으로 밀친 것이다.

"네가 지켰어야지!" 시몬스는 눈물을 글썽이며 울프를 계속 벽에 밀어붙였다. "네가 보호하기로 했잖아!"

에드먼즈가 누구보다 먼저 일어나 시몬스의 팔을 붙잡으며 말렸다. 방금 조사실로 들어온 백스터도 경관 두 명과 힘을 합쳐 시몬스를 울프에게서 떼어 내고 밖으로 끌고 나갔다. 이제 조사실에 남은 것은 울프와 흉측한 시신뿐이었다.

울프는 다리에 힘이 풀려 주저앉았다. 무심결에 뒤통수를 만져 보니 당황스럽게도 피가 묻어났다. 사방에서는 아직 꺼지지 않은 불꽃의 작은 잔재가 수면을 장식했다. 물에 등롱을 띄워

길 잃은 영혼을 저승으로 안내한다는 일본 전통 의식이 이런 모습일까?

울프는 벽에 머리를 기댄 채 일렁이는 불꽃을 바라보았다. 천장 스프링클러에서 쉬지 않고 뿜어대는 차가운 물줄기가 피 묻은 손을 깨끗이 씻어주었다.

6.

2014년 6월 28일

오후 4시 23분

택시에서 내린 안드레아가 런던에서 세 번째로 높은 고층 건물인 헤론 타워의 그림자를 밟고 섰다. 그리고 태양을 가리고 있는 꼭대기를 올려다보았다. 비대칭적인 건물이 기묘하게 하늘을 찌르고 있는 형상이었다. 주변과의 조화를 무시한 채 꼭대기에 아슬아슬하게 얹은 금속 안테나는 '가장 높은 건물'이라는 타이틀을 얻기 위해 필사적으로 노력하는 듯했다.

뉴스 방송국이 입주하기에 이보다 완벽한 건물은 없으리라.

안드레아는 웅장한 로비로 들어가자마자 에스컬레이터로 향했다. 엘리베이터가 여섯 대나 있지만 회사원들 사이에서 부대끼고 싶지는 않았다. 안드레아는 에스컬레이터를 타고 천천히 올라가면서 안내 데스크 뒤편에 있는 거대한 수족관을 바라보았다. 말쑥한 차림의 직원들은 홑껍데기 같은 얇은 아크릴판이 7만 리터짜리 바다를 가두고 있음에도 전혀 불안하지 않은 듯했다.

색색의 꽃을 피운 산호와 따뜻한 물속에서 평화롭게 숨바꼭질을 하는 물고기들을 보니, 얼마 전부터 열정을 불사르고 있는 스쿠버다이빙이 떠올랐다. 잠시 생각에 잠겨 있던 안드레아는 에스컬레이터 끝에서 발을 헛디뎌 나동그라질 뻔했다.

전화를 받고 현장으로 달려 나간 시각은 오늘 새벽 3시였다. 간신히 울프와 연락이 닿아 충격적인 우편물을 건넨 후에는, 카메라맨과 런던 경시청 밖에 4시간 동안이나 더 머무르며 30분 간격으로 실황 중계를 했다.

오전 11시 속보가 나간 직후, 엘리야 레이드 국장은 집에 가서 몇 시간 쉬고 오라며 전화로 지시를 내렸다. 안드레아는 싫다고 버텼다. 방화 살인사건 이후 이 정도로 세상을 떠들썩하게 만든 사건은 처음이었다.

이 시점에서 그녀의 몫을 포기할 수는 없었다(더구나 아직 국장에게 밝힐 생각은 없지만, 문제의 우편물은 사실 경찰이 아닌 그녀 앞으로 온 것이 아니던가). 조금이라도 상황이 달라지면 연락해주겠다는 국장의 약속을 받고 나서야 안드레아는 약혼자와 함께 살고 있는 집으로 돌아왔다.

커튼을 닫아 빛을 차단하고, 옷도 갈아입지 않은 채 침대에 누웠다. 잠들기 전 가방에서 휴대전화를 꺼내 알람을 설정했다. 울프에게 넘긴 명단의 사본이 든 서류철도 꺼내 품에 안았다. 경찰에게는 굉장히 중요한 물건일 것이다. 명단에 오른 저주받은 사람들에게도…, 그녀 자신에게도.

그렇게 생각하며 잠을 청했지만 1시간 반이 지나도 잠은 오지 않았다. 안드레아는 높은 천장을 올려다보며 이 서류철을 엘리야 국장에게 넘길 경우 도덕적으로, 그리고 법적으로 어떤 문제가 생길지 가늠해 보았다.

엘리야라면 당장 사진 열두 장을 온 세상에 공개할 것이다. '일부 시청자는 다음 사진에 불쾌함을 느낄 수 있다'라고 미리 경고해 봐야 대중의 병적인 호기심을 더 자극할 뿐이다. 아직 신원이 확인되지 않은 피해자의 가족도 방송을 보게 될까? 그런 생각을 하니 우울해졌다.

오늘 아침, 기자 수십 명은 똑같은 건물 앞에 서서 똑같은 정보를 보도하며 시청자의 관심을 차지하려고 경쟁했다. 이런 상황에서 범인에게 직접 연락을 받은 안드레아는 BBC나 스카이 뉴스보다 훨씬 유리한 위치에 있었다. 일단 사진을 방송에 내보내면 경쟁사들은 몇 분도 되지 않아 사진을 복사해 방송할 것이다.

하지만 안드레아는 전국에 있는 시청자들을 자기 채널에 붙잡아 둘 확실한 방법을 알고 있었다.

1. 미끼를 던진다 – 새로운 연쇄 살인범에게 '직접' 연락을 받았다는 사실을 공개한다.
2. 애를 태운다 – 사진을 한 장씩 보여주면서 묘사하고, 터무니없는 추측으로 대중의 상상력을 자극한다. 사진을 보고 의견을 제시해줄 전직 수사관이나 사립탐정을 섭외할 수도 있다. 범죄 소설가도 좋겠다.
3. 약속을 한다 – 범인이 다음 피해자로 지목한 여섯 명의 이름과 구체적인 범행 날짜가 적힌 자필 명단이 있다고 밝힌다. 이어서 '5분 후 모두 공개하겠습니다.'라고 약속한다(5분은 전 세계에 소문이 퍼지고도 남을 시간이지만, 경찰이 방송을 중단시키기에는 너무 짧은 시간이기도 하다).
4. 명단을 공개한다 – 전 세계인이 지켜보는 가운데 이름과

날짜를 말한다. 텔레비전 오디션에서 심사위원이 결승 진출자를 선택하는 것처럼 한 사람씩 이름을 부를 때마다 과장되게 뜸을 들인다. 드럼 소리까지 넣는 건 조금 심할까?

안드레아는 그런 생각을 하는 자신이 싫었다. 문제는 그뿐만이 아니다. 사진을 공개하면 안드레아는 체포될 지도 모른다.

하지만 엘리야 국장은 그런 이유로 단념할 사람이 아니다. 보도국장으로 부임한 이래 억측으로 여러 사람의 인생을 망가뜨렸고, 진행 중인 수사 정보를 의심스러운 경로로 얻어 퍼뜨렸다. 증거를 감추고 경찰에게 뇌물을 바친 일로 두 번이나 법정에 출두했다.

안드레아는 잠을 포기하고 침대에서 일어났다. 여전히 피곤했지만 어떻게 행동할지 결심이 섰다.

사진을 공개하자. 입장이 난처해지겠지만 출세에 도움이 된다면 그 정도 불편은 감수할 수 있었다. 하지만 명단만은 비밀로 간직할 것이다. 그렇게 하는 것이 옳다. 엘리야 국장은 피도 눈물도 없이 남의 인생을 짓밟아야 성공한다고 유혹했지만, 아직은 그렇게까지 하고 싶지는 않았다.

어느덧 10층과 11층에 위치한 보도국 앞에 도착했다. 보도국은 24시간 내내 혼이 쏙 빠지도록 소란스러웠다. 다들 목청껏 고함을 질렀고, 전화기 여러 대가 불협화음을 이루며 울려댔다. 하지만 익숙해지면 요란한 소음도 곧 배경음으로 묻힐 것이다.

안드레아는 범인에게 추가로 들어온 메시지가 있나 우편함부터 확인했다. 가방에서 서류철을 꺼내 국장실로 들어가려는데,

갑자기 직원들이 가장 큰 텔레비전 모니터 앞에 모이기 시작했다.

국장실에서 나온 엘리야도 팔짱을 끼고 텔레비전을 보았다. 그는 안드레아를 힐끗 보더니 무심히 화면으로 다시 고개를 돌렸다. 안드레아는 영문도 모른 채 점점 늘어나는 사람들 뒤에 섰다.

"소리 키워 봐!" 누군가 외쳤다.

익숙한 런던 경시청 간판이 화면에 뜨더니, 카메라맨 로리가 트레이드마크인 연초점 줌아웃 기법으로 미모의 금발 기자를 비추었다. 가슴이 깊게 파인 원피스 차림의 그녀는 이제 방송국에 들어온 지 겨우 네 달째인 이소벨 플랫이었다. 이소벨이 입사했을 때 안드레아는 기자로서 분노했다. 대본을 큰 소리로 또박또박 읽을 줄 안다고 해서 머리에 든 것도 없는 성형미인을 채용하다니. 오늘 저 옷차림은 기자라는 직업에 대한 모욕이었다.

이소벨은 경시청 대변인의 공식 발표가 '인… 임박'했다고 더듬거렸고, 그러는 동안 카메라는 이소벨의 가슴골을 클로즈업했다. 로리가 왜 굳이 상반신을 한 화면에 담으려고 하는지 이해할 수 없었다.

엘리야 국장은 안드레아의 표정을 살피고 있는 듯했다. 안드레아는 돌아서거나 자리를 뜨지 않고 오로지 화면에 집중을 했다.

새로운 정책에 관한 논의를 하려고 경찰 본부를 방문했던 턴블 시장이 급사했다는 놀라운 소식이 뉴스에서 흘러나오자, 동료들이 놀라서 숨을 헉 들이마셨다. 하지만 안드레아의 귀에는 아무 소리도 들리지 않았다.

안드레아는 충격적인 상황을 전하는 이소벨의 가슴을 외면한 채, 책상에서 서류철을 챙겨 엘리야의 사무실로 성큼성큼 걸어갔다. 그럴 것이라 예상했는지 엘리야는 태연하게 사무실로 들어가 문을 열어두었다.

★

엘리야 국장은 거의 5분째 안드레아에게 고함을 치고 욕을 퍼붓고 있었다. 그는 안드레아가 이런 특종을 하루 종일 감추고 있었다는 사실에 분통을 터뜨렸다. 해고라는 말을 일곱 번, 여성 비하적인 욕을 세 번 하고는 무슨 일인지 확인하러 온 비서를 거칠게 내쫓았다.

안드레아는 그의 행패가 다 끝나기를 꾹 참고 기다렸다. 예상을 벗어나지 않는 반응에 헛웃음이 나왔다. 엘리야는 허세가 강한 남자였다. 아침저녁으로 헬스클럽에 들렀고, 그 결과를 과시하기 위해 늘 한 사이즈 작은 와이셔츠를 입었다. 마흔이 넘었지만 흰머리는 한 올도 보이지 않았다. 그 대신 완벽하게 염색한 금발 머리를 깔끔하게 올백으로 넘겼다. 몇몇 여자 직원들은 그가 매력적인 남자 중의 남자라며 가슴앓이를 했다. 하지만 안드레아에게 엘리야는 우습고 혐오스러운 인간이었다. 군림하려 드는 태도가 가라앉으려면 조금 더 기다려야 했다.

"이렇게 거지 같은 화질은 못 써." 엘리야가 흥분을 감추며 책상에 사진을 던졌다.

"맞아요. 국장님 보여드리려고 따로 뽑은 거니까요." 안드레아가 침착하게 대답했다. "고화질은 SD카드에 저장해놨어요."

"어디?" 그가 다급하게 물었다. 안드레아가 대답하지 않자 엘리야가 고개를 들었다. "좋아, 점점 발전하고 있군."

무례하고 깔보는 말투였지만 억지로라도 칭찬을 들으니 뿌듯했다. 이제 둘의 입장은 대등해졌다. 고깃덩이를 가운데 두고 빙글빙글 도는 상어 두 마리와도 같았다.

"원본은 경찰이 가졌고?" 엘리야가 물었다.

"네."

"전 남편이 울프라는 수사관이랬지?"

엘리야는 안드레아가 악명 높은 수사관의 전 부인이라는 사실에 깊은 관심을 보였다. 엘리야가 씩 웃으며 말했다.

"그렇다면 증거를 숨겼다고 경찰한테 고소당할 리는 없겠네? 그래픽팀에 사진 넘기고 어서 가서 다른 일 봐."

안드레아는 황당했다. 엘리야는 그녀가 사진을 보여준 의도를 잘 알고 있을 것이다. 단지 해고를 면하기 위해서가 아니라, 기사의 소유권을 명확히 하기 위해서였다. 그런 안드레아의 마음이 표정에 드러났는지 엘리야가 심술궂게 미소를 지었다.

"장사 한두 번 해? 네 할 일을 했으면 된 거야. 현장에는 이미 이소벨이 가 있어. 보도는 이소벨이 할 거야."

눈물이 나오려는지 눈이 따끔거렸다. 안드레아는 애써 눈물을 삼키며 머릿속으로 대안을 쥐어짰다. "그럼 그냥…."

"그냥 뭐? 그만두겠다고? 사진을 다른 데 넘기겠다고?" 엘리야가 허허 웃었다. "SD 카드는 회사 소유일 텐데? 훔친 물건을 들고 나간다 싶으면 나는 경비에게 몸수색을 시킬 권리가 있어."

안드레아는 스타벅스 카드와 스쿠버다이버 자격증 사이에 끼워둔 SD 카드를 머릿속에 떠올렸다. 어차피 가방을 뒤지면 금방 들킬 것이다.

그 순간 묘안이 떠올랐다. 그녀에게는 마지막 패가 한 장 더 남아 있었다.

"명단이 있어요." 안드레아는 양심의 가책이 들 겨를이 없도록 냉큼 말했다. "범인이 다음 피해자로 지목한 사람들 명단요."

"헛소리 하지 마."

안드레아는 주머니에서 구겨진 명단 사본을 꺼내 첫 번째 줄만 보이도록 조심스럽게 접었다.

레이먼드 에드가 턴블 시장 - 6월 28일 토요일

엘리야 국장은 안드레아가 멀찍이 들고 있는 흑백 인쇄물을 보려고 눈을 찡그렸다.

"아래쪽에 이름과 날짜가 다섯 개 더 있어요. 빼앗으려 하면 통째로 삼킬 줄 아세요."

진심이었다. 엘리야도 그것을 직감했는지 기분 좋게 미소를 지으며 의자에 기댔다. 접전을 벌이던 보드게임이 마침내 끝난 것만 같았다.

"원하는 게 뭐지?"

"이 사건은 제가 맡아요."

"좋아."

"이소벨은 저기서 시간 낭비를 하든 말든 내버려둬요. 스튜디오에서 제가 직접 보도합니다."

"너는 취재 기자야."

"로버트와 마리에게는 오늘 밤 나올 필요 없다고 하세요. 프로그램 시간을 다시 짜야 하니까요."

엘리야는 잠시 망설였다.

"좋아, 나한테 맡겨둬. 또 요구사항 있어?"

"있어요. 뉴스가 끝날 때까지 문을 잠그고 누가 와도 열어주지 마세요. 방송을 마치기 전에 체포당하면 안 되잖아요."

7

2014년 6월 28일 토요일
오후 5시 58분

울프는 지금 시몬스 경감의 사무실에 홀로 앉아 있었다. 왠지 들어오지 말아야 할 곳에 들어온 기분이었다. 낡은 서류함 곳곳에 발로 차서 움푹 들어간 자국이 생겼다. 친구 잃은 슬픔을 표현한 흔적이었다. 울프는 주위를 의식하며 왼팔에 감은 붕대를 매만졌다.

아까 시몬스를 끌고 나갔던 백스터가 조사실로 돌아왔을 때, 울프는 조사실에 남아 스프링클러에서 쏟아지는 물을 맞으며 죽은 시장 옆에 쭈그리고 앉아 있었다. 이렇게 공허하고 나약한 감정을 느끼기는 처음이었다. 울프는 백스터가 들어온 줄도 모르고 허공만 응시했다. 백스터는 울프를 일으켜 세워 복도로 데리고 나왔다. 사람들이 불안한 표정으로 두 사람의 일거수일투족을 주시했다.

"내가 미쳐." 백스터가 한숨을 쉬었다.

백스터는 비틀거리면서도 울프의 체중을 거의 다 떠받치며 그를 데리고 여자 화장실로 들어갔다. 간신히 울프를 세면대에 앉힌 후에는 피 묻은 셔츠 단추를 풀고 조심스럽게 벗겼다. 물집이 잡히고 진물이 흐르는 팔 아래쪽으로 너덜너덜해진 소매 부분을 벗길 때는 더 세심하게 주의를 기울였다.

싸구려 데오도란트 향과 땀 냄새, 살이 탄 악취가 공기 중에 가득했다. 백스터는 이상하게도 초조해졌다. 무슨 잘못을 저지르는 것도 아닌데, 누군가에게 이 상황을 들킬까 봐 불안했다.

"가만히 앉아 있어요." 백스터가 사무실로 달려 나갔다가 구급상자와 수건을 들고 돌아왔다. 울프의 젖은 머리에 수건을 둘러준 백스터는 서투른 손으로 상자를 열고 화상 부위에 연고를 바른 후 다친 팔에 미라처럼 붕대를 넉넉히 감았다.

곧 에드먼즈가 노크를 하고 들어와 뚱한 얼굴로 와이셔츠를 건넸다. 에드먼즈는 키만 컸지 고등학생처럼 깡말라서, 에드먼즈의 셔츠는 근육질인 울프의 몸을 겨우 가렸다. 그래도 안 입는 것보다는 나았다. 백스터는 셔츠 단추를 거의 다 여며주고 세면대에 폴짝 올라앉았다. 그러고는 울프가 충격에서 벗어날 때까지 조용히 옆에서 기다려주었다.

울프는 오후 내내 구석에 틀어박혀 조사실 안에서 일어난 일에 대해 보고서를 써야 했다. 많은 사람이 응급실에 들렀다 집으로 가라고 조언했지만 울프는 무시했다.

오후 5시 50분, 시몬스가 그를 사무실로 호출했다.

그래서 지금 울프는 몇 시간 전 그에게 폭력을 쓴 상관이 도착하기를 초조하게 기다리고 있었다. 기다리면서 백스터와 화장실에 있었던 순간을 떠올렸다. 하지만 기억이 선명하지 않고 어쩐지 꿈이나 환상처럼 느껴졌다. 그녀에게 맨살을 보여줬다고 생각하니 조금은 부끄러웠다.

얼마 있으니 시몬스가 사무실로 들어와 문을 닫았다. 시몬스는 울프의 맞은편에 앉아 대형 마트에서 사온 위스키와 얼음 한봉지, 플라스틱 컵을 꺼냈다. 턴블 시장의 부인에게 소식을 전한 후로 울었는지 눈이 퉁퉁 부어 있었다. 시몬스는 얼음을 한 움큼씩 넣은 컵 두 잔에 술을 가득 채우더니, 울프를 향해 그 중 한 잔을 밀었다. 두 사람은 조용히 술을 홀짝였다.

"네가 제일 좋아하는 술이지?" 시몬스가 한참 만에 말했다.

"기억력 좋으시네요."

"머리는 어때?" 울프의 가벼운 뇌진탕에 전혀 책임이 없다는 투였다.

"팔보다는 나아요." 울프가 유쾌하게 말했다.

"솔직히 말해도 될까?"

시몬스는 대답을 기다리지 않고 이어 말했다.

"너도 잘 알겠지만 그때 네가 사고만 안 쳤더라면 지금쯤 내 자리에는 네가 있었을 거야. 원래 수사관으로서 더 유능했잖아."

울프는 예의 바르게 무표정으로 일관했다.

시몬스는 계속했다. "네가 책임자였다면 판단을 제대로 했을 테지. 그랬다면 턴블 시장은 아직도 살아…."

시몬스가 말끝을 흐리더니 술을 한 모금 더 마셨다.

"사전에 알 방법이 없었어요." 울프가 말했다.

"뭘? 천식 흡입기에 인화성 물질이 묻어 있었다는 걸? 일주일째 사무실에 놔둔 꽃다발이 돼지풀 꽃가루 범벅이었다는 걸?"

그러고 보니 시몬스의 사무실로 오는 길목에 증거를 담는 비닐봉투가 쌓여 있었다.

"그게 왜요?"

"돼지풀 꽃가루가 천식 환자에게 치명적이래. 내가 그런 곳에 턴블을 데려온 거야."

시몬스는 죄책감 때문에 들고 있던 플라스틱 컵을 벽에 던졌다. 플라스틱 컵은 시시하게도 벽에 맞고 튕겨 나와 책상으로 돌아왔다. 시몬스는 아무 일 없었다는 듯 잔을 다시 채웠다.

"그래, 총경이 돌아오기 전에 해결해버리자." 시몬스가 말했다. "너를 어떻게 하면 좋겠냐?"

"무슨 말입니까?"

"내가 널 보자고 한 이유는 이러해. 너는 사건에 너무 직접적으로 연루되어 있으니 모두를 위해 이만 손을 떼고…"

울프가 토를 달려 했지만 시몬스는 말을 계속했다.

"…내가 그렇게 말한다면, 너는 꺼지라고 하겠지? 그럼 나는 칼리드 때 일을 벌써 잊었냐고 말할 거야. 너는 또 꺼지라고 할 테고. 나는 수사를 계속해도 된다고 마지못해 허락하면서, 나나 다른 수사관, 담당 정신과 의사가 우려를 표하면 그때는 즉시 수사에서 배제될 거라 경고하겠지. 어때? 맞지?"

울프가 고개를 끄덕였다.

"일곱 명이 죽었고, 지금까지 밝혀진 살인 도구는 흡입기, 꽃, 생선뿐이야." 시몬스는 믿을 수 없다는 듯 고개를 저었다. "그냥 다가가서 품위 있게 총으로 쏴 죽였던 옛날이 그립지 않아?"

"좋은 시절이었죠." 울프가 컵을 들며 말했다.

"좋은 시절이었지!" 시몬스가 따라서 외치며 둘은 건배를 했다.

주머니에서 울프의 휴대전화가 진동을 했다. 전화기를 꺼내 슬쩍 내려다보자 안드레아에게서 짧은 문자가 와 있었다.

미안해 ( )( )
　　　 \ /
　　　　 \/

갑자기 불안해졌다. 하트를 보내려다 의도치 않게 남자 성기를 그렸기 때문에 하는 사과는 아닌 것 같았다. 분명 그보다 더 큰일이 일어난 것이 분명했다. 막 답장을 하려는데 백스터가 벌컥 문을 열고 들어와 시몬스의 방에 있는 작은 텔레비전을 켰다. 시몬스는 기운이 없어 따지지도 않았다.

"선배 전 부인, 그 미친 여자가 지금 뉴스를 진행하고 있어요!" 백스터가 말했다.

정말로 안드레아가 보도를 하는 중이었다. 객관적인 시선으로 보니 굉장했다. 안드레아가 이렇게 아름다운지 왜 몰라봤을까? 구불거리는 긴 붉은 머리를 위로 올려 핀으로 고정한 스타일은 평소 결혼식이나 파티에 참석할 때만 볼 수 있었다. 반짝이는 초록색 눈은 인형 같았다.

방송이 시작된 지 얼마 지나지 않아 안드레아가 그렇게 분장을 한 이유는 명백해졌다. 안드레아는 바깥 도로변에 서 있지 않았다. 그녀는 지금 뉴스 스튜디오에 앉아 늘 소원하던 대로 뉴스를 진행하고 있었다.

"…오늘 오후 사망한 턴블 시장은 사전 예고에 따라 살해를 당했고, 이번 사건은 켄티시 타운에서 발견된 사체 여섯 구와도 관련이 있는 것으로 드러났습니다." 안드레아가 말했다.

속으로는 긴장해서 떨고 있다는 사실을 울프는 알았지만, 안드레아는 겉으로 그런 티를 내지 않았다.

"다음 사진이 일부 시청자에게는…"

"부인한테 전화해, 폭스. 어서!" 시몬스가 외쳤다.

"전 부인요." 백스터가 바로잡았다. 세 사람은 각자 전화기를 꺼내 미친 듯이 번호를 눌렀다.

"지금 방송국으로 2개 중대를 보내!" 시몬스가 다급하게 전화를 걸어 통제본부에 말했다.

뒤에서는 안드레아가 계속 이야기했다.

"…머리 부분은 방화 살인범 나이브 칼리드로 밝혀졌습니다. 현재로서는 수감 중이던 칼리드가 어떻게…"

울프는 안드레아의 음성사서함에 '당장 전화해!'라고 짧은 메시지를 남기고 나서 말했다. "방송국 건물 경비실에 연락해야겠어."

"…절단한 후 각 부위를 꿰매 하나의 완전한 시신을 만들었다고 합니다." 텔레비전 화면에 끔찍한 사진이 연이어 나타났다. "경찰은 이를 가리켜 '봉제인형 살인사건'이라 칭하고 있습니다."

"웃기고 있네." 통제실과 통화 중인 시몬스가 화를 냈다.

"…추가로 다섯 명의 이름과 정확한 사망 예정일이 있습니다. 그 명단은 정확히 5분 후에 공개하겠습니다. 저는 안드레아 홀입니다. 채널 고정하세요."

"설마 공개하겠어?" 시몬스가 수화기를 손으로 가리고 믿을 수 없다는 듯 울프에게 물었다.

울프는 대답을 하지 않았다.

세 사람은 다시 불안하게 통화를 시작했다.

★

5분이 지났다. 울프와 시몬스, 백스터는 텔레비전 앞에 앉았
고, 뒤에서 다른 수사관들도 텔레비전 주위에 우르르 몰려들었
다.

이제는 손을 쓸 방법이 없었다.

안드레아는 예상한대로 울프의 문자에 답을 하지 않았다. 뉴
스 스튜디오에 바리케이드를 친 탓에 방송국 건물 경비원은 스
튜디오에 접근할 수 없었고, 시몬스가 보낸 경찰은 아직 현장에
도착도 하지 않았다.

시몬스가 악명 높은 보도국장과 통화를 하기는 했다. 시몬스
는 그 지독한 남자에게 지금 당신이 살인사건 수사를 망치고 있
으며 징역형을 받을 수도 있다고 말했다. 그래도 소용이 없자 살
인 예고 명단에 오른 사람들에게 아직 연락하지 않았다며 인정
(人情)에 호소했다.

"그럼 우리가 대신 전한다고 치세요." 엘리야 국장이 대답했
다. "그래 놓고 우리가 경찰을 위해 하는 일이 없다고 하면 안
됩니다."

안드레아와 통화하게 해달라 했지만 엘리야는 거절하고 즉시
전화를 끊었다.

이제는 전 세계 사람들과 함께 뉴스를 지켜보는 수밖에 없었
다. 시몬스는 위스키 세 잔을 새로 따랐다. 백스터는 자기 잔을
들고 의심스럽게 냄새를 킁킁 맡았지만 일단은 술을 쭉 들이켰

다. 어차피 몇 분 후면 다 알려질 텐데 비밀 명단을 보여달라고 할까? 백스터가 고민하는 찰나, 뉴스가 다시 시작되었다.

안드레아가 감독의 첫 번째 신호를 놓쳤다. 안드레아는 지금 결심이 흔들려 망설이는 중이었다. 그녀의 속마음이 울프의 눈에는 훤히 보였다. 다리가 보이지는 않지만 긴장할 때 언제나 그랬듯 다리를 떨고 있을 것이다. 안드레아는 카메라를 응시하며 수백만 명의 시청자 사이에서 누군가를 찾고 있는 듯했다. 울프는 안드레아가 그를 찾고 있음을, 스스로 판 무덤에서 빠져나올 방법을 찾고 있음을 직감했다.

"안드레아, 방송 시작했어." 이어폰으로 감독이 조바심을 치며 속삭이는 소리가 들렸다. "안드레아!"

"안녕하십니까. 안드레아 홀입니다. 다시 뉴스를…."

첫 5분 동안은 방금 시청하기 시작한 시청자를 위해 지금까지 보도한 내용을 요약해서 설명하고 섬뜩한 사진을 다시 보여주었다. 사진과 함께 범인이 직접 쓴 명단이 들어 있었다고 설명하면서부터 안드레아가 말을 더듬기 시작했다. 여섯 명에게 큰 소리로 사형을 언도할 무렵에는 손이 눈에 띌 정도로 벌벌 떨렸다.

"레이먼드 에드가 턴블 시장 - 6월 28일 토요일

비제이 라나 - 7월 2일 수요일

자레드 앤드류 갈랜드 - 7월 5일 토요일

앤드류 아서 포드 - 7월 9일 수요일

애슐리 다니엘 로클란 - 7월 12일 토요일

마지막으로 7월 14일 월요일…."

안드레아가 말을 멈추었다. 극적인 효과를 내기 위해서가 아니었다. 지금까지는 연출 따위를 하지 않고 그저 빨리 해치우고 싶은 마음에 다섯 명의 이름을 서둘러 읽어왔다.

하지만 마지막 이름을 읽을 지금 이 순간만큼은 마스카라로 검게 물든 눈물을 닦아야 했다. 안드레아는 헛기침을 하고 앞에 있는 대본을 이리저리 넘겼다. 마치 대본에 오타가 있었거나 한 장이 빠져 진행이 끊겼다는 연기였지만, 설득력은 없었다. 갑자기 안드레아가 손으로 얼굴을 가렸다. 자신이 어떤 짓을 저질렀는지 뼛속 깊이 실감하자 어깨가 부들부들 떨렸다.

"안드레아? 안드레아?" 카메라 뒤에서 속삭이는 소리가 들렸다.

안드레아는 고개를 들고 기록적인 수의 시청자들과 다시 마주했다. 일생일대의 순간이었지만 얼굴과 소매에는 어울리지 않게 검은 마스카라 얼룩이 졌다.

"계속 발표하겠습니다."

잠시 침묵이 흘렀다.

"마지막은 7월 14일 월요일, 런던 경시청 수사관이며 봉제인형 살인사건의 수사를 이끄는…, 윌리엄 올리버 레이튼 폭스 경사입니다."

8

2014년 6월 30일 월요일
오전 9시 35분

"불쾌합니다."

"불쾌하다고요?"

"그리고 슬퍼요."

"슬프다?"

프레스턴 홀 박사는 무거운 한숨을 쉬더니 커피 테이블에 수첩을 올려놓았다.

"당신이 보호해야 할 사람이 눈앞에서 죽었고, 범인이 2주 안에 당신도 죽이겠다고 발표했는데, 겨우 한다는 말이 '불쾌하다'와 '슬프다'?"

"그럼, 제가 혹시 화가 난 상태일까요?" 울프는 시험 삼아 박사가 원할 것으로 추측되는 답을 던져보았다.

이 말에 관심이 생겼는지 박사가 수첩을 다시 들고 몸을 가까이 기울였다.

"지금 분노가 느껴져요?" 박사가 물었다.

울프는 잠시 생각했다. "아니, 별로요."

박사가 수첩을 내던졌다. 수첩은 작은 테이블 위를 미끄러져 바닥으로 떨어졌다.

보아하니 분노를 느끼는 사람은 박사였다.

울프는 복직한 후로 매주 월요일 아침이면 퀸 앤스 게이트에 있는 타운하우스를 방문해야 했다. 프레스턴 홀 박사는 런던 경시청의 고문 정신과 의사였다. 은밀하게 자리한 진료실은 경시청과 도보로 3분 거리에 있는 조용한 동네에 위치했다.

고상한 진료실 분위기는 박사와 잘 어울렸다. 60대 초반인 그녀는 우아하게 나이가 든 편이었고, 색이 은은하고 값비싼 옷으로 치장을 했다. 은발은 조각상처럼 한 올도 흐트러지지 않았다. 태도는 여자 교장처럼 엄격하고 권위적이었다.

"말해 봐요. 요즘도 또 같은 꿈을 꾸고 있어요?" 프레스턴 홀 박사가 물었다. "병원 꿈 말이에요."

"병원이 아니라 수용소죠."

의사가 한숨을 쉬었다.

"잠을 잘 때만요." 울프가 말했다.

"무슨 뜻이죠?"

"의식이 없어서 막지 못할 때만 그 꿈을 꾼다고요. 그리고 꿈이라는 말은 어울리지 않습니다. 꿈이 아니라 악몽이에요."

"나라면 악몽이라고 하지 않고 차라리 꿈이라고 하겠어요." 프레스턴 홀 박사가 주장했다. "꿈은 전혀 무섭지 않아요. 내면의 공포가 꿈으로 나타날 뿐이죠."

"외람된 말씀이지만 선생님은 13개월하고도 하루를 그런 생지옥에서 보내지 않았기 때문에 쉽게 말씀하시는 겁니다."

박사는 상담이 끝날 때까지 울프가 솔직한 심정은 고백하지 않고 말싸움만 할 것이라 예감했는지 더 이상 묻지 않았다. 그 대신, 울프가 가져온 봉투를 열더니 핀레이 경사가 매주 작성하는 보고서를 정독했다. 표정을 보니 그녀도 울프처럼 이 절차가 시간 낭비, 잉크 낭비라고 생각하는 듯했다.

"핀레이 수사관은 당신이 지난 며칠간 스트레스를 아주 잘 견뎠다고 생각하나 보군요. 10점 만점에 10점을 줬어요. 평가 기준이 뭔지 모르지만…, 잘됐네요." 박사가 무뚝뚝하게 말했다.

울프는 열린 창문으로 반대편에 늘어선 저택들을 바라보았다. 모든 집이 예전 모습을 완벽하게 보존하고 있었다. 충실한 보수 작업으로 과거의 영광을 되찾은 집도 있었다. 멀리 혼잡한 도심에서 고된 한 주를 시작하기 위해 준비하는 소리가 얼핏 들리지 않았더라면 과거로 시간 여행을 했다는 환상에 빠지기에 충분한 모습이었다. 그늘진 방 안에는 산들바람이 흘러 들어왔다.

"이번 사건이 진행되는 동안에는 상담을 주 2회로 늘려야겠어요." 프레스턴 홀 박사가 말했다. 그녀는 울프가 불러주는 대로 핀레이가 받아 적은 보고서를 아직도 유심히 읽고 있었다.

울프는 허리를 똑바로 펴고 주먹을 움켜쥐려다 의식적으로 참았다.

"걱정해주셔서 감사하지만…." 진심으로 들리지는 않았다. "…저는 그럴 시간이 없습니다. 살인범을 잡아야 해서요."

"당신 혼자 잡겠다는 그런 생각이 바로 우리가 찾고 있는 문제예요. 이건 내가 해결해야 하는 일이라는 생각. 전에도 그러지 않았나요? 범인은 혼자 잡지 않아도 돼요. 동료가 있어요. 옆에서 도와주는…."

"제가 맡은 책임이 더 큽니다."

"나는 의사로서 의무를 다해야 합니다." 홀 박사가 쐐기를 박았다.

계속 우기면 상담을 주 3회로 늘리자고 할 기세였다.

"그럼 합의했어요." 박사가 다이어리를 넘기며 말했다. "수요일 아침 어때요?"

"수요일에는 비제이 라나라는 사람의 살인을 막으려고 정신이 없을 겁니다."

"목요일은요?"

"좋습니다."

"9시?"

"네."

프레스턴 홀 박사가 서류에 서명을 하고 다정한 미소를 지었다. 울프는 자리에서 일어나서 문으로 향했다.

"윌리엄…." 그 말에 울프가 돌아보았다. "몸조심해요."

★

시몬스 경감은 울프에게 전날 큰일을 겪었으니 일요일은 쉬라고 고집했다. 울프는 시몬스 본인의 책임을 모면하기 위한 결정이라고 생각했다. 월요일이 되어야 정신과 의사의 승인을 받고 업무에 복귀시킬 수 있기 때문이다. 그 전에 문제가 생기면 자기 책임이 되니까.

일단 마트에 들러 주말 내내 숨어 지내기 충분한 음식을 샀다. 아파트 앞에 기자들이 진을 치고 있으리라는 예상은 적중했다. 다행히 과학수사팀의 일이 아직 끝나지 않아 폴리스라인이 그대로 있었다. 그 덕에 울프는 기자들을 피해 갈 수 있었다.

토요일 밤부터 일요일까지 안드레아에게서 전화 열일곱 통이 왔지만 전부 무시했다. 하지만 어머니 전화는 받았다. 어머니는 처음 2분 동안 아들을 진심으로 걱정하더니, 이후로 40분은 이웃집 에델의 울타리를 고쳐야 한다는 더 긴급한 문제를 이야기했다. 울프는 7월이 되면 주말에 내려가 고쳐주겠다고 약속했다. 14일에 잔인하게 살해를 당한다면 울타리를 안 고쳐도 되니, 위안 삼을 수 있겠지.

★

강력범죄수사팀 본부로 들어서자 드릴 소리가 들렸다. 인부들이 수해를 입은 조사실을 보수하고 있었다. 사무실로 늘어서는 울프에게 동료 수사관들은 대조적인 반응을 보였다. 대부분은 응원한다는 미소를 보였다. 모르는 사람이 커피를 타주겠다고 나섰고, 또 다른 사람은 이번 사건에 관련도 없으면서 '우리가 잡을 거예요.'라고 자신 있게 말했다. 반면 죽음을 앞둔 그를 철저하게 피해 다니는 사람들도 있었다. 독이 든 생선이든 약품이든 식물이든 범인이 선택한 처형 도구에 자기도 덩달아 목숨을 잃을까 겁을 먹었기 때문일 것이다.

"드디어 납셨네." 백스터와 에드먼즈가 같이 쓰는 책상에 다가가자 백스터가 말했다. "우리한테 일 다 떠넘기고 잘 쉬다 왔어요?"

울프는 빈정대는 말을 무시했다. 적대적인 태도가 백스터의 트레이드마크라는 것을 울프는 누구보다 잘 알았다. 우울하면 화를 내고, 혼란스러우면 저항하고, 당황하면 폭력을 쓴다. 백스터는 토요일 아침 뉴스를 본 이후로 평소답지 않게 조용했다. 울프는 백스터의 전화를 내심 기다렸지만 연락은 없었다. 백스터는 명단을 듣지 않은 사람처럼 행동했고, 울프는 기꺼이 장단을 맞춰주었다.

"이 풋내기가 말이죠." 백스터가 바로 옆에 앉아 있는 에드먼즈를 가리켰다. "쓸모가 아주 없지는 않더라고요."

백스터는 지금까지 알아낸 사실들을 설명했다. 돼지풀은 전국에 있는 모든 온실에서 키울 수 있다는 전문가의 말을 듣고는 더 이상 추적하지 않기로 했다. 꽃다발도 이야기는 비슷했다. 꽃다발은 런던 곳곳에 있는 꽃집에서 하나씩 구매했다고 했다. 꽃값은 전부 우편을 통해 현금으로 지불했다.

에드먼즈가 찾은 단서를 이용해 두 사람은 컴플리트푸드라는 급식 업체를 방문했고, 나기브 칼리드가 독살을 당하기 전날 밤 근무했던 모든 직원의 명단을 입수했다.

더 중요한 성과도 있었다. 정체불명의 한 남자가 아침 일찍 공장을 들어가는 CCTV 영상을 복구한 것이다. 에드먼즈는 영상이 담긴 USB를 울프에게 자랑스레 건넸다.

"그런데, 도저히 이해가 안 되는 문제가 있습니다." 에드먼즈가 말했다.

"또 시작이야." 백스터가 불평했다.

"조사해 보니 독이 든 특별식은 다른 곳에도 들어갔습니다. 추가로 세 명이 테트로도톡신을 섭취했고, 두 명은 이미 사망했어요."

"세 번째는?" 울프가 걱정스럽게 물었다.

"살아날 가망이 없다고 합니다." 에드먼즈가 설명을 계속했다.

"이상하잖아요. 여섯 명을 구체적으로 지목하고 왜 세 명을…."

"아직 두 명 반이지." 백스터가 말을 잘랐다.

"…묻지마 살인으로 죽이냐고요. 자기가 죽였다고 떠들지도 않고요. 연쇄 살인범은 이런 식으로 행동하지 않습니다. 다른 목적이 있는 거예요."

울프는 감탄스러운 표정으로 백스터를 돌아보았다.

"네가 이 친구를 왜 좋아하는지 알겠다."

에드먼즈가 기뻐했다.

"안 좋아해요."

에드먼즈의 얼굴에서 미소가 사라졌다.

"흡입기에서는 뭐가 나왔어?" 울프가 물었다.

"통은 다시 용접해서 붙인 거였어요. 약 성분은 없었고, 이름 모를 화학 약품밖에 없었어요." 백스터가 말했다. "조사는 하고 있지만 학교 화학실에 있는 약품으로도 만들 수 있다나 봐요. 그러니까 괜한 기대는 하지 말아요."

"범인은 범행 직전에 시장님께 접근해 흡입기를 바꿔치기했습니다. 아마 당일 아침이었겠죠. 그런데 왜 그때는 죽이지 않았을까요? 그렇다면 살인 동기는 복수가 아닙니다. 더 극적인 효과를 노리고 있다는 뜻이에요."

"말이 되네." 울프가 고개를 끄덕였다. 그는 잠시 망설이다가 다들 회피하고 있던 화제를 꺼냈다. "명단에 오른 사람들은 어떻게 됐어?"

백스터가 눈에 띄게 긴장했다.

"모르죠. 저희는 이미 죽은 사람들 신원을 확인하고 있지, 곧

죽을….” 백스터는 누구에게 말을 하고 있는지 깨닫고 입을 다
물었다가 말을 이었다. “그거에 대해서는 핀레이 선배한테 물어
보세요.”

울프가 자리를 뜨려고 일어났다가 멈춰 섰다.

“챔버스 경사한테서는 연락 왔어?” 그가 지나가는 말처럼 물
었다.

백스터는 의심하는 표정이었다. “왜 신경 써요?”

울프는 어깨를 으쓱했다.

“챔버스가 지금 상황을 알고 있는지 궁금해서. 최대한 많은
사람의 도움이 필요하다는 예감이 들어.”

★

울프는 수많은 사람의 시선을 의식한 채 회의실로 들어갔다.
그가 시체 사진을 이어 붙여 만든 커다란 사진 두 장 위에 누군
가 ‘봉제인형’이라고 또박또박 써놓았다. 울프는 CCTV 영상을
보기 위해 텔레비전 옆에 USB를 꽂았다. 파일 하나가 있는 메뉴
화면이 떴다. 어느새 핀레이도 회의실에 들어와 있었다.

“나 없는 동안 뭐 했어요?” 울프가 물었다.

“갈랜드, 포드, 로클란이라는 사람한테 애들을 보냈어. 우리는
명단에 있는 사람들 중에서 런던 거주자만 보호하기로 결정했
다.”

“자기를 잡아보라고 도발한 놈이 나라 반대편까지 가서 살인
을 하지는 않을 테니까?” 울프가 물었다.

“그렇지, 비슷한 취지야. 이름이 같지만 런던에 살지 않는 사람

은 해당 지역 경찰이 보호하고 있고. 사실 엄밀히 말하면 우리가 알 바는 아니지." 핀레이가 말했다. "그런데, 비제이 라나라는 사람의 행방을 아직도 몰라. 울위치에 사는 회계사인데 5개월 전 장부를 조작하다가 세무서에 걸린 후로 잠적했대. 재산범죄 수사팀에 요주의 인물로 올라가 있지만 그쪽도 딱히 알아낸 바는 없나 봐. 어쨌든 정보는 보내달라고 했어."

울프가 시계를 확인했다.

"수요일까지 38시간 남았어요. 라나를 위해서라도 우리가 먼저 찾기를 바라야죠. 다른 사람은요?"

"갈랜드라는 사람은 기사라서 넘쳐나는 세 식이야. 내슐리 노클란이란 이름을 가진 사람은 두 명이더라고. 하나는 웨이트리스, 하나는 아홉 살 꼬마."

"둘 다 보호하고 있죠?" 울프가 물었다.

"당연하지. 마지막으로 포드라는 사람은 백화점 보안요원이야. 지금은 장기간 병가를 내고 쉬고 있지만."

"서로 어떤 연결 관계가 있어요?"

"아직까지 드러난 연결 관계는 없어. 우선은 그들을 찾아서 집 앞을 지키는 데 주력하고 있어."

울프는 잠시 생각에 잠겼다.

"무슨 생각을 그렇게 해?"

"비제이 라나가 회계장부를 조작해서 누구에게 사기를 쳤을지 궁금해서요. 그걸 알면 라나를 찾아낼 방법이 생길 수 있는데."

"어디 숨어 있든 차라리 그대로 있는 편이 안전할지도 몰라."

"그럴 수도 있고요."

"그건 그렇고, CCTV 영상 좀 틀어 봐."

울프는 텔레비전 화면에 집중했다. 컴플리트푸드라는 급식 업체 공장 CCTV 카메라에 찍힌 영상이 재생되었다. 상자로 받쳐서 공장 문을 열어두었고, 뒤로는 저임금 노동자들이 로봇처럼 같은 동작을 반복하며 손목과 어깨를 혹사당하고 있는 우울한 모습이 보였다.

그때 갑자기 문 쪽에 누군가 나타났다. 분명 남자였다. 에드먼즈는 문 높이와 비교했을 때 남자의 키가 180센티미터를 조금 넘는다고 추측했다. 남자는 외부에서 들어왔지만 다른 직원들처럼 얼룩진 앞치마, 장갑, 모자, 마스크까지 다 갖추고 있었다. 당당하게 공장 안으로 걸어 들어온 그는 어느 방향으로 갈지 아주 잠깐 망설였다. 납품을 위해 포장해둔 상자 더미 뒤로 사라졌던 그가 2분 후 다시 나타났다. 그러고는 유유히 문을 통과해 밤거리로 사라졌다. 그의 존재를 알아챈 사람은 아무도 없었다.

"봐 봤자 시간 낭비네." 핀레이가 한숨을 쉬었다.

울프는 영상을 뒤로 감고 그나마 범인이 잘 보이는 부분에서 일시중지를 했다. 마스크로 가린 얼굴을 바라보았다. 기술팀에서 화질을 개선한다 해도 신원 확인은 힘들 것이다. 모자를 썼지만 범인은 대머리거나 머리카락을 짧게 깎은 것 같았다. 화면에서 그나마 또렷이 보이는 앞치마는 이미 얼룩으로 뒤덮여 있었다. 울프는 그 얼룩이 말라붙은 피라고 생각했다.

나기브 칼리드는 감옥에 있어 접근할 수 없다. 그렇다면 칼리드는 치밀한 계획 하에 죽었어야 한다.

그동안 울프는 여섯 명의 희생자 중에서 범인이 칼리드를 먼저 죽이고 그 다음에 쉬운 목표물을 노렸을 것이라 추측했다. 하지만 앞치마에 묻은 얼룩이 피라면 잘못 짚은 모양이다. 나머지 다섯 명 중 누굴 먼저 죽였을까? 그리고 더 중요한 질문이 있다. 먼저 죽인 사람이 있다면, 왜 먼저 죽였지?

9

2014년 6월 30일 월요일

오후 6시 15분

에드먼즈는 백화점 1층 화장품 코너에 서서 자그마한 매니큐어 병 두 개를 불빛에 비추어 보았다. 하나는 '섀터드 핑크'색이고 다른 하나는 '셔우드 레드'색이었지만, 3분 동안 꼼꼼하게 살펴봐도 두 매니큐어의 색은 전혀 차이가 없었다.

"무엇을 도와드릴까요?" 검은 옷을 입은 풀메이크업의 금발 점원이 말을 건넸다.

"이거 두 개 살게요." 에드먼즈는 물건을 건네주다가 점원의 팔에 보라색 펄 매니큐어를 묻히고 말았다.

점원은 가식적인 웃음을 지으며 터무니없이 높은 가격을 불렀다.

"셔우드 레드 빛깔이 정말 예쁘죠?" 점원이 말했다. "하지만 저는 개인적으로 섀터드 핑크가 좋아요."

에드먼즈는 종이봉투를 받고 안을 들여다보았다. 휑한 봉투 바닥에 처량하게 놓인 매니큐어 두 개는 뭐가 뭔지 구분할 수 없었다. 잊기 전에 영수증을 지갑 뒤쪽에 꽂았다. 환불이 가능해야 할 텐데. 불가능하다면 이번 달 식료품 예산 절반을 방금 산 반짝이 매니큐어로 날린 셈이었다.

★

에드먼즈가 퇴근길에 백화점을 들른 이유는 오늘 아침 새로운 단서가 발견되었기 때문이었다. 어제 아침, 현장조사팀이 드디어 조사를 마치고 봉제인형을 과학수사연구원으로 옮겼다. 밤새도록 부검이 이어졌고, 백스터와 에드먼즈는 월요일 오전 11시에 드디어 시신을 볼 수 있다는 허가를 받았다.

밤에 본 범죄 현장은 흐릿해서 현실감이 없었다. 하지만 형광등을 쨍하게 밝힌 곳에서 보자, 제멋대로 꿰어 맞춘 시체는 한층 더 혐오스러웠다. 시체를 연결하는 두꺼운 바늘땀도 어두운 아파트에서는 마치 다른 세계의 존재로 보였지만, 이곳에서는 잔인하게 훼손된 은석에 시나시 않았다.

"수사는 잘되고 있어요?" 검시관 조가 물었다. 위아래가 붙은 수술복과 삭발 머리 때문인지 조는 꼭 스님처럼 보였다.

"완벽하죠. 이제 마무리만 남았어요." 백스터가 빈정거렸다.

"그렇게 순탄해요?" 조가 미소 지었다. 그는 백스터의 톡 쏘는 말투를 오히려 즐기는 편이었다. "이걸 보면 도움이 될 겁니다."

조가 증거가 담긴 비닐봉투에서 두툼한 반지를 꺼냈다.

"거절합니다." 백스터의 말에 조가 웃음을 터뜨렸다.

"왼손 남자가 끼고 있던 반지예요. 지문이 조금 묻어 있긴 하지만 피해자 지문은 아닙니다."

"그럼 누구 지문이에요?" 백스터가 물었다.

"모르죠. 중요한 단서일 수도 있고, 아닐 수도 있어요."

백스터의 흥분기가 다시 가라앉았다.

"실마리가 될 만한 정보 없어요?"

"걱정 마요, 더 있으니까." 조가 말했다.

조가 커다란 수술 자국이 있는 남자 다리를 가리켰다. 그러고는 엑스레이 사진 한 장을 빛에 비추어 보였다. 흐릿한 뼈와 대조적인 길고 새하얀 막대기 두 개가 엑스레이에 번쩍였다.

"철심과 나사가 경골, 비골, 대퇴골을 지지하고 있습니다." 조가 설명했다. "이 정도 수술은 보통 수술이 아니에요. 의사로서는, '수술로 이 다리를 살릴까? 아니면 절단을 할까?' 이렇게 논의할 만큼 큰 수술입니다. 수술한 의사라면 분명 기억을 할 거예요."

"철심 고정 기구에 일련번호가 있지 않나요?" 백스터가 물었다.

"확인해보죠. 하지만 추적이 가능한지 여부는 수술 시기에 달렸어요. 이건 오래된 흉터 같긴 합니다."

조와 백스터가 엑스레이를 보는 동안, 에드먼즈는 무릎을 꿇고 여자의 것으로 추정되는 오른쪽 팔을 자세히 뜯어보았다. 쭉 뻗은 손가락이 유리창에 비친 세 사람의 모습을 섬뜩하게 가리키고 있었다. 다섯 개 손톱에 완벽하게 바른 진보라색 매니큐어가 반짝거렸다.

"중지가 달라요!" 에드먼즈가 갑자기 외쳤다.

"아, 봤군요." 조가 유쾌하게 말했다. "안 그래도 얘기하려고 했어요. 어두운 아파트에서는 놓치기 쉽지만 여기서 보면 가운뎃손가락에 바른 매니큐어 색만 확연히 다르죠."

"그래서요?" 백스터가 물었다.

자외선램프를 들고 온 조가 전원을 켜고 우아한 팔을 비추었다. 불빛이 지나칠 때마다 짙은 멍이 나타났다가 사라졌다. 멍은 손목 부근에 가장 몰려 있었다.

"몸싸움이 있었어요." 조가 말했다. "이제 손톱을 봐요. 벗겨진 데가 하나도 없습니다. 이후에 칠했다는 뜻이에요."

"몸싸움 후에요? 아니면 죽인 후?" 백스터가 물었다.

"둘 다 정답이라고 봐도 무방합니다. 게다가 염증 반응이 전혀 없어요. 그 말은 멍이 들자마자 사망했다는 뜻입니다."

조가 말을 이었다.

"…범인이 우리에게 메시지를 전하는 것 같아요."

⋀

울프는 만원버스로 퇴근하고 싶지 않아 지하철을 타고 역에서 내려 켄티시 타운까지 25분을 걸었다. 공원을 지나면서 푸르스름한 녹이 낀 아름다운 시계탑이 멀어지자 그림 같던 풍경도 사라졌다. 하지만 기온도 적당히 낮아졌고 늦은 오후 햇살은 주변에 차분한 분위기를 드리웠다.

오늘은 비제이 라나를 찾아다녔지만 허탕만 쳤다. 울위치에 소재한 그의 자택에는 예상대로 사람이 없었다. 높은 잔디와 잡초가 초라한 앞마당을 뒤덮어 현관문으로 가는 길을 막고 있었다. 창문 너머로 산처럼 쌓인 우편봉투와 배달음식 전단지가 얼핏 보였다.

재산범죄수사팀에서 대충 정리해 보내준 정보는 읽을 가치도 없었다. 라나의 회계법인 파트너는 잠적한 동업자의 은신처를 알면 자기 손으로 찾아가 죽이겠다고 으름장을 놓았다. 그나마 건진 것은 1991년 이전까지 라나의 정보가 전혀 존재하지 않는다는 사실 하나였다. 즉, 라나는 어떤 이유로 이름을 바꾸었다. 따라서 왕립재판소나 국가기록원에서 개명 전 이름을 알려준다면 그가 과거에 저지른 수많은 죄를 근거로 현재 거처를 찾을 수 있을지도 몰랐다.

울프가 집 근처에 다다랐을 때, 아파트 입구에 불법 주차 되어 있는 남색 벤틀리 차량을 발견했다. 자동차 앞으로 길을 건너며 힐끗 보니 운전자는 백발의 남자였다. 울프가 아파트 현관 앞에 서서 열쇠를 찾고 있는데 휴대전화가 울렸다. 안드레아였다. 받지 않고 전화기를 다시 집어넣자 뒤에서 고급 승용차 문이 쾅 닫히는 소리가 들렸다.

"내 전화 왜 안 받아?" 안드레아가 말했다.

울프는 한숨을 쉬고 돌아보았다. 안드레아는 하루 종일 촬영을 했기 때문인지 풀메이크업 상태였다. 그가 결혼 1주년 선물로 준 목걸이를 차고 있다는 사실은 굳이 언급하지 않기로 했다.

"토요일 저녁 내내 갇혀 있었어."

"원래 법을 어기면 그렇게 돼."

"집어치워, 울프. 내가 안 해도 다른 사람이 보도했을 거야. 뻔히 알면서 왜 그래."

"확실해?"

"당연하지. 그리고 내가 방송을 안 한다고 해서 범인이 이럴 것 같아? '에이, 내가 보낸 편지를 안 읽었네. 실망이군. 살인 예고 명단에 있는 사람들을 토막 내는 일은 관둬야겠다.' 그럴 리 없잖아. 다른 방송국에 연락을 하고, 살인을 하느라 바쁜 와중에 나까지 찾아서 죽였을 거야."

"지금 이게 사과야?"

"사과할 이유 없어. 용서해달라고 왔을 뿐이야."

"용서를 받으려면 사과부터 해. 그게 순서야!"

"누가 그래?"

"나도 모르지…, 예의범절 단속관?"

"지금 나보다 사과가 중요하단 말이지?"

"당신과 말싸움하고 싶지 않아." 울프가 말했다.

시간이 한참 흘렀어도 예전처럼 아무렇지 않게 대화할 수 있다는 사실이 놀라웠다. 울프는 안드레아의 뒤쪽에서 공회전을 하며 대기하고 있는 고급 승용차를 바라보며 말했다. "그런데, 아버님은 언제 벤틀리를 사셨대?"

"참 나, 닥쳐!" 울프가 생각 없이 한 말에 안드레아는 버럭 화를 냈다.

울프는 그 말이 왜 심기를 건드렸는지 뒤늦게 이해했다.

"이런. 저 차 운전석에 있는 사람이 그 작자였구먼? 새 애인." 울프가 썬팅한 창문 안을 보려고 눈을 부릅떴다.

"맞아, 제프리야."

"아하, 제프리? 아주…, 돈이 많아 보이네. 몇 살쯤 먹었어? 예순?"

"그만 봐."

"내 마음이야."

"왜 이렇게 유치하니?"

"잠깐, 당신 저 사람 너무 세게 안으면 안 되겠다. 뼈가 부러지겠어."

상황이 웃긴 것은 사실인지 안드레아의 입꼬리가 슬며시 올라 갔다.

"진심으로 하나만 묻자." 울프가 조용히 말했다. "저 인간 때문에 나를 떠난 거야?"

"내가 떠난 이유는 당신이야."

"아."

불편한 침묵이 이어졌다.

"같이 저녁 먹자고 왔어. 한 시간째 앉아 있었더니 배고파 죽겠어."

"그러고 싶지만 막 나가려던 참이야." 울프가 말했다.

"방금 들어왔잖아?"

"초대해줘서 고마운데 오늘은 그냥 넘어가면 안 될까? 할 일도 많고 라나를 찾을 시간이 하루밖에 안 남아서…." 안드레아가 눈을 크게 뜨고 관심을 보이자 울프는 말실수를 했음을 깨달았다.

"아직도 못 찾았어?" 그녀가 경악했다.

"안드레아, 나 피곤해. 지금 무슨 말을 하고 있는 건지도 모르겠어. 이만 갈게."

울프는 안드레아를 계단에 두고 아파트 안으로 들어갔다. 안드레아는 다시 벤틀리 조수석에 올라 문을 닫았다.

"시간 낭비였지?" 제프리가 다 안다는 듯 말했다.

"전혀." 안드레아가 대답했다.

"그렇다면야. 그린하우스에서 식사할까?"

"아니. 당신, 오늘은 혼자 먹어도 되지?"

제프리가 투덜대며 말했다. "방송국으로 간다고?"

"응, 부탁해."

★

울프는 초라한 아파트로 들어가 위층 신혼부부의 부부싸움 소리를 묻으려고 텔레비전을 켰다.

주방 창문으로 가서 맞은편에 있는 캄캄한 범죄 현장을 바라보았다. 봉제인형이 아직도 그곳에 매달려 그를 기다리는 듯한 느낌에 온몸이 얼어붙었다. 텔레비전을 끄고 블라인드를 내린 울프는 네 달째 읽고 있는 책을 들고 침대에 누웠다. 한 장하고 반을 더 읽었을 때, 설핏 잠이 들었다.

★

어제 개어둔 옷 위에서 휴대전화가 울리며 울프를 깨웠다. 왼팔이 쑤셔서 내려다보니 밤새 상처에서 흘러나온 진물이 붕대를 적시고 있었다. 울프는 몸을 굴려 휴대폰에 손을 뻗었다.

"경감님?"

"또 무슨 짓을 했어?" 시몬스가 대뜸 다그쳤다.

"몰라요. 제가 또 뭘 했는데요?"

"네 부인이…."

"전 부인요."

"…아침 뉴스에 비제이 라나 사진을 도배하고 경찰이 아직 못 찾았다고 동네방네 소문을 냈어. 지금 내 목을 자를 셈이야?"

"그럴 의도는 아니었습니다."

"해결해."

"그럴게요."

울프는 비틀비틀 거실로 나와 팔 통증 때문에 진통제 두 알을 먹고 텔레비전을 켰다. 안드레아는 여느 때처럼 완벽한 모습으로 화면에 나타났다. 하지만 어제 저녁과 같은 옷이었다. 그녀는 라나의 안위를 위해서라도 가족과 친구들이 나서달라고 간청했다. 역시 대단한 연기력이었다.

화면 오른쪽 구석에 있는 시계는 수요일 아침까지 남은 시간을 카운트다운 하고 있었다. 라나를 어디서부터 찾아야 하는지 전혀 모르는 상황에서, 범인이 예고한 라나의 살인 시점까지는 겨우 19시간 23분밖에 남지 않았다.

10

2014년 7월 1일 화요일

오전 8시 28분

폭염이 끝나고 런던은 평소처럼 우중충한 회색빛으로 돌아왔다. 구름 낀 하늘은 끝없이 뻗은 콘크리트 바닥에 어두운 그림자를 드리웠다.

울프는 지하철역에서 경시청까지 걷는 출근길에 안드레아에게 전화를 걸었다. 뜻밖에도 안드레아는 곧바로 전화를 받았다. 그녀는 울프의 반응에 정말 당황한 눈치였고, 자기가 어제 일으킨 피해를 만회하기 위해 경찰을 돕고 싶을 뿐이었다고 박박 우겼다. 전 국민이 라나를 찾아줄 텐데 뭐가 문제냐는 이기적인 논리에 울프는 차마 반박할 수 없었다. 하지만 앞으로는 물의를 일으킬 정보를 방송하기 전에 꼭 그의 허락을 받으라는 약속을 받아냈다.

울프는 수사본부로 들어섰다. 핀레이는 울프가 들어온 줄도 모르고 왕립재판소와 통화하며, 그쪽에서 라나의 개명 전 이름을 빨리 알려줘야 사람 목숨을 구할 수 있다고 재촉했다.

울프는 맞은편 책상에 앉아 야간 근무를 한 수사관들이 남긴 서류들을 훑어보았다. 아직까지는 노력에 비해 결실이 없었다. 그도 라나를 찾을 뾰족한 수가 없었기에 동료가 하던 작업을 이어서 해야 했다. 입출금 내역서, 신용카드 청구서, 항목별로 정리한 통화 기록을 체계적으로 분류하고 체크 표시를 하는 고된 작업이었다.

오전 9시 23분, 전화벨이 울렸다. 핀레이가 하품을 하며 전화를 받았다. "핀레이 쇼 경사입니다."

"안녕하세요, 국가기록원입니다. 오래 걸려 죄송…."

핀레이가 손을 흔들어 울프를 불렀다.

"찾았습니까?"

"네. 지금 증명서 사본을 팩스로 보내고 있습니다. 하지만 아무래도 직접 연락을 드려야 할 것 같아서…, 저희가 새롭게 발견한 게 있어요."

"발견했다고요?"

"네. 비제이 라나의 본명은 비제이 칼리드였습니다."

"칼리드?"

"확인해 보니, 비제이 칼리드에게는 남동생이 하나 있었습니다. 나기브 칼리드라고요."

"망할."

"네?"

"아닙니다. 고마워요." 핀레이가 전화를 끊었다.

곧이어 시몬스 경감은 경관 세 명을 추가로 배정한 뒤, 울프와 핀레이를 도와 라나의 과거를 캐내라고 지시했다. 그들은 시끄럽고 산만한 본부를 벗어나 회의실에 자리를 잡고 업무를 개시했다. 14시간 30분 안에 라나를 찾아야 한다.

아직은 시간이 있었다.

★

에드먼즈는 불편하기 짝이 없는 소파에서 잠을 잔 탓에 목을 움직일 수 없었다. 어제 저녁 집으로 돌아와 보니 약혼녀 티아의 어머니가 주방에서 설거지를 하고 있었다. 같이 식사하기로 한 약속을 까맣게 잊었던 것이다. 어머니는 평소처럼 다정하게 인사를 하고 비누 거품이 묻은 손으로 에드먼즈를 안아주었지만 티아는 에드먼즈를 용서할 마음이 전혀 없어 보였다. 긴장된 분위기를 감지한 어머니가 얼른 핑계를 대고 떠났다.

"2주 전부터 했던 약속이야." 티아가 말했다.

"일 때문에 바빴어. 저녁 같이 못 먹어서 미안해."

"디저트 사오기로 했던 거 기억은 해? 집에 있는 재료로 대충 트라이플을 만들어야 했어."

티아의 요리 솜씨를 잘 아는 터라 저녁을 못 먹었어도 그리 아쉽지는 않았다.

"이런." 에드먼즈가 실망한 척 말했다. "내 몫도 남겨두지 그랬어."

"남겼어."

젠장.

"앞으로 계속 이럴 거야? 매일 저녁을 거르고, 손톱에는 매니큐어를 바르고?"

에드먼즈는 벗겨지고 있는 보라색 매니큐어를 겸연쩍게 손톱으로 뜯었다.

"지금 8시 반이야, 티아. 그리고 '매일'은 아니지."

"그럼 앞으로는 더 심해진다는 소리야?"

"그럴지도 몰라. 이제는 이게 내 일이니까." 에드먼즈가 쏘아붙였다.

"그래서 내가 재산범죄수사팀에서 옮기지 말라고 했던 거야."
티아가 목소리를 높였다.

"하지만 이미 옮긴 걸 어떡해!"

"아빠가 될 사람이 이렇게 이기적으로 굴면 나는 어떡하라
고!"

"이기적이라고?" 에드먼즈는 믿을 수 없었다. "나는 우리를 위
해 돈을 벌고 있어! 안 그러면 어떻게 생계를 꾸릴 건데? 자기
미용실 월급으로?"

에드먼즈는 독설을 내뱉자마자 후회했다. 하지만 이미 엎질러
진 물이었다. 티아가 계단을 쿵쿵대며 올라가 침실 문을 세게
닫았다.

오늘 아침에 사과를 하고 싶었지만 티아가 일어나기도 전에
출근을 해야 했다. 에드먼즈는 퇴근길에 꼭 꽃을 사 오기로 다
짐했다.

어제와 같은 셔츠를 입었다는 사실과 고개를 오른쪽으로 돌
리지 못한다는 사실을 들키지 않기를 바라며, 에드먼즈는 우선
백스터를 찾아갔다. 백스터는 다리 재건 수술에 관해 정형외과
의사와 물리치료사에게 연락하느라 바빴고, 에드먼즈에게 은색
반지에 대해 가능한 한 많이 알아오라고 지시했다.

휴대전화로 검색해 근처의 유명 보석상을 찾았다. 보석상에
도착하자 점원은 호들갑을 떨며 기꺼이 수사를 돕겠다고 나섰
다. 점원을 따라 가게 안쪽으로 들어가자 지저분한 도구와 연마
장치로 가득한 작업실이 나왔다. 우아한 매장과 분위기가 너무

달랐다.

창백하고 추레한 남자 하나가 작업대에 증거물인 반지를 내려놓고 확대경으로 반지 안쪽을 비추었다.

"최상품 백금, 에든버러 순분검정소 인증 마크, 제작연도 2003년, 제작자 이니셜은 TSI. 그걸 확인하면 주인을 알아낼 수 있습니다."

"우와, 감사합니다. 정말 큰 도움이 되겠어요." 에드먼즈가 메모를 하며 말했다. 의미 없어 보이는 표식에서 이 정도로 많은 정보를 얻었다는 사실이 놀라웠다. "이런 반지는 얼마쯤 할까요?"

남자는 두툼한 반지를 저울에 놓더니, 아래 서랍에서 귀퉁이가 접힌 카탈로그를 하나 꺼냈다.

"디자이너 브랜드는 아닙니다. 그랬다면 가격이 조금 높아지겠지만 우리 같은 경우는 비슷한 물건에 3,000 정도를 매기고 있어요."

"3,000파운드라고요?" 에드먼즈가 확인차 질문을 했다. "그럼 피해자는 사회적 지위가 높은 사람이었겠네요."

"이 반지로 알 수 있는 정보는 더 있어요." 남자가 자신 있게 말했다. "살면서 이렇게 밋밋한 반지는 처음 봤습니다. 예술적 가치라고는 아예 없어요. 이런 반지를 끼고 다닌다면 현금 다발을 움켜쥐고 돌아다니는 꼴이나 마찬가지죠. 허세만 부리는 속물입니다. 그저 남에게 보여주기 위한 수단일 뿐이에요."

"이 참에 저희랑 같이 일하시죠." 에드먼즈가 농담했다.

"됐수다." 남자가 대답했다. "돈도 안 되는 일을 뭐 하러 해."

★

백스터는 점심시간까지 마흔 곳이 넘는 병원에 전화를 걸었다. 한 외과 의사가 피해자와 유사한 재건 수술을 집도했다고 주장하길래 얼른 엑스레이와 수술 흉터 사진을 보냈지만 결과는 실망스러웠다. 5분 후 다시 연락한 그 의사는 자신이 그런 흉측한 흉터를 남겼을 리 없고, 더는 도움을 줄 수 없다고 말했다. 희생자의 뼈 고정 기구에 날짜나 일련번호가 없다 보니, 너무 막연하기만 했다.

백스터는 회의실에 있는 울프를 바라보았다. 울프도 다른 수사관들처럼 전화기를 붙들고 라나를 찾느라 정신이 없었다. 백스터는 울프가 범인의 명단에 올랐다는 사실에 대해 아직 언급하지 않았다. 울프가 어떤 반응을 보일지 모르기 때문일 것이다. 게다가 두 사람이 서로에게 어떤 의미인지 지금처럼 혼란스러운 적도 없었다.

울프가 일에 몰두하는 모습을 보면 감탄이 절로 나왔다. 나약한 남자라면 좌절하고 숨어버렸을 것이다. 하지만 울프는 달랐다. 오히려 점점 강해지고 단호해졌다. 칼리드의 방화 살인을 수사할 때와 비슷했다. 거침없이 범인을 추적하던 그때처럼 울프는 지금 시한폭탄을 짊어지고 불구덩이 속으로 뛰어드는 듯했다. 물론 백스터처럼 가까운 사이여야 이런 미묘한 변화를 알아차리겠지만.

한편, 에드먼즈는 반지 하나를 가지고 놀라운 성과를 올렸다. 에든버러 순분검정소에 연락을 취해본 결과, 그 인증 마크가 찍힌 반지는 올드 타운에 있는 보석상들의 제품이라는 정보를 얻었다. 그래서 그쪽 보석상에게 대강의 치수와 반지 사진을 보냈다.

보석상에서 전화가 오기를 기다리는 동안, 매니큐어 색상을 비교해 보았다. 아까 화장품 가게에 들러 펄 매니큐어를 여섯 개 더 구입했지만 그가 찾는 두 가지 색상은 어디에도 없었다.

"꼴이 왜 그래?" 마흔네 번째 병원과 통화를 끝낸 백스터가 물었다.

"잠을 못 자서요." 에드먼즈가 대답했다.

"어제랑 셔츠가 같다?"

"그래요?"

"석 달 동안 이틀 연속으로 같은 셔츠를 입은 적 없었잖아."

"일일이 그걸 체크하고 계신지 몰랐어요."

"싸웠네." 백스터가 다 안다는 듯 말했다. 그녀는 말을 꺼리는 에드먼즈의 반응을 즐기고 있었다. "소파에서 잤구나? 다들 경험하는 일이지."

"다들 경험했다면, 다른 얘기로 넘어가죠?"

백스터는 어깨를 으쓱하며 다시 앞을 보고 앉았다. 수화기를 들고 다음 병원으로 전화를 거는 듯싶더니 그녀가 한마디 더 보탰다.

"결혼한 수사관에게는 이혼밖에 없어. 여기 있는 아무나 붙잡고 물어 봐. 결혼 더하기 수사관은 이혼…. 아, 안녕하세요? 저는 백스터 경사…."

시몬스 경감이 사무실에서 나오다 말고, 챔버스 경사의 빈 책상에 백스터가 흩트려놓은 부검 사진을 바라보았다.

"챔버스 경사는 언제 돌아온대?" 시몬스가 백스터에게 물었다.

"몰라요." 백스터는 또 다른 병원에 전화를 걸며 대답했다.

"오늘이었던 것 같은데."

백스터는 그러거나 말거나 관심이 없고, 더 이상 듣고 싶지도 않다는 식으로 어깨를 으쓱했다.

"몇 년 전에도 화산 폭발했다고 일주일이나 나를 엿 먹이더니. 카리브 해에 '발이 묶였다'고만 해 봐. 나 대신 전화 좀 걸어주지?" 시몬스가 말했다.

"직접 하세요." 백스터가 쏘아붙였다.

"나는 총경님과 통화하기로 했어. 하라면 하지 말이 많아!"

백스터는 책상 위 유선 전화의 통화 연결음을 들으면서, 다른 손으로 휴대전화를 꺼내 챔버스의 집 전화번호를 눌렀다. 곧바로 자동응답기로 넘어갔다.

"챔버스! 나 백스터야. 뭐하는 거야, 게으른 놈아? 제기랄, 애들이 받지 말아야 할 텐데. 알리, 로리야, 혹시 듣고 있다면 '놈'과 '제기랄'은 못 들은 걸로 하자?"

하필 그때 병원에서 갑자기 전화를 받았다.

"아이씨." 백스터는 그렇게 내뱉고는 휴대전화를 뚝 끊었다.

★

시간이 흐를수록 힘만 빠졌다. 오후 2시 30분, 라나의 사촌 집으로 갔던 경관이 그곳에도 마땅한 단서는 없다고 전화를 했다. 그렇다면 친척이나 친구들이 라나 가족을 숨겨주고 있다는 결론밖에 나오지 않았다. 라나는 5개월 전 아이 둘을 데리고 증발했다. 학교 다닐 나이의 아이들이 주중에 밖을 돌아다니면 사람들 눈에 띄지 않을 리 없다.

울프는 피곤한 눈을 비비며 시몬스의 사무실을 쳐다보았다. 시몬스는 계속 좁은 사무실을 서성이며 상부의 전화에 시달리고 있었다. 그러면서도 새로운 피해를 파악하려고 뉴스 채널을 여기저기로 돌렸다.

아무 일 없이 30분이 흘렀을 때, 핀레이가 마침내 외쳤다.

"찾았다!"

울프와 팀원들은 하던 일을 멈추고 핀레이의 설명을 들었다.

"라나 형제는 1997년에 모친이 살던 집을 유산으로 받았어. 그 집을 남에게 팔지 않고, 몇 년 후에 라나의 어린 딸에게 양도했더라고. 증여세를 줄이려는 속셈이었겠지."

"어디예요?" 울프가 물었다.

"사우스홀 레이디 마가렛 로드."

"그곳이에요."

시몬스도 회의실로 들어와 핀레이의 설명을 듣기 시작했다. 울프와 핀레이는 라나만 체포하기로 했다. 그를 살리려면 신중을 기해야 했다. 언론에서 경찰을 맹공격하며 라나의 추적에 실패했다는 사실을 온 동네 소문내게 놔두었다가, 목요일 아침에 라나가 안전하다고 깜짝 발표하자는 계획에도 잘 맞았다.

시몬스가 신변보호팀에 있는 지인에게 연락하자는 의견을 냈다. 라나가 안전해질 때까지 공동으로 책임을 지자는 것이다. 그쪽은 수사팀보다 라나를 은밀하게 이동시킬 수 있고 보호 수단 도 훨씬 잘 갖추고 있었다. 시몬스가 막 전화기를 드는데 누군 가 회의실 문을 살짝 두드렸다.

"기다려!" 신참 경관이 쭈뼛쭈뼛 회의실에 들어와 문을 닫자 시몬스가 외쳤다. "기다리랬지!"

"방해해서 죄송합니다, 경감님. 하지만 꼭 받으셔야 하는 전화 라서요."

"왜?" 시몬스가 고압적으로 물었다.

"방금 비제이 라나가 사우스홀 경찰서로 들어와서 자수를 했 습니다."

"아."

11

2014년 7월 1일 화요일

오후 4시 20분

핀레이는 운전석에 앉아 꾸벅꾸벅 졸기 시작했다. 꽉 막힌 고속도로에서 40분 넘게 옴짝달싹 못 하고 정지해 있기 때문이다. 지금 차 바깥에서는 핀레이의 코고는 소리가 들리지 않을 정도로 폭우가 쏟아지고 있다.

핀레이와 울프는 경찰 신분을 숨기고 잠행하기 위해 잠복수사용 일반 승용차를 요청했다. 그 덕에 경찰청 앞에서 진을 친 기자들에게 들키지 않고 그곳을 빠져나올 수 있었다. 현재 도로는 움직이지 않는 차량들로 발 디딜 틈이 없었고, 울프 일행도 4차선 중 가장 바깥쪽 차선에 갇힌 상태였다.

울프는 라나가 자수했다는 사우스홀 경찰서의 워커 서장에게 미리 연락을 취했다. 워커 서장은 꽤 유능하고 현명한 사람 같았다. 그는 라나가 도착하자마자 몸수색을 하고 유치장에 가둔 다음, 밖에 부하를 세웠다. 또 라나의 정체를 아는 부하 경찰은 세 명뿐이며, 말이 외부에 새 나가지 않게 입단속도 단단히 시켰다고 했다. 울프는 혹시 모르니 경찰서에 가스가 샌다는 거짓 소문을 퍼뜨려 외부인의 출입을 막으라고 지시했다. 어쨌거나 당분간은 라나를 믿고 맡길 수 있을 듯했다.

1시간 넘게 지체한 끝에 울프 일행은 사우스홀에 도착했다. 어두워진 하늘에서 천둥이 치기 시작했다. 가로등 불빛 아래로 우산 쓴 사람들이 종종걸음을 쳤고, 배수로에서 불어난 물도 혼잡한 도로 가장자리를 따라 흐르며 불빛을 반사했다.

울프와 핀레이가 자동차에서 내려 경찰서 뒷문까지 달린 시간은 10초에 불과했지만, 그사이 그들은 물에 빠진 생쥐처럼 흠뻑 젖고 말았다. 워커 서장은 둘을 안으로 들여보내고 서둘러 문을 잠갔다.

"라나와 이야기하고 싶습니다." 울프가 워커에게 부탁했다.

워커의 안내를 받으며 경찰서 뒤편에 있는 유치장으로 가니, 긴장한 기색이 역력한 경찰 세 명이 기다리고 있었다. 워커 서장은 울프와 핀레이를 소개하고 유치장 문을 열게 했다.

"가장 끝 쪽에 넣어뒀습니다. 가급적 다른 사람들과 멀리 떨어뜨려 두려고요." 워커가 설명했다.

육중한 문이 열렸다. 라나는 젖은 파카를 벗지도 않은 채 머리를 감싸 쥐고 앉아 있었다. 철컹 소리와 함께 문이 잠긴 후 워커가 천천히 수감자에게 다가갔다.

"라나 씨, 여기 수사관 두 분이…"

라나가 고개를 들었다. 붉게 충혈된 눈이 울프에게 머물더니 그가 벌떡 일어나 울프에게 달려들었다. 그는 워커와 핀레이에게 붙잡혀 다시 침상으로 끌려가면서도 라나는 악다구니를 썼다.

"야! 이 개새끼야!"

짜리몽땅한 라나는 노련한 경찰 두 명에게 금방 제압당해 베개에 얼굴을 묻고 흐느끼기 시작했다. 라나가 어느 정도 흥분을 가라앉혔다 싶을 때, 워커와 핀레이는 조심스럽게 라나의 팔을 놓았다.

"동생 일은 정말 유감입니다." 울프가 실실 웃으며 말했다. "정말 쓰레기 같은 인간이었지."

라나는 이글이글한 눈으로 울프를 노려보았다.

"죽어버려!"

라나가 다시 악을 쓰며 돌진했다. 워커와 핀레이는 그를 진정시키려고 몸부림을 쳐야 했다.

핀레이는 라나를 달래며 상황을 설명했다. 또 그가 자수했다는 소식은 경찰 내부에서도 몇 명만 알고 있고, 곧 신변보호팀이 도착할 테니 걱정할 필요 없다고 안심시켰다. 이렇게 라나의 신뢰를 얻은 핀레이는 자연스럽게 심문으로 넘어갔다. 그는 명단에 있는 다른 사람을 아느냐, 그에게 앙심을 품을 만한 사람이 있느냐, 최근 이상한 전화를 받거나 특이한 일을 경험한 적이 없느냐고 물었다.

"동생분에 관해 몇 가지 질문을 해도 되겠습니까?"

핀레이가 그와 어울리지 않게 정중한 말투로 말했다. 라나의 치명적 아킬레스건을 건드릴까 봐 조심하는 듯했다. 울프도 이제는 라나를 자극하지 않으려고 바닥만 쳐다보고 있었다.

"왜죠?" 라나가 물었다.

"명단에 있는 사람들과…, 범인에게 이미 당한 사람들 사이에 관련이 있다고 생각하기 때문이에요." 핀레이가 완곡하게 설명했다.

"알았어요." 라나가 말했다.

"동생과 언제 마지막으로 연락했나요?"

"2004년인가…, 2005년?" 라나의 대답은 불확실했다.

"그렇다면 재판에 참석하지 않았다는 말인가요?"

"네, 안 갔습니다."

"왜지?" 5분 만에 처음으로 울프가 입을 열었다.

워커 서장이 라나를 붙잡으려고 다급히 움직였다. 하지만 라나는 움직이지 않았고, 질문에 대답도 하지 않았다.

"대체 어떤 인간이 단 하루뿐인 자기 친동생의 형사재판 선고 기일에 참석하지 않지?"

울프는 워커와 핀레이의 눈총을 무시하고 말을 이었다.

"내가 말해주지. 이미 진실을 알고 있는 사람, 자기 동생의 유죄를 알고 있는 사람."

라나는 반응하지 않았다.

"그래서 오래전에 이름을 바꾼 거야. 동생이 무슨 짓을 하려는지 알고 거리를 두고 싶었겠지."

"그럴 줄은 전혀…."

"너는 알았어." 울프가 윽박질렀다. "그런데도 손 놓고 놔뒀던 거야. 딸이 몇 살이지?"

"폭스 경사!" 워커가 고함쳤다.

"몇 살이냐고?" 울프도 목소리를 높였다.

"열세 살." 라나가 작게 말했다.

"진심으로 궁금하군. 내가 놈을 붙잡지 않았더라면 지금쯤 네 딸도 산 채로 타 죽지 않았을까? 애는 삼촌이라는 놈을 믿었을 거 아니야? 그렇게 쉬운 목표물을 오래 놔두기나 했겠어?"

"그만!" 라나가 어린아이처럼 손으로 귀를 틀어막았다. "제발, 그만해!"

"비제이 칼리드, 너는 나한테 고마워해야 돼!" 울프가 내뱉었다.

그러고는 분노를 이기지 못하고 유치장 문을 주먹으로 쾅쾅 내리쳤다. 흐느끼는 라나를 달래는 것은 핀레이와 워커의 몫이었다.

★

신변보호팀은 라나의 살해를 예고한 시간이 임박한 만큼 추가 요원과 안전가옥을 선별하고 있었다. 워커와 그 부하들은 예정보다 경찰서에 오래 머무르고 있는 울프와 라나 일행을 이제 대놓고 귀찮아했다.

울프는 은근히 부담스러운 시선을 피해 자신과 핀레이, 라나가 먹을 간식거리를 사오기로 했다(독살 위험이 있기 때문에 라나에게 아무것도 먹이지 말라고 워커에게 지시해두었다). 인근의 감자튀김 가게에 막 도착했을 때 휴대전화가 울렸다.

"울프입니다." 그가 전화를 받았다.

"안녕, 윌. 엘리자베스 테이트야." 허스키한 목소리가 말했다.

"엘리자베스, 무슨 일이에요?"

엘리자베스 테이트는 런던 중심부의 여러 경찰서를 담당하는 냉철한 국선변호사였다. 30년 가까이 일선에서 일하며 술주정뱅이부터 살인자까지 갑자기 수감된 이들을 변호해왔다. 그녀는 가족이나 보호자도 없는 범죄인들을 유일하게 도와주는 사람이었다. 범죄자들을 옹호한다는 점에서 그동안 의견이 엇갈린 적도 많았지만 울프는 엘리자베스를 좋아했다.

다른 변호사들은 의뢰인을 위해서가 아니라 자신의 승소율을 올리려고 유죄가 뻔한 범죄자도 거짓으로 감쌌다. 하지만 엘리자베스는 법을 지키는 선에서만 의뢰인을 변호했다.

"지금 비제이 라나 씨를 보호하고 있지?" 엘리자베스가 말했다.

"무슨 말을 하는지….."

"연기하지 마. 부인한테서 전화를 받았어." 엘리자베스가 말했다. "작년에 내가 그 사람을 변호했거든."

"탈세 때문에요?"

"노코멘트."

"탈세군요."

"시몬스와도 이야기해 놨고, 내가 오늘 저녁 내 의뢰인인 라나 씨를 만나기로 했어."

"꿈 깨요."

"내가 전화기에 대고 형사소송법 조항을 읊어야겠어? 방금도 20분 동안 시몬스에게 똑같이 말했어. 라나 씨는 경찰의 보호를 받고 있지만 범죄 혐의로 체포된 상태기도 해. 이틀 사이에 한 어떤 진술이 법정에서 불리하게 작용해 혐의가 더 커질 수 있다는 사실 정도는 피차 알잖아."

"안 됩니다."

"좋아, 그럼 나도 몸수색과 소지품 검사를 받겠다고 약속해 줄게. 그리고 네가 그 외 규칙을 정하면 그것도 무조건 따를게."

"안 돼요."

엘리자베스가 한숨을 쉬었다.

"시몬스와 의논해 보고 다시 전화해." 그렇게 말하며 그녀는
전화를 끊었다.

★

"언제 올 수 있어요?" 경찰서로 돌아온 울프는 마지막 남은
눅눅한 감자튀김을 씹으며 엘리자베스에게 물었다.

그와 시몬스는 10분 넘게 논쟁을 했다. 하지만 소송 공포증이
있는 경감이 이런 문제에서 양보할 리는 없었다. 게다가 기소될
가능성이 있는 범죄자에게는 원래 변호인의 조력을 받을 권리
가 있었다. 시몬스는 냉장이라노 울프를 사선에서 손 베세 할 수
있다고 다시 강조했다. 또 라나의 변호사를 거부하면 절차적 위
법사유가 되어, 기소했을 때 유무죄 판단 없이 공소기각 판결을
내릴 수 있는 근거가 된다고 핵심을 찔렀다. 범죄자를 기껏 잡아
놓고 처벌을 면하게 해주는 꼴이었다.

그래서 울프는 어쩔 수 없이 엘리자베스에게 다시 전화를 건
것이다.

"지금 잠깐 다른 곳에 있어서 10시면 도착할 거야."

"시간이 없어요. 라나는 10시 반에 이동합니다."

"알았어. 그 전에 도착할게."

갑자기 요란하게 천둥이 치더니 유치장의 전등이 다 나갔다.
잠시 후 으스스한 비상등 불빛이 어둠을 약하게 밝혔다.

어느새 울프의 손이 떨리고 있었다. 그 이유는 생각하지 않으
려 했다. 이 상황은 악몽과 같았다. 감옥 같은 병동에서 셀 수
없는 밤을 뜬눈으로 지내던 때가 떠올랐다. 울프는 잠시 마음을

가다듬고 주머니에 손을 찔러 넣었다.

"라나를 살펴보고 싶습니다." 울프가 유치장 쪽 경찰들에게 말했다.

워커 서장과 어두운 복도를 지나는 동안, 안정적이던 심장 박동이 점점 빨라졌다. 라나의 유치장을 지키는 경찰이 서둘러 문을 열었다. 내부는 칠흑 같이 어두웠다. 복도의 약한 불빛은 여기까지 미치지 못했다.

"라나?" 워커가 불렀다. "라나?"

뒤에서 핀레이가 손전등을 들고 나타났다. 유치장 안을 미친 듯이 움직이던 불빛이 움직임 없이 누워 있는 형체에 멈췄다.

"젠장."

울프가 어두운 방으로 달려 들어가 라나를 정자세로 돌렸다. 그리고 라나의 목에 손가락 두 개를 대고 맥박을 짚었다.

라나가 눈을 번쩍 뜨더니 겁에 질린 비명을 내질렀다. 깊이 잠들어 있었던 것이다.

울프는 안도의 한숨을 쉬었고, 핀레이는 이 상황이 웃긴지 얄밉게도 복도에서 키득키득 웃고 있었다.

12

2014년 7월 1일 화요일

오후 11시 28분

마지막으로 통화했을 때, 신변보호팀은 아직 M25 도로에 묶여 있다고 했다.

바깥의 폭풍우는 더 심해졌지만 경찰서 안은 고요했다. 핀레이는 그새 또 플라스틱 의자에 앉아 잠이 들었다. 경찰 하나는 라나의 유치장을 지키고 섰고, 나머지 둘은 워커 서장 뒤에서 짜증 섞인 시선을 주고받았다. 12시간의 근무 시간이 15시간째로 접어들고 있었다. 유치장에 갇혀 있는 수감자들이나 다름없는 신세였다.

울프는 뒷문 쪽에서 서성이며 유례없는 악천후로 역시 늦고 있는 엘리자베스를 기다렸다. 마지막 문자에서 그녀는 5분 안에 도착할 예정이니, 커피 물이나 끓여놓으라고 했다.

울프는 창문 너머로 물바다가 된 주차장을 내다보았다. 물에 잠긴 하수구가 오수를 토해냈고 비바람은 더욱 거세졌다.

헤드라이트 두 개가 천천히 모퉁이를 돌더니 택시 한 대가 입구에 멈춰 서서 1분 넘게 움직이지 않았다. 머리에 옷을 뒤집어쓴 사람이 서류가방을 들고 뒷좌석에서 내렸다. 그는 계단을 서둘러 올라와 철문을 두드렸다.

"누구세요?" 머리에 쓴 옷 때문에 얼굴이 보이지 않아 울프가 외쳤다.

"누구겠어?" 엘리자베스가 신경질적으로 대꾸했다. 엘리자베스가 다정한 미소를 띠고 울프를 올려다보았다.

"엘리자베스." 그가 반겼다.

"오랜만이야." 엘리자베스는 가까운 의자에 코트를 던지고 울프를 안더니 과장스럽게 양 볼에 입을 맞추었다. 평소보다 안고 있는 시간이 더 길었다. 아마도 어머니 같은 마음으로 울프를 걱정하고 있다는 의미일 것이다.

"내 의뢰인은 어디 있지?"

"제가 안내할게요." 울프가 말했다.

"잠깐 둘만 얘기하게 해줘."

"누군가는 앞을 지켜야 돼요."

"극비 대화야."

"그렇다면 작은 소리로 말씀하시든가." 울프가 어깨를 으쓱했다.

그 말에 엘리자베스가 미소를 지었다.

"여전히 건방져, 울프!"

막 라나의 유치장 앞에 도착했을 때 울프의 휴대전화가 울렸다. 보초를 서는 경찰이 엘리자베스를 들여보내고 문을 다시 잠갔다. 울프는 그 정도면 됐다 싶어 복도로 돌아와 전화를 받았다.

시몬스는 좋은 소식과 나쁜 소식을 전했다. 좋은 소식은 신변 보호팀이 이동 중이고 30분 내에 도착한다는 것이었다. 나쁜 소식은 울프와 핀레이는 이제 라나와 동행할 수 없다는 것이다.

"저는 무조건 같이 갑니다, 경감님." 울프는 단호했다.

"그쪽 규정이 아주 엄격해." 시몬스가 이유를 댔다.

"그딴 거 상관없고요…, 이대로 넋 놓고 놈을 어딘지도 모르는 곳으로 데려가게 놔둘 수는 없습니다."

"그래야 돼."

"경감님도 동의했어요?" 실망이 이만저만이 아니었다.

"그래."

"제가 직접 신변보호팀 사람들이랑 얘기해볼게요."

"말도 안 되는 소리."

"예의 지켜서 말할게요. 약속합니다. 상황만 설명하게 해주세요. 번호가 어떻게 되죠?"

하지만 전화는 이미 끊겼다.

그 순간, 라나의 유치장 문이 열리고 엘리자베스가 다시 복도로 나왔다. 경찰이 문을 잠그는 동안, 그녀는 의뢰인에게 짧은 인사를 했다. 그녀의 맨발이 베이지색 복도 바닥에 탁탁 부딪쳤다. 워커 서장이 소지품 검사를 하면서 그녀의 하이힐까지 압수했기 때문이다.

"엘리자베스? 괜찮아요?"

"괜찮아." 그녀는 대답하며 코트를 걸쳤다. 단추를 채우려고 허둥대는 손이 떨리기 시작했다. 놀랍게도 엘리자베스의 눈가에 눈물이 맺혀 있었다.

"나 갈게."

그러면서 엘리자베스는 문으로 걸어갔다.

"저 놈이 뭐라고 하던가요?" 울프가 물었다. 분노가 치솟았다. 그는 매일 같이 기생충 같은 인간들을 상대해야 하는 그녀에게 보호 본능을 느꼈다. 쉽게 동요하지 않는 엘리자베스가 눈물을 보일 정도라면 보통 잔인한 조롱이 아니었을 것이다.

"나 어린애 아니야, 울프." 엘리자베스가 날카롭게 말했다. "문…, 열어줘."

울프는 문으로 걸어가 무거운 빗장을 밀었다. 다시 비바람이 몰아쳤고 엘리자베스는 천둥이 우르르 울리는 바깥으로 나갔다.

"서류 가방!" 울프가 말했다.

라나 옆에 두고 나온 모양이다.

엘리자베스는 겁에 질린 표정이었다.

"제가 가져다줄게요. 놈이랑 다시 얼굴 보기 싫으면요." 그가 말했다.

"아침에 가지러 올게."

"무슨 소리예요."

"젠장, 울프. 내가 알아서 해!" 고함을 친 엘리자베스가 계단을 비틀거리며 내려갔다.

울프는 엘리자베스가 경찰서 모퉁이를 도는 모습을 지켜보았다.

불길한 마음 때문에 가슴이 답답해졌다. 시계를 내려다보았다.

오전 12시 7분이다!

"당장 유치장 문 열어!" 복도를 전력질주하며 울프가 소리쳤다.

깜짝 놀란 경찰이 열쇠를 떨어뜨리는 사이, 워커 서장도 이쪽으로 달려왔다. 자물쇠가 덜컹 소리를 내며 열렸고, 울프는 무거운 문을 젖혀서 열었다. 라나는 매트리스 위에 똑바로 앉아 있었다. 뒤에서 워커가 안도감에 숨을 내쉬었다. 하지만 앉은 자세의 수감자를 다시 본 워커가 혼비백산했다.

고개를 앞으로 푹 숙인 라나의 얼굴에는 죽은 사람처럼 푸르스름한 멍이 들어 있었다. 충혈된 눈은 부자연스럽게 툭 튀어나와 있었다. 피아노선처럼 보이는 줄이 목을 둘둘 감으며 검은 피부에 깊은 상처를 남겼다.

바닥에 떨어진 서류 가방에서는 더 많은 피아노줄이 튀어나와 있었다. 라나는 불현듯 사라지지 너부노 선명하게 보였다.

"구급차 불러!"

울프가 복도를 지나 밤거리로 달려 나갔다.

미끌미끌한 계단을 뛰어내리고 물에 잠긴 주차장을 철벅거리며 경찰서 모퉁이를 돌았다. 그동안 억수 같은 비가 얼굴에 쏟아졌다. 3분도 지나지 않았지만 인적 없는 거리 어디에도 엘리자베스는 보이지 않았다.

불 꺼진 상점 옆으로 내달렸다. 폭풍우 소리 때문에 그녀를 찾기는 쉽지 않았다. 물을 튀기며 빠르게 지나가는 자동차 소리가 마치 이륙하는 비행기 소리 같았다. 수백만 개의 빗방울이 주차장 철제 지붕에 떨어지며 더 큰소리를 냈다.

"엘리자베스!" 그의 외침은 바람에 날려 멀어졌다.

울프는 상점 두 곳 사이로 난 골목길 앞에서 멈춰 섰다. 캄캄한 입구에 서서 눈을 찡그리고 어둡고 좁은 길을 들여다보았다. 조금 더 가까이 다가갔다. 보이지 않는 골목길에 흩어진 유리병,

포장지 같은 쓰레기 위로 비가 요란하게 내리쳤다.

"엘리자베스?" 울프가 조심스럽게 부르며 조금 더 안으로 들어갔다. 발아래서 바닥이 삐걱거렸다. "엘리자베스?"

갑자기 인기척이 느껴지더니 뒤에서 엘리자베스가 울프를 차가운 돌벽으로 밀쳤다. 손을 뻗어 상대의 옷자락을 잡을 뻔했지만 그녀는 다시 거리로 뛰쳐나갔다.

울프도 몇 초 만에 가로등이 비치는 거리로 따라 나왔다. 당황한 엘리자베스가 무모하게 차도로 뛰어들었다. SUV 차량이 도로를 미끄러지며 엘리자베스의 코앞에 멈춰 섰고, 안 그래도 시끄러운 밤거리에 운전자는 화를 내며 경적을 울렸다. 엘리자베스는 이제 몇 미터 앞서 있었다.

그 순간, 희한하게도 그녀가 휴대전화를 꺼내더니 전화기를 천천히 귀에 갖다 댔다. 울프는 그녀를 향해 다가갔다. 기름진 물웅덩이와 진흙투성이 도로를 맨발로 달린 탓에 엘리자베스의 발바닥은 피와 흙투성이였다.

마침내 엘리자베스의 바로 뒤에 왔을 때, 울프는 그녀가 전화기에 대고 헐떡이며 하는 말을 들을 수 있었다.

"해치웠어요! 해치웠다고요!"

손을 뻗어 붙잡으려 하는데, 엘리자베스가 갑자기 도로로 방향을 틀었다. 차가 오든 말든 울프도 본능적으로 뒤따랐다. 엘리자베스는 넓은 도로 한복판에 서서 공포에 질린 표정을 짓고 있는 울프를 바라보았다. 이층 버스가 엘리자베스를 향해 돌진하고 있었던 것이다.

엘리자베스는 비명도 지르지 못한 채 버스에 부딪혀 날아갔다.

울프는 10미터 정도 떨어진 도로경계석에 몸이 뒤틀린 채 쓰러진 엘리자베스를 향해 서서히 다가갔다. 차 여러 대가 옆을 지나다 멈춰 섰다.

눈물이 차올랐다. 왜 엘리자베스가 이런 짓을 했는지 알 수 없었다. 충격이 너무 커 기운이 완전히 빠졌다.

넋 나간 버스 운전자가 비틀거리며 다가왔고, 몇몇 승객은 얼빠진 표정으로 현장을 바라보았다.

멈춰선 차량 대열에 또 다른 차량들이 합류하며 어두운 도로의 한구석을 밝혔다. 엘리사베스가 버스에 지친 바로 그곳에 부서진 휴대전화가 있었다. 울프는 천천히 기어가 전화기를 뒤집어 보았다. 아직도 연결 중이었다. 전화기를 귀에 대자 수화기 너머로 부스럭거리며 나직이 숨 쉬는 소리가 들렸다.

"누구야?" 울프의 목소리가 갈라졌다.

대답은 없었다. 듣고 있는 사람이 차분하게 숨을 쉬는 소리, 뒤에서 산업용 장비가 돌아가는 소리만 들릴 뿐이었다.

"런던 경시청 폭스 경사다. 누구지?" 울프가 다시 물었다.

하지만 답은 이미 알고 있었다.

멀리서 푸른색 경광등 불빛이 다가오고 있었다. 울프는 범인의 숨소리를 계속해서 듣고 있었다. 그를 겁박하고 싶었다. 어떻게든 반응을 이끌어내고 싶었지만 방법이 없었다.

왠지 모르겠지만 범인을 따라 그의 호흡도 느려졌다. 하지만 이내 귀에 거슬리는 딸칵 소리와 함께 전화는 뚝 끊어졌다.

13

2014년 7월 2일 수요일

오전 5시 43분

캐런 홈즈는 다음 교통정보 뉴스를 초조하게 기다렸다. 오늘처럼 새벽 같이 움직여야 하는 날이면 늘 밤에 잠을 설치던 그녀였다. 특히 어젯밤은 밤새 거친 폭풍우가 불어서 중간에 몇 번이나 잠에서 깼다. 아직 날이 밝지도 않은 시간에 집을 나와 보니, 바퀴 달린 쓰레기통이 길 한복판에 나뒹굴었고 이웃집 자가용 위로 나무 울타리가 쓰러져 있었다. 캐런은 무거운 나무 울타리를 최대한 조용히 다시 일으켜 세웠다. 심술궂은 이웃이 보닛에 생긴 스크래치를 알아차리지 못해야 할 텐데.

캐런은 매월 런던 본사를 방문하는 날을 두려워했다. 동료들은 아예 런던에 호텔을 잡고 거기서 출근했지만 그러자니 이틀간 강아지들을 부탁할 사람이 없었다. 그녀에게는 집에 있는 강아지들의 안녕이 최우선이었기 때문이다.

고속도로로 진입하자 벌써 차가 밀리기 시작했다. 수 킬로미터에 걸쳐 늘어선 플라스틱 원뿔은 전방의 어느 지점이 공사 중임을 예고했고, 잊을 만하면 나타나는 과속 카메라 때문에라도 빨리 달릴 수 없었다.

캐런은 뉴스를 듣기 위해 라디오 버튼을 만지작거리다 중앙분리대 사이에 커다랗고 검은 봉지가 누워 있는 것을 발견했다. 크기와 형태가 어쩐지 부자연스러웠다. 시속 80킬로미터로 지나가면서 봤을 뿐이지만, 분명 그 검은 봉지 안에서 움직임이 있었다.

캐런이 키우는 스태퍼드셔 불테리어 두 마리는 유기견 출신이었다. 발견 당시 둘 다 쓰레기통에서 죽어가고 있었다. 그 생각만 하면 캐런은 속이 뒤집혔다. 만약 저 검은 봉지 안에 생명체가 있다면 절대 오래 버티지 못할 것이다. 생각이 거기에 미치자, 캐런은 그대로 지나칠 수 없었다.

갑자기 핸들을 꺾으니 그녀의 고물차가 마구 흔들렸다. 캐런은 고속도로 램프에 차를 세웠다가 반대 차선으로 방향을 바꿨다. 돌아가서 확인한다 해도 15분밖에 걸리지 않을 것이다.

다시 검은 봉지 앞에 선 그녀는 잠시 그것을 지켜보았다. 미동도 없던 봉지는 지나가는 차량이 일으키는 바람에 살짝 흔들렸다. 바보가 된 느낌에 화가 났다. 캐런이 다시 떠나려는 순간, 봉지가 갑자기 앞으로 움직였다.

심장이 쿵쾅쿵쾅 뛰었다. 캐런은 차가 다 지나가기를 기다렸다가 봉지 앞에 무릎을 꿇고 앉아 망설였다.

"뱀은 아니길. 제발 뱀만 아니어라." 캐런이 혼잣말로 속삭였다.

그때 봉지 안의 무언가가 의도적으로 그녀에게 다가왔고 얼핏 신음소리도 들렸다. 캐런은 조심스럽게 얇은 봉지를 잡고 한쪽 끝에 구멍을 작게 뚫었다. 안에서 무언가가 갑자기 튀어나와 달려들까 봐 구멍을 일부러 조금씩 벌렸다. 흥분해서인지 실수로 봉투가 중간까지 북 찢겼고 캐런은 겁에 질려 뒤로 물러났다.

그 순간 짙은 금발의 머리카락이 도로 쪽에 쏟아졌고, 손발이 묶이고 재갈을 문 여자가 미친 듯이 주변을 둘러보았다. 커다란 눈으로 애원하던 여자는 캐런을 올려다보자마자 의식을 잃었다.

★

에드먼즈는 껑충껑충 뛰면서 경시청 보안대를 통과했다. 어제는 때맞춰 집에 돌아가 전날 밤의 잘못을 사과하는 의미로 티아와 저녁 외식을 했다. 둘은 정성껏 옷을 차려입고 평소에도 이렇게 호사스러운 생활을 하는 척 몇 시간 동안 행복하게 연기를 했다. 세 코스짜리 코스 요리를 즐겼고 에드먼즈는 스테이크까지 주문했다.

마침내 매니큐어를 찾아낸 것도 에드먼즈를 기쁘게 했다. 물론 수사에 어떤 식으로 도움이 될지 아직은 불확실하다. 하지만 봉제인형의 오른팔 주인인 여자를 확인하는 데 한발 가까이 다가간 것은 분명했다.

본부에 들어서자 백스터는 벌써 자리에 앉아 있었다. 멀리서 봐도 저기압이었다.

"안녕하세요." 에드먼즈가 명랑하게 인사했다.

"왜 실실 쪼개고 있어?" 백스터가 쏘아붙였다.

"어젯밤에 재미있었거든요." 에드먼즈가 어깨를 으쓱하며 말했다.

"비제이 라나에게는 재미없는 밤이었어."

에드먼즈가 무슨 말인지 들으려고 자리에 앉았다.

"설마…?"

"내가 몇 년 동안 알고 지냈던 엘리자베스 테이트라는 여자도. 울프도 마찬가지지."

"울프는 왜요? 무슨 일이에요?"

백스터는 전날 밤에 있었던 일과 오늘 아침 젊은 여자가 고속도로에서 발견된 일을 요약해 설명했다.

"과학수사팀이 봉지를 분석 중이지만 구급대원들이 도착했을 때 여자 발밑에 이게 떨어져 있었대."

백스터는 증거물 번호표가 붙은 작은 비닐봉투를 건넸다.

"'윌리엄 폭스 경사에게.'" 에드먼즈가 메시지를 읽었다. "울프도 알아요?"

"아니." 백스터가 말했다. "울프와 핀레이는 밤새 일했어. 오늘은 휴가야."

★

1시간 후, 겁에 질린 여자는 여경의 안내를 받으며 어수선한 수사본부로 들어왔다. 병원에서 곧바로 온 여자는 아직도 흙먼지투성이였다. 얼굴과 팔은 멍과 상처로 가득했고, 헝클어진 금발 머리카락은 거의 검은색으로 변했다. 그녀는 큰소리가 들리면 깜짝 놀라 반응했다.

그 여자가 엘리자베스 테이트의 딸 조지나 테이트라는 사실은 이미 수사팀에게도 전해졌다. 조지나는 이틀 전부터 결근 상태였고, 어머니가 대신 전화해 개인적인 용무라고 결근 사유를 댔다고 한다. 실종 신고는 없었다. 몇 안 되는 정보뿐이었지만 퍼즐을 맞추기 어렵지는 않았다.

백스터는 불편한 진실과 마주하고 있다는 생각이 들었다. 그토록 정의롭고 영리하고 도덕적이던 엘리자베스에게 살인을 강요하기가 이렇게 간단할 줄이야.

"난 이제 자레드 갈랜드라는 기자를 만나러 가야 해. 이 작자도 죽을 날이…."

백스터는 손가락으로 셈을 했다.

"사흘 남았군. 마지막 일주일 동안 그는 경찰이 얼마나 무능한지, 연쇄 살인범의 예고 명단에 오른 기분이 어떤지, 그런 류의 기사만 쓰기로 작심했나 봐."

"저는 뭘 할까요?"

"조지나 테이트에게 건질 만한 기억이 있는지 알아봐. 반지도 계속 조사하고. 누가 의뢰해서 만들었는지 알아내야 돼. 새로운 정보 있냐고 검시관에게 물어보고, 과학수사팀 조사가 끝나는 대로 엘리자베스 테이트 휴대전화를 확보해."

그 말을 남기고 백스터가 본부를 나섰다.

에드먼즈는 책상 위에 작은 매니큐어 병을 올려놓았다. 그러고 보니 백스터에게 아직 매니큐어 이야기를 하지 않았다. 이렇게 사소한 사실로 기뻐했다니 바보가 된 기분이었다.

그동안 울프는 조지나 테이트를 납치해 자기 손에 피 한 방울 묻히지 않은 살인자를 쫓고 있었고, 그와 통화하는 영광까지 누렸다. 물론 다 끔찍한 일이었다. 하지만 인정해야 했다. 지금 에드먼즈는 울프가 조금 부럽기도 했다.

★

"아름답구먼."

엘리야 레이드 국장이 신이 나서 웃었다. 그는 방금 2,000파운드를 주고 산 사진을 영사기를 통해 회의실 벽에 비추고 있었다.

안드레아는 손으로 입을 틀어막았다. 회의실 조명을 끈 덕분에 뺨에 흐르는 눈물은 아무도 볼 수 없었다. 사진은 전혀 아름답지 않았다. 그렇게 슬픈 사진은 처음이었다. 가로등 불빛 아래 울프가 무릎을 꿇고 있고, 빗줄기와 자동차 헤드라이트가 물웅덩이와 상점 창문을 무대 조명처럼 비추었다.

안드레아는 부부로 함께 살면서 울프가 우는 모습을 두세 번쯤 본 적 있었고, 그럴 때마다 가슴이 미어졌다. 하지만 오늘은 더 심했다.

울프는 물에 잠긴 도로에 앉아 엉망이 된 중년 여성 곁을 지키고 있었다. 여자의 피 묻은 손을 잡고 참담한 표정으로 허공을 멍하니 응시했다. 절망에 사로잡혀 있었다.

안드레아는 동료들의 얼굴을 슬쩍 둘러보았다. 다들 미소를 짓고 박장대소했다.

분노와 혐오감으로 몸이 떨렸다. 역겹지 않은 사람이 없었다. 사진 속의 인물이 한때 사랑한 남자가 아니었다면 그녀도 똑같이 기뻐하고 있었을까? 슬프지만 그랬을지도 모른다.

"치어 죽은 여자는 누구야?"

엘리야의 질문에 사람들이 어깨만 으쓱하고 고개를 저었다.

"안드레아?"

안드레아는 눈물을 들키지 않으려고 사진만 뚫어져라 바라보았다.

"저 불쌍한 여자가 누구인지 제가 어떻게 알아요?"

"전 남편과 가까워 보여서." 엘리야가 말했다.

"좀 많이 가까워 보이는데." 회의실 구석에서 대머리 프로듀서가 끼어들자 다들 낄낄거렸다.

"자네라면 알아볼 줄 알았지." 엘리야가 마무리했다.

"몰라요."

안드레아가 최대한 쾌활하게 말하자 몇몇은 놀란 표정을 주고받았다.

"상관없어. 누가 됐든 방송에 내보낼 대박이 터졌으니까."

엘리야는 안드레아의 말투에 동요하지 않았다.

"뉴스 시작할 때 이 사진하고 사망 시계 카운트 다운 화면을 내보내. 경찰 진행 상황을 조금 다루고, 이 사진을 보면서 이야기를 지어내는 거야."

안드레아를 제외한 모든 사람이 낄낄 웃었다.

"이 여성은 누구인가? 왜 봉제인형 사건을 담당하는 수사관이 다음 피해자를 찾지 않고 교통사고 현장에 있나? 혹시 살인 사건과 관련이 있을까? 늘 하던 대로 하자고."

아직 라나가 죽은 걸 모르는 엘리야는 기대감에 한껏 부풀었다.

"다른 의견 없어?"

"지금 '명단에_없음'이라는 해시태그가 실시간 트렌드에 있어요."

쉰 남자 목소리가 들렸다. 그는 볼 때마다 손에 휴대전화를 들고 있었다.

"'사망 시계' 앱 다운로드 수는 벌써 5만 건을 넘었습니다."

"젠장, 유료로 만들걸." 엘리야가 욕을 했다. "봉제인형 이모티콘은 어떻게 돼가?"

또 다른 남자가 주저하며 테이블 너머로 종이 한 장을 내밀었다.

종이를 받아 든 엘리야는 어리둥절한 표정으로 바라보았다.

"무서운 느낌을 만화로 다 표현하기는 힘들어요." 남자는 초조한 표정으로 변명했다.

"이 정도면 됐어." 엘리야는 남자에게 그림을 다시 던졌다. "하지만 가슴은 빼. 애들이 보기에 부적절하시 않겠어?"

청소년까지 고려한 것으로 10년치 선행을 다 했다는 듯 엘리야는 흡족하게 회의를 끝냈다. 안드레아는 가장 먼저 일어나서 회의실을 나왔다. 분장실로 내려갈지, 당장 방송국을 빠져나갈지 스스로도 알 수 없었다. 단 하나, 울프를 만나고 싶다는 생각뿐이었다.

★

시몬스 경감은 회의실 벽에 붙은 거대한 봉제인형 콜라주를 물끄러미 바라보았다.

정복을 입은 그의 모습은 나무랄 데 없었지만, 오른쪽 구두에는 지우지 못한 깊은 스크래치 자국이 있었다. 물로 덮인 조사실 바닥에 누워 있는 친구를 보자마자 사무실 철제 서류함을 발로 차며 화풀이를 하다가 가죽 구두를 망가뜨린 것이다. 추도식은 냉엄하고 딱딱하게 진행되겠지만 어쩐지 오늘 오후에는 친구로서의 우정과 상실감을 상징하는 이 신발을 신어야 한다는 생각이 들었다.

턴블 시장의 추도식은 오후 1시에 웨스트민스터 사원 앞의 세인트 마가렛 교회에서 치러질 예정이었다. 유가족은 시신을 인계받으면 나중에 조용히 장례식을 하겠다고 요청했다.

그 전에는 비제이 라나와 엘리자베스 테이트의 사망을 확인하는 기자회견 스케줄이 있었다.

시몬스는 조사실에서 조지나 테이트가 나오는 모습을 보고만 있었다. 아직 그곳으로 들어갈 용기가 나지 않았다. 평생 그런 날이 올지 모르겠다. 살갗이 벗겨지고 물집이 솟은 친구의 얼굴은 평생 잊지 못할 것이다. 그날의 불쾌한 기억을 떠올리면 아직까지도 살 타는 냄새가 났다.

경찰청 홍보팀은 이 상황을 어떻게든 긍정적으로 언론에 브리핑하려고 갑론을박하고 있었다.

"이건 어떨까요. 이 테이트라는 여자가 죽는 걸 막았다는 사실에 집중하는 겁니다." 시몬스보다 열다섯 살은 어려 보이는 껑다리 청년이 제안했다.

시몬스는 세 명의 팀원을 천천히 둘러보았다. 뭔가 말을 꺼내려던 시몬스는 넌더리 난다는 표정으로 고개를 휘젓더니, 그냥 회의실을 떠났다.

14

2014년 7월 2일 수요일

오전 11시 35분

백스터는 지하철역에서 내려 자레드 갈랜드가 정한 약속 장소로 무거운 걸음을 옮겼다. 런던탑을 왼쪽에 두고 혼잡한 대로로 향했다. 왜 그를 집이나 신문사에서 만날 수 없는지 이해하기 힘들었다. 원칙대로라면 지금 갈랜드는 경찰의 보호를 받으며 집에 있어야 했다.

도덕관념이라고는 없이 대중을 선동하기만 하는 주제에 갈랜드는 뜻밖에도 교회에서 만나자고 했다. 갈랜드도 죽음을 앞두고 종교에 귀의한 것일까? 백스터는 그가 삶이 끝날 때가 되어서야 뻔뻔하게 신을 찾는다는 것부터 마음에 들지 않았다.

머리 위로 짙은 구름이 서서히 걷히며 태양이 잠깐씩 도시를 밝혔다. 10분 정도를 걸으니 높은 교회 탑이 보였다.

백스터는 폐허가 된 교회에 들어갔다. 거대하고 두꺼운 덩굴 식물이 칭칭 감긴 아치형 입구 아래로 졸졸 흐르는 물길을 따라가자, 중앙에 작은 분수가 있는 안마당이 나왔다. 한 쪽 구석에 누군가 홀로 앉아 있었다.

"자레드 갈랜드?" 백스터가 물었다.

남자가 퍼뜩 고개를 들었다. 백스터 또래로 보이는 그는 몸에 착 붙는 와이셔츠를 입고 소매를 걷어 올렸다. 깔끔하게 면도한 얼굴과 정성 들여 빗은 머리가 그럭저럭 매력적이었다. 갈랜드가 오만한 미소를 지으며 백스터를 아래위로 훑어보았다.

"와, 오늘 일진이 아주 좋은데요." 런던 동부 사투리가 강했다.

"앉아요."

갈랜드가 자기 오른쪽 자리를 툭툭 쳤지만 백스터는 왼편에 가서 앉았다. 갈랜드가 활짝 웃어 보였다.

"바보 같이 웃지 말고 말해 봐요. 왜 사무실에서 만나면 안 된다는 거죠?" 백스터가 날카롭게 물었다.

"신문사는 수사관이 사무실을 기웃거리는 상황을 꺼리기 때문이죠. 반대로 그럼 왜 경시청에서 만나면 안 되는 겁니까?" 갈랜드가 능글맞게 웃으며 이어서 말했다. "오늘 기사는 벌써 쓰고 있어요. 또 한 건의 처형을 성사시킨 런던 경시청에 축하를 보낸다는 말로 시작하려고요."

백스터는 갈랜드를 한 대 갈기고 싶었지만 꾹 참았다. 그때 갈랜드의 와이셔츠 주머니 위로 튀어나온 얇은 검은색 상자를 발견했다.

"이 새끼가!" 백스터가 갈랜드의 윗주머니에서 소형 녹음기를 낚아챘다. 녹음 중이라는 붉은 불빛이 번쩍였다.

"이봐요, 그러면 안 돼…."

백스터가 자갈 바닥에 녹음기를 던져 박살내고 구두 굽으로 짓밟았다.

"흠. 할 수 없네요." 놀랍게도 갈랜드는 순순히 인정했다.

"내 말 똑똑히 들어요. 집 앞에 경찰 두 명이 배치되어 있으니까 그들 도움을 받아요. 울프가 내일 연락…."

"그 사람은 싫습니다. 당신이 좋아요."

"선택 사항이 아니에요."

"수사관님, 내 말 똑똑히 들어요. 나는 죄수가 아닙니다. 죄를 지어 체포된 상태가 아니에요. 경찰이 나보고 이래라저래라 할 권리는 없고, 내가 도움을 받을 의무도 없습니다. 막말로, 지금까지 경찰이 올린 실적도 썩 좋지 않잖아요. 경찰과 같이 움직일 용의는 있지만 내 방식대로여야 합니다. 첫째, 당신이 나를 지켜요."

백스터는 자리에서 일어났다. 갈랜드와 협상할 기분이 아니었다.

"둘째, 내 죽음을 위장하고 싶습니다."

백스터는 관자놀이를 문지르고 얼굴을 찌푸렸다.

"생각해 봐요. 이미 죽은 사람을 범인이 어떻게 죽이겠어요. 하지만 실감나게 해야 할 겁니다. 사람들이 보는 앞에서라든가."

"얼굴을 존 트라볼타와 바꾸는 건 어때요? 잠깐, 그건 영화지. 아니면…, 울프가 헬리콥터 조종 면허를 갖고 있으니까 헬리콥터를 폭발시켜서…."

"하하하." 갈랜드가 멋쩍어했다. "내 말을 진지하게 듣지 않는 것 같군요."

"당신이 진지하게 안 듣고 있으니까요."

"이건 내 목숨이 달린 문제입니다." 갈랜드가 말했다. 백스터는 처음으로 그의 목소리에서 두려움과 자기 연민을 느낄 수 있었다.

"그럼 집으로 가요."

백스터는 다시 일어나 돌아섰다.

"감사합니다. 이 은혜 잊지 않을게요. 저도요. 안녕히 계세요."

에드먼즈가 수화기를 내려놓았을 때, 갈랜드와 만나러 갔던 백스터가 본부로 돌아왔다. 에드먼즈는 백스터에게 웃는 얼굴을 들키지 않으려고 책상 아래에서 자신의 다리를 꼬집었다.

백스터는 항상 그가 웃고 있으면 심술을 냈다.

"자, 그동안 뭘 조사했는지 얘기해 봐." 백스터가 한숨을 쉬며 말했다.

"왼손의 주인은 콜린스 앤 헌터라는 로펌과 관련된 사람이었어요. 그 로펌은 전국 곳곳에 지사와 파트너사가 있습니다. 전통적으로 5년간 근속한 직원에게…" 에드먼즈가 두꺼운 백금 반지가 든 증거 봉투를 들어 보이며 말했다. "바로 이 반지를 수여한다고 합니다."

"확실해?" 백스터가 물었다.

"네."

"후보는 몇 명 안 될 거야."

"통화한 분이 말하기를 많아야 스무 명에서 서른 명이래요. 오후에 연락처를 포함해 명단을 보내주기로 했어요."

"우리에게도 행운이 따를 때가 됐지." 백스터가 미소 지었다.

"갈랜드는 어떻게 됐어요?"

"자기를 죽여달래. 뭐 마실래?"

놀라운 대답이었지만 마실 것을 타 주겠다는 제안이 더 충격적이었다.

"경감님은 언제 돌아오신대?" 백스터가 물었다. "갈랜드 일로 드릴 말씀이 있어."

"아마 3시요."

"조지나 테이트에 대해서 알아낸 건 있어?"

"별로요." 에드먼즈가 수첩을 보며 대답했다. "백인 여성. 그거야 다 알죠. 오른쪽 팔 전체에 상처가 있어요. 아, 선배님이 밖에 있을 때 전화가 왔어요. 챔버스 경사님 부인분요. 번호는 선배님이 안다던데요."

"이브가 전화를 했어?" 백스터가 물었다. 챔버스 경사의 아내가 왜 전화를 했는지 이해할 수 없었다.

"조금 힘들어하는 목소리였어요."

백스터는 얼른 휴대전화를 꺼냈다. 에드먼즈가 1미터도 안 되는 거리에 앉아 있어 은밀한 통화는 불가능했다. 백스터는 일어나서 챔버스 경사의 빈 책상으로 옮겨 앉았다. 통화연결음이 두 번 울렸을 때 상대는 전화를 받았다.

"백스터." 안도한 목소리였다.

"이브? 아무 일 없죠?"

"아, 그럼요. 물론 그렇겠죠. 나이가 들어서인지 바보처럼 걱정만 많아지네. 다름 아니라…, 어제 자동응답기에 남긴 메시지 들었어요."

"네, 그 일이라면 미안해요." 백스터가 어색하게 말했다.

"아니, 괜찮아요. 그건 그렇고 남편이 어젯밤 집에 안 들어왔어요."

백스터는 혼란스러웠다. "어디서 안 돌아왔다는 거예요, 이브?"

"당연히 경시청에서죠."

백스터는 정신이 번쩍 들어서 허리를 폈다. 이브가 필요 이상
으로 걱정하지 않도록 머릿속으로 신중하게 단어를 골랐다.

"휴가에서는 언제 돌아왔어요?" 백스터가 일상적인 대화처럼
물었다.

"휴가를 갔다가 어제 아침에 집에 돌아와 보니 벤은 이미 출
근했더라고요. 냉장고에 음식도 없고, 잘 왔다는 메모도 없고….
이이가 정말!"

이브가 긴장 섞인 웃음을 뱉었다. 백스터는 이마를 문질렀다.
이브가 말을 할 때마다 점점 더 혼란스러워졌다. 그녀에게 짜증
을 내지 않으려고 애를 써야 했다.

"이브, 챔버스가 휴가에서 돌아온 게 정확히 언제예요? 왜 이
브만 늦게 돌아온 거죠?" 백스터가 물었다.

수화기 반대편에서 한참 침묵이 흐르더니 이브가 거칠게 속
삭였다.

"사실 그이는 휴가를 가지 않았어요."

먹먹한 침묵이 흘렀다.

이브가 갑자기 전화기에 대고 흐느껴 울기 시작했다. 챔버스
가 2주 넘게 실종되었다는 사실을 아무도 알아차리지 못한 것
이다. 백스터의 심장이 빠르게 뛰었고 목이 바짝 말랐다.

"그이에게 무슨 일이 생겼을까요?"

"별일 없을 거예요." 백스터의 대답은 미덥지 않았다. "이브?"

대답 대신 멀리서 울음소리만이 들렸다.

"이브, 왜 챔버스가 휴가를 같이 가지 않았는지 구체적으로 말해줘요…. 이브?"

지금 상대에게는 백스터의 말이 들리지 않았다.

"챔버스는 계속 휴가를 갈 거라고 자랑을 했었어요."백스터가 최대한 밝게 말을 이었다. "해변에 있다는 처형 집과 수상 레스토랑 사진도 보여줬고요. 정말로 휴가 갈 날을 기대하고 있는 것 같았어요. 아니에요?"

"그래요, 맞아요. 하지만 출발하는 날 아침에 집으로 전화가 왔어요. 짐을 다 싸고 남편만 기다리고 있었는데요. 약 때문에 새미 박사님을 만나러 샀나가 '검사' 받을 일이 생겨서 집사시 입원을 하게 됐으니 혼자 휴가를 떠나라고 했어요. 다음 날 이상 없다는 결과가 나와서 출근한다는 문자가 왔고요."

"전화할 때 다른 말은 없었어요?"

"얼마 전부터 다리에 문제가 생겼다고 했어요. 걱정시키고 싶지 않았대요. 당연히 나는 휴가를 포기하겠다고 했지만 그이는 돈이 아까우니까 나라도 가야 한다고 고집했어요. 그 일로 약간 다투기까지 했어요."

이브가 다시 울기 시작했다.

"다리라고요, 이브?"

챔버스가 가끔씩 다리를 절기는 했지만 문제라고 할 만큼 상태가 안 좋아 보이지는 않았었다.

"그래요, 몇 년 전에 다쳤잖아요. 밤에 집에 오면 다리가 쑤신다면서 아파했어요. 그때 당시 얘기는 말도 못 꺼내게 하고요. 사실 그때 수술 받으면서 금속판에 철심에…, 하마터면 절단할

쁜…, 여보세요?"

백스터가 수화기를 떨어뜨리고 챔버스 경사의 책상 서랍을 미친 사람처럼 뒤지기 시작했다. 그녀는 몸을 파르르 떨고 숨도 제대로 쉬지 못한 채, 맨 위 서랍을 통째로 꺼내 내용물을 책상 위에 쏟았다. 주위 수사관들은 당혹스럽고 놀란 표정으로 백스터를 지켜보았다.

두 번째 서랍에서 서류, 필기구, 진통제, 인스턴트 음식을 바닥으로 쏟아낼 때 에드먼즈가 다가와 맞은편에 무릎을 꿇고 앉았다.

"뭐 찾아요?" 에드먼즈가 물었다. "도와줄게요."

"DNA."

백스터가 속삭였다. 갈수록 숨이 가빠졌다.

백스터는 눈물을 훔치고 서류함에서 가장 아래 서랍을 열어젖혔다. 서랍을 바닥에 뒤집으려는데 에드먼즈가 안에 손을 넣어 싸구려 플라스틱 빗을 꺼냈다.

"혹시 이런 거요?"

에드먼즈가 빗을 들어 보이며 물었다.

다가온 백스터가 빗을 받아 들고 눈물을 왈칵 쏟더니, 에드먼즈의 품에 안겨 흐느껴 울기 시작했다. 에드먼즈는 주저하다 백스터를 감싸 안고 주위에 모여든 구경꾼들을 손짓으로 보냈다.

"무슨 일이에요?" 에드먼즈가 속삭였다.

백스터가 대답을 할 수 있을 만큼 진정하기까지는 한참이 걸렸다. 얼추 진정한 후에도 숨을 쉬기가 힘들어 말을 제대로 잇지 못했다.

"봉제인형…, 다리가…, 챔버스야!"

15

2014년 7월 2일 수요일

오후 7시 5분

울프는 아침 8시 57분에 신발도 벗지 않고 침대 속으로 기어 들어갔다. 울프와 핀레이는 밤새도록 500미터 거리의 범죄 현장 두 곳을 오가며 증거를 보존했다. 언론 보도를 자제시키고 목격자 인터뷰를 실시해 진술서를 작성했다. 꼬박 날을 샌 두 사람은 너무 지쳐서 인사할 힘도 없었다. 핀레이가 울프의 집 앞까지 데려다 줬지만, 울프는 핀레이의 어깨만 두드리고 차에서 내렸다.

울프는 딱딱한 바닥에 앉아 토스트를 씹으며 안드레아의 뉴스를 보았다. 하지만 엘리자베스의 뒤틀린 몸 옆에 자신이 앉아 있는 사진을 보고는 텔레비전을 꺼야 했다. 그는 무거운 다리를 끌고 침대에 다시 누웠다. 어찌나 피곤한지 눈을 감자마자 잠이 들었다.

울프는 저녁 6시에 시몬스 경감의 전화를 받고서야 잠에서 깼다. 시몬스는 턴블 시장의 장례식에 관해 몇 마디 하고, 오늘 수사 진행 상황과 전날 밤 언론 보도의 여파에 대해 간략히 설명해주었다.

그리고 잠시 뜸을 들이더니 백스터가 발견한 사실에 대해 말했다. 챔버스의 책상에 있던 빗에서 머리카락을 뽑아 봉제인형의 오른쪽 다리와 DNA 대조검사를 하자 둘의 DNA가 정확히 일치한다는 결과가 나왔다. 마지막으로, 원한다면 언제든 사건에서 손을 떼도 좋다고 다시 일깨워주었다.

전자레인지로 인스턴트 미트볼 파스타를 데웠지만, 시몬스와 통화를 마치고 나니 범인의 얼룩진 앞치마가 뇌리에서 떠나지 않았다. 선명하지 않은 CCTV 영상을 보면서 계속 궁금했었다. 지저분한 앞치마에 말라붙은 것은 누구의 피일까? 나기브 칼리드라는 트로피를 차지하기도 전에 목숨을 빼앗은 사람은 누구인가? 범인은 챔버스가 외국으로 휴가를 떠나기 전에 챔버스를 죽일 필요가 있었다.

텔레비전 앞에 앉았지만 채널을 돌리는 족족, 뉴스에서는 악몽 같은 사진을 똑같이 내보내며 울프가 수사팀장 역할을 할 자격이 있는지 토론을 벌였다. 스파게티의 미트볼이 살덩이처럼 보여 겨우 두 입 먹고 포크를 내려놓았다. 음식을 쓰레기통에 버리려는데 인터폰이 울렸다. 울프는 마지못해 인터폰 버튼을 눌렀다.

"언론의 희생양이자 모델이며 죽을 날이 얼마 안 남은 윌리엄 폭스입니다." 그가 유쾌하게 대답했다.

"정서 불안정에 술까지 취한 에밀리 백스터입니다. 올라가도 될까요?"

울프는 웃으며 '열림' 버튼을 누르고, 심하게 어질러진 물건만 얼른 침실 안으로 던졌다. 현관문을 열자 스키니진과 검은 앵클부츠, 하얀 레이스 상의 차림의 백스터가 서 있었다. 눈에는 푸른빛이 감도는 스모키 메이크업을 했고, 문지방 너머로 달콤한 꽃향기가 흘러 들어왔다. 백스터는 레드와인 한 병을 건네며 지독히도 초라한 아파트로 발을 디뎠다.

몇 년을 알고 지냈지만 백스터의 평상복에는 도저히 익숙해지지 않았다. 일을 할 때보다 훨씬 더 가냘프고 우아하게 보였다. 사복 차림만 놓고 보면 시체나 연쇄 살인범보다는 댄스 클럽이나 디너파티가 더 어울리는 사람 같았다.

"의자 줘?" 울프가 물었다.

백스터는 텅 빈 거실을 둘러보았다.

"의자가 있기는 해요?"

"그래서 물어봤어." 울프가 무미건조하게 대답했다.

그는 '바지 & 셔츠'라고 적힌 상자를 거실 중앙으로 끌고 와 백스터에게 앉으라 하고, 고풍스러운 잔에 술을 따랐다.

"음, 집이 아주…." 백스터는 아무것도 건드리고 싶지 않다는 표정으로 말을 흐렸다. 그러고는 울프의 구겨진 셔츠와 헝클어진 머리도 비슷한 눈으로 보았다.

"방금 일어났어." 그는 거짓말을 했다. "냄새 나서 샤워해야겠다."

두 사람은 와인을 홀짝였다.

"들었어요?" 백스터가 물었다.

"들었어."

"선배는 별로 좋아하지 않았지만 나한테는 정말 소중한 친구였어요."

울프는 바닥에서 시선을 떼지 않고 고개를 끄덕였다. 이런 대화는 처음이었다.

"그래서 오늘 후배 품에 안겨서 울었어요." 백스터는 부끄러워서 견딜 수 없었다. "죽을 때까지 얼굴을 못 들 것 같아요."

"경감님 말로는 네가 그 사실을 처음 밝혀내는 바람에 충격을 받았다며."

"아무리 그래도…, 에드먼즈한테는 내가 사수라고요! 선배였으면 또 몰라."

무거운 침묵이 이어졌다. 두 사람 다 울프가 그녀를 품에 안은 모습을 상상하고 있었다.

"선배가 그 자리에 있었으면 좋았을 텐데." 백스터가 웅얼거리며 부적절한 상상을 더했다. 백스터는 짙게 화장을 한 큰 눈을 깜박이며 울프의 반응을 살폈다.

울프가 상자 위에서 불편하게 자세를 바꾸어 앉다가 안에 있는 물건을 깨뜨렸다.

백스터는 와인잔 두 잔을 다시 가득 채우고 가까이 다가왔다.

"선배가 죽는 건 정말 원하지 않아요."

살짝 혀가 꼬였다. 여기 오기 전에 얼마나 많이 마신 거지?

백스터가 울프의 손을 잡았다.

"우리 사이가 불륜이라고 생각했다니, 말이 돼요?"

무슨 말인지 이해하는 데는 잠시 시간이 걸렸다.

"안드레아 말이야?"

"그러니까요! 그 여자 정말 미쳤죠? 생각해 봐요. 우리는 그 여자 때문에 불륜 남녀가 겪는 안 좋은 일은 다 겪고…, 그렇다고 즐길 건 하나도 못 즐겼어요."

백스터는 커다란 눈으로 다시 그를 보았다. 울프가 백스터의 손을 뿌리치고 자리에서 일어나자, 백스터는 뒤로 물러나 앉아 다시 와인을 홀짝였다.

"나가서 뭐라도 좀 먹자." 그가 의욕적으로 제안했다.

"배가 별로…"

"그러지 말고! 바로 앞에 국수 가게가 있어. 샤워만 하고 나올 게. 5분만 기다려."

울프는 욕실로 달려가다시피 들어갔다. 아래에 수건을 끼워 고장 난 문을 닫고 최대한 빨리 옷을 벗었다.

백스터는 어지럼증을 느끼며 일어났다. 작은 주방으로 비틀비틀 들어가 잔에 있던 와인을 비우고 수돗물로 잔을 채웠다. 연달아 물 세 잔을 마시며 맞은편의 빈 아파트를 보았다. 시름의 모든 연쇄 살인을 주동하는 인물이 그가 만든 괴물을 자랑스럽게 전시했던 곳이다.

이브에게 전화를 거는 챔버스도 상상해 보았다. 감금 상태에서 아내를 보호하려는 마음이 절실했을 것이다.

얇은 욕실 문을 통해 샤워기에서 떨어지는 물소리가 작게 들렸다.

빗속에서 울프가 죽은 엘리자베스 테이트의 손을 잡고 있는 흑백 사진도 떠올랐다.

백스터는 울프를 늘 생각했다. 하지만 그녀에게는 울프를 구할 힘이 없었다.

잔을 싱크대에 올려놓은 백스터가 전자레인지를 거울 삼아 모습을 확인하고, 욕실 문으로 걸어갔다. 오늘 두 번째로 가슴이 빠르게 뛰는 순간이었다. 문틈으로 불빛이 새어 나왔다. 울프가 문을 잠글 수 없었거나 일부러 잠그지 않았다는 뜻이었다. 녹슨

손잡이를 잡고 깊게 숨을 쉬는….

순간 누군가 현관문을 두드렸다.

백스터는 흔들리는 금속 손잡이를 쥔 채로 얼어붙었다. 울프는 사정을 모르고 아직도 샤워를 하는 중이었다. 다급한 노크 소리가 또 들렸다. 백스터는 작게 욕설을 내뱉고 현관문으로 다가가 문을 열었다.

"백스터!"

"안드레아!"

두 여자는 아무 말도 하지 않고 어색하게 서 있었다. 둘 다 무슨 말을 해야 할지 몰랐다. 그때 허리에 수건 한 장만 두르고 욕실에서 나온 울프가 침실로 가던 차에 그를 노려보는 두 여자를 발견했다. 울프는 걸음을 멈추고 현관에서 벌어지고 있는 골치 아픈 상황을 빤히 바라보더니, 고개를 휘젓고는 침실로 들어가 문을 닫았다.

"아주 오붓해 보이네요." 안드레아가 말했다. 지금까지 자신의 예상이 틀리지 않았다는 희열과 분노가 뒤섞인 말투였다.

"들어오시죠." 백스터가 옆으로 물러나며 방어적으로 팔짱을 꼈다. "상자 드려요?"

"서 있을게요."

백스터는 안드레아가 울프의 초라한 아파트를 둘러보는 모습을 지켜보았다. 평소처럼 재미없을 정도로 완벽한 차림새였고, 이리저리 돌아다니는 동안 명품 구두가 귀에 거슬리는 소리를 냈다.

"무슨 집이…." 안드레아가 말을 꺼냈다.

"그렇죠?" 백스터가 말했다. 자신이 사는 아파트는 이런 거지 굴과 다르다는 사실을 이 돈 많은 여자에게 명확히 밝히고 싶었다.

"왜 이런 곳에 산대요?" 안드레아가 속삭였다.

"글쎄요, 그쪽이 이혼하면서 무일푼으로 쫓아버렸기 때문이겠죠?" 백스터가 언성을 높였다.

안드레아가 작은 목소리로 따졌다. "그쪽이 알 바는 아니지만, 우리는 집을 50 대 50으로 나누려고 했어요."

두 사람은 어색한 침묵을 지키며 집 안을 두리번거렸다.

안드레아가 말을 이었다. "그리고 살못 알고 있나 본네, 세프리와 나는 울프가 퇴원한 직후에는 금전적으로 지원을 해줬어요."

백스터가 반쯤 빈 레드와인 병을 들고 친절하게 제안했다.

"와인 한 잔 할래요?"

"봐서요. 종류가 뭐죠?"

"레드와인요."

"그건 봐도 알아요. 내 말은 어디서 왔냐고요?"

"모리슨스(영국의 슈퍼마켓 체인-옮긴이)요."

"아니, 그게 아니라…, 됐어요."

백스터는 어깨를 으쓱하며 다시 상자에 앉았다.

★

울프는 5분 넘게 옷을 입으며 음침한 침실에 서서 옆방의 고함 소리가 잦아들기를 기다렸다. 백스터는 안드레아에게 남의 불행으로 이득을 취한다고 비난했고, 그 말이 사실이기는 했지만 안드레아는 불쾌해했다. 그래서 백스터에게 술에 취했다고 쏘아붙였고, 그 말이 사실이기는 했지만 백스터도 불쾌해했다.

말싸움이 울프와 백스터의 관계로 넘어갔을 때, 숨어 있던 울프가 방에서 나왔다.

"언제부터였어?"

안드레아가 두 사람에게 다그쳤다.

"나랑 백스터 말이야?" 울프가 무슨 말이냐는 듯 물었다. "어이없는 소리 마."

"어이가 없다고요?" 모욕을 느낀 백스터 때문에 상황은 더 악화되었다. "나를 좋아할 수 있다는 말이 뭐가 그렇게 어이없어요?"

울프는 자기가 한 말이 실수임을 깨닫고 미간을 찌푸렸다.

"아니, 그런 뜻이 아니라. 알다시피 나는 네가 예쁘고 똑똑하고 굉장한 여자라고 생각해."

백스터가 우쭐해서 안드레아를 향해 웃었다.

"굉장한 여자라고?" 안드레아가 외쳤다. "그런데도 둘 사이를 부정해?"

그러고는 백스터를 쏘아보고 말했다. "여기서 같이 사나 봐?"

"나는 목에 칼이 들어와도 이런 거지 소굴에서는 못 살아요." 술에 취한 백스터가 반박했다.

"어이!" 울프가 외쳤다. "꾸미면 달라져."

"꾸미면 달라져? 여기는 구제불능이야!" 방금 바닥에서 끈끈한 것을 밟은 안드레아가 웃음을 터뜨렸다. "난 당신의 솔직한 대답을 듣고 싶을 뿐이야."

안드레아가 울프에게 다가가 얼굴을 마주 보았다.

"울프…."

"안드레아…."

"그때 바람 피웠어?" 안드레아가 물었다.

"아니!" 그가 답답해서 고함을 질렀다. "아무 이유 없이 우리 결혼생활을 끝낸 건 당신이잖아!"

"두 사람은 몇 달이나 같이 살았어. 정말로 안 잤다는 말을 믿으라고?" 안드레아가 말했다.

"아무 일 없었어!" 울프가 안드레아의 면전에 대고 외쳤다.

그는 참다못해 코트를 집어 들고 집을 나가버렸다. 안드레아와 백스터만 남은 집에는 침묵이 흘렀다.

"안드레아." 백스터가 부드럽게 말했다. "짐작했겠지만 나는 이 세상 누구보다 당신에게 안 좋은 소식을 들려주고 싶은 사람이에요. 하지만 정말 아무 일도 없었어요."

그럼에도 안드레아로서는 수년간의 의심과 철석같던 믿음이 사실은 허상에 불과했다는 사실을 믿기 힘들었다.

"울프와 나는 친구 그 이상도 그 이하도 아니에요." 백스터가 작은 소리로 말했다. 안드레아보다는 자기 자신에게 하는 말이었다.

다만, 백스터는 복잡하기 그지없는 두 사람의 관계에 혼란을 느꼈고 챔버스가 죽었다는 사실에 위로와 안심이 필요했다. 그리고 울프라는 가장 친한 친구를 연쇄 살인범 때문에 잃을지도 모른다는 생각에 겁이 났다. 그래서 아까 바보 같은 짓을 할 뻔했던 것이다.

백스터는 어깨를 으쓱했다.

"울프와 사진에 있던 여자는 누구예요?" 안드레아가 물었다.

백스터는 기가 막히다는 표정을 지었다.

"이름을 묻는 게 아니에요." 안드레아가 변명했다. "그냥…, 그 여자 잘 알아요?"

"알았죠. 그렇게 될 사람이 아닌데…." 백스터는 신중해야 했다. 비제이 라나를 죽인 사람과 관련한 정보를 절대 흘려서는 안 됐다. "절대 그렇게 될 사람이 아니었어요."

"울프는 어떻게 버티고 있어요?"

"솔직히 말해요? 예전 생각이 나나 봐요."

안드레아는 이해한다는 듯 고개를 끄덕였다. 결혼생활에 종지부를 찍었던 그때 일을 똑똑히 기억하고 있었다.

"그리고 이번 사건을 개인적인 일로 받아들이고 자기 책임이 크다고 생각하고 있어요. 다시 사건에 집착하고 있어요." 백스터가 그녀만이 알아차린 울프의 변화를 어떻게 표현할지 고민하면서 말했다.

"그게 범인의 의도일까요?" 안드레아가 물었다. "범인을 쫓는 데만 정신이 팔려 자기 목숨을 구할 생각은 못 하도록 울프의 약점을 자극한 게 아닐까 싶어요."

"범인을 잡는 것과 목숨을 구하는 것은 같은 말 아닌가요?"

"꼭 그렇지는 않아요. 도망칠 수도 있잖아요. 하지만 울프는 도망치지 않을 사람이죠."

백스터가 힘없이 웃으며 말했다. "네, 도망치지 않을 거예요. 사실 시몬스 경감님한테 한마디만 하면 팀에서 제외될 거예요.

하지만 그렇게 할 수는 없어요. 여기 앉아서 죽기를 기다리느니 자살 행위라도 밖에서 돌아다니는 걸 택할 사람이죠."

"그럼 옆에서 조용히 최대한 많이 도와줘요."

"한 명이라도 살려서 범인이 예고한 살인도 실패할 수 있다는 사실이 증명되면 이렇게까지 앞이 캄캄하지는 않을 거예요."

"내가 어떻게 하면 도울 수 있죠?" 안드레아는 진심이었다.

백스터는 아이디어가 퍼뜩 떠올랐다. 하지만 안드레아는 이미 민감한 수사내용을 전 세계에 터뜨려 체포된 전적이 있는 여자였다. 이렇게 중요한 일을 논의하기에는 위험 부담이 너무 컸다. 하지만 이번 한 번만이라도 인론이 방해하지 않고 협조해준다면 범인의 허를 찌를 가능성이 생긴다.

안드레아는 진지해 보였고, 분명 울프를 걱정하고 있었다. 그리고 이 계획을 성공시키기 위한 유일한 희망 같았다.

"자레드 갈랜드를 살리는 걸 도와줘요."

"나보고 같이 하자고요?" 안드레아가 물었다.

"카메라맨도요."

"흠, 무슨 말인지 알겠네요."

안드레아는 백스터의 요청이 무슨 뜻인지 알아챘다.

백스터의 제안을 엘리야 국장에게 전해서 런던 경시청이 얼마나 절박한지 폭로할까? 그 순간 의기양양할 엘리야 국장의 얼굴이 눈에 선했다. 그는 한동안 경찰에 동조하는 척하다가, 살인 전날 밤에 기사를 터뜨리라는 제안을 할 게 뻔했다.

하지만 아무리 선의라도 대중에게 고의로 사실을 호도한다면 방송 기자로서의 생명은 끝이었다. 어떻게 그녀의 보도를 믿겠는가?

회의실에서 기분 좋게 웃던 동료들을 떠올렸다. 그들은 잔혹하게 목숨을 잃은 엘리자베스 테이트가 마치 그들을 위해 버스 앞에 뛰어든 것처럼 기뻐했다. 안드레아는 그들이 울프의 시신을 보고도 기뻐할 모습을 떠올리고는 주먹을 움켜쥐었다. 다들 하나같이 역겨웠다.

"할게요."

16

2014년 7월 3일 목요일
오전 8시 25분

울프는 오전 9시로 예정되어 있던 상담을 받으러 프레스턴 홀 박사의 진료실로 가던 길에 본부에 들렀다.

핀레이가 휴일에도 수고스럽게 작성한 울프에 대한 관찰 보고서가 책상 위에 놓여 있었다. 첫 장에 포스트잇 메모가 붙어 있었다.

'순 개똥같은 헛소리구먼! 회의 때 보자고. 핀레이.'

프레스턴 박사가 핀레이의 솔직한 생각을 좋게 보지 않을 것 같아 메모를 떼어버렸다.

울프는 챔버스의 빈 책상을 잠시 바라보며 어제 평소답지 않게 무너진 백스터를 떠올렸다. 백스터가 절망에 빠진 모습은 생각만으로도 견디기 힘들었다.

서로를 알고 지낸 지난 세월 동안 백스터가 그렇게 괴로워하는 모습은 딱 한 번 보았다. 끔찍했던 바로 그날, 울프는 백스터의 모습에 충격을 받았었다.

올드 베일리 법정 방청석에는 빈자리가 없었지만 백스터는 배심원 평결을 들으러 울프와 함께 법정에 가겠다고 고집했었다. 울프는 이미 정직을 당한 후였고, 수사팀 전원이 그의 수사 방식과 관련해 정식 조사를 받고 있었던 때였다. 울프는 백스터가 오기를 원하지 않았다. 그 주에 안드레아와의 갈등은 극에 달했고, 급기야 집에 경찰이 출동하며 울프가 가정폭력을 휘둘렀다는 소문에 기름을 부었다. 그럼에도 백스터는 연줄을 동원하여 그 시간에 근무지를 벗어나 법정 밖에서 울프를 기다렸다.

지금도 배심원들의 평결을 요청하는 순간이 어렴풋이 떠오른다. 사람들이 겁에 질려 비명을 질렀고, 바닥을 닦을 때 쓰는 광택제 냄새가 코끝을 스쳤다.

유일하게 남아 있는 생생한 기억은 법정 경위들이 사정없는 일격으로 그의 왼쪽 손목을 부러뜨렸을 때 느꼈던 극심한 고통뿐이다. 금속 곤봉이 뼈를 박살냈다.

그때 백스터는 아수라장 한가운데에서 눈물을 줄줄 흘리면서, 그에게 "무슨 짓을 한 거예요?"라는 질문만 앵무새처럼 되풀이했다.

경위들에게 제압당하던 와중에도 울프는 백스터가 하얀색 원피스를 입은 금발의 여자 배심원 하나를 안전하게 밖으로 데리고 나가는 장면을 보았다. 백스터가 재판정 문 밖으로 나갔을 때, 다시는 백스터를 만날 수 없으리라 생각했다.

생각에 잠겨 있던 울프는 관찰 보고서를 들고 본부를 나섰다.

★

프레스턴 홀 박사와의 상담은 그리 순탄하지 않았다. 상담을 끝내고 답답한 사무실에서 나오자 가슴이 뻥 뚫리는 기분이었다.

울프는 경시청으로 천천히 걸어가며 상담 내용을 곱씹어 보았다. 프레스턴 홀 박사는 울프가 사건 해결에 대한 강박증을 느끼고 있어 우려된다고 말했다. 그녀는 지난 주 월요일 상담 이후 또 한 사람이 죽는 모습을 목격한 울프가 심적으로 동요했을까 걱정하고 있었다. 다행히 챔버스의 부고는 아직 전달받지 못한 상태였다.

울프가 수사본부로 돌아와 보니 책상 위에 쪽지가 있었다. 명단의 네 번째에 있는 백화점 보안요원 앤드류 포드가 어제 아침부터 울프와 직접 대화하기를 요구하고 있다고 했다. 시간이 갈수록 포드는 그를 담당하는 경찰들에게 공격적인 태도를 보이고 있다고 한다. 백스터가 대신 만나러 갔지만 쫓겨나고 말았다.

울프는 회의실로 들어가 백스터의 옆자리에 앉았다.

"왔어?"

울프가 어젯밤 일은 없었던 일처럼 아무렇지 않게 말했다.

"네."

백스터는 눈도 마주치지 않고 무뚝뚝하게 대답했다.

울프는 대화를 포기하고 핀레이에게 말을 걸었다.

<봉제인형 살인사건의 피해자>

1. (머리) 나기브 칼리드 '방화 살인범'
2. (몸통) - ?
3. (왼팔) 백금 반지, 로펌?
4. (오른팔) 매니큐어?
5. (왼다리) - ?
6. (오른다리) 벤자민 챔버스 수사관

<살인 예고 명단>

A - 레이먼드 턴블 (시장)

B - 비제이 라나/칼리드 (칼리드의 형/회계사)

C - 자레드 갈랜드 (기자)

D - 앤드류 포드 (백화점 보안요원/알코올중독자/골칫거리)

E - 애슐리 로클란 (웨이트리스) 또는 (9세 어린이)

F - 울프

모든 사람이 입을 다물고 명단을 보았다. 뭔가 영감이 떠오르거나 피해자들 사이의 명백한 연결고리가 나타나기를 바라는 눈치였다. 하지만 회의는 계속 다람쥐 쳇바퀴 돌듯 겉돌았고, 지금까지의 성과는 보잘것없었다.

"방화살인사건이 열쇠일 겁니다." 핀레이가 말했다. "칼리드, 칼리드의 형, 울프…"

"칼리드 형은 칼리드 사건에 개입하지도 않았어. 재판에 참석하지도 않았다고."

"에드먼즈가 나머지 피해자들의 이름을 찾아오면 연결 관계가 명확해질지도 모르죠." 핀레이가 어깨를 으쓱했다.

"그럴 리 없어요." 백스터가 끼어들었다. "같은 반지를 가진 스물두 명의 이름을 입수했지만 칼리드 재판과 연관된 사람은 하나도 없었대요."

"하지만 챔버스는 관련이 있었잖아?" 핀레이가 물었다.

그 이름이 언급되자 불편한 침묵이 뒤따랐다. 퍼즐의 한 조각에 불과하다는 듯 죽은 동료의 이름을 꺼냈다는 사실에 핀레이도 죄책감을 느끼는 눈치였다.

"챔버스가 관련 있다면 여기 있는 사람들도 마찬가지예요." 백스터가 불편한 감정을 숨긴 채 대답했다. "그리고 챔버스도 관련이 있다고 쳐요. 그렇더라도 나머지 피해자들하고는 무슨 관계죠?"

"이 피해자들의 배경 조사는 철저히 하고 있나?" 시몬스가 물었다.

"최선을 다하고 있지만 인력을 더 투입하면 좋을 것 같습니다." 백스터가 말했다.

"그건 안 돼." 시몬스가 버럭 화를 냈다. "이미 수사본부의 3분의 1이 이런 일을 돕고 있어. 추가 투입은 불가능하다."

백스터는 상관이 얼마나 곤란한 입장인지 이해하고 더는 주장하지 않았다.

"폭스, 자네답지 않게 조용하군. 무슨 생각이라도 있어?" 시몬스가 물었다.

"칼리드 사건이 열쇠라면 왜 칼리드 사건의 가해자인 칼리드와 칼리드 사건의 피해자 격인 저를 함께 지목하죠? 말이 되지 않습니다. 방화 살인범과 그를 막으려 했던 사람을 둘 다 죽이고 싶다고요?"

다들 의아해서 말을 잇지 못했다.

"유명한 사람이기 때문일지도 몰라요." 핀레이가 새로운 가능성을 제기했다. "챔버스가 맡았던 다른 사건이 범인의 관심을 끌었을 수도 있습니다."

"그럴 수도 있지." 시몬스가 말했다. "그쪽으로도 한번 조사해 봐."

그 순간 에드먼즈가 땀을 흘리며 흐트러진 옷차림으로 벌컥 회의실 문을 열었다.

"반지 주인은 마이클 게이블 콜린스입니다. 콜린스 앤 헌터 로 펌의 시니어 파트너 변호사예요." 에드먼즈가 설명을 계속했다. "47세, 이혼, 자녀 없음. 지난 주 금요일 점심 때 파트너 회의에 참석했다는 점이 흥미롭습니다."

"그러니까 회의 시간과 봉제인형이 발견된 시간 사이에 약 12 시간의 공백이 있군."

"칼리드 재판에 관여한 바는 없었고?" 핀레이가 물었다.

"직접적으로 개입하지는 않았던 것 같습니다." 에드먼즈가 말했다.

"그럼 방화살인사건과 연결 관계를 찾으려면 아직 멀었다는 뜻이군?" 핀레이가 말했다.

"아, 그렇지만 칼리드의 방화살인사건과 뭔가 연결고리가 있을 거라고 봅니다." 에드먼즈는 단호했다.

"상관없다며?"

"간접적으로 상관있습니다. 로펌 전체가 관련이 있어요. 아직 알아내지 못했을 뿐입니다. 봉제인형 살인사건은 칼리드의 방화 살인사건과 관련된 것이 분명해요."

"하지만…." 핀레이가 입을 열었다.

"일단 넘어가지." 시몬스가 시계를 내려다보며 끼어들었다. "자레드 갈랜드는 백스터 수사관이 보호해줄 것을 요청했어. 백스터 수사관과도 합의가 된 부분이니, 다들 최선을 다해 도와주기를 바라네."

"잠깐, 잠깐만요! 갈랜드는 제가 보호해야 합니다." 울프가 외쳤다.

"여기서 밝힐 수 없는 사람에게 내가 오늘 아침 어떤 전화를 받았는지를 감안하면, 자네는 지금 이 자리에 있는 것만으로도 행운인 줄 알아." 시몬스 경감이 말했다.

"경감님, 저도 울프 선배님과 생각이 같습니다." 에드먼즈의 명령조 발언에 모든 사람이 놀라지 않을 수 없었다. 백스터는 에드먼즈에게 뭐라도 던질 기세였다. "범인은 울프 선배님에게 도전장을 내밀었습니다. 우리가 마음대로 규칙을 바꾸면 어떻게 반응할지 모릅니다. 범인은 모욕으로 받아들일 겁니다."

"잘됐군. 내가 바라던 바야. 설전은 끝났어."

에드먼즈가 고개를 저었다. "경감님! 이건 오판이세요!"

"에드먼즈, 내가 너처럼 잘난 경찰대학 학위는 없을지 몰라도 나도 한창 때는 살인사건을 맡아서 해결한 적이 많은 사람이야." 시몬스가 쏘아붙였다.

"이런 정도의 사건은 아니었겠죠." 에드먼즈가 응수했다.

에드먼즈가 고집스럽게 물러나지 않자 핀레이와 백스터가 불편하게 자세를 바꿔 앉았다.

"그만!" 시몬스가 외쳤다. "자네는 아직 수련 중이야. 그 사실을 명심하도록. 범인은 누가 보호를 하든 토요일에 자레드 갈랜드를 죽이려 할 거다. 하지만 갈랜드는 백스터가 아니라면 경찰의 도움을 받지 않겠다고 하는 상황이야."

시몬스가 계속 지시를 내렸다.

"다들 골치가 지끈지끈하게 해줘서 고맙군. 이만 나가!"

회의가 끝나자 에드먼즈가 백스터에게 다가갔다.

"야, 너 미쳤어?" 백스터가 윽박질렀다.

"저는…."

"너를 관리하는 것도 내 임무야. 네가 상관 앞에서 나를 망신 주지 않아도 충분히 힘들다고."

울프가 문가를 서성이며 백스터와 단둘이 이야기할 기회를 노리고 있었다.

"오늘 내 일정 알아?" 그 모습을 보고 백스터가 에드먼즈에게 물었다.

"네."

"그럼 네가 대신 설명해."

백스터는 그대로 자리에서 일어나 울프에게 아는 척도 하지 않고 회의실을 나가버렸다. 에드먼즈는 울프에게 힘없이 웃어 보였다.

"매니큐어는 좀 알아냈어?" 울프가 물었다.

★

"이런 생각이 들어요." 에드먼즈가 말했다. "범인은 꼼꼼하고 동원 가능한 수단이 많고 영리합니다. 아직까지 단 한 번도 실수를 하지 않았어요. 그래서 전에도 살인 경험이 있다는 생각이 듭니다. 생각해보세요. 범인은 완벽하게 예술을…."

"예술이라고?" 울프는 귀를 의심했다.

"본인은 그렇게 생각할 겁니다. 방식이 끔찍하기는 해도 객관적으로는 대단하고요."

"대단하다고?" 울프가 코웃음을 쳤다. "에드먼즈, 네가 범인이

냐?" 그가 정색을 하고 물었다.

"예전에 있었던 다른 살인 사건 파일을 보고 싶습니다." 이 말은 울프의 관심을 붙잡았다. "특히 수법이 평범하지 않은 사건, 접근이 불가능한 피해자를 죽인 사건, 시신을 절단하고 훼손한 사건 말이에요. 그런 사건에서도 어딘가 흔적이 남았을 거예요."

에드먼즈는 울프가 그의 아이디어를 지지해주기를 바랐다. 어쩌면 감탄했을지도 모른다고 기대했다. 하지만 울프는 오히려 화를 냈다.

"이번 사건을 전담하는 수사관은 우리 네 명뿐이야. 네 명밖에 안 된다고! 밖에서 사람들이 죽어나가는 동안 느긋이 한가하게 사건 파일이나 볼 시간이 있을 것 같아?"

"저는…, 그저 돕고 싶어서요." 에드먼즈가 말을 더듬었다.

"시키는 일이나 해!" 그렇게 쏘아붙이며 자리에서 일어난 울프가 빠른 걸음으로 사무실을 가로질러 막 시몬스와 대화를 마치고 나온 백스터를 붙잡았다.

"나 좀 봐." 울프가 말했다.

"됐어요."

백스터는 서류철을 들고 울프를 지나 자기 책상으로 향했다.

"혹시 어젯밤 일 때문이라면…"

"아닙니다."

울프가 백스터의 손목을 잡고 회의실 안으로 끌어당겼다. 근처에 앉아 있는 사람들이 이상하다는 듯 둘을 주시했다.

"뭐예요?" 백스터가 소리쳤다.

울프는 회의실 문을 닫았다.

"어젯밤 그냥 나가서 미안해. 아직 해결할 문제가 남았지? 그 사람 때문에 화가 나서…. 두 사람만 두고 나오지 말았어야 했어. 사과할게."

백스터는 짜증 난 표정이었다.

"내가 어제 했던 말 기억해? 네가 예쁘고 똑똑하고…."

"굉장한 여자라고요." 그녀가 얄밉게 웃으며 말했다.

"굉장하지." 울프가 고개를 끄덕이며 말했다. "그러니까 나도 갈랜드 일을 돕게 해줘."

"고맙지만 사양할래요."

"그러지 말고, 나를 부하라고 생각해. 시키는 대로 할게."

"싫어요. 선배 마음대로 좌지우지하려고 하지 마요. 경감님 말씀 들었죠? 이러다가는 팀에서 아주 빠지게 될 거예요. 그만 포기해요."

울프는 절실해 보였다.

"지나갈게요." 백스터가 회의실을 나가려 했지만 울프는 문 앞에서 비키지 않았다.

"이해를 못 하나 본데, 내가 도와야 돼."

"비켜요." 그녀가 더 단호히 말했다.

울프는 백스터의 손에 들린 서류철을 빼앗았다. 비닐 폴더가 두 사람의 힘에 못 이겨 휘어졌다. 백스터는 전에도 울프의 이런 모습을 본 적이 있었다. 방화살인사건을 수사하던 중이었다. 그때도 그는 사건에 집착한 나머지 이성을 잃고 아군과 적군을 구분하지 못했다.

"이거…, 놔요…, 울프."

백스터는 그의 손에서 갈랜드 파일을 다시 잡아 빼려 했지만 불가능했다. 도와달라고 외치면 모든 상황이 끝난다. 열 명도 넘는 경찰이 문을 강제로 열 것이고 울프는 사건에서 배제된다. 알면서도 지금껏 방치한 것이 실수였을까?

"미안해요." 백스터가 속삭였다.

이제 한계에 다다랐다고 생각한 백스터는 불투명 유리창을 두드리려고 울프에게 잡히지 않은 손을 위로 들었다. 하지만 바로 그 순간 회의실로 들어온 에드먼즈가 뜻하지 않게 문을 열며 말했다.

"죄송합니다. 앤드류 포드 일로 카스타나 순경이라는 사람한테서 전화가 왔어요."

"내가 다시 한다고 해." 울프가 말했다.

"창문에서 뛰어내린다고 협박 중이래요."

"카스타냐가? 아니면 포드가?"

"포드요."

"탈출하려고? 아니면 자살하려고?"

"5층이라니까 가능성은 반반이죠."

"좋아, 내가 간다고 전해."

울프는 백스터에게 다시 미소를 보이고 에드먼즈를 따라 나갔다.

백스터는 깊은 숨을 들이마시고 다리에 힘이 풀리기 전에 웅크리고 앉았다. 머리가 어지러웠고 엄청난 결심을 내리느라 감정적으로 진이 다 빠졌다. 백스터는 누가 회의실에 들어오기 전에 얼른 일어나 심호흡을 하고 본부로 나갔다.

17

울프는 앤드류 포드를 만나러 나섰다.

앤드류 포드가 사는 아파트의 입구에 다가가자 건물 뒤편에서 고함소리가 들렸다. 그쪽으로 돌아가니 행색이 지저분한 남자가 러닝셔츠와 팬티 바람으로 발코니에 매달려 있는 진풍경이 펼쳐지고 있었다. 경찰관 두 명이 그를 끌어올리려 했지만 허사였고, 몇몇 이웃은 자기 집 발코니에서 위험하게 고개를 내밀고서 남자가 떨어지는 모습을 포착할까 하는 마음에 휴대전화 카메라를 내밀고 있었다. 그때 한 이웃이 울프를 알아보았다.

"TV에 나온 그 수사관 아니야?"

발코니에 매달려 있던 남자도 갑자기 고함을 멈추고 아래쪽을 내려다봤다.

"앤드류 포드?" 울프가 물었다.

"폭스 수사관?"

"맞습니다."

"당신에게 할 이야기가 있어."

"알았어요."

"지금 이대로는 말고. 당신이 올라와."

"그러죠."

울프는 어깨를 으쓱하고 아파트 출입구로 향했고 포드도 아파

180

트 난간을 다시 기어올랐다. 그가 위층에 다다랐을 때 문 앞에
는 여자 순경이 서 있었다.

"안녕하세요?"

경관이 웃음을 짓자, 앞니 사이에 커다란 틈과 함께 피가 고
여 있었다. 울프는 화가 치솟았다.

"저 놈 짓입니까?" 울프가 물었다.

"고의는 아니었습니다. 발광할 때는 손을 대지 말았어야 했어
요. 바보 같은 제 잘못이죠."

"백화점 보안요원이 저렇게 정서적으로 불안해도 되나요?"

"작년에 해고당했대요. 지금은 그냥 술을 마시고 고래고래 소
리를 지를 뿐이죠."

"직장이 어디였다고 하던가요?"

"데번햄스 백화점일 거예요."

"왜 나를 찾는답니까?"

"수사관님을 안다던데요."

울프는 놀란 표정을 지었다. "나한테 체포를 당한 적이 있나?"

"그럴지도 모르죠."

경관은 울프를 어수선한 아파트 안으로 안내했다. 바닥은
DVD와 잡지로 어지러웠고 침실은 쓰레기 처리장이나 다름없었
다. 비좁은 거실로 들어가니 싸구려 보드카 병과 맥주병으로 발
디딜 틈이 없었다.

앤드류 포드는 울프보다 열 살 가까이 어렸지만 훨씬 나이가
많아 보였다. 벗겨지는 머리 주위로 빗질하지 않은 머리카락이
듬성듬성 자라났다. 몸의 비율도 엉망이었다. 비쩍 말랐는데도

맥주를 얼마나 마셔댔는지 뱃살만은 두둑했다. 피부는 황달 때문에 누리끼리했다. 울프는 손을 흔들어 인사를 했다. 불결한 남자와 손을 잡을 생각은 전혀 없었다.

"런던 경시청 수사관이자 봉제인형 살인사건의 수사팀장…, 윌리엄 올리버 레이튼 폭스 경사." 포드가 짧게 박수를 치며 신이 나서 읊었다. "하지만 그냥 울프라고 부른다지? 멋진 이름이야. 양떼에 숨어 있는 한 마리 늑대인가?"

"양이 아니라 돼지일 수도 있지." 울프가 혐오스러운 방 안을 둘러보며 무례하리만큼 솔직하게 말했다.

포드는 그를 한 대 때릴 것처럼 하더니, 이내 웃음을 터뜨렸다.

"나와 이야기를 하고 싶다고?"

"여기 있는…." 포드가 다음 말은 큰소리로 외쳤다. "돼지들은 빼고!"

울프는 경관 두 명을 고갯짓으로 방에서 내보냈다.

"어떻게 보면 우리는 전우가 아닐까?" 포드가 말했다. "법을 준수하는 강직한 남자들."

"무슨 얘기를 하고 싶은 거야?" 울프가 물었다.

"울프, 나 당신을 돕고 싶어." 포드가 고개를 뒤로 젖히고 늑대 울음소리를 흉내 냈다.

"사양하지."

"당신이 모르는 게 있어." 포드가 우쭐해하며 말했다. "중요한 사실을 기억하지 못하네."

울프는 그가 계속하기를 기다렸다.

"네가 모르는 걸 나는 알고 있지." 평소 느끼지 못한 권력을 즐기며 포드가 유치하게 흥얼거렸다.

"문 앞에 있던 경찰 말로는 당신이 나를 안다던데…."

"아, 나는 울프 당신을 알지. 하지만 당신은 나를 기억하지 못하는군?"

"힌트라도 줘."

"우리는 같은 공간에서 46일을 보냈지만 말은 한 마디도 하지 않았어."

"그렇군." 울프가 미심쩍게 말했다.

"내가 쭉 백화점에서 계속 보안요원 생활을 했던 건 아니야. 한때는 나도 잘 나가는 사람이었지."

울프는 계속해서 영문을 모르겠다는 표정을 지었다.

"내 선물을 아직도 몸에 지니고 다니는군."

울프는 어리둥절해서 셔츠와 바지를 내려다보았다. 주머니를 뒤지고 손목시계도 내려다보았다. 손목시계는 지난 크리스마스 때 어머니에게 받은 싸구려 모델일 뿐이다. 울프가 시계를 풀자 손목을 가로지르는 얇고 하얀 흉터가 모습을 드러냈다.

"혹시 그때 내 손목을 부러뜨린 법정 경위?" 울프가 이를 악물고 물었다.

포드는 곧바로 대답하지 않고 주방으로 걸어가 보드카 병을 가져왔다.

"나를 무시한다 그거지?" 그가 마침내 불쾌하다는 투로 대답했다. "나는 앤드류 포드다. 방화 살인범의 목숨을 구한 남자."

포드가 분에 못 이겨 보드카를 병째로 마시자 턱 아래로 술이 줄줄 흘렀다.

"내가 영웅처럼 당신을 끌어내지 않았더라면 칼리드는 살아서 마지막 여자애를 죽이지 못했을 거야. 성인 앤드류! 내 묘비에 그렇게 새겨줘. '성인 앤드류: 아동 살인 조력자'라고."

포드가 구슬프게 울기 시작했다. 소파에 주저앉아 구역질 나는 담요를 뒤집어쓰자 소파 끄트머리에 아슬아슬하게 놓여 있던 재떨이가 바닥에 떨어졌다.

"자, 하고 싶은 말은 다 했어. 바깥에 있는 저 돼지들을 경찰서로 보내도 좋아. 나를 살릴 필요는 없으니까. 그냥 이 말을 하고…, 당신을 돕고 싶었어."

절망의 구렁텅이에 빠진 그는 또 병째로 술을 마시며 텔레비전을 켰다. 울프는 그를 뒤로 한 채 조용히 방에서 빠져나왔다.

★

안드레아는 카메라맨 로리가 이끄는 스튜디오에서 백스터와 갈랜드를 만나기로 약속했다. 아마추어 수준이지만 가끔 영화도 촬영하는 로리는 비밀 임무를 맡을 생각에 가슴이 설레는 듯했다. 로리는 영화 제작 현장에서 사용하는 얇은 비닐봉지(보통은 콘돔)에 가짜 피를 채우고, 이것을 배우의 옷 아래에 숨겨놨다가 피가 튀기는 것처럼 하면 된다고 설명했다.

그 사이 백스터와 갈랜드가 도착했다.

안드레아가 전화를 하러 잠깐 바깥으로 나갔을 때, 로리는 갈랜드를 쏠 권총인 글록 22를 갈랜드에게 휙 던졌다. 갈랜드가 불안한 표정으로 어설프게 총을 살피며 뭣 모르고 총구를 들여다보자 백스터는 얼굴을 찌푸렸다.

"진짜처럼 보이네요." 갈랜드가 어깨를 으쓱하며 말했다.

"진짜예요. 총알만 가짜지."

로리가 공포탄 여러 알을 갈랜드의 손바닥에 쏟았다.

"총구에서 빛이 번쩍이고 탕 소리와 연기는 나겠지만 실제 총알이 나가지는 않아요."

"하지만 촬영용 총에서는 공이(탄환의 뇌관을 치는 장치-옮긴이)를 제거하죠?" 백스터가 물었다.

"보통은 그러죠." 로리가 명확한 답변을 회피했다.

"이거는요?" 백스터가 캐물었다.

"음, 사실 이건 그렇게 하지 않아요."

백스터가 손으로 머리를 감싸 쥐었다.

"절대 불법 아니에요. 나 총기 소지 면허도 있어요. 어떻게 하는지 다 안다고요. 진짜 안전해요. 봐요…."

경고도 없이 로리가 안전장치를 풀고 옆에 있던 동료 샘을 향해 방아쇠를 당겼다. 귀가 찢어지는 총성과 함께 샘의 가슴에서 검붉은 피가 폭발하듯 튀었다. 소리에 놀란 안드레아가 황급히 안으로 들어왔다. 백스터와 갈랜드는 겁에 질린 얼굴로 바닥에 점점 퍼지는 피를 바라보았다.

"굉장해요!" 갈랜드가 감탄했다.

다들 기대에 차서 백스터를 보았다. 그녀는 여전히 아무 감흥 없는 표정을 짓고 있었다.

백스터가 갈랜드를 돌아보았다.

"잠깐 밖에서 얘기 좀 하죠?"

백스터는 은밀히 이야기를 할 수 있도록 차 문을 열고 그를
태웠다.

"내 말 똑바로 들어요. 우리 쪽에서는 죽음을 위장할 생각이
없어요. 그런 엉터리 직진이 통할 리 없어요."

"하지만…."

"나한테 계획이 있다고 했죠?"

"이건 내 인생입니다. 내가 결정해요."

"그럼 나는 이 계획에서 빠지겠어요." 백스터가 말했다. "마지
막으로 말합니다. 내 도움이 필요 없다면 마음대로 해요. 하지
만 우리 나름의 계획이 있으니까 제발 나를 믿어줘요."

"좋아요…, 당신을 믿을게요."

★

높은 천장의 조명이 넓은 지하 기록보관소를 달빛처럼 비추며
줄줄이 늘어선 철제 선반에 긴 그림자를 드리웠다.

에드먼즈는 시간 가는 줄도 모르고 딱딱한 창고 바닥에 양반
다리를 하고 앉았다. 그의 주변에는 열일곱 번째 증거 상자에서
나온 사진과 DNA 샘플, 증인 진술서가 펼쳐져 있었다.

에드먼즈는 백스터와 울프가 각자 일을 하는 틈을 타 중앙기
록보관소를 찾아왔다. 상대적으로 가벼운 범죄 사건의 증거는
법원에서 정한 기간이 지나면 가족에게 돌려보내거나 폐기할
수 있었다. 하지만 살인 등 강력범죄 사건의 증거는 전부 이곳에
영구 보관 되었다.

에드먼즈는 팔을 뻗어 기지개를 켜고 하품을 했다. 안타깝게

도 이번 사건에 참고가 될 만한 증거들은 없었다.

그제야 현재 시간을 깨달았다. 벌써 저녁 7시 47분이다! 빨리 퇴근하지 않으면 또 티아에게 잔소리를 들을 것이다. 그사이 티아에게 부재중 통화가 5건이나 와 있었다. 에드먼즈는 티아가 어떻게 반응할지 각오를 단단히 하고 전화를 걸었다.

★

울프는 백스터의 집 주변에 있는 술집에서 맥주를 두 병째 마셔가는 중이었다. 불길한 느낌의 먹구름이 머리 위에 자리를 잡고 있는 지금, 쌀쌀한 야외 테이블에 앉은 용감한 사람은 그가 유일했다. 울프는 백스터가 집으로 들어가기 전에 꼭 이야기를 나누고 싶었다.

저녁 8시 10분, 백스터의 검은 아우디가 모퉁이를 돌더니 길가에 주차를 했다. 울프는 맥주를 내려놓고 다가갔다. 10미터 정도 남았을 때 백스터가 깔깔거리며 차에서 내렸다. 조수석 문이 열리고 처음 보는 남자가 나왔다.

백스터가 트렁크에서 가방을 꺼내고 차 문을 잠갔다. 두 사람이 이쪽으로 다가오자 울프는 어색해질 상황을 예감하고 우체통 뒤에 쭈그려 앉았다. 백스터와 남자는 울프의 옆을 지나쳤다가 숨어있는 울프를 뒤늦게 발견했다.

"울프?" 백스터는 눈을 의심했다.

울프는 평소에도 이렇게 인사하는 양 태연하게 미소를 지었다.

"안녕하세요?" 울프는 말쑥하게 차려 입은 남자에게 손을 내밀었다. "저는 울프입니다."

"갈랜드입니다." 갈랜드가 악수를 청하며 말했다.

울프는 놀란 표정을 지었다.

"아, 당신은…?"

그는 질문을 하다 말고 백스터의 화난 표정에 말을 흐렸다.

"여기서 뭐 해요? 왜 숨어 있어요?"

"어색할까 봐."

울프가 갈랜드를 가리키며 중얼거렸다.

"지금은 안 어색하고?"

백스터가 흥분해서 얼굴을 붉혔다.

"잠깐 실례해도 될까요?"

백스터의 말에 갈랜드는 잠시 자리를 비켜주었다.

"어젯밤 일도 그렇고, 오늘 아침 일도 있어서 사과하려고 왔어. 음, 정말 여러 가지로 다 미안해." 울프가 말했다. "같이 식사나 할 생각이었는데, 벌써…, 계획이 있나 보네."

"오해하지 마요. 그런 거 아니니까."

"오해 안 해." 울프가 말했다. "나는 이만 가봐야겠다."

"그래요, 그럼." 백스터가 대답했다.

울프는 돌아서서 역과 반대 방향으로 걸어갔다. 백스터는 울프를 붙잡지 않은 스스로에게 화가 났다. 하지만 도로 끝에 서 있는 갈랜드에게로 향했다.

18

2014년 7월 4일 금요일
오전 5시 40분

백스터는 잠을 이룰 수 없었다.

백스터는 아까 갈랜드와 동네에 있는 식당에서 저녁을 함께 먹었다. 백스터는 울프의 갑작스러운 방문에 혼란스러워 갈랜드와 제대로 대화를 나눌 정신이 아니었다. 식당에서 나온 후, 그녀는 다른 경관에게 갈랜드의 보호를 맡기고 일단 집으로 향했다.

백스터는 혼자 가방들을 들고 낑낑대며 아파트의 좁은 계단을 올랐다. 짐 옮기는 걸 도와주겠다는 갈랜드의 제안을 받아들이면 갈랜드가 그 뜻을 제멋대로 왜곡할 것 같았다.

문을 열고 티 없이 깔끔한 원룸 아파트에 휘청이며 들어섰다. 열린 채광창에서 산들바람이 들어온 덕분에 집 안은 상쾌하고 선선했다. 신발을 벗어 던지고 침실까지 가방을 들고 들어와 두툼한 하얀 카펫에 내려놓았다. 에코에게 먹이를 준 백스터는 커다란 잔에 레드와인을 따르고 거실에서 노트북을 가져와 침대로 기어 올라갔다.

자꾸 울프가 생각났다. 어젯밤 울프는 자신이 어떤 감정을 느끼는지, 아니 어떤 감정을 느끼지 않는지 명백하게 표현했다. 그래 놓고선 오늘은 집 앞까지 와서 저녁 식사를 하고 싶단다. 죄책감 때문일까? 그녀를 거부한 것을 후회하나? 백스터는 와인을 한 잔 더 따르고 텔레비전을 켰다.

갈랜드가 토요일에나 죽을 예정이기 때문인지 심야 뉴스에서 봉제인형 살인사건 소식은 우선 순위가 뒤로 밀렸다. 뉴스는 여러 주제를 다룬 후에야 살인사건으로 돌아왔다. 그들은 살해 위협을 받는 갈랜드가 공개적으로 의견을 표출하는 이유를 두고 갑론을박을 벌였다. 백스터는 불안한 마음을 가라앉힐 길이 없어 텔레비전을 끄고 새벽까지 책을 읽었다.

오전 6시를 막 넘겼을 때 노트북을 열고 신문사 웹사이트에 접속했다. 갈랜드의 신문 칼럼인 '사형수의 마지막 글'은 기록적인 인기를 누리고 있었다. 수많은 네티즌이 이 웹페이지에 주목했다. 화면 중앙에 펼쳐진 팝업 배너 광고가 한동안 닫히지 않았다. 얼마 후 배너 광고가 저절로 사라지자 백스터와 안드레아가 함께 고안한 짧은 문장이 나타났다. 벌써 조회 수는 10만 건이 넘었다.

최고가 입찰자(09:30 마감)와 토요일 아침 런던의 모 호텔에서 1시간 독점 인터뷰. 084-595-4600.

죽음을 앞둔 갈랜드와의 독점 인터뷰 일정은 범인에게도 알려질 것이다. 하지만 사실 이것은 범인을 혼란시키기 위해 안드레아와 백스터가 계획한 것에 불과했다. 안드레아는 갈랜드와의 인터뷰를 사전에 녹화해놓고 토요일 오전에 생방송인 것처럼 내보내기로 했다.

게다가 그들이 인터뷰 장소로 선택한 런던 호텔을 언론을 통해 흘림으로써 범인에게 갈랜드의 위치를 거짓으로 알린다. 그 때쯤 갈랜드는 신변보호팀의 보호를 받으며 런던에서 멀리 떨어진 곳으로 이동했을 것이다. 갈랜드는 사기극의 무대로 코번트 가든에 있는 ME호텔 로비를 골랐다.

★

다음 날이 밝았다.

안드레아가 스튜디오에 들어왔을 때, 갈랜드는 벌써부터 인터뷰 녹화 준비를 하고 있었다.

사실 안드레아는 전날 밤늦게 갈랜드의 전화를 받았었다.

"제가 말한 대로 하면 범인을 분명히 따돌릴 수 있다고요." 갈랜드가 안드레아에게 애원했다.

"백스터도 생각이 있어서 다른 계획을 말했을 거예요."

"백스터는 경찰이라서 제가 죽은 것으로 위장할 수 없지만, 당신은 아니잖아요. 제발요."

"백스터와 다시 의논해볼게요."

"아마 절대 못 하게 할 겁니다." 갈랜드는 절박한 목소리였다. "하지만 당신이 일단 일을 벌이면 협조할 수밖에 없어요. 이게 내가 살 수 있는 유일한 방법이라는 사실은 백스터도 알고 있을 거예요."

한참의 침묵 끝에 안드레아가 대답했다.

"좋아요. 일단 아침 8시에 스튜디오에서 만나요." 안드레아는 그것이 옳은 결정이기를 바라며 한숨을 쉬었다.

"고마워요."

안드레아는 스튜디오 안으로 들어갔다. 갈랜드가 셔츠 단추를 풀자 로리의 동료 샘이 갈랜드의 몸통에 벨트를 두르고 뒤쪽에서 채웠다. 그런 다음 가짜 피를 채운 콘돔, 그리고 상자에서 꺼낸 스쿱과 시계 배터리 수신기를 붙였다. 갈랜드가 다시 셔츠를 입는 동안, 안드레아는 총과 공포탄을 몇 번씩 확인하게 시켰다.

안드레아 입장에선 백스터를 속인다는 것이 정말 미안했다. 그 점 때문에서라도 이 계획은 반드시 성공해야 했다.

백스터가 도착할 때까지 20분이 남았다. 그사이 갈랜드에게 속성으로 연기 지도를 하던 샘은 복면과 송신기, 공포탄이 든 총을 몸에 숨기고 먼저 스튜디오를 나갔다.

"떨려요?" 안드레아가 물었다.

백스터의 차가 밖에 깔린 자갈을 우지끈 밟는 소리가 들렸다.

"내일을 생각하면 그렇죠." 갈랜드가 대답했다.

"그래서 백스터가 당신을 오늘 밤 런던에서 최대한 멀리 떨어진 곳으로 데려가는 거예요." 안드레아가 말했다.

백스터가 문으로 들어와 시간을 확인했다. "자, 이제 갈 시간이에요."

★

백스터는 이런 호사스런 곳이 있을 줄 꿈에도 생각하지 못했다. 호텔에 도착한 그녀와 갈랜드는 안내에 따라 엘리베이터를 타고 로비로 올라갔다. 백스터가 걸음을 멈추고 놀라서 입을 떡 벌렸다.

"어서 가요."

직원이 와인을 한 잔씩 건네며 가죽 소파로 안내했고 갈랜드는 만날 사람이 있다고 말했다. 직원이 두 사람을 알아봤는지 모르겠지만 티를 내지는 않았다.

"다음에는 어디로 가요? 인터뷰 후에?"

"신변보호팀이 미리 마련한 안전가옥이…."

"저번에 죽은 사람이 간 곳이었죠." 갈랜드가 씁쓸하게 대신 말을 맺었다.

그때 샘이 로비 화장실로 몰래 들어갔지만 백스터는 그 사실을 전혀 눈치채지 못했다.

★

안드레아는 엘리야 국장과 통화를 하며 ME호텔에 들어섰다. 엘리야는 갈랜드가 끝까지 버티며 범인에게 도전하는 것처럼 인터뷰하기를 원했다.

"사람들은 맞서 싸우기를 원하지." 엘리야가 말했다.

안드레아는 장엄한 로비에 도착했다. 호텔 직원들은 백스터나 갈랜드는 몰라도 안드레아를 확실히 알아보는 듯했다.

갈랜드가 최후의 인터뷰를 경매로 내놓았다는 소식은 아침 내내 천지사방에서 보도되었다.

★

에드먼즈는 또 하룻밤을 소파에서 보냈다. 밤 10시를 넘겨 집에 들어오자 티아는 그가 들어오지 못하게 침실 문을 잠그고 이미 잠들어 있었다. 그는 새벽까지 자지 않고 구글에서 더 많은 살인사건을 검색했다.

아침에는 로펌 변호사 마이클 게이블 콜린스의 배경 조사를 했다. 범인은 봉제인형의 손에 백금 반지를 남겼다. 경찰에게 그의 신원을 알려줄 의도가 분명했지만 이유는 확실하지 않았다. 에드먼즈는 칼리드가 모든 것의 중심이라는 확신 속에서 끈질기게 조사를 이어갔다.

로펌 콜린스 앤 헌터는 법정에서 칼리드를 변호했다. 하지만 마이클 게이블 콜린스는 그 사건을 직접 담당하지 않았다. 그저 로펌 임원이자 가족법 전문가였기 때문에 재판 과정에서 법정에 단 한 차례도 출석하지 않았고, 변론 준비 작업에도 참여하지 않았다. 칼리드 사건을 직접 지휘한 변호사는 샬롯 헌터였다.

그의 로펌은 매해 수백 건의 사건을 수임하지만 에드먼즈는 이것이 단순한 우연이 아니라고 굳게 믿었다. 칼리드 재판과 관련이 있다면 변호사부터 증인, 직원, 방청객까지 전부 목록으로 정리했다. 그래야 한다면 한 명씩 다 조사할 작정이었다.

★

안드레아는 카메라 앞에서 자기소개를 했다. 리허설도 제대로 하지 못한 연극에 수많은 시청자의 비난이 쏟아질까 봐 조금 불안해졌다.

"…오늘 아침 저희와 함께할 분은 봉제인형 살인범이 지목한 세 번째 희생자 자레드 갈랜드 기자입니다. 안녕하세요, 갈랜드."

두 사람은 하얀 가죽 소파에 서로를 마주 보고 앉아 있었다.

"굉장히 힘든 시간을 보내고 계실 텐데 인터뷰에 응해주셔서 감사합니다. 당연한 질문으로 시작하죠. 이유가 무엇일까요? 왜 이 연쇄 살인마의 선택을 받았다고 생각하세요?"

백스터는 몰입해서 인터뷰를 지켜보았다. 갈랜드가 안절부절 못하고 있는 것이 보였다. 그는 겁을 먹고 있었다. 무언가 잘못된 느낌이었다. 그때 남자 화장실 문이 슬그머니 열리더니 복면으로 얼굴을 가린 샘이 아무에게도 들키지 않고 로비로 나왔다. 이미 오른손에는 총이 들려 있었다.

"저도 알고 싶습니다. 잘 아시겠지만 언론계에서 일하나 보면 친구가 많을 수는 없거든요."

두 사람은 긴장된 억지웃음을 터뜨렸다.

안내 데스크에서 한 여자가 비명을 질렀고, 백스터가 본능적으로 복면 쓴 샘에게 달려갔다.

"죽어라, 자레드 갈랜드! 이 망할 자식아!" 샘이 연기를 했다.

카메라는 겁에 질린 얼굴로 일어난 갈랜드를 비추고 있었다.

그 순간, 로비에 귀가 찢어질 것 같은 총성이 울려 퍼졌고, 갈랜드의 가슴 중앙에서 피가 터져 나오자 안드레아가 비명을 질렀다.

백스터는 복면 쓴 샘을 향해 몸을 날렸고, 갈랜드는 계획대로 소파 뒤로 넘어졌다.

그러나 예상과 다른 것은 그때부터였다. 갈랜드의 총상 부위에서 불꽃이 튀었다. 폭죽이 치지직 타는 소리와 함께 갈랜드의 비명이 들렸다. 그가 몸부림을 치며 가슴에 두른 벨트를 쥐어뜯었다.

모두가 갈랜드를 도우러 달려갔지만, 유리 깨지는 소리가 나더니 갈랜드가 몸에 두른 벨트에서 불꽃이 뿜어져 나왔다. 벨트 잠금장치를 풀던 로리의 손가락이 갈랜드의 가슴에 생긴 구멍으로 쑥 들어갔다.

강제로 벨트를 벗기려 했지만 이미 고무가 녹아서 살갗에 달라붙은 후였다.

백스터가 정신없이 달려갔다.

"안 돼!" 로리가 괴로워하며 외쳤다. "황산이에요!"

"구급차를 불러요!" 백스터가 안내 데스크 직원에게 외쳤다.

벨트에서 나오던 하얀 연기가 갑자기 잦아들었다. 들리는 소리는 갈랜드의 거친 호흡뿐이었다. 백스터가 소파로 달려가 갈랜드의 손을 잡았다.

"괜찮을 거예요." 그녀가 약속했다.

충격으로 넋이 나가 있던 안드레아가 서서히 백스터에게 고개를 돌렸다.

"구급상자에 화상용 붕대가 있을 거예요. 안내 데스크에 가서 받아와요." 백스터가 명령했다.

안드레아가 구급상자를 들고 소파로 돌아왔을 때는 이미 구급차 여러 대가 사이렌을 울리며 다가오고 있었다. 갈랜드는 숨을 쉴 때마다 눈에 띄게 괴로워했다.

백스터가 상자를 받아들며 안드레아를 쏘아보았다. "대체 무슨 짓을 한 거예요?"

갈랜드에게는 "괜찮아요."라고 진정시켰지만 거짓말이었다. 녹아내린 셔츠가 떨어져 나가자 갈비뼈 사이에서 까맣게 탄 폐가 팽창하려고 안간힘을 쓰는 모습이 보였다. 보이지 않는 곳의 피해는 상상도 하고 싶지 않았다.

"아무 일 없을 거예요."

무장 경찰이 우르르 로비로 들어와 샘을 둘러쌌다.

이어서 도착한 구급대원들은 갈랜드를 조심스럽게 들것에 올렸다. 다른 대원들은 황산으로 망가진 로리의 손에 화상용 붕대를 둘렀다.

갈랜드가 앉아 있던 자리를 보자 유리 파편이 반짝였다. 소파도 여러 군데 가죽이 완전히 타버렸다. 백스터는 몸을 일으키고 구급대원들을 따라 엘리베이터에 탔다. 갈랜드가 살아 있는 한 끝까지 그의 곁을 지켜야 했다.

★

에드먼즈는 혼란스럽게 본부를 둘러보았다. 일에 몰입한 나머지 다른 동료들이 자리를 버리고 대형 텔레비전 주위에 몰려드는지도 몰랐다. 수사관들은 충격에 휩싸여 아무 말도 하지 못했다. 수사본부에서는 쉴 새 없이 울리는 전화 벨소리와 작게 흘러나오는 시몬스의 목소리만 들렸다. 그는 경시청장과 통화 중인 듯했다.

에드먼즈도 자리에서 일어나 사람들 뒤에 섰다. 텔레비전 화면에 안드레아가 휙 지나갔다. 앵커인 안드레아가 텔레비전에 출연한다고 해서 이상할 것은 없었지만, 평소 보던 모습은 아니었다.

화면 속 안드레아는 뉴스 스튜디오에 앉아 있지 않고, 구급대원들을 따라 달리고 있었다. 누군가 제보했을 법한 카메라폰 동영상은 흔들거리며 그녀를 화면에 담으려고 용을 썼다. 배경에는 백스터도 보였다. 백스터는 들것에 실린 사람을 향해 고개를 숙이고 있었다. 그도 그럴 만한 것이 백스터의 시선이 향한 곳에는 바로 자레드 갈랜드가 있었다.

마침내 뉴스 스튜디오로 화면이 전환되었다. 동료들이 하나둘 자리로 돌아가 수군거렸다. 본부 내에서 백스터가 갈랜드 보호를 담당하고 있다는 사실을 모르는 사람은 없었다. 공개적으로 경시청을 모욕한 남자를 생방송에 출연시키겠다는 백스터의 결정을 비판하는 사람도 많았다.

에드먼즈의 머릿속에는 몇 가지 새로운 질문이 떠올랐다. 백스터는 왜 갈랜드를 데리고 공공장소를 활보한 것일까? 총을 쏜 사람은 봉제인형 살인자인가? 실제로 무슨 일이 생긴 것일까? 어떤 뉴스에서는 총에 맞았다고 보도하는가 하면, 어떤 뉴스에서는 갈랜드가 불에 탔다고 했다.

하지만 에드먼즈가 정말로 관심 있는 질문은 하나뿐이었다. 범인은 왜 하루 일찍 행동한 것일까?

19

2014년 7월 4일 금요일
오후 2시 45분

갈랜드는 중상을 입고 곧장 첼시 웨스트민스터 병원 응급실로 이송되었다. 병원으로 가는 내내 갈랜드의 손을 잡고 있던 백스터는 간호사가 밖에 나가 있으라고 닦달한 후에야 겨우 손을 놓았다.

몇 분 후, 두 번째 구급차를 타고 안드레아와 로리가 도착했다. 끈적끈적한 화상 드레싱 아래로 보이는 로리의 왼손은 호텔에서와 마찬가지로 진물을 흘리고 고통스러워 보였다. 하지만 오른쪽 손바닥은 살점이 뭉텅 떨어져 불에 타기보다는 깨물린 상처에 가까웠다. 간호사와 대화를 하고 돌아온 구급대원이 로리를 의사에게 안내했다.

백스터와 안드레아는 길 건너 스타벅스에 앉아 서로 한 마디도 하지 않았다. 갈랜드는 2시간 전 급히 수술실에 들어갔고 아직까지 로리의 소식은 없었다. 백스터는 샘이 어디로 끌려갔는지 알아보았다. 그는 수사관이라면 절대 믿지 않을 내용에 대해 진술하고 있을 것이다.

"어떻게 된 일인지 모르겠어요." 안드레아가 작은 소리로 말했다.

백스터는 못 들은 척했다. 안드레아에게 도움을 청한 것은 최악의 실수였다.

"정말 못 믿을 사람이네. 당신 손이 닿으면 다 망가진다는 사실을 아직도 모르겠어요?"

다시 논쟁을 시작하고 싶었지만 그래 봐야 좋은 말이 나올 리 없었다. 그리고 안드레아도 백스터만큼 후회와 분노를 느끼고 있었다.

"나는 내가 당신을 돕고 있다고 생각했어요." 안드레아가 혼잣말처럼 말했다. "당신 말처럼 우리가 한 명이라도 구할 수 있다면 울프가 그렇게 막막해하지 않을 테니까."

"구하지 못할 것 같아요." 안드레아가 말했다.

"갈랜드 말이에요?"

"아니요, 울프."

백스터가 고개를 저었다.

"그러면 안 되잖아요."

미안ㅎ해 오널 ㄴㅐ가 요리할게. 사랑해

에드먼즈는 시몬스 몰래 책상 아래에서 티아에게 문자를 보내고 있었다. 먼저 보낸 세 통의 사과에는 응답이 없었다.

"에드먼즈!" 바로 뒤에서 시몬스가 호통을 쳤다. "문자할 시간이 있으면 부검실로 가서 오늘 무슨 일이 일어났는지 알아오기나 해."

"저요?"

"그래, 너."

"네, 경감님."

작업 중이던 물건을 챙긴 에드먼즈는 백스터가 화를 내지 않도록 얼른 책상을 정리하고 본부를 떠났다.

★

"백스터는 어때요?" 부검실의 검시관 조는 여느 때보다 스님 같은 모습으로 손을 씻으며 말했다. "뉴스 봤어요."

"전 국민이 뉴스를 봤을걸요." 에드먼즈가 말했다. "시몬스 경감님에게는 연락이 왔대요. 아직 갈랜드와 병원에 있다고요."

"환자 입장에서는 고맙겠지만 그럴 필요가 없을 텐데."

"수술 중이라 아직 가능성이 있다고 생각하나 봐요."

"가능성 없어요. 지금 어떤 상황인지 알기 위해 병원 화상 전문의와 통화했거든요."

"어떤 상황인데요?"

조는 에드먼즈를 작업대로 오라고 손짓했다. 그곳으로 가자 호텔 소파에서 수집한 깨진 유리 조각들이 현미경 아래 놓여 있었다. 시험관 아래쪽으로 잔류 용액 몇 방울이 처량하게 가라앉았다. 메스껍게도 고무에는 아직까지 갈랜드의 살점이 붙어 있었다.

"갈랜드의 죽음을 위장하기 위해 총 쏘는 연기를 하려고 했다는 건 알죠?" 조가 물었다.

에드먼즈가 고개를 끄덕였다. "경감님께 들었어요."

"계획은 좋았어요. 대담하고." 조는 진심이었다. "자, 그렇다면 가짜 총으로 어떻게 사람을 죽일까요? 총을 개조해서? 공포탄을 바꿔치기해서? 피 봉지 안에 약한 폭발물을 넣고 터뜨려서?"

"아마도요."

"땡! 그런 건 여러 번 확인했을 겁니다. 그래서 범인은 갈랜드가 가슴에 두를 보호대를 개조하기로 했어요. 그냥 천 안에 고무판을 넣은 물건이니 아무도 위험하다고 생각하지 않았던 거죠."

에드먼즈는 타다가 남은 보호대 근처로 다가가며, 살이 타는 역한 냄새 때문에 코를 막았다. 까맣게 탄 철사 몇 가닥이 고무에서 아무렇게나 튀어나와 있었다.

"안의 고무판에 마그네슘 철사를 둘렀어요." 조는 냄새에 무감각한 것 같았다. "이런 물건을 가슴에 둘렀으니 불쌍하게도 섭씨 몇 천 도나 되는 불에 탄 거죠."

"그러니까 피 봉지가 터졌을 때…."

"마그네슘 철사에 불이 붙은 거예요. 불이 확실히 붙도록 앞에 촉매를 발랐더라고요."

"유리는 왜 있죠?" 에드먼즈가 물었다.

"이런 말 하기 좀 그렇지만 유리는 확인 사살용이에요. 범인은 갈랜드를 살려둘 생각이 전혀 없었어요. 그래서 벨트 안쪽에 산성 물질이 든 병을 몇 개 더 붙인 겁니다. 뜨거워서 병이 깨지면 내용물이 피부에 닿게…. 아, 유독성 가스를 흡입하면 경련과 부종도 생기고요."

"이럴 수가." 에드먼즈는 정신없이 수첩에 받아 적었다. "어떤 산성 물질이죠?"

"산성 물질이라는 말로는 부족해요. 훨씬 더 심각합니다. 아마트리플릭 산 같은데, 일반적인 황산보다 천 배는 더 강력한 초강산이에요."

에드먼즈가 겁이 났는지 앞에 놓인 시험관들로부터 한 발짝 물러나며 물었다.

"이게 갈랜드의 내장을 녹였고요?"

"이제 무슨 말인지 알겠죠? 가망이 없어요."

"이런 건 입수하기 힘들지 않을까요?"

"반반이에요." 조의 대답은 도움이 되지 않았다. "촉매제는 산업 현장에서 널리 쓰이고 있고, 무기로도 사용할 수 있기 때문에 암시상에서 찾는 사람이 많거든요."

에드먼즈가 땅이 꺼지게 한숨을 쉬었다.

"걱정하지 마요. 지금부터는 가능성 있는 단서들을 살펴봅시다." 조가 유쾌하게 말했다. "봉제인형에서 단서가 하나 나왔어요."

★

백스터는 병원에서 온 전화를 받으려고 테이블에서 일어났다. 백스터가 자리를 뜬 사이, 안드레아는 가방에서 업무용 전화기를 꺼내 전원을 켰다. 부재중 통화 열한 통. 엘리야 국장이 아홉 번 전화를 걸었고, 뒤늦게 제프리도 두세 번 연락을 취했던 모양이다. 새 음성 메시지가 하나 도착해 있었다. 안드레아는 각오를 하고 전화기를 귓가에 댔다.

"어디야? 병원인가? 내가 몇 시간 전부터 연락하는데 전화를 안 받네." 엘리야 국장은 심기가 불편한 듯했다. "호텔 직원에게 들었어. 사건 터졌을 때 촬영 중이었다며. 당장 영상 내놔. 기술 팀 폴에게 위성 송출 가능한 밴 열쇠 들려서 호텔로 보냈으니까 폴이 거기서 업로드할 거야. 메시지 받으면 연락해."

백스터가 테이블로 돌아왔을 때, 안드레아는 충격으로 몸을 부들부들 떨고 있었다.

"왜요?" 백스터가 물었다.

안드레아가 머리를 감싸 쥐었다. "어떡해."

"뭐가요?"

안드레아가 체념한 얼굴로 백스터를 올려다보았다.

"방송국에서 영상을 가져갔어요." 그녀가 말했다. "미안해요."

정말로 안드레아의 손만 닿으면 모든 것이 다 망가지고 있었다.

병원에서 두 사람에게 오라는 연락이 왔다. 병원 입구를 에워싼 카메라와 기자들을 뚫고 들어가던 중, 안드레아는 이소벨과 그녀의 카메라맨을 발견했다. 본의 아니게 안드레아가 중심인물이 되어버린 끔찍한 사건을 보도하기 위해 엘리야 국장은 리포터 이소벨을 보낸 것이다.

"그쪽이 한 대로 당하는 거예요." 백스터가 핀잔을 줬다.

백스터는 조용한 방으로 안내하는 간호사의 태도에서 상황을 짐작할 수 있었다. 최선을 다했지만 손상이 너무 컸기에 갈랜드는 수술대에서 심장이 멎었다고 한다.

예상하고 있던 결과였고, 백스터는 갈랜드와 겨우 사흘밖에 알지 못했다. 그럼에도 눈물이 터져 나왔다. 이토록 무거운 죄책감에서 벗어나는 날이 올까? 상상조차 할 수 없었다. 가슴이 쥐

어뜯기는 느낌이었다. 갈랜드는 그녀의 책임이었다. 그런 계획을
몰래 꾸미게 두지 않았더라면…, 만약….

간호사는 갈랜드의 여동생이 사망 소식을 들었고, 복도 끝에
있는 방에 혼자 있으니 원한다면 같이 있어도 좋다고 말했다. 하
지만 백스터는 차마 그럴 수 없었다. 그녀는 안드레아에게 로리
가 빨리 회복하기를 바란다는 말만 남기고 서둘러 병원을 빠져
나왔다.

★

검시관 조는 그 악명 높은 봉세인형 시신을 냉동실에서 꺼내
부검실 중앙으로 옮겼다. 다섯 명의 몸이 섬뜩하게 연결된 가여
운 여자의 몸통 중앙에는 봉합 자국이 있었다. 꿰맨 자국은 가
슴 위에서 양 옆으로 갈라져 양쪽 어깨까지 이어져 있었다.

죽은 후에 시신을 절단하고 훼손했다는 사실은 현장에서부터
알 수 있었다. 하지만 에드먼즈는 정체 모를 그 여자가 여섯 구
의 시신 중 가장 가혹한 벌을 받았다는 느낌을 지울 수 없었다.

"이 몸에서 어디가 이상한지 말해 봐요."

조의 말에 에드먼즈가 기막힌 표정으로 그를 보았다.

"당연한 사실은 빼고요." 조가 덧붙였다.

기괴한 시신을 이리저리 살펴보았지만 답을 찾지 못한 에드먼
즈는 멍하니 조를 돌아보았다.

"모르겠어요? 다리를 봐요. 피부색과 크기가 다르지만 다리는
거의 대칭으로 잘라서 붙였어요. 하지만 팔 부분은 전혀 다릅니
다. 한쪽은 여자의 팔 전체이고 반대편은…." 조가 말했다.

"…팔까지는 몸통 주인의 팔을 쓰고, 팔 아래쪽에만 반지가 끼워진 손을 붙여놨네요. 그럼 몸통에서 이어진 팔에 어떤 의미가 있을 수 있겠군요." 무슨 뜻인지 이해하고 에드먼즈가 말했다.

"빙고! 바로 그겁니다."

조는 서류철에서 사진 몇 장을 꺼내 에드먼즈에게 건넸다. 에드먼즈가 어리둥절한 표정으로 사진을 넘겨 보았다.

"문신이네요."

"몸통에서 이어진 팔에 문신이 하나 있었어요. 그래서 그 팔을 자르지 않고 손만 붙여놨던 거 같아요. 그런데 피해자는 살해당하기 오래전에 피부과나 문신 가게에서 문신을 지운듯해요. 그것도 아주 완벽히 지웠죠. 그래서 초동수사 때 우리 경찰이 문신을 발견하지 못한 것이지만, 적외선으로 비춰 보면 문신을 지운 흔적이 선명해져요."

"그렇다면 문신의 모양이 무엇이고, 그게 뭘 의미하는데요?" 에드먼즈가 사진을 거꾸로 뒤집으며 물었다.

"거기서부터는 수사관 나리께서 알아내실 몫이죠." 조가 미소를 지었다.

★

시몬스는 1시간 넘게 숨 막히는 사무실에서 바니타 총경과 단둘이 앉아 그녀의 협박을 들어야 했다. 바니타 총경은 자기가 시몬스의 편이라고 몇 번이나 강조해놓고는, 전 수사팀을 싸잡아 비난하고 나아가 그들을 관리할 능력도 없다며 시몬스를 비판했다. 사무실에는 창문이 없어 숨을 쉬기 힘들었다. 실내 온도가 계속 높아지면서 인내심도 한계에 다다랐다.

"백스터 경사를 정직시켜!"

"정확히 무슨 이유입니까?"

"꼭 자세히 설명을 해야 아나? 백스터 경사가 말도 안 되는 계획으로 자레드 갈랜드를 죽였잖아."

시몬스는 자기만 옳다고 주장하는 총경의 독설에 염증이 났다. 관자놀이를 타고 땀이 흐르자 서류로 부채질을 했다.

"백스터는 전혀 몰랐다고 합니다." 시몬스가 말했다. "저는 그 말을 믿어요."

"그렇다면 무능하다는 뜻이지." 바니타가 반박했다.

"백스터는 누구보다 유능한 수사관이고 이번 사건에 몸과 마음을 바쳐 임하고 있습니다. 울프 다음으로요."

"울프? 자네를 사지로 몰아넣는 또 한 명이지. 정신과 의사가 폭스를 수사팀에서 빼라고 했다며? 내가 모를 줄 알았어?"

"글쎄요, 범인은 그 끔찍한 봉제인형 시체의 손가락으로 창문 밖을 가리키면서까지 폭스가 개입해야 한다고 말하고 있던데요." 시몬스가 쏘아붙였다. 의도보다 말이 더 날카롭게 나왔다.

"시몬스, 본인을 생각한다면 백스터에게 무모한 행동을 했다고 꾸짖는 척이라도 해."

"백스터는 몰랐습니다! 총경님이라면 어떻게 하셨을까요?"

시몬스는 이제 화가 나서 이성을 잃고 있었다. 좁아터진 사우나에서 벗어나고 싶은 마음뿐이었다.

"우선, 나라면…"

"잠깐만, 저는 관심 없습니다." 시몬스가 거칠게 말했다. "총경님은 우리 수사관들이 밖에서 어떻게 일하는지 전혀 모르시지 않습니까? 어떻게 알겠어요? 경찰이 아닌데."

그닥지 않은 폭언에 바니타가 얄밉게 웃었다.

"시몬스, 자네는 경찰이고? 자네도 현장에서 뛰지 않고 여기 좁은 방에 틀어박혀 있잖아. 관리직이 되기로 결심했으면 거기에 걸맞게 행동을 해."

시몬스는 뼈아픈 말에 잠시 말문이 막혔다. 지금까지는 자신을 나머지 수사팀과 분리해서 생각해 본 적이 없었다.

"자기 할 일을 하고 죽음을 무릅썼다는 이유로 백스터를 정직시키거나 다른 부서로 이동시킬 생각은 없습니다. 징계는 더더욱 내리지 않을 거고요."

바니타가 몸을 일으키자 머리부터 발끝까지 화려한 의상이 드러났다.

"청장님이 뭐라 하실지 두고 보자고. 5시에 기자회견 일정이 잡혀 있어. 오늘 아침 사건에 관해 공식 발표를 해야 돼."

"알아서 하세요." 시몬스도 자리에서 일어나며 톡 쏘았다.

"뭐라고?"

"이제 기자회견 따위는 안 합니다. 동료들이 밖에서 목숨을 걸고 싸우는 동안 자기 앞가림만 생각하는 그쪽 정치 문제에 휘말리고 싶지 않습니다. 안에서 전화기만 붙들고 있을 생각도 없어요."

"신중하게 생각하고 말을 해."

"아, 사임은 안 합니다."

시몬스가 문을 쾅 닫으며 나갔다. 그는 챔버스의 빈 책상에 자리를 잡고 앉아 컴퓨터를 켰다.

★

에드먼즈가 본부로 돌아오니 백스터가 자리에 앉아 있었다. 에드먼즈가 단걸음에 다가가 백스터를 껴안았고 뜻밖에도 백스터는 피하지 않았다.

"빨리 오시지 않아서 걱정했어요." 자리에 앉으며 에드먼즈가 말했다.

"갈랜드가…. 그때까지는 옆에 있어야 했어."

"애초에 가망이 없었어요." 에드먼즈가 검시관 조에게 들은 이야기와 새로 발견된 문신에 대해 설명했다.

"일단 우리가…."

"네가 시작해." 백스터가 말을 고쳤다. "나는 팀에서 빠졌어."

"예?"

"경감님 말로는 바니타 총경이 내 정직을 요구하고 있대. 적어도 월요일에는 사건을 다시 배정하라고. 내 일은 경감님이 대신할 거고, 핀레이 선배가 너를 봐주기로 했어."

이렇게 의기소침한 백스터는 처음이었다.

그러지 말고 밖으로 함께 나가 적외선 사진을 들고 문신 가게를 조사하자고 제안하려는데, 추레한 배달부가 다가왔다.

"에밀리 백스터 경사님?"

배달부는 손으로 주소를 쓴 얇은 봉투를 내밀었다.

백스터가 봉투를 찢어서 열자 책상 위로 얇은 마그네슘 철사가 떨어졌다. 걱정스러운 눈빛을 주고받은 에드먼즈가 일회용 장갑을 건넸다.

봉투 안에서는 사진 한 장이 더 나왔다. 사진 속에서 백스터는 들것에 실린 갈랜드를 따라 구급차에 오르고 있었다. 사고가 터진 후 호텔 밖에 벌떼처럼 모여든 구경꾼들 사이에서 찍은 사진이었다. 사진 뒷면에 메시지가 있었다.

규칙을 위반하겠다면 나 또한 그렇게 하지.

"범인이 가까워지고 있어. 네가 말한 대로야." 백스터가 말했다.

"범인은 여기서 멈추지 못할 거예요." 에드먼즈가 사진을 유심히 뜯어보았다.

"어법에 맞는 문장이야."

"확실히 교육을 제대로 받은 지능범이에요." 에드먼즈가 말했다.

"'규칙을 위반하겠다면 나 또한 그렇게 하지.'" 백스터가 큰소리로 읽었다.

"저는 안 믿어요."

"범인이 보낸 게 아니라고 생각해?"

"아, 범인이 보낸 건 맞다고 봐요. 하지만 이 말을 안 믿는다고요. 오늘 일도 있고 해서 사실 다음에 말씀드리려고 했는데…."

"난 괜찮아. 뭐든 얘기해 봐."

"이상해요. 왜 갈랜드를 예정일보다 하루 먼저 죽였을까요?"

"우리를 벌하려고. 벌을 내린다는 뜻이겠지."

"범인은 우리가 그렇게 생각하기를 바라고 있어요. 하지만 내일 죽여도 될 텐데 굳이 약속을 어겼단 말이죠."

"말하고 싶은 요점이 뭐야?"

"범인은 어떤 계기로 갈랜드를 일찍 죽일 수밖에 없었어요. 당황한 거죠. 둘 중 하나였던 거예요. 우리가 범인에게 가까워졌거나, 내일은 갈랜드에게 접근할 수 없다고 진심으로 믿었거나."

"갈랜드는 내일 신변보호팀의 보호를 받을 예정이었어."

"라나도 그럴 예정이었지만 범행을 하루 앞당기지 않았죠. 갈랜드의 복적지는 선배밖에 몰랐고요. 라나와 살랜느의 차이가 뭘까요?"

"나인가? 갈랜드는 내가 담당자였고, 라나는 내가 담당자가 아니었어. 수사팀이나 울프는 갈랜드 일에는 개입하지 않았지."

"바로 그거예요."

"무슨 소리야?"

"범인이 우리쪽을 예의주시하고 있어서 갈랜드를 노릴 기회는 오늘 아침뿐이라고 스스로 판단했거나…."

"그럴 리는 없어."

"…아니면 수사 상황을 잘 아는 사람이 정보를 흘리고 있다는 뜻이에요. 오늘 아침이 마지막 기회라는 정보를."

백스터가 웃으며 고개를 저었다.

"이야, 너 정말 친구 잘 사귀겠다."

"저도 틀렸기를 바라요." 에드먼즈가 말했다.

"틀렸어. 우리 중에 울프가 죽기를 원하는 사람이 어디 있겠어?"

"모르죠."

백스터는 잠시 생각을 했다.

"그럼 어떻게 해?" 그녀가 물었다.

"일단 우리 둘만 알고 있어요."

"당연하지."

"그리고 함정을 놓는 거예요."

20

2014년 7월 4일 금요일

오후 6시 10분

울프와 핀레이는 포드를 차에 태우고 이동하는 중이었다.

포드가 어디에 있는 안전가옥으로 가서 보호를 받을지 정확히 알 수는 없지만, 사우스 웨일스 근방이 확실했다. 브레콘 비콘스 국립공원에 있는 저수지 주차장에서 신변보호팀 요원들과 만나기로 했기 때문이다.

울프와 핀레이가 포드를 신변보호팀에게 인계하기 위해 차를 타고 달려가는 4시간 내내, 포드는 몸을 들썩이며 주절거렸다. 갈랜드가 예정보다 빨리 죽었다는 소식이 라디오 뉴스를 탄 후로 포드의 상태는 더 심해졌다. 결국 핀레이는 포드가 남은 시간 동안 잠시라도 입을 다물기를 바라며 주유소 매점에서 보드카 한 병을 사야 했다.

"받아, 포드." 차로 돌아온 핀레이가 말했다. 포드가 들은 척도 하지 않자 핀레이는 무거운 한숨을 내쉬었다. "알았다. 받으시지요, 아동 살인 조력자이신 성인 앤드류 님."

울프가 큰소리로 하품을 하고 현재 위치를 확인하려고 허리를 폈다.

"늦게 잤어?" 핀레이가 물었다.

"사실 요즘은 아예 못 자요."

핀레이는 울프를 돌아보았다.

"그렇게는 못 살아. 차라리 여길 떠나."

"그렇게 오래가지는 않을 겁니다. 우리가 놈을 잡으면 끝나요."

"우리가 못 잡으면?"

울프는 어깨를 으쓱했다. 그도 대답은 알지 못했다. 신호가 녹색으로 바뀌었고 핀레이는 차를 다시 출발시켰다.

★

안드레아가 방송국으로 돌아오자 열렬한 기립박수가 쏟아졌다. 책상으로 가는 그녀에게 사람들이 주위를 둘러싸고 축하 인사를 건넸다. 병원 화장실에서 물로 씻었지만 블라우스에 죽은 남자의 가짜 피가 묻어 있다는 사실이 의식을 떠나지 않았다.

로리 때문에 걱정이 이만저만이 아니었다. 로리는 주기적인 세척으로 산성 물질을 중화하기 위해 입원해야만 했다. 사고가 나고 8시간 가까이 지났지만 아직도 살이 녹아내리고 있었다. 의사는 오른손 엄지를 절단할 가능성이 높고 신경이 더 죽으면 검지도 쓸 수 없다고 경고했다.

힘찬 박수가 하나둘 끊기자 안드레아는 자리에 앉았다. 천장의 텔레비전에서는 갈랜드가 산 채로 불타는 모습을 슬로우모션으로 계속 보여주고 있었다. 로리가 바닥에 던진 카메라는 모든 장면을 포착했고, 렌즈에 금이 간 덕분에 화면은 한층 더 실감나게 보였다. 안드레아는 혐오감에 고개를 돌리다 엘리야 국장이 남긴 메모를 발견했다.

미안. 일이 있어서 먼저 가. 살인 장면을 실제 영상으로 담다니 천

재적이야! 월요일 오전에 앞으로의 일을 이야기하자고. 보상을 받아
야지. - 엘리야 국장.

애매한 메시지였지만, 안드레아에게 정식으로 앵커 자리를 준
다는 뜻으로밖에 해석할 수 없었다. 꿈꾸던 일이었지만 기쁘기
는커녕 공허했다.

그녀는 별 생각 없이 우편함에 있는 갈색 봉투를 집어 들고
봉투를 열었다. 무언가 책상 위로 떨어졌다. 얇은 마그네슘 철사
와 사진이었다. 그녀와 로리가 ME호텔에서 나오는 사진이었다.

범인이 노나시 우편물을 보냈다는 것은 엄청난 뉴스 거리였
고, 그녀가 이번 사건을 담당해야 한다는 사실을 다시금 확인해
주었다. 하지만 안드레아는 내용물을 다시 봉투에 넣고 서랍을
잠갔다.

더는 이 게임에 참가하고 싶지 않았다.

★

에드먼즈는 티아가 잠든 후 살펴볼 생각으로 역대 살인사건
파일들 사본을 갖고 퇴근했다. 파일은 150센티미터인 티아가 절
대 찾지 못하도록 주방 찬장 위에 숨겨두었다. 하지만 함께 밥을
먹으며 티아가 수사에 관해 떠보는 질문을 할 때까지는 그 존재
를 까마득하게 잊고 있었다.

"현장에 있었어?" 볼록 나온 배를 무의식적으로 문지르며 티
아가 물었다. "그 남자가…."

"아니."

"자기 상관은 거기 있지 않았어? 총경이라는 인도 여자가 이름을 말하던데?"

"백스터? 사실 내 상관은 아니야. 백스터는… 뭐, 상관이라고 해도 되겠다."

"그럼 그때 자기는 무슨 일을 하고 있었던 거야?"

티아는 에드먼즈의 일에 관심을 보이려고 노력하고 있었다. 수사 관련 사항은 기밀이었지만 에드먼즈는 티아를 실망시키고 싶지 않았다. 그래서 중요하지 않은 부분들만 살짝 말해주기로 했다.

"뉴스에서 봉제인형 사진 봤지? 오른쪽 팔은 여자였어."

"누구?"

"그걸 찾는 게 내 일이야. 손톱에 두 가지 종류의 매니큐어를 칠했는데, 그게 신원을 확인할 단서라고 보고 있어."

"한 손에 두 종류를 칠했다고?"

"엄지부터 네 개까지에는 '크러시드 캔디'를 발랐지만 마지막 손가락은 색이 조금 달라."

"정말 매니큐어로 이 여자가 누구인지 알 수 있을까?"

"그게 단서의 전부니까." 에드먼즈가 대수롭지 않게 말했다.

"꽤 특별한 종류겠지?" 티아가 말했다. "그게 힌트라면 말이야."

"특별한 종류라고?"

"응, 우리 미용실에 일주일에 한 번씩 손톱을 칠하러 오는 콧대 높은 할머니가 있거든. 그래서 우리는 매니큐어를 특별 주문해. 금가루가 없으면 다 쓰레기라고 해서."

에드먼즈는 티아의 말을 귀담아 들었다.

"보통 가게에서는 안 팔아. 도난당하기도 쉬운데, 한 병에 100파운드쯤 하니까."

에드먼즈가 흥분해서 티아의 손을 붙잡았다.

"티아, 넌 천재야!"

티아와 함께 한정 판매 매니큐어나 터무니없이 비싼 매니큐어를 검색한 결과, 에드먼즈는 꽁꽁 숨어 있던 색을 드디어 발견했다. 샤넬 한정판 '푸 드 러시' 347호였다.

"2007년 모스크바 패션위크 때 한 병당 10,000달러에 팔았대!" 에드먼즈가 산에 와인을 가득 채우는 동안 티아가 설명을 읽었다.

"매니큐어를?"

"수익은 기부하려고 했겠지?" 티아가 어깨를 으쓱했다. "어쨌든 이걸 가방에 넣고 돌아다니는 사람은 많지 않을 거야."

★

다음 날 아침, 백스터는 샤넬 매장에서 10시에 만나자는 에드먼즈의 문자를 받았다. 다음 월요일부터 자신이 사건에서 빠지게 되었다는 사실을 다시 알려주었지만, 에드먼즈로부터 내일은 아직 토요일이라는 답장이 왔다.

백스터는 수사팀에서 정보가 샜다는 에드먼즈의 가설에 대해 생각해보았다. 깊이 생각할수록 말도 안 되는 소리 같았다. 당연히 울프는 아닐 것이고, 백스터는 핀레이를 절대적으로 신뢰했다. 시몬스는 그녀를 지키려고 상부에 맞서다 징계를 받을 위기에 처했다. 에드먼즈도 이제는 다른 사람들만큼이나 믿고 있었다.

먼저 약속 장소에 도착한 에드먼즈가 미지근해진 테이크아웃 커피를 건네며 티아가 발견한 사실들을 전했다. 백스터도 에드먼즈가 그녀를 믿는다는 것을 실감하자 경찰로서의 자존감이 회복되는 듯했다.

매니큐어 매장 매니저의 도움으로 마침내 완성된 구매자 명단에는 총 일곱 명의 고객명과 상세한 주소가 있었다.

"이 분들이 그 매니큐어를 사신 분들의 전부는 아닙니다." 매니저가 말했다. "경매, 경품, 자선 행사로 나간 제품도 있어요. 연락처가 있는 분들은 당연히 단골 고객이고…"

그녀가 인쇄한 명단을 훑다가 말을 흐렸다.

"무슨 문제라도 있나요?" 백스터가 물었다.

"마커슨 님요. 저희 매장 단골이세요."

백스터는 명단을 받아 주소를 읽었다.

"여기는 스웨덴의 스톡홀름에 산다고 나와 있네요." 백스터가 말했다.

"스톡홀름과 런던을 오가며 생활하세요. 메이페어에 집이 있거든요. 배송지 주소가 있을 거예요. 잠깐만 실례…"

매니저가 다시 어디론가 전화를 걸었다.

"아, 마커슨 씨가 마침 어제 런던에 오셨답니다."

★

백스터와 에드먼즈는 메이페어의 4층짜리 타운하우스의 현관계단을 올랐다. 두 번 노크를 하고 나서야 안에서 발자국 소리가 다가왔다. 건장한 남자가 한 손에 커피를 들고 어깨와 귀 사이에 전화기를 낀 채 문을 열었다. 근육질 몸에 비싼 셔츠와 청바지를 입고 짜증스럽게 두 사람을 바라보는 남자에게서는 강한 애프터셰이브 향이 풍겼다.

"네?"

"스테판 마커슨 씨?"

"맞습니다만."

"경찰입니다. 몇 가지 질문을 드리려고 왔어요."

첫인상과 다르게 마커슨은 친절히 맞이 주며 기실로 안내했다. 팔 두 개가 멀쩡히 달린 미모의 아내가 아이스티를 준비하러 가자, 에드먼즈는 시간 낭비가 아닐까 생각했다. 하지만 백스터는 남자가 조강지처에게 그 정도로 비싼 선물을 주지 않는다는 사실을 경험으로 알고 있었다. 부인이 같은 공간에 있으면 솔직한 대답을 들을 가능성이 거의 없었다.

"어떻게 도와드릴까요?" 마커슨이 물었다.

"2007년 4월에 모스크바에 계셨죠?" 백스터가 말을 꺼냈다.

"2007년 4월요?" 마커슨이 허공을 응시했다. "맞아요, 패션위크. 아내가 별별 패션쇼로 저희를 끌고 다녔죠."

"그곳에서 구입하신 물건에 대해 여쭤볼게요." 백스터는 남자가 10,000달러짜리 물건을 산 것을 기억하기 바라며 뜸을 들였다.

"샤넬 매니큐어요?"

그 순간 마커슨 부인이 아이스티를 들고 돌아왔고, 백스터는 마커손의 불안해진 표정을 포착했다.

"가서 리비아와 놀고 있겠어?"

마커손이 다정하게 말하며 부인의 허리를 끌어안았다. "금방 끝날 거야."

금발 미녀가 순종적으로 거실을 황급히 나가자 백스터는 기가 막혀 눈을 굴렸다. 에드먼즈는 그녀의 갑작스러운 감정 변화를 눈치챘다.

"10,000달러짜리 매니큐어라고 하면 더 기억이 잘 나실까요?" 문이 닫히자마자 백스터가 곧바로 물었다.

"런던에 있을 때 잠깐 만난 여자에게 줄 선물이었습니다. 출장을 많이 다니던 시기라 외로워서…."

백스터가 말을 자르고 물었다. "그 여자 이름이 뭐죠?"

"미셸."

"성은?"

"게일리일 겁니다. 런던에 있을 때 같이 저녁 식사를 하던 사이예요. 패션에 관심이 많아서 선물로 줬습니다."

"정확히 어떻게 만났나요?" 백스터가 물었다.

마커손이 헛기침을 했다.

"만남 사이트요. 미셸은 돈을 보고 저를 만나지 않았습니다. 선물도 그래서 준 거예요." 마커손이 설명했다. "괜한 문제를 일으키지 않으려면 사회적 지위가 맞는 사람과 데이트를 해야 한다고 생각했습니다."

"그러셨겠죠."

"언제 마지막으로 만났나요?" 에드먼즈가 언제나처럼 수첩에 메모를 하며 물었다.

"2010년에 딸이 태어났을 때 그만 만나자고 했습니다."

"참 훌륭하시네요."

"그 후로는 본 적 없습니다. 그런데 우습게도 지난주에 미셸 생각을 많이 했어요. 아마 뉴스 때문인가 봐요."

백스터와 에드먼즈가 시선을 주고받았다.

"무슨 뉴스요?" 두 사람이 합창했다.

"방화 살인범이 죽었다는 뉴스요. 이름이 나기브 칼리드던가요? 마지막으로 만난 날에 그 사람 얘기를 많이 했어요. 미셸에게 엄청난 시외였거든요."

"뭐가요?" 다시 합창이 터져 나왔다.

"그 사람을 맡게 됐다고 했어요." 마커슨이 생각에 잠겨 말을 했다.

"미셸은 그의 보호관찰관이었습니다."

21

2014년 7월 6일 일요일
오전 4시 30분

에드먼즈가 확보한 재판 관계자 명단에는 매들린 에이어스라
는 실종자가 있었다. 매들린 에이어스는 콜린스 앤 헌터 로펌에
서 4년을 일했고 희대의 재판이 진행되는 동안 나기브 칼리드를
변호했다. 에이어스는 누구보다 앞장서서 울프와 런던 경시청 전
체를 비난했고 허위 사실까지 퍼뜨렸다. 법정 내에서 무례한 발
언을 하고 논쟁의 소지가 있는 말을 인용하는 것으로도 악명
높았다. 울프가 의뢰인 대신 피고인석에 앉아야 한다는 유명한
발언도 그녀의 입에서 나왔다.

에이어스가 봉제인형 살인사건의 피해자 중 하나라면 에드먼
즈가 옳았다는 뜻이 된다. 이번 사건의 중심에는 처음부터 칼리
드가 있었다.

시몬스는 첼시에 있는 매들린 에이어스의 집으로 경찰들을
급파했다. 하지만 이것은 공식적인 확인 절차에 지나지 않았다.
짝이 맞지 않는 봉제인형의 팔다리를 하나로 이어주는 창백하
고 가녀린 몸통의 주인은 매들린 에이어스가 확실했다. 매들린
에이어스의 팔에 특이한 모양의 문신이 있었다는 것을 가족들
이 확인해주었기 때문이다. 비극이기는 해도 이로써 수사가 진
전될 희망이 생겼다.

하지만 같은 로펌 내 또 다른 변호사이자, 백금 반지의 주인

인 마이클 게이블 콜린스와 이번 사건의 연결 관계는 아직도 오리무중이었다.

그로부터 불과 3시간 후, 백스터와 에드먼즈가 또다른 피해자의 이름을 확인하고 본부로 돌아왔다. 10,000달러짜리 매니큐어와 사치스러운 스웨덴 남자 덕분에 다섯 번째 피해자는 칼리드의 보호관찰관 미셸 게일리로 밝혀졌다.

이제 봉제인형을 구성하는 신체 부위 여섯 개 중 하나만 남았다. 재판 관계자 명단에 추가 실종자는 없었다. 하지만 시몬스는 마지막 피해자가 그 안에 있다고 확신했다. 그는 다시 명단의 처음으로 돌아가 작업을 시작했고, 낭사사와 식집 연락이 되거나 봉제인형이 발견된 후로 확실한 목격담이 있을 경우에만 이름에 줄을 그었다.

★

일요일 새벽, 레이첼 콕스의 야간 근무가 끝나가고 있었다. 신변보호팀 요원으로 근무한 지 겨우 1년이 지났지만 이번만큼 힘든 일도 없었다.

앤드류 포드는 레이첼과 동료들에게 고래고래 욕설을 퍼부었다. 금요일 밤에는 불을 피우려다 안전가옥을 홀랑 태울 뻔했고 토요일 오후에는 정해진 구역 밖으로 나가려 들었다.

저수지에서 포드를 넘겨준 핀레이 수사관은 한 가지 조언을 했다. 당시에는 한 귀로 듣고 흘렸지만 지금은 마을로 가서 술 몇 병을 몰래 가져올까 진지하게 고민하는 중이었다. 상관에게는 비밀로 해야겠지만 술을 먹으면 남은 밤을 보내기가 훨씬 수

월해질 것이다.

다행히 포드는 새벽 3시경 마침내 기운이 빠져 잠이 들었다. 레이첼이 있는 주방까지 포드가 코를 고는 소리가 들렸다. 목구멍을 긁는 듯한 소리가 멈출 때마다 레이첼은 숨을 죽이고 그가 깨어나지 않았기를 빌었다. 다시 졸음이 밀려들자 상관의 조언대로 마당을 순찰하기 위해 일어났다.

발뒤꿈치를 들고 삐걱거리는 마룻바닥을 지난 그녀는 육중한 뒷문을 조용히 열고 쌀쌀한 아침 공기를 맞았다. 날이 밝기도 전에 부츠를 신고 젖은 잔디 위를 걷자 잠이 달아났다. 찬바람에 눈물이 고였다.

앞마당으로 나오던 레이첼은 안전가옥 대문으로부터 50미터 거리에 서 있는 유령 같은 형체를 보고 화들짝 놀랐다. 그것이 무엇인지 현재 위치에서는 도무지 알 수가 없었다.

물론 바로 위층 침실에 무장한 동료가 자고 있었다. 소리를 질러 부른다면 20초도 되지 않아 내려올 것이다. 하지만 불필요한 일로 그를 깨우고 싶지는 않았다. 게다가 식탁에 무전기를 두고 왔다는 사실을 들키고 싶지 않았다. 그래서 레이첼은 직접 다가가 살펴보기로 결심했다.

조심스럽게 가스총을 꺼내 들고 수수께끼 같은 형체에 접근했다. 동 트는 언덕을 등지고 있어 그림자밖에 보이지 않았다. 안전가옥에서 한 발짝 멀어질 때마다 온도가 떨어지는 느낌이었다. 일부러 호흡을 천천히 고르자 으스스한 입김이 흘러나왔다.

가까이 다가갔지만 그 형체는 키가 크고 대문에 무언가를 붙이고 있다는 것 말고는 뚜렷한 특징이 없었다. 다가오는 그녀를 알아차리지 못하는 듯했다. 그러다 레이첼이 용기 내어 자갈길로 나아가자 차가운 자갈이 큰소리를 내며 부츠에 밟혔고 검은 형체가 동작을 멈추고 이쪽을 홱 돌아보았다.

"무슨 일이죠?" 레이첼이 가능한 한 당당한 목소리로 물었다. 경찰 신분은 최후의 수단으로 공개해야 한다고 훈련을 받았다. 또 한 걸음 다가갔다. "이봐요, 무슨 일이냐고요?"

레이첼은 왜 무전기를 두고 왔는지 자책했다. 안전가옥에서 거의 50미터 멀어진 지금은 동료를 깨우려면 고함을 쳐야 했다. 진작 불렀어야 했다. 그는 움직이지 않고 서 있었다. 질문에 대답하지 않았지만 거친 숨소리가 늘었고 가쁘게 나가는 입에서 구름 같은 입김이 규칙적으로 흘러나오고 있었다. 화재를 경고하는 연기 같았다.

레이첼의 담력이 마침내 바닥났다. 큰소리로 도움을 청하려고 찬 공기를 크게 들이마시는 순간, 그림자가 번개처럼 숲으로 달아났다.

"쿰스!"

레이첼이 동료 이름을 부르며 달려가기 시작했다. 어두운 형체를 쫓아 질척한 비탈길을 달렸다. 둘 사이의 간격은 점점 좁아졌다. 주변은 비현실적으로 고요했다. 조용한 언덕에는 추격전을 벌이는 두 사람의 거친 숨소리와 무거운 발소리밖에 들리지 않았다.

"경찰이다! 멈춰!" 레이첼이 헐떡였다.

태양이 높이 떠오르며 어두운 숲의 꼭대기를 금빛 햇살로 물들이기 시작했다. 그녀가 쫓고 있는 거구의 남자는 머리를 짧게 깎았고 뒤통수에 대각선으로 깊은 상처가 나 있었다. 그는 무거운 부츠를 신고 있었고, 검은색 아니면 남색인 코트를 망토처럼 뒤로 펄럭였다.

갑자기 방향을 꺾은 그가 숲을 둘러싼 가시철조망을 간신히 넘어갔다.

고통으로 비명을 지르는 소리가 들리더니 남자는 서둘러 일어나 나무 사이로 모습을 감췄다. 레이첼은 그가 울타리를 넘은 곳까지 도착했지만 거기서부터는 추격을 포기했다.

어차피 레이첼이 지금 소지한 무기는 가스총뿐이었다. 게다가 남자의 덩치가 크다는 사실을 이미 확인했다. 빽빽한 숲으로 들어가면 레이첼보다는 그에게 훨씬 유리할 것이다. 그리고 필요한 것은 어차피 손에 넣었다.

레이첼은 무릎을 꿇고 철조망에 고인 피를 내려다보았다. 철사를 자를 도구가 없었고 이대로 증거를 방치할 수도 없었다. 레이첼은 주머니에서 깨끗한 티슈를 꺼내 피를 최대한 빨아들였다. 그러고는 숲에서 눈을 떼지 않은 채 길고 가파른 언덕길을 다시 올랐다.

★

일요일 아침 수사팀원 중 처음으로 본부에 도착한 백스터는 신변보호팀에 긴급히 연락해달라는 메시지를 받았다. 레이첼은 백스터에게 정체불명의 남자가 안전가옥에 찾아왔고 대문에 갈색 봉투를 묶어놓았다고 알렸다. 봉투 안에는 사진 한 장이 들어 있었다. 전날 오후 레이첼과 동료 요원이 앞마당에서 포드와 몸싸움을 하는 사진이었다.

다행히 레이첼과 상관은 유능하고 빈틈이 없었다. 지역 경찰을 동원해 숲을 샅샅이 수색했고 진흙길에 저지선을 쳐 발자국을 보호했다. 혈액이 묻은 티슈와 침입자가 몸을 긁힌 철조망 일부는 증거봉투에 넣어두었다. 둘 다 벌써 경시청 법의학 연구소로 이동하는 중이었다.

이것이 범인의 첫 번째 실수라면 최대한 활용해야 했다.

이로써 앤드류 포드가 그 안전가옥에 있어도 안전하지 않다는 사실은 분명해졌다.

시몬스는 주가 대책을 세우기로 했다. 예선에 빈틈 시징을 통해 알게 된 지인들에게 몇 통 전화를 돌린 후, 아일랜드 대사관에 앤드류 포드를 숨겨 놓기로 결정했다.

치외법권 지역이기도 한 대사관은 안전 가옥으로서 최적이었다. 무장한 경비대가 늘 건물을 원천 봉쇄하고 있고, 건물 설계시부터 보안설비가 강화되어 있기 때문이다. 시몬스는 아일랜드 대사에게 최대한 솔직하게 사정을 털어놓았다. 포드의 음주 문제와 변덕스러운 행동에 대해서도 이야기했다.

대사는 상황이 해결될 때까지 앤드류 포드와 경시청 수사관들이 대사관 꼭대기 층을 사용해도 좋다고 양해해 주었다. 그리고 제비뽑기를 통해 일요일 밤에는 핀레이가 대사관에서 앤드류 포드를 지키기로 했다.

★

월요일 아침부터는 바니타 총경이 시몬스 대신 수사를 지휘

했다. 챔버스의 책상을 차지한 시몬스는 더 직접적으로 수사에 참여할 수 있어 기대에 부풀어 있었다. 사태가 잠잠해지면 받게 될 징계조치는 머릿속을 떠나지 않았지만.

한편, 백스터는 봉제인형 살인사건과 무관한 사건을 새로 배정받았다. 첫 번째는 여자가 바람피운 남편을 칼로 찔러 죽인 사건이었다. 솔직히 말하자면 시시했다. 게다가 예전부터 그녀가 질색하던 블레이크 경사와 파트너로 일해야 했다.

시몬스는 지저분한 회의실 게시판에 주말 동안 추가된 정보들을 새로 기입했다.

1. (머리) 나기브 칼리드 '방화 살인범'
2. (몸통) - 매들린 에이어스 - (칼리드의 변호사) - 문신
3. (왼팔) 백금 반지, 로펌? - 마이클 게이블 콜린스 - 왜?
4. (오른팔) 매니큐어? - 미셸 게일리 - (칼리드의 보호관찰관)
5. (왼다리) - ?
6. (오른다리) 벤자민 챔버스 수사관 - 왜?

A - 레이먼드 턴블 (시장)
B - 비제어 라나/칼리드 (형/회계사) 재판에 불참
C - 차레드 갈랜드 (기자)
D - 앤드류 포드 (백화점 보안요원/알코올중독자/골칫거리) - 법정 경위
E 애슐리 로클란 (웨이트리스) 또는 (9세 어린이)
F - 울프

22

2014년 7월 7일 월요일

오전 11시 29분

안드레아는 'ON AIR(방송 중)' 불빛이 꺼지자마자 몸에 부착된 마이크 장치를 뜯고 서둘러 보도국으로 돌아갔다. 엘리야 국장은 오전 11시 35분으로 미팅 스케줄을 잡아 놓았다. 안드레아는 국장실로 가는 계단을 오르면서도, 항상 꿈꾸던 제안에 어떻게 반응할지 얼떨떨했다.

사실 백스터를 돕겠다고 동의했을 때는 잡아먹지 않으면 잡아먹히는 이 세계를 떠날 작정이었다. 그러나 회개할 방법을 잘못 선택하는 바람에 끔찍한 역효과만 불러일으켰다. 게다가 의도치 않게 기자로서의 명성과 영향력은 하늘 높은 줄 모르고 치솟았다.

노크를 하지도 않았는데 엘리야가 먼저 와서 문을 열어주었다.

엘리야는 갈랜드가 죽어서 훌륭한 성과를 거뒀다고 혼자 호들갑을 떨며 축하하고는 마침내 결론에 도달했다.

"…우리의 새로운 황금시간대 아나운서!"

안드레아가 대답하지 않자 그는 김이 빠져서 물었다.

"내 말 들었어?"

"네, 들었어요." 안드레아가 조용히 말했다.

엘리야가 의자에 느긋하게 기대고는 알겠다는 듯 고개를 끄덕였다. 그는 거들먹거리는 손가락으로 그녀를 가리켰다.

안드레아는 그 손가락을 뜯어버리고 싶었다.

"왜 이런 반응인지 알겠다. 울프 때문이지? 지금 이렇게 생각하고 있는 거지? '설마 나더러 카메라 앞에서 진 남편의 죽음을 세상에 알리라니, 당신 제정신이야?'라고 말하고 싶은 거지?"

평소에 엘리야는 안드레아가 생각하지도 않은 말을 넘겨짚고 주절댈 때가 많았다. 하지만 이번에는 정곡을 찔렀다.

안드레아는 고개를 끄덕이지 않을 수 없었다.

"뭐, 안타까운 일이긴 하지. 그래서 흥미롭다는 거야. 울프의 연인이 방송 중 원고를 읽다가 비보를 접하는 모습을 볼 수 있는데, 누가 따분한 BBC 채널을 보겠냐고? 절대 놓칠 수 없지!"

안드레아는 씁쓸하게 웃으며 자리에서 일어났다.

"인간도 아니군요."

"나는 현실주의자야. 어차피 겪게 될 일이잖아. 카메라 앞에서 경험하고 그 과정에서 스타가 되면 어때? 아하! 전날 밤에 방송국에서 인터뷰를 하자고 울프를 설득하는 것도 좋겠어. 얼마나 가슴이 찢어질까? 두 사람이 작별 인사를 하는 모습을 실제로 방송에 내보내자고."

안드레아는 사무실을 박차고 나와 문을 쾅 닫았다.

"생각해봐!" 엘리야 국장이 뒤에 대고 외쳤다. "주말까지는 답을 기다릴게!"

20분 안에 카메라 앞으로 돌아가야 했다. 안드레아는 여자 화장실에 들어갔다. 아무도 없다는 사실을 확인한 그녀는 문을 잠그고 눈물을 터뜨렸다.

★

에드먼즈는 법의학 연구소에서 조를 기다리고 있었다. 어제 새벽 3시까지 사건 파일을 꼼꼼히 살펴본 탓에 아직 점심시간도 되기 전인데도 너무나 피곤했다. 그래도 피곤한 보람은 있었다. 수사할 가치가 있는 단서를 발견한 것이다.

"안전가옥에 왔던 남자가 범인 맞아요." 조가 알렸다. "우리 측으로 보낸 사진 세 장 모두 같은 카메라로 찍었습니다."

"제발 철조망에서 채취한 혈액에서도 뭘 발견했다고 해주세요."

"그러고 싶지만, 그렇게 말한다면 거짓말이겠죠. 우리 데이터베이스에는 일치하는 혈액이 없어요."

"그 말은 전과가 있거나 체포당한 적이 없다는 뜻이네요." 에드먼즈는 자기 자신에게 설명하듯 말했다. 이제 보관소에 있는 사건 파일 대부분은 확실히 후보에서 제외할 수 있었다.

"혈액형은 RH+ O형."

"드문 종류예요?" 에드먼즈가 기대하며 물었다.

"평범하기 짝이 없죠." 조가 말했다. "돌연변이체나 질병의 흔적 없음, 알코올 없음, 마약류 없음. 눈 색깔은 회색 또는 파란색. 역사상 가장 변태적인 연쇄 살인마치고는 시시한 혈액형이에요."

"그럼 아무것도 발견하지 못했다고요?"

"그렇다고는 할 수 없어요. 발자국을 보면 신발 사이즈가 11호이고, 본을 떠 보니 밑창 패턴이 군화예요. 군인일 가능성도 있겠죠?"

에드먼즈가 수첩을 다시 꺼냈다.

"현장에 있던 과학수사팀이 발자국에서 석면, 타르, 옻의 흔적을 발견했어요. 주변의 흙보다 구리, 니켈, 납 수치가 상당히 높더군요. 그렇다면 창고에서 근무할 수도?"

"조사해볼게요. 고맙습니다." 수첩을 덮으며 에드먼즈가 말했다.

"아, 몸통이 누군지 알아냈다고 들었어요. 문신의 문양이 뭘 그린 건지 찾았나요?" 조가 물었다.

"새장에서 탈출하는 모습을 그린 카나리아(울음소리가 아름다운 애완용 새-옮긴이)였어요."

조는 어리둥절한 표정을 지었다. "왜 그런 문신을 했다가 없애지? 희한하네."

에드먼즈는 어깨를 으쓱했다.

"결국 새장에 들어갈 수밖에 없는 운명인 카나리아도 있다는 사실을 깨달았나 보죠."

★

아일랜드 대사관은 버킹엄 궁전을 굽어보는 위풍당당한 5층짜리 건물이었다.

로비에서 보안검색대를 통과하자 커다란 계단이 나왔다. 울프가 꼭대기 층에 도착하자 그를 환영하듯 앤드류 포드의 익숙한 고성이 엄숙한 분위기의 복도 안에 울려 퍼졌다.

울프는 잠시 평온하게 대사관 내부를 살펴보고는 싸움꾼을 상대하러 걸음을 옮겼다. 문 앞에 선 무장 경찰을 지나 호화로운 방 안으로 들어가 보니, 핀레이는 태연하게 텔레비전을 보고 있고 포드는 말 안 듣는 아이처럼 바닥에서 몸부림을 치고 있었다.

"울프!"

포드가 막역한 친구를 만난 것처럼 외치더니, 반가운 표시로 늑대(울프) 울음소리를 흉내 냈다.

소파에서 핀레이도 반갑게 손을 흔들었다.

포드가 바닥에서 일어났다.

울프는 그의 손이 계속 떨리고 있음을 알아차렸다.

"그가 오고 있어, 울프. 나를 죽이러 오고 있다고!" 포드가 말했다.

"범인이? 그럴 리 없어."

"죽일 거야. 죽일 거라고. 죽여. 놈은 다 알잖아? 내가 전에 있던 데도 찾아왔어. 여기도 금방 알아낼 거야."

"창문에서 물러나 있지 않으면 그럴 수 있겠지. 빨리 제자리에 앉아."

핀레이는 지난 17시간을 생지옥으로 만들었던 포드가 울프의 말은 고분고분 듣는 모습을 보고 분통을 터뜨렸다.

울프가 핀레이의 옆자리에 와서 앉았다.

"잘 잤어요? 언제 마지막으로 술 마셨대요?"

"오늘 아침." 핀레이가 말했다.

오랫동안 알코올에 중독된 사람에게 금단 증상이 얼마나 괴로운지 울프는 경험으로 알고 있었다. 포드가 더 불안해지고 환각을 보기 시작했다면 결코 좋은 징조가 아니었다.

"포드는 알코올 중독 상태이기 때문에 술을 먹어야 돼요." 울프가 말했다.

"내가 물어봤다니까. 대사가 안 된대."

"잠깐 쉬지 그래요?" 울프가 핀레이에게 물었다. "담배 피우고 싶어 죽을 지경이잖아요."

"지금 여기서 죽을 사람은 나라고! 내 걱정이나 해 줘!" 포드가 뒤에서 외쳤다.

두 사람은 무시했다.

"밖에 나가서…, 술 말고 음료수…, 몇 병 사다줘요." 울프가 의미심장한 표정으로 제안했다.

★

시몬스와 에드먼즈는 50센티미터도 안 되는 거리에서 1시간 넘게 말없이 일을 하는 중이었다.

시몬스 경감은 아직도 명단을 보며 칼리드 재판과 관련된 사람들 중 남은 여든일곱 명에게 일일이 연락을 하고 있었다. 명단을 한 번 돌았을 때는 겨우 스물네 명의 이름만 지울 수 있었다. 시몬스는 다시 첫 페이지로 넘기고, 위에서부터 다시 시작했다. 여섯 명의 피해자 중 마지막 피해자의 신원만 확인하면 틀림없이 퍼즐이 완성될 것이다.

사실 애초에 명단을 만들자고 아이디어를 낸 사람은 에드먼즈였다. 에드먼즈는 언제부터, 그리고 어떻게 시몬스가 그의 업무를 가로챘는지 모호했지만 굳이 따져 묻지 않기로 했다. 어차피

할 일이 많았다. 봉제인형 피해자들과 칼리드 사이에 존재하는 연결 관계를 찾아야 했다.

답답했다. 칼리드가 사건의 중심에 있다는 사실이 명백했지만 어째서인지 전체적인 그림은 그려지지 않았다.

23

2014년 7월 8일 화요일

오전 6시 54분

"이거 놔!" 포드가 악을 썼다. 울프와 핀레이, 경비대 요원은 발광하는 남자를 다시 방으로 끌고 들어오려고 용을 썼다. "나 죽네! 나 죽어!"

수척한 데다 황달 기운까지 있는 포드였지만 놀랍도록 힘이 셌다. 세 사람은 3분 동안 허둥대며 그를 간신히 문지방 안으로 들어 옮겼다. 포드는 두꺼운 문틀을 꽉 붙잡고 거칠게 발길질을 해댔다.

그 순간, 뒤쪽에 있는 TV 속에서 안드레아가 전 세계 시청자에게 인사를 건넸다. 그녀의 머리 위에서 떠 있는 사망 시계는 포드에게 남은 시간을 카운트다운 하고 있었다.

그런데 스튜디오에서 현장에 있는 리포터로 화면이 전환되자, 몸싸움을 하고 있는 울프, 핀레이, 포드의 모습이 갑자기 화면에 나타났다.

자기가 보고 있던 TV에 자신들의 모습이 나타나니 경악할 노릇이었다. 울프는 카메라가 어디에 설치되어 있는지 파악하려고 고개를 돌렸다. 맞은편 건물 창문에 웬 미치광이가 카메라를 들고 위태롭게 매달려 있었다. 다행히 대사관 경비대 요원이 지원을 요청하자마자 무장 요원 두 명이 달려왔다.

"블라인드 내려!" 울프가 절박하게 외쳤다.

두 요원은 텔레비전을 보고 단번에 상황을 파악했다.

"네 놈들 때문에 내가 죽어." 포드는 울면서 같은 말만 되풀이했다.

"저 건물에서 기자들 쫓아내!" 울프가 지시하자 조금 전 들어온 요원들이 고개를 끄덕이고 서둘러 방을 나갔다.

"니들이 나를 죽인다고!"

"입 닥쳐!" 울프가 윽박질렀다.

★

에드먼즈는 백스터의 새 파트너 블레이크가 자리를 뜬 사이 백스터에게로 달려갔다.

"에드먼즈! 뭐야?" 에드먼즈가 시선을 끌지 않으려고 웅크려 앉자 백스터가 물었다.

"누가 언론을 통해 범인에게 포드가 대사관에 있다는 사실을 알려줬어요." 그가 속삭였다.

"나는 그 사건에 대해 이야기할 자격이 없어."

"내가 믿는 사람은 선배님뿐이에요."

백스터는 조금 감동을 받았다. 갈랜드 사태 이후로 다들 그녀를 전염병 환자처럼 대하고 있었지만, 적어도 한 사람은 아직도 그녀의 의견을 존중한다고 생각하니 위로가 되었다.

"우리 부서 수사관들은 나 말고도 다 믿어도 돼. 대사관에 있다는 정보를 흘릴 사람은 많아. 경비대 요원, 대사관 직원, 맞은편 건물에 있는 사람도 있지. 이제 미련을 버리라고. 내가 아직까지 이 사건에 관여중인 게 밝혀지면 곤란해져. 빨리 가!"

오후 무렵, 시몬스는 재판과 관련 있는 사람 여든여덟 명 중 마흔일곱 명을 명단에서 지웠다.

에드먼즈는 그때까지도 피해자들 사이의 관계를 찾고 있었다. 일반적인 방법으로 아무 성과가 없자 재산범죄수사팀에서 쓰던 방법을 써보기로 했다. 그는 동료의 ID와 비밀번호를 빌려 예전에 근무하던 부서의 프로그램에 접속했다.

얼마 지나지 않아 무언가를 발견한 에드먼즈가 자리에서 벌떡 일어났다. 에드먼즈는 화들짝 놀란 시몬스를 끌고 회의실로 자리를 옮겼다.

"애슐리 로클란이에요." 에드먼즈는 자신만만했다.

"다음 피해자?" 시몬스가 말했다. "그 여자가 왜?"

"2010년에 결혼을 하면서 애슐리 허드슨으로 이름을 바꿨습니다."

"그 정도는 우리도 알지 않아?"

"알죠. 하지만 2010년 4월 5일, 애슐리 로클란이 애슐리 허드슨이라는 이름으로 된 계좌에 2,500파운드를 입금했다는 사실은 몰랐죠." 에드먼즈가 프린트된 종이를 건네며 말했다.

"칼리드 재판이 시작할 무렵이군."

"그래서 조사를 해봤어요. 그녀는 당시 최저임금을 받으며 바에서 웨이트리스로 일하고 있었습니다. 그로부터 2주 후에는 추가로 2,500파운드를 받았어요."

"흥미롭군."

"의심스럽죠." 에드먼즈가 바로잡았다. "그래서 당시 다른 피해자도 돈 받은 흔적이 있나 그들 계좌를 살펴보았더니, 의외로 비제이 라나의 계좌 내역에서 놀라운 사실을 발견했어요. 비제이 라나의 계좌에서 2,500파운드씩 2주 간격으로 두 번 돈이 인출되었습니다."

"왜 칼리드의 형이 그 웨이트리스에게 5,000파운드를 준 거지?"

"제가 그 웨이트리스를 찾아가서 물어보려고요."

"당장 해! 아주 잘했어, 에드먼즈."

★

오후 4시가 되자 문 밖에서 대사관 경비요원들이 교대하는 소리가 들렸다. 오늘 아침 TV방송 이후, 대사관 건물 아래 도로에는 구경꾼, 경찰차, 기자들이 몰려들어 있었다.

울프는 거리에 있는 사람들 중 특히 세 명을 주시했다. 세 사람은 서로 다른 종류의 동물 가면을 쓰고, 구경꾼들과 멀찌감치 떨어져 무언가를 기다리는 듯 보였다. 두 명은 커다란 가방을 들고 와 통제된 도로 한복판에 내려놓았다.

"핀레이!" 울프가 창가에서 외쳤다. "도로에 있는 경찰들과 연락돼요?"

"그럼. 왜 그래?"

"문제가 생겼어요."

가면을 쓴 세 명 중 원숭이 가면과 독수리 가면을 쓴 두 명이 쭈그리고 앉아 가방을 열었다. 필요한 물건을 꺼낸 그들은 사람들을 헤치고 나오더니, 폴리스라인을 넘었다.

"아동 살인자!"

한 명이 고개를 들고 외쳤다.

"방화 살인범을 구한 인간이야!"

같이 있던 여자가 큰소리로 말했다.

두 사람은 오늘 아침 방송에서 법정 경위 포드를 알아보고 시위를 하러 온 듯했다.

통제를 맡은 경찰들이 서둘러 그 두 사람을 폴리스라인 밖으로 뺐다. 하지만 일행은 더 있었다. 일곱 명이 나타나 커다란 가방에서 현수막과 피켓, 확성기를 꺼냈다. 상어 가면을 쓴 여자가 시끌벅적한 거리에 대고 고함을 치기 시작했다.

"앤드류 포드는 죽어도 싼 놈이다!" 그녀가 우레 같은 소리를 냈다. "그가 법정에서 방화 살인범을 구하지 않았더라면, 애나벨 애덤스는 오늘날까지 살아 있었어!"

울프는 포드가 다시 흥분하리라 예상하고 뒤를 돌았다. 하지만 포드는 꿈쩍도 하지 않았다. 가만히 앉아서 그에게 쏟아지는 잡음 섞인 비난을 듣기만 했다. 핀레이가 바깥의 소란을 덮으려 다시 텔레비전을 켜고 방송 중인 어린이 프로그램 음량을 최대한 높였다. 갑자기 넓고 아늑한 방이 포드의 초라한 단칸방과 비슷해졌다.

"악마를 구한 자는 천벌을 받으리라!"

시위대가 광신도처럼 구호를 합창하기 시작했다. 한 명은 침을 튀기며 기자와 인터뷰를 했고, 주동자는 포드가 처음부터 칼리드와 한 패였다는 뉘앙스를 비쳤다.

"전에도 이런 적 있었어?" 울프가 위협적인 시위대에서 눈을 떼지 않은 채 포드에게 물었다.

"이 정도는 아니었어." 포드는 건성으로 대답했다. 그러고는 거의 들리지 않을 만큼 작은 소리로 시위대의 구호를 따라 읊었다. "악마를 구한 나는 천벌을 받으리라."

경찰 몇 명이 시위대를 둘러쌌지만 평화적인 시위를 계속하는 한 해산을 요구할 근거는 없었다. 울프는 핀레이에게 창가로 오라고 손짓했다.

"범인 짓일까?" 울프의 생각을 읽고 핀레이가 작게 말했다.

"모르죠. 하지만 예감이 안 좋아요."

"내가 내려가서 물어봐?" 핀레이가 제안했다.

"아니, 여기에는 나보다 선배가 있는 편이 나아요. 내가 갈게요."

울프는 가면 쓴 사람들을 마지막으로 한 번 더 보고 대사관 현관으로 향했다.

"울프." 그가 나가려는데 포드가 말했다. "주도권을 다시 잡아."

울프는 포드를 향해 웃어 보였다. 1층에 도착했을 때, 에드먼즈에게서 전화가 왔다. 그는 애슐리 로클란의 요구 사항을 울프에게 전했다.

"애슐리 로클란이 선배님 말고는 아무와도 이야기하지 않겠답니다."

"지금 바빠." 울프가 말했다.

대사관 밖으로 한 걸음 내딛자마자 기자들이 파도처럼 그에게 밀려들었다. 핀레이를 보냈어야 하나? 그를 부르는 소리를 무시하고 폴리스라인을 넘은 울프는 좁은 길에 운집한 사람들을 밀치며 구호 소리를 따라갔다.

"중요한 일이에요." 에드민즈가 말했다. "모든 사람의 관계를 드디어 밝힐 수 있다고요. 그러면 누가 이런 짓을 하고 있는지도 드러날 겁니다."

"좋아. 문자로 번호를 찍어서 보내 줘. 곧 전화할게."

울프는 전화를 끊었다. 시끄러운 시위대 일곱 명 주위로 커다란 공간이 생겼다. 가까이서 보니 만화 같은 가면은 더 섬뜩했다. 미소를 머금은 입에서 악에 받친 목소리가 터져 나왔고, 플라스틱 가면의 검은 구멍 사이로 보이는 눈은 분노로 이글거렸다. 가장 고압적인 사람은 입을 떡 벌린 늑대 가면을 쓰고 있었다. 그는 두 개의 피켓을 쌓아서 머리 위로 높이 들고 다른 사람들 주위를 쿵쿵 걸어 다니며 목이 터져라 구호를 외쳤다. 그는 다리를 조금 절뚝였다. 예전에도 시위를 하다가 폭동 진압용 고무탄을 맞아 다친 것이겠지.

울프는 공격적인 남자를 피해 확성기를 든 상어 가면을 쓴 사람에게 다가갔다. 여자가 말을 하는 도중에 확성기를 빼앗아 건물 벽에 던져 버리자 확성기는 '끼익' 잡음을 내며 부서졌다. 카메라는 증거를 하나라도 놓칠세라 울프를 탐욕스럽게 쫓아 다녔다.

"뭐야! 아니…, 잠깐, 그때 그 수사관 아니야?" 여자가 물었다. 아까와 달리 여성스러운 중산층 특유의 말투로 바뀌었다.

"여기서 뭐 하는 겁니까?" 울프가 다그쳤다.

"시위." 그녀가 어깨를 으쓱했다.

울프는 가면 뒤로 거만한 미소를 느낄 수 있었다.

"참 나. 나도 다 돈 받고 하는 짓이에요." 여자가 가면을 벗으며 말했다. "솔직히 나도 지금 뭐 하는지 몰라요. 그냥 구직광고 사이트에 올라온 시위 알바 좀 하는 거라고요!"

"어느 사이트죠?"

여자가 상세한 정보가 적힌 전단지를 건넸다.

"우리 학교 앞에서 나눠주고 있더라고요."

"돈 받았습니까?" 울프가 물었다.

"당연하죠. 난 그냥 왜 하겠어요?"

"아까는 구호를 아주 열심히 외치던데요."

"그런 걸 연기라고 하죠. 시키는 대로 대본을 읽은 것뿐이에요."

"돈은 어떻게 받았습니까?"

"봉투에 든 현금으로요. 1인당 50파운드." 질문이 지겨워진 목소리였다. "다음 질문에 미리 대답하자면, 브롬턴 묘지에 있는 무덤에서 만났어요. 봉투는 이미 거기 있었고요."

"누구 것이었죠?"

"봉투요?"

"누구 무덤이었냐고요?"

"아까 내가 읽은 이름요. 죽은 사람이라던 애나벨 애덤스인가?"

울프는 애써 놀란 기색을 숨겼다.

"저 가방 안에 든 물건은 전부 증거로 압수합니다." 울프가 빈 가방을 발로 차 무리의 앞으로 보냈다.

시위대는 투덜대고 욕을 했지만 그제야 피켓과 플래카드 등을 바닥에 내려놓기 시작했다.

"자, 다들 가면도 빨리 벗어요." 울프가 조급하게 요구했다.

여섯 명은 마지못해 화려한 가면을 하나둘 벗어 던지기 시작했다. 엄밀히 말해 범죄를 저지른 것은 아니지만, 두 명은 얼른 머리 위로 후드를 뒤집어쓰고 얼굴을 가렸다.

울프는 늑대 가면을 쓴 남자를 마지막으로 설득하려고 돌아섰다. 그는 아직까지도 울프의 명령을 무시하고 있었다. 그래서 그 남자의 앞을 가로막았다. 가까이서 보니 가면에 그려진 늑대는 침을 흘리는 모양을 하고 있었다.

"내놓으시지."

늑대 가면을 쓴 남자가 머리 위로 든 피켓 두 개를 가리키며 울프가 말했다. 피켓에는 아까 그들이 외치던 익숙한 구호가 적혀 있었다.

다시 남자를 가로막은 울프는 최악의 상황을 각오했다. 울프는 그를 체포해도 괜찮다고 생각했다. 그때 늑대 가면 뒤에서 얼핏 소독약 같은 고약한 냄새가 풍기자 울프는 조금 기가 눌렸다. 구멍 뚫린 두 곳을 통해 가면 밖을 사납게 내다보는 하늘색 눈은 정말 짐승의 눈처럼 섬뜩했다.

"피켓 내놔. 당장." 울프가 말했다.

분명 그의 엄청난 과거를 아는 사람이라면 겁에 질렸을 말투였다. 울프는 남자에게서 눈을 떼지 않았다. 울프는 새로 나타난 도전자를 탐색하는 맹수처럼 고개를 옆으로 기울였다.

울프의 뒤쪽에서 카메라는 긴장된 두 사람의 대결에 집중하며 싸움이 커지기를 바라고 있었다.

가면 쓴 남자가 들고 있던 피켓 두 개를 콘크리트 바닥에 던졌다.

"가면도 벗어." 울프가 말했다.

남자는 순순히 따를 생각이 없어 보였다.

"빨리 가면도 버려!" 그가 다시 말했다.

그러면서 울프는 가면 쓴 남자 가까이로 몸을 기울였다. 가면 쓴 남자의 코와 울프의 코끝이 스쳤다. 뜨거운 숨결이 섞이며 악취가 풍겼다. 고통스러운 10초 동안 두 사람은 마치 시간이 멈춘 것처럼 움직이지 않았다.

그때 늑대 가면을 쓴 남자가 대사관의 위쪽 창문을 올려다보았다. 사방에서 사람들이 헉 소리를 내며 고함을 지르기 시작했다.

사람들의 반응에 이상함을 느낀 울프도 뒤를 돌아보았다.

포드가 경사진 지붕 위에 서서 아슬아슬하게 균형을 잡고 있었다.

핀레이는 작은 창문으로 몸을 내밀고 포드를 부르며 그를 잡으려 했다.

포드가 핀레이의 손을 놓고 외줄타기 곡예사처럼 비틀거리며 지붕 위를 걷자 사람들도 숨을 죽이며 긴장했다.

"안 돼, 안 돼!" 울프가 소리쳤다. "이러지 마, 앤드류 포드!"

"울프!" 포드가 큰소리로 그를 불렀다.

울프는 달리다 말고 위를 올려다보았다. 거리에서는 느낄 수 없는 바람이 포드의 머리를 헝클어뜨리고 있었다.

"주도권을 다시 잡아야 돼!" 포드가 같은 말을 반복했다.

"네가 이렇게 허망하게 죽으면 놈이 이기는 거야!" 경사진 지붕에 쭈그려 앉은 핀레이가 외쳤다.

"아니. 이렇게 하면 내가 이겨."

긴 굴뚝을 붙잡았던 포드가 손을 놓았다. 포드가 양팔을 앞으로 쭉 뻗고 눈을 감자, 포드의 몸이 지붕 끝에서 위태롭게 흔들렸다.

"나로서는 어쩔 수 없었어."

포드는 그렇게 말하고는 앞으로 추락했다.

핀레이가 포드를 잡아보려고 지붕 위로 달려갔지만 포드를 붙잡기는 역부족이었다. 포드는 아래쪽으로 곤두박질쳐 쿵 소리와 함께 지하 쓰레기 집하장으로 떨어졌다.

그 순간, 온 세상이 멈춘 것 같았다.

★

3분 정도 후, 경찰과 구급대원들이 쓰레기 집하장을 가득 메웠다.

울프는 자기도 모르게 주머니에 손을 넣다가, 뭔가를 손에 쥐고 미간을 찌푸렸다. 정체 모를 구겨진 쪽지가 있었다. 그것을 꺼내 조심스럽게 펼쳤다. 구겨진 쪽지 중앙에는 피 묻은 지문이 하나 찍혀 있었다. 그리고 뒷면에 글씨가 비쳐 쪽지를 뒤집어 보니, 범인의 글씨체가 분명한 짧은 메시지가 보였다.

잘 돌아왔어.

울프는 이게 대체 어떻게 된 영문인지 몰라서 쪽지를 빤히 바라보았다.

'내가 언제부터 이 쪽지를 주머니에 넣고 다닌 거지? 아니지, 누군가 이걸 내 주머니에 넣은…'

늑대 가면이다! 범인은 바로 내 옆에 있던 그 녀석이다!

"비켜!"

울프는 혼돈에 빠진 도로로 뛰쳐나와 미친 듯이 돌아다니며 군중 속에서 시위대를 쫓았다. 쇼가 끝났다고 징비를 챙기고 현장을 떠나는 기자들을 이리저리 헤친 끝에 피켓과 플래카드가 쌓여 있는 곳에 다다랐다.

하지만 늑대 가면을 쓴 남자는 이미 사라지고 없었다.

★

세인트 앤 정신병원

2010년 10월 6일 수요일

오전 10시 8분

울프는 낡은 정신병원 건물 정원에 햇빛이 어른거리는 모습을 내려다보고 있었다. 햇빛은 잔디밭 위에서 산들바람을 타고 춤을 추듯 일렁였다.

이런 평온한 광경을 즐기려 잠깐 정신을 집중하기만 해도 머리가 깨질 듯 아파왔다. 하루에 두 번 강제로 약을 먹으면 늘 반만 깨어 있는 상태가 되었다. 술을 마셨을 때처럼 몽롱했다.

왜 약을 먹이는지는 이해했다. 공동으로 생활하는 구역에는 온갖 정신 질환으로 고생하는 사람들이 모여 있었다. 자살 기도를 한 사람이 살인자와 같은 테이블을 썼고, 스스로 무가치하다고 느껴 우울증에 빠진 사람은 과대망상에 시달리는 사람과 대화를 나누었다. 서로 부딪힐지도 모르는 가능성을 약으로 차단하는 셈이었다. 하지만 울프는 병원 측이 치료 목적보다는 통제 목적으로 환자들에게 약을 먹이기 시작했다는 느낌을 지울 수 없었다.

"입 벌려요."

성질 급한 간호사가 그를 내려다보며 명령했다.

울프는 입을 벌리고 알약 한 줌을 다 삼켰다는 것을 증명하기 위해 혀를 내밀었다.

"왜 특수병실로 옮겼는지 이해하죠?" 마치 어린아이를 대하듯 간호사가 물었다.

울프는 대답하지 않았다.

"약을 잘 먹고 있다고 하면 선생님이 일반 병실로 다시 옮겨 주실 거예요."

울프가 다시 창문 밖으로 시선을 돌리자 간호사는 콧김을 내뿜고 다른 환자를 괴롭히러 나갔다.

그때 훤칠한 20대 중반의 흑인 남자가 텔레비전 앞에서 일어나 울프가 앉아 있는 창가 테이블로 다가왔다. 울프는 한 두번을 제외하고 병원에 감금된 후로 다른 사람과 접촉하지 않았다. 안드레아가 면회를 와도 병실에서 나가기를 이에 거부했다.

울프는 이 흑인 남자를 본 적 있었다. 그는 언제나 새빨간 환자복을 입고 맨발로 다녔다. 겉보기에는 과묵하고 생각이 많은 사람 같았다. 남자는 테이블에 얹혀 있던 의자를 조심스럽게 내려놓고 그 위에 앉았다. 그가 양 손을 울프에게 내밀자 주변에서 희미하게 연고 냄새가 났다.

"나는 조엘이다." 남자가 말했다.

울프는 붕대를 두른 손목을 핑계로 악수를 거부했다.

"당신을 잘 안다고 생각했어." 조엘이 양 손으로 울프를 가리키며 씩 웃었다. "당신이 여기로 들어온 순간 생각했지. '나 저 사람 알아.'라고 말이야."

울프는 이 남자가 무슨 말을 하려는 것인지 잠자코 기다려 보았다.

"당신이 그 짓을 했을 때 난 이렇게 생각했어. 당신은 칼리드가 '여자들을 죽인 미치광이'라고 확신한다고. 맞지? 그런데 놈은 그냥 풀려났어."

울프가 고개를 끄덕였다.

조엘은 욕을 뱉으며 고개를 저었다.

"당신은 노력했어. 법정에서 놈을 때린 건 잘한 짓이야."

"저기." 울프가 몇 주 만에 처음으로 입을 열었다. 자신의 목소리지만 기억하는 목소리와 달랐다. "그렇게 느꼈다니 고맙지만, 나는 그쪽이 아침 내내 시리얼 그릇에 대고 속삭이는 모습밖에 당신에 대해 아는 게 없거든."

조엘은 울프가 자신을 정신병자 취급하자 약간 감정이 상한 듯했다.

"글쎄, 똑똑한 사람이라면 속삭임과 기도는 구분할 줄 알 텐데." 조엘이 따졌다. "좋아, 그렇다고 치자고. 또 봅시다, 수사관님."

그렇게 말하고 자리를 뜨려던 조엘이 멈춰 서더니 울프에게 다시 말했다.

"우리 할아버지는 이렇게 말씀하셨어. '원칙주의자들은 어쩔 수 없이 적이 많을 수밖에 없다.'라고."

"옳은 말씀이군." 울프가 고개를 끄덕였다. "당신도 그래서 여기 온 건가?"

"에이. 나는 여기 자발적으로 왔는걸?"

"그래?"

"여기 있는 동안은 최소한 살아 있을 수 있으니까."

24

2014년 7월 9일 수요일

오전 2시 59분

손목시계가 삑삑 소리를 내며 새벽 3시를 알렸다. 에드먼즈는 중앙기록보관소 한가운데 앉아 있었다. 오늘로 네 번째 방문이었고 보관소에서 외롭게 보내는 밤도 어느새 익숙해졌다.

오늘 일들은 에드먼즈가 그동안 품었던 의심을 확인해주었다. 즉, 내부 배신자가 분명히 있다.

백스터는 답답한 소리만 했다. 백스터의 말대로 정말로 대사관 직원이 앤드류 포드의 위치를 유출했을지도 모른다.

하지만 정보가 유출된 것은 오늘이 처음이 아니었다. 오늘로만 벌써 네 차례나 범인에게 정보가 넘어갔다. 더 끔찍한 사실은 에드먼즈 말고는 그 사실에 아무도 주목하지 않고 있다는 점이다.

또 티아에게는 거짓말을 해야 했다. 그는 제비뽑기에 걸려 잠복근무를 하게 되었다는 핑계로 밤새 중앙기록보관소에서 살인범의 과거를 추적했다. 지금 전속력으로 그들에게 달려오는 괴물이 조심스럽게 첫발을 내딛던 시절의 사건은 분명히 이 거대한 창고 안에 존재한다고 믿었다.

마지막으로 중앙기록보관소에 왔던 월요일 밤, 에드먼즈는 2008년 어떤 이슬람 출신 죄수가 교도소 독방에서 사망한 미제사건을 우연히 발견했다. 사망 추정 시간에 건물에 누군가 출입한 CCTV 기록이 전혀 없었다. 건강한 스물세 살 청년의 시신에서는 질식사의 흔적이 있었다. 하지만 증거가 하나도 없었기에 사인은 자연사로 결론이 났다.

유사한 사건은 몇 개 더 있었다. 2009년, 5미터 떨어진 옆방에 보디가드 두 명이 있었는데도 어느 다국적 전자기업의 후계자가 호텔방에서 수수께끼처럼 사라졌다. 현장에 남은 피의 양은 젊은이가 사망했다고 공표하기 충분했지만 시신은 아직까지도 나오지 않았다.

피곤하기도 하고 밤도 깊었지만 에드먼즈는 "하나만 더 보자." 는 혼잣말을 하며, 선반에서 또 다른 사건 상자를 끌어 내렸다.

★

오전 8시 27분, 울프는 애슐리 로클란의 아파트에 찾아왔다. 오늘도 잠은 포기했다. 잠시라도 눈을 감지 말아야 할 이유가 또 하나 생겼기 때문이다. 눈을 감으면 섬뜩한 늑대 가면이 보였다. 지나치게 자신만만한 범인의 태도가 불안했다. 범인은 대사관을 방문하는 위험을 감수했다. 본인이 모은 시위대에 무모하게 합류했고, 나르시시즘에 빠져 울프와 직접 대면했다.

울프는 에드먼즈가 장담하던 말을 떠올렸다. 에드먼즈는 범인이 언젠가는 붙잡혀야 한다는 강한 욕망을 거부하지 못하고 수사망에 점점 가까워질 것이라 말했다. 범인은 잡아달라고 '나 여기 있소!'하는 심정으로 대사관 앞에 나타난 것일까? 오만함이 아니라 간절함 때문에 그런 행동을 한 것일까?

애슐리 로클란의 집 앞에 도착해 막 노크를 하려는 순간, 경관 두 명이 집 안에서 샌드위치와 커피를 들고 복도로 나왔다.

"안녕하세요." 여자 경관이 베이컨 샌드위치를 씹으며 말했다. "로클란 씨는 방금 샤워하러 들어갔어요. 제가 안내해드리죠."

여자 경관을 따라 들어가자 아파트 안에서는 갓 내린 커피와 베이컨 굽는 냄새가 났다. 레이스 커튼이 따스한 바람에 휘날리며 거실 테이블에 놓인 형형색색의 꽃다발을 스쳤다. 바람이 잘 통해서 전체적으로 상쾌했고, 파스텔 색으로 칠한 벽과 원목 가구가 집 안에 세련된 느낌을 더했다. 욕실에서는 물 흐르는 소리가 들렸다.

"애슐리 씨!" 경관이 외치자 물소리가 멈췄다. "푸스 수사관님 오셨어요."

"들어오시라고 하고, 주방에 커피 있다고 알려주세요. 텔레비전에서 보는 것처럼 잘 생기셨어요?" 여자는 부드러운 에든버러 말씨로 대답했다.

"저기…, 이미 들어오셨어요."

"어머! 방금 말도 들으셨어요? 곧 나갈게요."

여자 경관은 불편한 상황을 모면하려고 얼른 동료가 있는 밖으로 나갔다.

울프는 벽을 가득 메운 액자들을 보면서 애슐리 로클란을 기다렸다. 그녀가 친구들과 해변에서 찍은 사진, 할아버지와 공원에 앉아 있는 사진, 어린 아들로 보이는 아이와 레고 랜드에서 찍은 사진 등이 보였다. 행복해하는 엄마와 아들 사진을 보자 울프는 가슴이 내려앉았다.

"조던이에요. 올해로 여섯 살이죠."

애슐리 로클란이 뒤에서 매력적인 음성으로 말했다.

돌아보자 사진 속에서 본 미인이 짙은 금발을 수건으로 말리고 있었다. 그녀는 짧은 청 반바지와 연회색 민소매 티셔츠 차림이었다. 울프는 물기로 촉촉한 긴 다리를 바라보다가 당황한 나머지 다시 사진 액자로 시선을 돌렸다.

"아이는 어디 있나요?"

"친정 엄마에게 보냈어요. 미친 연쇄 살인범이 우리를 다 죽이겠다고 협박한 다음에요."

울프는 그녀의 다리를 보지 않으려고 안간힘을 썼다.

"애슐리예요." 그녀가 손을 내밀었다.

울프는 어쩔 수 없이 그녀에게 다가갔다. 방금 감은 머리에서는 딸기 향 샴푸 냄새가 났다. 다갈색 눈이 반짝였고 얇은 셔츠에는 피부의 물기가 스며들어 짙은 얼룩이 남았다.

"울프입니다." 울프는 가녀린 손을 부러뜨릴 정도로 세게 악수를 하고는 얼른 뒤로 물러났다.

"아침 식사 하실래요?" 애슐리가 제안했다.

"뭐가 있죠?"

"조금만 내려가면 세상에서 제일 맛있는 카페가 있어요."

★

울프가 생각하기에 애슐리는 음침하고 작은 카페를 지나치게 과대평가하고 있었다. 그가 시킨 프라이업(베이컨, 소시지, 계란 등을 기름에 지진 영국식 아침 식사-옮긴이)은 요리마다 따로 놀며 기름 범벅이 된 접시 위를 미끄러졌다. 애슐리는 토스트를 다 먹지도 않았다.

아파트에서 벗어날 핑계가 필요했을 뿐, 사실은 이 카페에 처음 온 것이 아닐까?

"시비 걸 생각은 아니지만 이 카페…."

"여기가 내 직장이에요."

"…좋네요. 좋아요."

중심가까지 짧은 거리를 걷는 동안 여기저기에서 그들을 힐끔거렸다. 사람들이 두 사람을 알아봐서인지, 애슐리에게 시선이 끌려서인지는 알 수 없었다. 카페에 들어와서는 다른 손님들과 최대한 멀리 떨어진 창가 자리를 선택했다. 이후로 20분 동안은 별다른 주제 없이 편안한 대화를 나누었다.

"당신을 걱정했어요."

"뭐라고요? 사흘 후면 죽을 사람이 나를 걱정한다고요?"

"그쪽도 닷새 후면 죽을 거잖아요." 애슐리가 어깨를 으쓱했다.

이 말은 그의 허를 찔렀다. 수사에 정신이 팔려 있다 보니 그날이 이렇게 가까워졌을 줄은 울프도 몰랐다.

"요즘 뉴스를 많이 봐요." 애슐리가 말했다. "집에 갇혀 있으면 달리 할 일이 없거든요. 꼭 고양이에게 농락당하는 쥐를 보는 기분이에요. 당신이 더 망가진 것처럼 보일수록 범인은 더 약을 올리는 것 같아요."

"내가 망가진 것처럼 보이는지 몰랐네요." 울프가 말했다.

"지금부터 내가 무슨 말을 하든 끝까지 듣겠다고 약속해줘요."

울프는 방어적으로 팔짱을 끼고 의자에 기댔다. 에드먼즈가 비제이 라나의 계좌 거래내역에서 5,000파운드를 찾은 사실은 두 사람 다 이미 알고 있었다.

"4년 진 나는 울위치에 있는 어느 바에서 일하고 있었어요. 힘든 시기였어요. 조던은 겨우 돌을 지났고 인간말종인 애 아빠와 헤어지려고 하고 있었거든요. 친정 엄마가 조던을 돌보는 동안 겨우 파트타임 아르바이트밖에 할 수 없었어요."

애슐리가 이야기를 계속했다.

"비제이 칼리드는 그곳 단골이었어요. 거의 매일 점심을 먹으러 왔고 서로 친해졌죠. 내가 돈이나 이혼 문제로 우는 모습도 여러 번 봤어요. 좋은 사람이었어요. 가끔씩 팁으로 10파운드를 줬고 돌려주려고 해도 나를 돕고 싶다고 거절했어요. 정말 감사했죠."

"돕고 싶어서가 아니라 그 이상을 원했을지도 모르죠." 울프가 냉정하게 말했다. 그가 본 칼리드의 형에게서는 인정을 느낄 수 없었기 때문이다.

"그런 사람은 아니었어요. 유부남이었는걸요. 아무튼 비제이가 어느 날 나를 찾아와 제안을 했어요. 친구가 문제에 휘말려서 경찰에 잡혔는데 무죄를 확신한다고요. 특정한 시간에 집으로 오다가 그 사람을 봤다고 증언만 해주면 5,000파운드를 주겠다고 했어요. 그게 다예요."

"위증을 했다는 겁니까?" 울프가 험악한 표정으로 물었다.

"당시에는 지푸라기라도 붙잡아야 했으니까요. 부끄럽지만 저는 그 제안을 받아들였어요. 제 증언으로 재판이 달라질 거라

고 생각도 못했고, 그때 우리 모자가 가진 재산은 15파운드가
전부였어요."

"위증으로 재판 결과는 완전히 달라졌을 겁니다."

애슐리에 대한 호감은 남김없이 사라졌다. 울프는 분노에 찬
눈으로 그녀를 보았다.

"그게 문제였어요. 알고 보니 그 사건은 친구가 아니라 자기
동생인 칼리드의 방화살인사건이었던 거예요. 저는 그 사건에서
거짓 증언을 했다는 사실을 알고 겁이 났어요." 애슐리가 울먹
이기 시작했다. "천금을 받아도 그런 혐의가 있는 사람이 길거리
를 놀아나니게 노울 수는 없었어요. 그래서 곧바로 비제이 킬리
드의 집을 찾아갔어요. 정말이에요. 찾아가서 앞서 한 법정 진
술을 철회하겠다고 했어요."

"그랬더니 뭐랍디까?"

"비제이는 다시 저를 설득하려 들었지만 제 뜻을 이해해 주
었던 것 같아요. 그래서 집으로 오는 길에 목격자 진술을 했던
로펌에 전화를 했어요. 법정에서 내가 한 진술을 철회하겠다고
요."

"콜린스 앤 헌터 로펌 말이죠?"

"네, 시니어 변호사 한 명과 통화가 됐어요."

"마이클 게이블 콜린스라는 변호사요?"

"맞아요!" 애슐리는 깜짝 놀랐다.

게이블 콜린스가 이미 죽었다는 소식은 아직 세상에 공표되
지 않았다.

"진술을 철회해야 한다고 하니까 그 사람은 나를 협박하기 시

작했어요. 내가 어떤 혐의를 받을지 말하더군요. 법정 모독죄, 공무집행방해죄는 물론 살인방조죄에도 해당된다는 거예요! 감옥에 가고 싶냐고 묻더니, 조던을 사회복지사가 데려갈 수도 있다고 하더라고요."

애슐리는 몸을 부들부들 떨었다. 울프는 엉겁결에 냅킨을 건네며 말했다.

"로펌 입장에선 너무 비중이 큰 사건이라 절대 패소하고 싶지 않았던 거죠."

"나더러 '입 닥치고 가만있으라'면서 내가 법정에 들어가지 못하도록 모든 수단을 동원해 막겠다고 했어요. 이후로는 그 사건에 대해 직접 이야기할 기회가 없었어요. 사태가 걷잡을 수 없이 커졌고 나 때문에 무죄가 된 사람을 당신이 막으려는 모습을 봤죠. 나는⋯, 정말, 정말 미안해요."

울프는 말없이 일어나 지갑을 꺼내고 반도 먹지 않은 접시 옆에 10파운드 지폐를 던졌다.

"당신이 사과해야 할 상대는 내가 아닙니다." 그가 말했다.

애슐리가 울음을 터뜨렸다.

울프는 그가 위험으로부터 안전하게 지켜야 할 여자를 구석에 혼자 두고 카페에서 걸어 나왔다.

25

2014년 7월 9일 수요일
오전 10시 20분

에드먼즈는 피곤해서 정신을 차릴 수 없었다. 새벽 6시에 간신히 기록보관소를 나온 그는 1시간도 되지 않아 책상에 앉았다. 정상적인 시간에 근무를 하는 행운아들이 본부를 메우기 전에 잠시라도 눈을 붙였으면 소원이 없을 것 같았다.

하지만 아침 7시 5분, 시몬스가 옆자리 의자에 풀썩 주저앉으며 희망은 깨지고 말았다. 시몬스는 에드먼즈의 추종을 불허할 정도로 일에 집착했다. 오늘도 명단에 마지막으로 남은 일곱 명을 조사하기 위해 일찍 출근한 것이다.

검시관 조는 울프의 주머니에 들어 있던 쪽지에 묻은 피와 가시철조망에서 채취한 혈액 샘플이 일치한다는 사실을 확인해줬다. 그래서 에드먼즈는 이번 메시지도 범인의 도발이라고 결론을 내렸다. 범인은 웨일스에서 한 실수가 중요하지 않고 경찰에게는 그를 막을 능력이 없음을 보여주기 위해 자기 DNA를 말 그대로 갖다 바친 셈이었다.

★

안드레아는 택시에서 내리며 전화를 끊었다. 더 이상 울프와 대화를 할 수가 없었다. 안드레아 쪽은 자동차 소음이 심했고, 번화가를 걷고 있는 울프의 뒤로는 사람들이 시끄럽게 떠드는 소리가 들렸다.

그의 안부를 묻고 싶었지만 울프는 그녀와 통화할 마음이 없는 듯했다.

울프는 앤드류 포드의 정확한 위치를 방송으로 내보낸 점에 대해 안드레아와 방송국의 책임을 묻겠다고 따졌다. 엄밀히 말해 그것은 안드레아의 잘못은 아니었다. 하지만 울프는 시위 현장을 중계해 안 그래도 불안하던 망상증 환자인 포드를 범인이 심리적으로 조종하게 했다며 그녀에게 비난을 퍼부었다.

저녁을 사겠다고 제안했지만 울프는 자기를 제발 내버려두라며 일방적으로 전화를 끊었다. 마지막 통화일지도 모르는데 트집만 잡는 그에게 화가 나기도 했다. 말투로 봐서는 다음 화요일이면 이 세상에 없을지도 모른다는 생각은 아예 하지 않는 것 같았다. 낙관주의와 현실부정 사이의 애매한 경계를 마침내 넘어선 것일까?

엘리야 국장은 승진 제의에 빨리 답을 해달라고 재촉했다. 어느 쪽으로도 결정을 내리지 못하는 자신이 답답했다. 당장 둘 중 하나를 선택할 수는 있었다. 사직서를 내고 그나마 남은 양심을 갖고 방송국을 떠나거나, 어차피 누군가는 차지할 자리를 그냥 받아들이거나.

어젯밤 안드레아는 정원의 테라스에 앉아 제프리와 그 일에 대해 의논을 했다. 언제나 그렇듯 제프리는 안드레아의 결정을 좌지우지하려 들지 않았다. 두 사람은 그래서 잘 맞는 커플이었다. 울프와 부부로 살면서 커진 독립심을 제프리는 존중해주었다.

제프리는 전 세계 시청자들처럼 방관자 입장에서 봉제인형 사건을 지켜보고 있었다. 안드레아의 자극적인 보도 방식이나 근거 없는 추측이 못마땅하다는 표정도 짓지 않았다. 안드레아조차 기괴하고 수치스럽다고 생각하는 사망 시계를 보고도 아무 반응을 보이지 않았다. 조심하라는 말뿐이었다.

★

핀레이는 총경이 있는 사무실을 주시하며 시몬스와 에드먼즈의 책상으로 다가갔다.

"총경 기분이 별로 안 좋아요." 핀레이가 말했다.

"무슨 일이래?" 시몬스가 물었다.

시몬스에게는 익숙지 않은 상황이었다. 누구보다 수사본부 사정에 밝았던 그가 이제는 본부 내 소문을 조금이라도 듣기 위해 다른 사람을 조르고 있었다.

"울프 때문이죠." 핀레이가 대답했다. "또 뭐가 있겠어요? 감시 중인 아파트에서 울프가 애슐리 로클란을 데리고 밖으로 나갔다나 봐요."

"왜?"

"같이 아침 식사 한다고요. 그러고는 여자를 카페에 두고 혼자 나갔답니다. 로클란 경호팀에서 정식으로 항의서를 냈어요. 울프를 정직시키라면서."

"총경이 알아서 하겠지." 시몬스가 말했다. "울프는 무슨 수작이야?"

핀레이가 어깨를 으쓱하며 말했다. "울프 속을 누가 알겠어요?

지금 저도 울프를 만나러 가려고요."

"우리도 나간다." 시몬스가 말했다.

"우리도요?" 에드먼즈가 끼어들었다. "누구랑 어디로요?"

"너랑 나갈 거야. 아직 연락이 안 된 사람이 네 명 있어." 시몬스가 설명했다. "연락 안 된 사람 중에 분명히 한 명은 죽은 사람이 끼어있을 거야. 그게 누구인지 찾으러 가려고."

★

시몬스와 에드먼즈는 연락이 안된 사람 명단에 있는 세 번째 주소로 가고 있었다. 앞서 명단에 있던 두 명의 집에도 갔었다. 그 중 하나였던 법원 속기사의 집을 방문했지만 그는 2012년에 암으로 사망했다고 했고, 티머시 해러게이트 판사는 부인과 뉴질랜드로 이민했다. 다행히 이웃들이 해러게이트 판사의 아들 연락처를 알고 있었다. 한밤중에 잠을 깬 아들은 부모님이 무사히 생존해 있다고 확인해주었다.

세 번째로 찾아간 집은 문이 열려 있었다. 에드먼즈가 큰소리로 노크를 하고 현관으로 들어갔다. 빛바랜 사진들이 벽을 장식하고 있었다. 대부분 나이 지긋한 신사가 훨씬 어리고 예쁜 여자들과 외국에서 찍은 사진들이었다. 요트에서 어깨에 팔을 두른 금발 미녀와는 해변에 이르기 전에 헤어졌는지, 다음 사진에서는 비키니를 입은 빨간 머리와 해변에서 느긋하게 누워 있었다.

그때 안에서 와장창 유리 깨지는 소리가 났다. 시몬스와 에드먼즈는 걱정스러운 눈빛을 주고받으며 조용히 문을 밀었다.

뜻밖에도 안에는 백스터가 있었다.

"백스터 선배님?" 에드먼즈가 의아하다는 듯 물었다.

봉제인형 살인사건에서 배제된 백스터가 왜 여기 있는 거지?

"여기서 뭐 해요?" 백스터도 영문을 모르기는 마찬가지였다.

"이 집 주인은 로널드 에버렛, 칼리드 재판 배심원이었어요. 명단에 있던 사람 중 연락이 안 된 마지막 사람이죠." 에드먼즈가 말했다.

"아."

"선배님은요?"

"아까 말했잖아. 우리는 사건 현장에 핏자국은 있는데 시신은 사라진 사건이 접수됐다고 해서 왔어."

"피가 어디 있는데?" 시몬스 경감이 물었다.

"사방에요."

백스터가 커다란 소파 뒤의 바닥을 가리켰다. 타일 바닥에 말라붙은 피가 양탄자의 가장자리를 붉게 물들였다.

"맙소사. 에버렛 씨는 확실히 이 세상에 없겠네."

발밑의 피바다를 보던 에드먼즈는 어젯밤 보관소에서 검토했던 다국적 기업의 후계자 살인사건 파일을 머릿속에 떠올렸다. 바닥에 피가 고여 있었지만 그의 시신은 영영 발견되지 않았다. 결코 우연일 리가 없었다.

"왜 그래?" 백스터가 물었다.

구체적인 증거를 찾을 때까지 개인적인 수사 내용은 비밀로 지켜야 했다.

"아무것도 아니에요."

시계를 힐끗 보았다. 티아와 외식을 하기로 약속했지만 지금 나간다면 기록보관소에서 1시간은 머물 수 있다.

"이런 난장판이 병적으로 꼼꼼한 봉제인형 살인사건의 범인 짓일 리는 없어." 시몬스가 말했다. "지금까지 발견된 봉제인형 살인사건의 피해자 집에서는 피가 한 방울도 나오지 않았잖아."

"범인이 실수를 하지 않는다는 건 과대평가인지도 모릅니다." 에드먼즈가 다른 의견을 내며, 쭈그리고 앉아 소파 옆면에 튀긴 핏방울을 관찰했다. "이 피해자만 집에서 죽인 뒤 시체를 절단했다면, 다른 증거는 런던 도처에 흩어져 있을 가능성도 있습니다."

에드먼즈는 과학수사팀이 도착한 틈을 타 탈출했다. 본부에서 문서 작업을 마무리해야 한다고 핑계를 댄 그는 지하철역으로 빠르게 걸음을 옮겼다.

★

울프의 휴대전화 알림이 울렸다. 확인하니 짧은 문자 메시지가 도착해 있었다.

아까 일은 당연해요. 저녁 할래요? L

"뭘 보고 실실 웃어?" 함께 경시청으로 들어오던 핀레이가 물었다.

울프는 질문을 무시하고 문자에 찍힌 번호로 전화를 걸었다.

"네, 여보세요. 폭스 수사관님."

"안녕하세요, 로클란 씨."

핀레이가 놀라서 울프를 보았다.

"내 번호는 어떻게 알았어요?"

"아까 만났던 여경 조디 기억해요?"

"나를 정직시키라고 항의서를 냈다는?"

"맞아요. 조디를 통해 알았어요."

"저녁을 같이 하고 싶다고 해서 놀랐어요." 울프가 말했다.

핀레이가 또 묘한 표정으로 그를 보았다.

"우리 둘 다 아침 식사를 제대로 안 했잖아요." 애슐리가 웃었다.

"나도 사과를 하고 싶어요."

"다 잊었어요. 우리 인생에 시간이 얼마 안 남았는걸요. 7시 어때요?"

"그쪽 집 안에서겠죠?"

"네, 아쉽지만요. 당신 덕분에 어릴 적 부모님에게 외출금지 당한 기분을 다 느껴보네요."

"저 가봐야 할 데가 생겼어요." 울프가 전화를 끊고 핀레이에게 말했다.

"흠, 즐거운 시간 보내라고."

핀레이가 음흉하게 웃었다.

★

"거짓말 다 티 나거든요." 백스터가 핀레이에게 말했다.

그녀는 탕비실에서 마주친 핀레이를 붙잡고 울프에 대해 묻고 있었다. 어설프게 첫 번째 대답을 한 후로 핀레이는 답변이 궁했다.

"좋아, 사실대로 말할게. 애슐리 로클란 집으로 다시 갔어."

"경감님은 울프가 애슐리 로클란과 다투고 카페에서 나와버렸다던데요."

"화해했나 봐."

"선배님은 왜 안 가고요?"

이번에도 답변이 궁했다. 하지만 백스터가 이대로 물러날 리는 없었다.

"초대받지 않았거든."

"초대라니요?"

"저녁 식사."

"저녁 식사라고요?"

명랑했던 백스터가 갑자기 뚱하게 입을 다물었다. 핀레이는 뭐라 할 말이 없어 바쁘게 움직이며 탕비실로 가 커피를 끓였다. 돌아와서 백스터에게 커피 한 잔을 건네려 했을 때, 그녀는 사라지고 없었다.

26

울프가 애슐리 로클란의 낡은 아파트의 계단을 오르자, 보초를 서고 있는 경관 두 명이 보였다. 둘 다 그리 반가운 표정은 아니었다.

"우리가 항의서를 냈어요." 여자 경관이 시비를 걸었다.

"내가 일주일 안에 죽으면 후회할걸요." 울프가 말했다.

울프의 농담에도 그녀는 무표정으로 일관했다. 그는 두 사람 사이를 비집고 애슐리의 집 문을 두드렸다.

"이번에는 울리지 마요." 남자 경관이 말했다. 그는 애슐리와의 저녁 데이트를 부러워하고 있다는 기색을 숨기지 못했다.

현관문이 열리고 눈부시게 아름다운 애슐리가 모습을 드러냈다. 뒤에서 남자 경관이 숨을 몰아쉬는 소리가 들리는 듯했다. 애슐리는 연분홍색 레이스 드레스를 입었고 구불거리는 머리를 자연스럽게 올려 묶었다. 집에서 조용한 식사를 하자고 한 것치고는 화려한 차림새였다.

"늦었네요." 애슐리는 퉁명스럽게 말하더니 집 안으로 들어갔다.

울프는 주저하며 안으로 따라 들어갔다.

"정말 예뻐요."

"조금 지나치지만 다시는 이렇게 차려 입을 기회가 없을지도 모르잖아요. 힘을 좀 써봤죠."

지금만큼은 죽음을 며칠 앞둔 사람들로 느껴지지 않았다. 마치 그들 앞에 무한한 미래가 펼쳐져 있고, 오늘 저녁 처음으로 데이트를 하지만 특별한 관계로 발전할 가능성이 있을 것만 같았다.

애슐리가 직접 만든 요리는 맛있었다. 와인과 디저트도 함께 즐겼다. 음식이 워낙 훌륭해서 대화 내용이 더 우울하게 느껴지기도 했지만 그래도 이 순간만큼은 즐거웠다.

울프가 쑥스러워하며 셔츠 소매를 올리자 왼팔을 덮은 화상이 드러났다. 애슐리는 겁을 내지 않고 오히려 호기심을 보였다. 그녀는 더 가까이 보려고 의자를 끌고 다가왔고 상처로 민감해진 피부를 홀린 듯 조심스럽게 만졌다.

애슐리의 머리카락에서 딸기 향이 났다. 애슐리가 고개를 돌리고 올려다보았을 때는 입에서 달콤한 와인 향이 났다. 코앞으로 얼굴이 다가와 숨결이 섞였다….

…늑대 가면처럼.

울프가 움찔하자 애슐리가 뒤로 물러났다. 울프의 머릿속에 나타난 늑대 가면의 모습은 곧바로 사라졌지만 때는 이미 늦었다. 분위기가 다 깨졌고 애슐리는 떨떠름한 표정을 지었다. 울프는 간만에 느껴보는 즐거운 저녁을 망치고 싶지 않았다.

"미안해요." 그가 말했다.

"아니, 내가 미안해요."

"다시 하면 안 될까요? 있잖아요, 내 팔에 손을 올리고 나를 올려다보고 등등."

"왜 나를 피했어요?"

"피하기는 했지만 당신을 피한 게 아니에요. 마지막으로 그만큼 가까운 거리에 있었던 사람이 우리를 죽이려는 사람이었기 때문이죠. 어제요."

"그를 직접 봤어요?" 애슐리가 눈을 휘둥그레 떴다.

"가면을 쓰고 있었어요."

울프는 대사관 앞에서 일어난 일을 설명했다. 늑대 가면 쓴 남자와 마주 보고 섰는데 울프가 절대 물러서지 않고 용맹하게 시선을 피하지 않았다는 이야기가 애슐리로 하여금 울프를 다시 남자로 느끼게 한 모양이었다. 그녀가 천천히 다가와 그의 팔에 손을 올렸다. 숨결에서 희미하게 와인 향이 났다. 가쁘게 숨을 쉬면서 입술을 벌렸고….

울프의 휴대전화가 울렸다.

"젠장!"

화면을 보고 수신거부를 누르고 싶었지만, 결국 울프는 전화를 받았다.

"백스터? …아, 누구요? …뭐라고요? …지금 어디라고요? …제가 1시간 안에 가죠."

애슐리가 뽀로통한 표정으로 테이블을 정리하기 시작했다.

"가게요?"

그토록 사랑스러운 말투로 아쉬운 티를 내자 울프는 결심이 흔들렸다.

"친구에게 문제가 생겼대요."

"경찰을 부르면 되지 않아요?"

"그런 문제가 아니라서요. 정말이에요, 다른 사람이라면 꺼지라고 했을 겁니다."

"아주 특별한 사람인가 봐요."

"짜증 나지만…, 그래요."

★

눈을 뜬 에드먼즈는 순간 여기가 어디인지 알 수 없었다. 팔에 침을 잔뜩 묻히고 서류를 매트리스 삼아 누워 있던 그가 양옆으로 협곡처럼 뻗어 있는 기록보관소의 서가를 올려다보았다. 너무 피곤한 데다 어둡고 조용하기까지 한 장소에 있으니 잠을 이길 수 없었다. 손목시계를 내려다보니, 밤 9시 20분이다.

"망했다!"

에드먼즈는 바닥에 흩어진 증거를 전부 상자에 집어넣고 상자를 선반에 올렸다. 그러고는 출구를 향해 달리기 시작했다.

★

울프는 수중에 있던 돈으로 터무니없는 택시 요금을 간신히 치르고, '헤밍웨이스'라는 술집 앞에 내렸다. 테라스에 앉아 술을 마시는 사람들을 지나 술집 안으로 들어가 신분증을 내밀었다.

"화장실에서 기절했어요." 맥주를 따르던 여자가 말했다.

"옆에 사람이 지키고 있어요. 구급차를 부르려고 했는데 그쪽을 먼저 불러야 한다고 우기더라고요. 잠깐만, 그 수사관이네…. 울프. 그 울프!"

여자가 사진을 찍으려고 주머니에서 휴대전화를 꺼냈을 때, 울프는 이미 화장실로 가고 없었다.

울프는 화장실 앞에 뻗어 있는 백스터의 옆에 무릎을 꿇고 앉았다. 아직 의식은 있었지만 꼬집거나 이름을 크게 불렀을 때만 반응했다.

"옛날로 돌아간 기분이군." 울프가 말했다.

울프는 재킷으로 백스터의 얼굴을 가린 다음, 그녀를 들쳐 안고 화장실을 나섰다.

그를 보려고 몰려든 사람들 사이로 직원이 길을 내주었다.

백스터를 안고 십까지 걸어온 울프는 좁은 계단에서 하마터면 그녀를 떨어뜨릴 뻔했다. 간신히 현관문을 열고 들어가자 시끄러운 라디오 소리가 귀를 찔렀다. 그는 비틀거리며 침실로 들어가 백스터를 침대에 떨어뜨렸다.

울프는 전등을 끄고 캄캄한 천장을 올려다보았다. 방금 내리기 시작한 비가 창문을 두드렸다.

백스터가 나쁜 습관에 다시 빠진 이유가 모든 수사관이 겪고 있는 스트레스에 지나지 않기를 빌었다. 울프는 긴 세월 동안 다른 사람에게 들키지 않도록 백스터를 도와줘야 했다. 오늘도 잠 못 이루는 밤을 보내며 울프는 백스터가 아직 숨을 쉬는지 주기적으로 확인하고 토를 하면 뒷정리를 했다. 궁금했다. 내가 정말 도움이 되기는 하는 걸까?

★

에드먼즈가 물에 빠진 생쥐 꼴로 집에 도착했을 때는 집 안에 불이란 불은 다 꺼져 있었다. 티아가 벌써 잠들었다고 생각해 소리를 내지 않고 어두운 복도를 걸었다. 하지만 열린 침실 문에 다가가자 침대는 아침에 정리한 그대로였다.

"티아?" 에드먼즈가 불렀다.

이 방, 저 방을 돌아다니며 불을 켜자 사라진 물건들이 보였다. 티아의 출근 가방도, 티아가 가장 좋아하는 청바지도 없었다. 쪽지를 남기지도 않았다. 티아는 자기 어머니 집으로 간 것이 틀림없었다. 에드먼즈에게 실망을 너무 많이 했기 때문이었다. 봉제인형 살인사건이 문제가 아니라 전근한 후로 쭉 그랬다.

에드먼즈는 소파에 주저앉아 피곤한 눈을 비볐다. 그 정도로 티아를 화나게 했다니 기분이 말도 아니었다. 앞으로 5일만 더 노력하면 어떤 결말로든 전부 다 끝난다. 끝이 머지않았음을 티아도 분명 알 것이다.

티아에게 전화할까 생각했지만 전화기를 꺼놓았을 것이다. 시간을 확인했다. 밤 10시 27분이다. 집 앞에 차가 그대로 있으니 예비 장모님이 와서 티아를 데려갔다는 뜻이었다. 열쇠를 집어 들고 불을 끈 에드먼즈는 피곤에 굴하지 않고 밤거리로 다시 나섰다.

이왕지사 이렇게 된 바에는 다시 기록보관소로 향하기로 했다.

★

울프는 백스터의 옆에서 겨우 잠이 들었지만 1시간도 되지 않아 깨어났다. 침실에 딸린 욕실에서 백스터가 구역질을 하고 이를 닦는 소리가 들렸기 때문이다. 문틈 사이로 욕실 불빛이 흘러나왔다.

이제 옆에서 도와주지 않아도 정상적으로 움직일 수 있다는 사실을 확인하고 울프는 이만 집으로 가기 위해 일어났다. 그때 침실로 휘청거리며 들어온 백스터가 침대에 몸을 굴리더니 술 취한 팔로 그의 가슴을 때렸다.

"데이트 어땠어요?" 백스터가 물었다.

"짧았어." 울프가 대답했다. 비밀을 절대 못 지키는 핀레이에게 짜증이 났다. 한편으로는 타이밍 안 좋았던 백스터의 만행이 의도적이었다는 의심이 들었나.

"안됐네. 데리러 와줘서 고마워요." 벌써 백스터의 눈은 다시 감기고 있었다.

"안 오려고 했어."

"하지만 왔잖아요." 그녀가 잠에 빠져들면서 속삭였다. "올 줄 알았어."

★

에드먼즈의 예감은 적중했다. 2009년 사건을 다시 살펴보았다. 보안이 철저한 호텔방에서 대기업 후계자가 사라졌다. 다량의 혈흔은 남았지만 시신은 없었다. 범죄 현장 사진을 일일이 뜯어보던 에드먼즈가 마침내 새로운 사실을 발견했다.

수사팀은 피해자의 피로 추정되는 피 웅덩이 옆 벽에 튀긴 작은 핏자국 여덟 개도 증거로 채취했지만, 그 역시 피해자의 '추가 혈흔'으로 치부했었다. 하지만 그 현장은 오늘 방문했던 집과 섬뜩할 정도로 비슷했다. 지금까지 알아낸 사실들로 미루어 보아, 작아서 눈에 잘 보이지 않는 이 혈흔은 범인이 시신을 밖으로 갖고 나가기 위해 절단하는 동안 벽에 튀긴 것이 분명했다.

범행 수법이 동일한 것으로 보아 이 사건의 범인은 그들이 찾는 범인과 동일 인물이라고 에드먼즈는 확신했다.

에드먼즈는 신이 나서 증거를 상자에 넣었다. 드디어 팀원들에게 말할 만한 유력한 단서를 발견했다.

에드먼즈가 자리에서 일어나려는데 상자 뚜껑에서 갑자기 종이 한 장이 떨어졌다. 기록보관소에 있는 모든 상자에 들어 있는 표준 서식이었다. 그 종이에는 이름, 대출/반납 날짜를 적고 대출 이유를 간단히 적게 되어 있다. 에드먼즈는 종이를 다시 뚜껑에 넣으려고 쭈그려 앉았다. 그러다 하단에서 익숙한 이름을 발견했다. 증거를 검토한 마지막 사람이었다.

윌리엄 폭스 경사 - 05/02/2013: 혈흔 분석
윌리엄 폭스 경사 - 10/02/2013: 반납

이해할 수 없었다. 이 사건 자체를 울프가 수사했던 정황은 없으니, 울프가 다른 사건을 수사하다가 우연히 이 사건을 접하게 됐다는 시나리오가 가장 그럴듯했다.

울프도 에드먼즈처럼 자기도 모르게 이끌려 봉제인형 살인범이 과거에 죽인 피해자를 발견했을지도 모른다. 역시 범인이 인정하는 대단한 수사관이었다. 앞뒤가 딱딱 맞아떨어지는 듯했다.

에드먼즈는 날아갈 것 같았다. 아침에 울프에게 물어보면, 울프는 범인의 다른 과거 범행을 알려줄지도 모른다. 에드먼즈는 통로를 이동해 또 다른 사건을 찾아보기로 했다.

드디어 사냥꾼을 사냥하기 시작한 것 같다.

27

2014년 7월 10일 목요일
오전 7시 7분

열린 문으로 환한 햇살이 들어와 침대에 흐릿한 그림자를 드리웠다. 울프는 눈을 떴다. 그는 옷을 다 입은 채 백스터의 침대에 혼자 누워 있었다. 옆방에서 러닝머신을 쿵쿵 밟는 소리가 잠을 깨웠다.

간신히 일어나서 침대 발치에 벗어둔 신발을 집어 들었다. 밝은 거실로 나가 백스터에게 건성으로 손을 흔들었다. 그녀는 운동복으로 갈아입었고 울프가 어젯밤 하나로 묶어준 머리는 한쪽으로 늘어졌다. 앞뒤 사정을 모르는 사람이 백스터를 본다면 푹 쉬고 기운을 차린 것 같다고 말했을지도 모른다. 백스터는 원래부터 회복력이 강했다. 그녀가 품고 있는 병적인 문제를 오랫동안 다른 사람에게 들키지 않은 이유이기도 했다.

"지금도 남는 칫솔 있어?" 울프가 물었다.

두 사람 사이에는 무언의 합의가 있었다. 울프가 갑자기 백스터의 집에서 자고 갈 때를 대비해 백스터는 세면도구를 비축해두곤 했다. 언제부턴가 일상다반사처럼 되었다. 순수한 의도였다고는 해도 안드레아가 두 사람 사이를 의심하는 것도 당연했다.

"욕실 맨 아래 서랍." 백스터가 짧게 말하고 이어폰을 다시 꼈다.

그녀는 지금 싸움을 벌일 기회를 노리고 있었다. 하지만 울프는 미끼를 물지 않기로 다짐했다.

　주전자 물이 끓었고 울프는 커피를 마시겠냐고 말없이 머그 잔을 들어 보였다. 백스터가 큰소리로 콧김을 내뿜고는 다시 이어폰을 잡아 뺐다.

　"왜요?!"

　"커피 마시겠냐고."

　"아, 나는 커피 안 마셔요. 다른 사람은 몰라도 선배는 알아야죠. 나는 와인과 특이한 칵테일만 마신다는 거. 지금 내가 내 몸 하나 건사하지 못하는 불쌍한 술주정뱅이라고 생각하는 거죠?"

　"안 그래." 그가 말했다.

　"이렇게 와줄 필요 없었어요. 다음부터는 신경 꺼요."

　말이 길어질수록 백스터의 호흡이 가빠졌다.

　"이번에도 신경 쓰지 말 걸 그랬지!" 울프가 버럭 외쳤다. "괜히 내 저녁 식사도 망치지 말고, 네가 화장실 바닥을 기어 다니든 말든 내버려뒀어야 했어."

　"맞다, 애슐리 로클란과 저녁 먹는댔지. 귀엽기도 해라. 두 사람 정말 잘될 것 같아요. 아무 문제없이 잘 풀리겠어요. 나흘 안에 둘 중 하나가 잔인하게 살해당하지만 않는다면!"

　"출근한다." 울프가 문으로 가며 말했다. "참, 고맙다는 말은 됐어."

　러닝머신 속도를 높인 그녀는 이어폰을 다시 꽂고 음량을 높였다.

★

본부로 돌아온 울프는 화가 나서 핀레이의 책상으로 돌진했다.

"무슨 생각으로 그랬어요?" 울프가 따졌다.

"뭐?"

"백스터에게 로클란과 저녁 약속 있다고 말했다면서요."

"안 하려고 했지. 하지만 내가 뭘 숨기는 걸 알더라고."

"그렇다면 뭐라도 지어냈어야지!"

"지금이라도 지어낼까?"

"더 조심했어야죠. 백스터한테 상처를 줬잖아요."

"오, 내가 상처를 줬다고? 정말?"

핀레이가 느릿느릿 말을 했다. 절대 좋은 징조가 아니었다.

"넌 몇 년 동안 그 불쌍한 애를 이리저리 끌고 다녔어. 두 사람의 묘한 관계 때문에 이혼까지 당해놓고 너는 아직도 그대로야. 그건 둘 중 하나라는 뜻이야. 실제로는 백스터를 원하지만 용기가 없어서 덤비지 못하거나, 백스터를 원하지 않지만 용기가 없어서 잘라내지 못하거나. 어느 쪽이든 나흘 안에는 남자답게 결정을 해."

울프는 할 말을 잃었다. 지금까지 핀레이는 무슨 일이 있어도 그의 편이었다.

"찾아볼 단서가 생겼어. 나는 나간다." 핀레이가 일어났다.

"같이 가요."

"아니, 됐어."

"10시에 경과보고 회의 있어요." 울프가 말했다.

"나 대신 잘 둘러대 줘." 핀레이가 씁쓸하게 미소 지었다.

그는 울프의 등을 세게 두드리고 자리를 떴다.

★

오전 9시 5분, 에드먼즈는 주변 상황을 전혀 모르고 있었다. 지난 10분 동안 그는 울프와 의논하고 싶은 자료들을 준비했다. 빨리 울프의 반응을 보고 싶었다. 서류들을 모아 들고 머릿속으로 연습한 오프닝 멘트를 검토한 후 울프의 책상으로 다가갔다.

"2009년 크리스천 풀 주니어!" 에드먼즈가 알렸다.

울프는 무거운 한숨만 내쉬고 짜증스럽게 올려다보았다.

"내가 아는 이름인가?"

실망스럽게도 울프는 반응하지 않았다. 하지만 에드먼즈는 의욕적으로 말을 이었다.

"그러기를 바랐죠." 그가 말했다. "전자 대기업 후계자이고 호텔방에서 사라졌지만 시신은 발견되지 않았습니다. 어디서 들어보지 않았어요?"

"이봐, 미안하지만 다른 사람과 이야기하면 안 될까? 나 잡담할 기분이 아니야."

울프가 관심을 보이지 않자 에드먼즈의 자신감이 흔들렸다. 그러고 보니 용건을 자세히 설명하지 않았다.

"죄송해요, 처음부터 다시 시작할게요. 제가 기록보관소에서 사건들을 보고 있었는데…"

"내가 그러지 말라고 했지?"

"그러셨죠. 하지만 업무 시간 외에 했습니다. 아무튼, 뭐를 발견…"

"아니, '아무튼'이 아니야. 상관이 하지 말라고 하면 하지 말아야지!" 울프가 큰소리로 질책했다.

본부 내 모든 사람이 이쪽으로 고개를 돌렸다. 울프가 자리에서 일어났다.

"설명할 기회를 주, 주세요." 에드먼즈가 말을 더듬었다. 어쩌다 단순한 대화가 극단적으로 변했는지 이해할 수 없었지만 여기서 물러날 마음은 없었다. 중요한 질문들에 대한 답을 들어야 했다.

"정말 쓸 만한 단서를 발견했습니다."

울프가 다시 책상 앞으로 왔다. 에드먼즈는 설명을 듣겠다는 신호로 받아들이고 첫 번째 서류를 내밀었다. 하지만 울프는 에드먼즈 손에 들린 서류를 쳐서 바닥으로 떨어뜨렸다. 모욕적인 행동에 학교 운동장에서나 들리던 야유와 웃음이 터져 나왔다. 백스터가 다가오고 있었고, 시몬스가 엄격한 경감의 모습을 되찾고 자리에서 일어났다.

"왜 선배님이 크리스천 폴 주니어의 증거 상자를 대출했는지 알아야겠습니다." 에드먼즈가 목소리를 높였다. 하지만 떨리는 목소리는 그가 긴장하고 있음을 드러냈다.

"자네 말투가 마음에 안 들어." 울프가 맞섰다.

"저는 선배님 대답이 마음에 들지 않습니다!" 그 대답에 다른 사람들은 물론 에드먼즈 본인도 놀랐다.

울프가 에드먼즈의 목을 움켜쥐더니 회의실 벽에 밀어붙였다.

"이봐!" 시몬스가 외쳤다.

"울프!" 백스터가 달려오며 외쳤다.

울프는 에드먼즈를 놓아주었지만, 백스터가 두 사람 사이를 막아섰다.

"이게 무슨 짓이에요, 울프?" 백스터가 울프의 면전에 대고 항의했다.

"네 애완견에게 전해! 내 옆에 얼씬도 하지 말라고!" 울프가 소리쳤다.

백스터는 광기 어린 눈빛으로 서 있는 이 남자가 누구인지 알아볼 수 없을 지경이었다.

"이제는 내 담당 아니에요. 지금 제정신이 아니에요, 울프." 백스터가 말했다.

"나보고 제정신이 아니라고?" 울프는 시뻘겋게 달아오른 얼굴로 분노를 터뜨렸다.

백스터는 울프가 지금 자신을 향해 무언의 협박을 하고 있음을 직감했다. 울프는 지금 그녀가 몇 년 동안 숨겨온 비밀을 폭로하려 하고 있는 것이다. 백스터는 단단히 각오를 했다. 오히려 연기를 그만할 수 있다고 생각하니 마음이 편안해졌다.

하지만 울프는 망설이더니 말했다.

"저 녀석한테 가서 함부로 남을 비난할 거면 구체적인 증거를 들고 오라고 전해!"

"무슨 비난을 해요?" 백스터가 물었다.

"선배님을 비난하지 않았습니다." 에드먼즈가 따졌다. "도움을 원했을 뿐이에요."

바니타 총경이 뒤늦게 사무실에서 나왔다.

"무슨 도움?" 백스터가 에드먼즈에게 물었다.

"이 자식이 자기 일은 안 하고 옛날 사건으로 시간을 낭비하잖아!"

"오, 닥쳐요." 에드먼즈가 평소답지 않게 말을 뱉었다.

그에게 다시 덤벼드는 울프를 시몬스가 붙잡았다. 백스터는 에드먼즈에게 몸을 기울이고 작은 소리로 물었다.

"옛날 사건을 조사하고 다녔다는 게 사실이야?"

"중요한 걸 발견했다고요."

"내가 상관하지 말랬지?" 백스터가 나무랐다.

"중요한 걸 발견했다고요." 에드먼즈는 같은 말만 했다.

"이 자식 편을 들다니 믿을 수가 없군." 울프가 말했다.

"아니에요! 나는 둘 다 미쳤다고 생각해!" 울프의 말에 백스터가 외쳤다.

"그만!"

물을 끼얹은 듯 고요해졌다. 서슬 퍼런 바니타 총경이 소란을 일으키는 무리를 향해 성큼성큼 다가왔다.

"에드먼즈, 나가 봐. 백스터는 자네 팀으로 돌아가고. 폭스, 너는 지금 이 순간부터 정직이야."

"그럴 수 없습니다." 울프가 저항했다.

"내 마음이야. 당장 나가!"

"총경님, 저도 울프 선배님과 의견이 같습니다." 에드먼즈가 자기를 공격한 사람을 변호하고 나섰다. "정직은 불가능합니다. 우리에게 필요한 사람이에요."

"네가 수사팀을 분열시키는 꼴을 가만히 두고 볼 생각은 없어." 바니타 총경이 울프에게 말했다. "꺼져. 너는 끝이야."

다들 숨을 죽이고 울프의 반응을 기다리는 동안, 본부에는 긴장감이 흘렀다. 김빠지게도 울프는 쓸쓸한 웃음만 짓고는 시몬스에게 붙잡힌 팔을 빼고 에드먼즈를 어깨로 밀치며 본부를 나갔다.

★

오전 10시에 예정된 경과보고 회의에는 시몬스 경감과 바니타 총경만이 참석했다. 마지막 피해자 로널드 에버렛의 신원을 확인했어도 시몬스가 기대하던 대로 사건의 진상이 밝혀지지는 않았다. 아직 누언가를 놓지고 있었나.

"저희 둘뿐인가 봅니다." 시몬스가 허허 웃었다.

"핀레이는 어디 있지?" 바니타가 물었다.

"글쎄요. 핀레이는 전화를 받지 않습니다. 폭스는 방금 정직시키셨죠."

"내가 잘못 결정했다고 생각하면 그냥 터놓고 말해, 시몬스."

"잘못은 아닙니다." 시몬스가 말했다. "과했을 뿐이죠."

"폭스는 문제야. 이런 상황에서 탓할 수는 없지만 이제는 도움은커녕 방해만 되고 있어."

"전적으로 동의합니다. 하지만 저 혼자서 수사를 할 수는 없습니다." 시몬스가 부탁했다. "백스터는 돌려주시죠."

"안 돼. 갈랜드 사태 잊었나? 다른 사람을 붙여주지."

"그럴 시간이 없습니다. 이틀 후면 애슐리 로클란이 죽고, 그로부터 이틀 후는 폭스 차례입니다. 백스터는 사건을 이미 다 파악하고 있잖아요. 백스터를 수사에서 배제한다면 그거야말로 잘못된 결정입니다."

바니타 총경은 고개를 젓고 무어라 중얼거렸다.

"좋아. 하지만 내가 반대했다고 기록으로 남길 거네. 지금부터 백스터는 자네 책임이야."

★

"피로 물든 미녀 배심원." 사만다 보이드는 자신이 올드 베일리 법원 앞에서 찍힌 악명 높은 사진을 바라보며 말했다. "언론이 저한테 붙여준 이름이에요."

핀레이는 테이블 맞은편에 앉은 여자가 사진 속의 여자라는 사실을 믿을 수 없었다. 여전히 아름다웠지만 긴 금발 머리를 짙은 갈색으로 물들이고 소년처럼 짧게 잘랐다. 짙은 눈화장 때문에 흑백 사진에서도 꿰뚫고 나올 법한 푸른색 눈이 상대적으로 덜 부각되었다. 값비싸 보이는 의상은 그녀와 잘 어울렸지만 이제는 사람들의 시선을 사로잡지는 않았다.

세기의 재판에서 세 번째로 유명한 등장인물이 된 이 여자는 켄싱턴 번화가에 있는 카페에서 핀레이와 만나기로 되어 있었다.

핀레이는 사건의 핵심 인물을 제대로 찾아 질문을 제대로 하는 방법이 수사에 가장 효과적이라고 믿었다. 동료들은 그를 구식이라고, 늙은이 같다고 생각했지만 핀레이는 그만의 방법을 고수했다.

"이때를 잊으려고 정말 많이 노력했어요."

사만다는 신중하게 대답을 생각하며 말을 이었다.

"그날 저는 카메라 앞에서 포즈를 취하지 않았어요. 도움을 청하고 있었죠. 유명해지고 싶은 마음은 전혀 없었어요. 특히 그렇게…, 끔찍한 일로는요. 하지만 하루아침에 '피로 물든 미녀 배심원'이 되었고, 그 후로 사람들은 저를 그렇게만 보더군요."

"이해가 됩니다."

"죄송하지만 이해 못하실 거예요. 솔직히 저는 그날 제 행동을 후회하고 있어요. 그때 우리 배심원들은 폭스 수사관이 워낙 무분별하게 행동했고 언론에서 경찰을 비난하니까 거기에 휘둘려서 결정을 내렸어요. 대부분이 그랬죠. 열두 명 중 열 명이 돌이킬 수 없는 실수를 했고, 그래서 이렇게 됐는지 하루도 잊어본 적이 없어요."

핀레이는 배심원이었던 로널드 에버렛의 최근 사진을 꺼내 두 사람 사이 테이블에 놓았다.

"이 분을 알아보겠습니까?"

"어떻게 몰라보겠어요? 이 늙은 변태 옆에 46일을 앉아 있었는걸요."

"누가 에버렛 씨를 해치려 한다면 그 이유를 추측할 수 있을까요?"

"그 할아버지를 안 만나보셨군요. 유부녀를 건드렸을 거라는 생각부터 드네요. 왜요? 무슨 일이 생겼나요?"

"비밀입니다."

"말 안 할게요."

"저도 안 할 겁니다." 핀레이가 쐐기를 박았다. 그는 한참 생각을 하다 다음 질문으로 넘어갔다. "다른 배심원들보다 에버렛

씨가 유독 기억에 남는 부분이 있습니까?"

"유독이라고요?" 사만다가 멍한 표정을 지었다. "아, 한 가지 짐작 가는 게 있긴 해요…. 결국 증명은 못 했지만요."

"뭘 증명하지 못했다는 거죠?"

"저를 비롯해서 몇몇 배심원에게 접근해서 푼돈을 줄 테니 정보를 팔라는 기자들이 있었어요. 우리가 비공개로 어떤 내용을 의논하는지, 누가 어디에 표를 던지는지 알고 싶어 했어요."

"에버렛이 제의를 받아들였다고 생각하는군요?"

"아니, 단순히 생각하는 정도가 아니라 그랬다고 확신해요. 신문 기사 일부는 우리 배심원단 입에서 직접 나온 이야기를 인용하듯이 많아요. 처음부터 유죄를 주장했던 불쌍한 배심장 스탠리는 어느 날 자고 일어나니 온 신문에 자기 얼굴이 뒤덮였죠. 스탠리가 무슬림을 혐오하고 가족 중에 나치 과학자가 있다는 어처구니없는 주장을 내세우면서요."

"원칙대로라면 그런 시기에는 뉴스를 보면 안 되지 않습니까?"

"그 재판이 어떤 정도로 떠들썩한 재판이었는지 아시잖아요. 차라리 숨을 쉬지 말라고 하세요."

핀레이는 퍼뜩 떠오르는 게 있었다. 그는 서류철을 뒤져 테이블 위에 사진 한 장을 더 꺼냈다.

"혹시 접근했다는 기자가 이 사람입니까?"

사만다가 사진을 유심히 내려다보았다.

"맞아요!" 그녀가 깜짝 놀랐다.

핀레이는 신경을 곤두세우고 허리를 똑바로 폈다.

"뉴스 방송 중에 죽은 사람이죠? 자레드 갈랜드. 세상에, 그 사람인 줄 몰랐어요. 그때는 기름에 찌든 머리를 길게 기르고 수염이 덥수룩했거든요."

"같은 사람이라고 확신해요?" 핀레이가 물었다. "다시 봐주세요."

"확실해요. 저 음흉한 미소는 절대 못 잊죠. 못 믿겠다면 쉽게 확인하는 방법이 있어요. 저 사람이 밤에 우리 집까지 따라와서 안 가고 버티길래 쫓아달라고 경찰에 신고를 했으니까요."

★

에드먼즈는 울프와 나눴던 대화를 다시 떠올렸다. 대화 내용을 토씨 하나도 빠뜨리지 않고 수첩에 받아 적었다. 울프가 왜 그의 의도를 잘못 이해했는지 이해할 수가 없었다.

에드먼즈는 지친 상태였다. 무의식적으로 무례하게 말을 했을지도 모른다. 그래서 울프를 비난한다는 오해를 받았을 수 있다. 하지만 무엇을 비난한단 말인가?

골머리를 썩이며 생각을 하던 중, 다행히 티아에게서 문자가 왔다. 에드먼즈는 이번 주는 집에 잘 들어가지 못할 테니 계속 어머니 댁에 머물고 있으라며, 다 끝나면 보답하겠다고 약속했다.

마음의 짐을 벗은 에드먼즈는 다시 기록보관소로 향했다. 평소에는 '관리사무소'라고 적힌 문을 곧바로 지나쳤지만 오늘은 유리창에 정중하게 노크를 하고 안으로 들어갔다.

구형 컴퓨터 앞에 앉은 아담한 중년 여성은 대화에 목마른 친

척 할머니처럼 그를 열렬히 환영했다.

"그러니까 여기로 와서 기록을 대출해 나가려면 누구나 이 사무실을 거쳐야 하죠?" 에드먼즈가 물었다.

"무조건! 들어오고 나갈 때 바코드를 스캔한다우. 유효한 코드 없이 문 밖으로 한 걸음만 나가면 온 건물에 경보음이 울릴걸!"

"그럼 누가 어떤 자료를 봤는지 다 알 수 있겠네요." 에드먼즈가 말했다.

"물론이지."

"윌리엄 폭스 경사가 지금까지 대출한 상자를 다 알려주세요."

"다?" 그녀가 놀라서 물었다. "정말이에요? 울프가 예전에 여기 얼마나 자주 왔는데."

"하나도 빠짐없이 다요."

★

세인트 앤 정신병원

2010년 10월 17일 일요일

오후 9시 49분

울프는 밤 10시 야간 근무자의 회진을 앞두고 병실로 향했다.

문이 열린 병실 여러 개를 지나쳤다. 모퉁이를 돌아 마찬가지로 텅 빈 복도에 들어섰을 때, 불 꺼진 어느 병실에서 속삭임이 들렸다. 문과 거리를 두고 지나가던 울프는 작은 소리로 속사포처럼 기도문을 암송하는 소리를 우연히 듣게 되었다.

"수사관님." 작은 목소리가 그를 부르더니 기도를 계속했다.

울프는 제자리에 멈춰 섰다. 약기운에 또 환청을 들었나? 어두운 병실 안을 들여다보았다. 문은 살짝 열려 있었다. 한 줄기 빛이 어둠을 꿰뚫으며, 허리를 숙이고 기도를 하는 검은 상체 일부가 드러났다. 작은 목소리는 자리를 뜨려는 울프를 다시 불러 세웠다.

"수사관님."이라고 다시 말한 그는 새로운 구절을 읽기 시작했다.

울프는 조심스럽게 다가가 육중한 문을 밀었다. 낡은 경첩에서 시끄러운 소리가 나며 문이 빽빽하게 열렸다. 울프가 전등 스위치를 더듬어 찾아 켜자, 형광등이 윙 소리를 내며 켜졌다. 좁은 방 안에서는 정체 모를 물질과 약 냄새가 섞여 악취가 났다.

조엘은 기도를 잠시 멈추고 탁한 불빛으로부터 눈을 가렸다. 낡은 속옷만 입은 몸은 상처투성이였다. 하지만 과거에 사고나 폭행을 당해서 생긴 상처가 아니라 자해의 흔적이었다. 아직 염증이 가라앉지 않아 붉은 흉터도 보였다.

조엘은 혼수상태에서 깨어난 사람처럼 서서히 울프를 올려다보고 미소를 지었다.

"수사관님." 그가 나직하게 말하고는 병실 안을 손으로 가리켰다. "이걸 보여주고 싶었어."

"안 보여줘도 되는데." 울프가 대답했다. 최대한 예의를 차리는 선에서 코를 막고 있었기 때문에 그의 목소리도 속삭이는 것처럼 들렸다.

"요즘 수사관님이 처한 상황에 대해 생각을 하고 있어…. 내가 도와줄게." 조엘이 말했다. 그러고는 상처투성이 가슴을 쓰다듬었다. "이게…, 구해줄 거야."

"자해 흉터가 날 도와줄 거라고? 나를 어디서 구한다는 거지, 조엘?" 울프가 힘없이 물었다.

조엘이 웃음을 터뜨렸다.

"3년 전 내 여동생이 죽었어. 살해당했지. 마약 빚으로." 조엘이 말했다. "질이 안 좋은 놈들한테 150파운드 빚을 졌어. 그래서 그놈들이 내 동생 목을 자른 거야."

울프가 조엘을 돌아보았다.

"그…, 그러니까, 당신은 알겠지. 내가 놈들에게 어떻게 하고 싶었는지. 아주 천천히 고통을 느끼게 하고 싶었어." 조엘이 허공을 바라보며 복수하는 모습을 상상하고 잔혹한 미소를 지었다. "도구를 준비하고 찾아 나섰지. 하지만 그놈들 가까이로 가기가 쉽지 않았어. 나는 힘이 없었어. 무슨 뜻인지 알아?"

울프가 고개를 끄덕였다.

"얼마나 간절했겠어? 그래서 하나 남은 방법을 택한 거야. 상황을 바로잡을 유일한 방법. 나는 거래를 했어."

"거래라고?" 울프도 이야기에 몰입하기 시작했다.

"내 영혼과 놈들을 교환하기로 한 거지."

"영혼과 교환?"

울프는 주위의 성경을 둘러보고 한숨을 쉬었다. 미친 사람의 말을 이렇게 오래 듣고 있었다니.

"잘 자, 조엘." 울프가 말했다.

"일주일 후, 우리 집 앞에는 쓰레기 봉지가 놓여 있었어. 평범한 검은색 쓰레기 봉지였지. 그 안에는 피가 정말 많았어. 내 손, 내 옷이 다 피로 물들…."

"봉지 안에 뭐가 있었지?"

조엘은 질문에 응답하지 않았다. 그는 작게 중얼거리며 몇 안 되는 소지품이 있는 곳으로 기어갔다. 그가 성경을 한 장을 찢어 크레용으로 그 위에 글씨를 썼다.

그는 지금까지 기도가 아니라 번호를 외우고 있었다. 울프는 조엘이 내민 종이를 조심히 받아들었다.

"전화번호잖아?" 울프가 말했다.

"이제 그가 나를 잡으러 오고 있어, 수사관님."

"이게 누구 번호야?"

"'불의 강, 이것은 두 번째 죽음이다.'" 조엘이 뒤쪽 벽에 적힌 성경 구절을 읽었다.

"조엘, 누구 번호길래…?"

"영원한 죽음의 고통. 누가 두려워하지 않겠는가?"

뺨을 타고 눈물이 한 방울 흘렀다. 조엘은 잠시 마음을 가다
듬고 울프와 눈을 맞추었다.

"하지만 그거 알아?"

울프의 손에 들린 구겨진 종이를 올려다본 그가 슬픈 미소를
지었다.

"나로서는 그에게 전화를 걸 만한 가치가 있었어."

28

2014년 7월 11일 금요일

오전 7시 20분

백스터는 오후에 안전가옥으로 이동할 애슐리를 준비시키러 가는 길이었다. 바니타 총경의 명령에 따라 수사팀의 업무에는 최소한으로만 개입할 예정이었다. 백스터와 에드먼즈가 잠복용 차량으로 집 앞에서 애슐리를 태우고, 런던 외곽에서 시몬스 경감과 만나기로 했다. 애슐리가 차를 갈아타고 남쪽 해안으로 이동하면 신변보호팀이 배와 함께 기다리고 있을 것이다. 이번에도 최종 목적지는 수사팀에게 알려주지 않았다.

백스터가 애슐리의 아파트 4층 복도에 들어섰다. 그녀가 다가오는 소리에 애슐리 집의 문 밖을 지키느라 잠이 부족한 경관 두 명이 일어났다. 백스터는 신분증을 내밀고 자기소개를 했다.

"몇 분 더 기다리세요." 여자 경관이 히죽히죽 웃었다.

남자 경관은 못마땅한 표정이었다. 백스터는 조언을 무시하고 파란 문을 쾅쾅 두드렸다.

"시간이 없어요." 백스터가 말했다.

얼핏 보니 두 경관이 짜증스러운 눈빛을 주고받고 있었다.

"말씀드렸잖아요. 둘이 아직 안 일어났나 봐요."

"둘이라고요?" 백스터가 물었다.

바로 그 순간, 자물쇠에서 큰소리가 나며 문이 활짝 열렸다. 셔츠 단추를 채우던 울프가 문 앞에 서 있는 백스터를 보고 얼어붙었다.

"왔어?" 그가 당황스러운 표정으로 말했다.

백스터의 표정이 혼란에서 상처로, 이어서 분노로 바뀌었다. 한마디 말도 없이 그녀는 주먹을 움켜쥐고 어깨를 뒤로 빼더니 온몸의 체중을 실어 울프에게 주먹을 날렸다. 그에게 제대로 배운 솜씨였다. 주먹이 정통으로 왼쪽 눈에 꽂혔고 울프는 뒤로 휘청거렸다. 지켜보던 두 경관은 놀랐지만 감히 끼어들지 못했다.

손가락이 부러진 것만 같았다. 백스터는 애써 고통을 떨쳐냈다. 그러고는 뒤를 돌아 황급히 복도를 떠났다.

★

"백스터! 잠깐만 기다려 봐!" 건물 밖으로 나온 울프가 주차장까지 따라왔다. "죽는다고 유세 떨고 싶지는 않지만 나는 사흘 후에 죽을 수도 있다고. 제발."

마지못해 백스터가 멈춰 섰다. 그녀는 뒤로 돌아서서 팔짱을 꼈다.

"너랑 나랑은 연인이 아니야." 울프가 말했다. "한 번도 그런 적 없었어."

백스터가 어이없다는 표정을 짓고 다시 주차장으로 돌아섰다.

울프는 진지했다.

"혼란스럽고 답답하고 골치 아픈 특별한 관계지. 하지만 연인은 아니야. 네가 이 일로 화를 낼 권리는 없어."

"그냥 늘 하던 것처럼 멋대로 하고 사시죠."

"그럴 거고, 그게 내가 하려던 말이야."

백스터가 다시 걸음을 옮기자 울프가 다가와 슬며시 팔을 붙잡았다.

"만지지 마!" 백스터의 외침에 그가 팔을 놓았다.

"이 말은 꼭 들어줘… 절대 나는…, 네게 상처 줄 생각은 없었어."

백스터가 팔짱을 풀고 그를 한참 동안 빤히 보았다.

"꺼져요, 울프."

그러고는 다시 애슐리의 아파트 쪽으로 씩씩거리며 걷기 시작했다.

"백스터!" 그가 백스터의 뒤에 대고 외쳤다. "꼬마를 보호해!"

백스터는 걸음을 멈추지 않았다.

"놈은 애슐리를 잡지 못하면 아이에게 갈 거야!"

백스터는 들은 척도 하지 않고 중심가로 방향을 틀어 모습을 감추었다.

★

전날 회의가 취소되자 바니타 총경은 경과보고 회의 시간을 늦췄다. 백스터는 겨우 2분을 남겨두고 헐레벌떡 달려들어 왔다.

백스터가 가방을 내려놓기도 전에 에드먼즈가 급히 다가왔다. 에드먼즈는 피곤해 보였고 평소답지 않게 행색이 추레했다.

"못 봐 주겠네." 백스터가 가방을 바닥으로 내려놓으며 콧김을 뿜었다. "이러다 거지소굴 되겠어."

"할 말 있어요." 에드먼즈가 다급히 말했다.

"지금은 안 돼. 아침부터 짜증 나니까."

"중요한 걸 찾은 것 같아요. 그런데 확실하게 이해를 못 하겠어요."

회의실에서 바니타 총경이 두 사람을 보고 있었다.

"그럼 다른 사람들 있는 데서 해. 해 봐!"

"그게 문제예요. 정말로 선배님과 먼저 의논을 해야 하는 문제예요."

"됐어, 에드먼즈! 그럼 나중에 해." 백스터가 화를 냈다.

그녀는 바니타 총경에게 죄송하다고 사과를 했다. 에드먼즈도 불안한 얼굴로 동조했다. 회의실 안에는 모든 피해자의 정보가 적힌 플립차트가 위용을 뽐내고 있었다.

1. (머리) 나기브 칼리드 '방화 살인범'

2. (몸통) - ? - 매들린 에이어스 - (칼리드의 변호사) - 문신

3. (왼팔) 백금 반지, 로펌? - 마이클 게이블 콜린스 - 왜? 애슐리 로클란과 통화

4. (오른팔) 매니큐어? - 미셸 게일리 - (칼리드의 보호관찰관)

5. (왼다리) - ? - 로널드 에버렛 - 배심원 - 갈랜드에게 정보 유출

6. (오른다리) 벤자민 챔버스 수사관 - 왜?

A - 레이먼드 턴블 (시장)

B - 비체어 라나/칼리드 (형/회계사) - 재판에는 불참, 애슐리 로클란에게 위증 대가로 금전 지불

C - 자레드 갈랜드 (기자) - 로널드 에버렛에게서 정보 구입

D - 앤드류 포드 (백화점 보안요원/알코올중독자/골칫거리) - 법정

경위

E - 애슐리 로클란 (웨이트리스) 또는 (9세 어린이) - 허위 증언

F - 울프

우선은 바니타 총경이 애슐리 로클란을 오늘 오후 신변보호팀에 인계할 계획을 간략히 설명했다.

핀레이는 사만다 보이드와 만나 대화를 해본 결과, 로널드 에버렛이 자레드 갈랜드에게 정보를 팔았다는 사실을 알아냈다고 설명했다. 그러면서 당시 갈랜드가 쓴 기사들을 나눠주었다. 하나같이 울프나 런던 경시청, 갈리드가 유죄라는 배심원을 비난하는 내용이었다.

에드먼즈는 그런 것들이 귀에 들어오지 않았다. 그는 집착의 부작용에 시달리고 있었다. 에드먼즈는 몇 년 동안 울프가 대출한 증거 상자를 모두 살펴보았다. 일상적인 수사와 관련한 상자도 있었지만 아주 우려스러운 사실도 발견했다. 울프가 2012년에서 2013년 사이 대출한 사건 파일 중 일곱 건은 지금 일어나고 있는 봉제인형 살인범의 수법과 아주 비슷했다. 심지어 한 사건의 부검 소견서에는 '트리플릭 산으로 인한 심각한 내상'이라고도 적혀 있었다.

물론 울프는 분명 여러 살인 사건의 살인범을 추적하고 있었을 터이다. 하지만 그 사건들을 하나로 연결하는 수사 파일은 존재하지 않았다. 게다가 그 일곱 건의 살인사건 파일 어디에도 울프가 그 사건의 담당자라는 문서 한 장이 없었다. 그렇다면 그는 이름 없는 살인자를 '비밀리에' 쫓고 있었다. 하지만 왜?

에드먼즈가 추측하기로, 울프가 그 살인사건 파일들을 대출한 시기는 복직 직후였다. 온갖 논쟁과 주장으로 명예가 땅에 떨어졌다가 돌아왔으니, 규정과 절차를 다 무시하고라도 혼자 칼리드 사건의 실체를 낱낱이 밝히고 싶었는지도 모른다. 나는 할 수 있다고 스스로에게 증명하고 싶었는지도 모르겠다.

그렇다고 해도 설명되지 않는 점이 있었다. 왜 이번 봉제인형 살인사건이 터진 후에는 그동안 수집한 이 귀중한 정보를 팀원들과 공유하지 않고 있단 말인가? 범인이 지금 보여주고 있는 특징을 그가 몰라봤을 리는 없을 텐데 말이다.

에드먼즈는 정말로 백스터와 의논을 해야 했다.

"이 사람들을 다 죽이려는 범인이 누구인지는 아직 밝혀지지 않았다." 바니타 총경이 답답한 듯 말했다. 사실을 말했을 뿐이지만 어쩐지 무능하다고 야단치는 느낌이었다. "칼리드 사건의 피해자 가족 중에 직접 나서서 복수를 할 만한 부류는 없었어."

시몬스 경감은 갈랜드의 기사들 한 뭉치를 에드먼즈에게 건네고 휘리릭 넘겨보았다.

"챔버스 경사와 칼리드와의 관계도 아직 드러나지 않았습니다." 백스터가 지적했다. 이제는 화를 내거나 슬퍼하지 않고도 친구의 이름을 입에 올릴 수 있었다.

기사 하나가 에드먼즈의 관심을 끌었다. 갈랜드가 진행한 턴블 시장에 대한 인터뷰 기사는 신문사가 소송에 휘말리지 않는 범위 내에서 악의와 중상모략으로 가득 차 있었다. 시장은 새로운 정책을 홍보하느라 바빴다. 그는 '부당한' 피해자인 나기브 칼리드를 위해 새로운 치안 정책을 완성할 수 있게 도와달라고 공개적으로 요청했다. 갈랜드의 의도적인 유도질문에 넘어간 시장은 런던 경시청 역사상 가장 불명예스러운 수사관에 대한 공격의 수위를 점점 높였다.

"누가 보면, 범인과 결탁한 울프가 스스로 죽이고 싶은 사람들 명단을 범인에게 넘긴 걸로 생각하겠어요." 핀레이가 농담을 했다. "살인 예고 명단에 본인 이름이 없었다면 말이죠."

"파우스트 거래(악마 메피스토펠레스는 고통에 빠진 인간 파우스트에게 쾌락적 삶을 선사해 주는 대신 파우스트의 영혼을 넘겨받기로 하는 계약을 맺는다는 괴테의 소설에서 따온 표현-옮긴이) 말이지?" 시몬스가 씩 웃으며 응수했다.

핀레이도 너털웃음을 지었다.

에드먼즈는 읽고 있던 기사를 스르륵 내려놓고 핀레이를 돌아보았다. 머릿속 어딘가에서 황당한 생각이 하나 피어올랐다.

그리고 머릿속에서 전구가 번쩍 들어왔다. 드디어 모든 것이 맞아떨어졌다.

"범인 찾았어요! 울프예요!" 에드먼즈가 외쳤다. 기사들을 바닥에 떨어뜨린 그는 양 손으로 관자놀이를 꾹꾹 누르며 혼란스러운 생각을 정리하려 했다.

"나는 분명 농담이었어." 핀레이가 불편한 듯 말했다.

다들 걱정스러운 눈빛을 주고받는 동안 에드먼즈는 혼잣말로 이름들을 중얼거렸다. 그가 자리에서 벌떡 일어나 큰소리로 웃기 시작했다.

"우리는 눈 뜬 장님이었어요." 에드먼즈가 회의실 안을 서성였다. "그동안 잘못 짚었어요. 핵심은 칼리드가 아니었어요. 울프죠. 처음부터 울프였던 겁니다!"

"무슨 헛소리야, 에드먼즈?" 백스터가 물었다. "울프는 우리 편이야."

핀레이는 신경 쓰지 말라는 듯 백스터에게 고개를 저었다.

에드먼즈가 완성된 피해자 명단을 찢어 바닥에 던졌다.

"어이!" 시몬스 경감이 외쳤지만 바니타 총경은 에드먼즈에게 계속하라고 손짓했다.

에드먼즈가 흥분해서 적어내려가기 시작했다.

1. 방화 살인범 - 울프가 집착함 - 이미 죽이려 한 적 있음

2. 피고 측 변호사 - 울프의 증거가 거짓이라고 주장 - 칼리드의 무죄를 얻어냄

3. 로펌 임원 - 목격자 진술이 거짓임을 알았음

4. 보호관찰관 - 능력 부족 - 칼리드가 다시 살인을 하게 허용함

5. 배심원 - 민감한 정보를 갈랜드에게 유출함

6. 챔버스 - ?

7. 시장 - 칼리드가 마지막 피해 여성을 죽이기 전후로 울프를 파렴치하게 이용함

8. 칼리드의 형 - 허위 증언을 하도록 애슐리 로클란을 매수함

9. 기자 - 울프에 대한 거짓 기사를 보도함, 정보를 이용해 대중 및 배심원에게 영향을 미침

10. 법정 경위 - 칼리드의 목숨을 구하고 울프의 손목을 부러뜨림

11. 웨이트리스 - 돈을 받고 거짓말함, 울프의 증언 반박

12. 울프 - 눈속임

"말도 안 되죠?" 백스터가 동료들을 돌아보며 동의를 구했다. "아니, 이런 개소리를 믿는 사람이 있어요?"

"챔버스만 찾으면 돼요." 에드먼즈가 백스터의 말을 무시하고 말했다. "빠진 연결고리는 무엇일까요?"

"참 편리하다. 어제 울프에게 조금 맞았다고 이제 와서 난데없이…, 무슨 개소리를 나불대는지도 모르겠네." 백스터가 말했다.

"챔버스는 뭘까요?" 에드먼즈가 다시 물었다.

"연결고리 따위는 없어." 백스터는 그를 무시했다.

"연결고리가 뭐겠냐고요?" 에드먼즈의 외침에 회의실이 쩌렁쩌렁 울렸다.

"말했지, 없다고!"

핀레이가 헛기침을 하고 백스터에게 고개를 돌렸다. 백스터는 그를 노려보았다.

"나도 저 주장은 안 믿지만, 상황을 정리하려면 일단 장단을 맞춰줘야 한다고 봐." 핀레이가 말했다.

백스터는 대화를 거부했다.

"울프는 챔버스가 편지를 보냈다고 믿었어." 핀레이가 말했다.

"무슨 편지요?"

"감사위원회에 보낸 편지 말이야." 핀레이가 말을 이었다. "집착이 심하고 심신이 불안정하니 다른 사건을 맡기라고 권하는 내용이었지."

핀레이가 백스터를 힐끗 보았지만 백스터는 그쪽으로 고개도 돌리지 않았다.

"그 편지를 법정에서 낭독한 게 결정타였어." 점점 혼란스러워 보이는 시몬스 경감이 기억을 되짚었다. "그 편지가 칼리드를 구한 셈이 된 거야."

"이건 파격적인 주장이야, 에드먼즈 수사관." 바니타 총경이 말했다. "파격적인 주장에는 확실한 증거가 필요해."

무언가를 기억해낸 에드먼즈가 벌써 수첩을 뒤적이고 있었다. 그는 자기가 해둔 메모를 읽기 시작했다.

"6월 28일 - 조사실 보초 임무 중 턴블 시장과 폭스 경사의 대화를 엿듣다. '이해합니다. 다들 자기 일을 했을 뿐이에요. 기자들도, 변호사도, 칼리드에게서 저를 떼어내려고 제 손목을 부서뜨린 법정 경위도요.'"

"폭스가 그런 말을 했어?" 시몬스 경감이 걱정스럽게 물었다.

"한 글자도 안 틀리고요." 에드먼즈가 말했다. "우리가 수사를 시작하기도 전에 울프는 피해자 세 명을 입에 올렸습니다."

"부족해." 바니타 총경이 말했다. "이 방향으로 수사를 진행한다고 했을 때 그것만으로는 후폭풍을 피할 수 없어."

에드먼즈가 회의실에서 나가더니 보관소에서 가져온 증거 상자 하나를 들고 돌아왔다. 그는 사건과 관련 있는 문서를 팀원들에게 건넸다. 그 안에는 울프의 유죄를 입증할 만한 기록 대출 서류도 있었다.

"제가 이걸 발견했다고 하니까 울프가 어떻게 반응했는지 기억하시죠?" 에드먼즈가 말했다. "제 책상 아래에 이런 사건기록 상자 여섯 개가 더 있습니다."

"이제 알겠다." 백스터가 말했다. "울프한테 자기 존재를 들킨 범인이 겁에 질려서 자기 방어를 하고 있는 거네.”

“저도 그 생각을 해봤어요. 하지만 울프가 여기 있는 사람 중 한 명에게라도 자기가 기록보관소에서 조사한 이런 내용을 공유했나요?” 에드먼즈가 회의실에 앉은 사람들에게 물었다. “이 사람들의 목숨을 구할 수 있었고, 자기 목숨을 구할 수 있는 증거가 있는데, 그것들에 대해 말했냐고요?”

아무도 대답하지 못했다.

에드먼즈는 몸을 앞뒤로 들썩였다. 어디가 아픈 사람처럼 얼굴을 찌푸린 그가 혼잣말처럼 중얼거렸다.

“울프는 처음부터 범인의 존재를 알았다…, 그래서 울프가 범인에게 접근했다…, 그리고 범인에게 수사에 관한 자세한 정보를 유출하면서 범행을 도왔다…, 한마디로 울프가 범인에게 봉제인형 살인사건의 피해자들에 대한 살인을 청부한 거죠.”

“개 같은 소리 더는 못 들어주겠네.” 백스터는 자리를 뜨려 했다.

에드먼즈는 사람들을 돌아보았다.

“울프는 복수를 원하고 정의를 바로 세우려고 했던 겁니다. 애나벨 애덤스를 위해, 애덤스 가족을 위해, 그리고 자기 자신을 위해서요.” 에드먼즈는 이 말을 하는 순간에도 흩어진 조각을 하나로 맞추고 있었다. “이 사람들은 부정을 저지르고, 자기 일을 제대로 하지 않고, 신념 없이 자기 이익만 보고 행동했지만 벌을 받지 않았습니다. 하지만 울프는 정신병원에 갇혔고 그사이 또 한 명의 소녀가 목숨을 잃었죠. 그래서 울프는 복직한 후 미제 살인사건을 적극적으로 이용하기로 한 겁니다. 미제 사건은 범인이 잡히지 않았다는 뜻이니까요. 비밀리에 수사를 하던 중 여기 있는 과거의 미제사건 일곱 개를 발견하고, 자신은 그 범인의 정체까지 알아냅니다. 하지만 울프는 범인을 체포하지 않습니다. 대신, 칼리드 사건에서 책임을 져야 할 사람들이 합당한 벌을 받도록 그 범인을 이용하기로 한 겁니다."

에드먼즈는 설명을 계속했다.

"그러면서 교묘하게 자기 이름을 피해자 명단에 올립니다. 범인이 자기 목숨을 노리는 한 아무도 자신을 의심하지 않는다는 사실을 알았던 거죠. 울프의 이름이 없었다면 처음부터 울프가 용의자로 떠올랐을 거예요."

누군가 회의실 유리문을 두드렸다.

"이따가!" 다섯 명이 입을 모아 외치자 소심한 여직원은 서둘러 자기 자리로 돌아갔다.

"만약에 말이야, 자네 말대로 울프가 범인의 정체를 발견했다고 치자고." 시몬스 경감이 백스터의 눈총을 무시하고 말했다. "그렇다면 범인이 누군지 그 해답은 우리도 저 일곱 개의 상자를 통해 밝혀 낼 수 있다는 뜻이 되네."

"그렇죠." 에드먼즈가 고개를 끄덕였다.

"헛소리야." 백스터가 야유했다.

"그 말이 맞는다면 울프가 지금껏 범인에게 수사 정보를 흘리고 있었다고 봐야겠군." 바니타 총경이 말했다.

"그렇게 생각하면 다 설명이 됩니다." 에드먼즈가 말했다. "저는 며칠 전부터 내부에서 정보가 유출되고 있다고 의심했어요."

에드먼즈는 백스터를 보고 동의를 구했지만 백스터는 보란 듯이 외면했다. 바니타 총경이 한숨을 쉬었다.

"울프가 배후에 있다면, 애슐리 로클란이 살아날 가능성은 커졌네." 백스터가 말했다. "울프가 그녀의 살인에는 관여하지 않을 테니까."

핀레이와 백스터가 서로 눈치를 봤다.

"내가 모르는 사실이 있나?" 바니타 총경이 둘에게 물었다.

"오늘 아침 울프와 애슐리 로클란이 함께 있었습니다." 백스터가 무덤덤하게 말했다. "그곳에서 함께 밤을 보낸 것 같았어요."

"그 인간은 이 세상 규칙을 다 어기려고 그래?" 바니타 총경이 외치며 시몬스를 노려보았다. "애슐리 로클란에게 이 상황을 알려야 돼. 에드먼즈 수사관, 자네 말이 다 맞는다고 가정했을 때 범인은 자신의 배후에 울프가 있다는 사실을 알까?"

"대답하기 어렵습니다."

"괜찮아. 해봐."

"추측만 가능합니다."

"그럼 추측이라도 해."

"모를 것 같습니다. 범인은 지금 자기가 울프보다 훨씬 영리하다고 자부하고 있는 듯하기 때문입니다."

"그렇다면 울프는 범인이 애슐리까지도 죽이게 놔두고, 자기가 죽을 차례가 왔을 때 비로소 범인을 잡으려 하겠군." 바니타 총경이 말했다.

백스터는 손에 들고 있던 서류들을 벽에 던지고 다시 일어났다.

"말이 되는 소리를 해요! 지금 우리는 울프 얘기를 하고 있어요!" 그녀가 핀레이를 돌아봤다. "우리 친구를 몰라요?"

"알아. 하지만 현실을 직시하자고, 백스터." 핀레이의 안색이 창백했다.

백스터가 에드먼즈를 돌아보았다.

"며칠 동안 팀에 첩자가 있다고 하더니 이제는 이 소설이 네 추측에 완벽하게 맞아떨어졌나 보지? 여기 남보다 자기가 영리하다고 생각하는 사람이 있다면 그건 너야!" 백스터는 동료들에게 애원하는 눈빛을 보냈다. "울프가 함정에 빠진 거라면요? 그런 생각은 안 해봤어요, 네?"

"그럴지도 모르지." 시몬스 경감이 달래듯 말했다. "하지만 어느 쪽이든 일단 울프를 잡아들여야 해."

"동의해." 바니타 총경이 회의실 전화를 들었다. "바니타 총경이다. 당장 무장 부대를 윌리엄 폭스 경사의 자택으로 보내도록."

백스터는 믿을 수 없어 고개를 가로저었다. 그녀가 주머니에서 휴대전화를 슬그머니 꺼냈다.

백스터를 주시하던 핀레이가 엄하게 말했다. "백스터."

백스터는 어쩔 수 없이 전화기를 도로 넣었다.

"조심하기 바란다. 용의자가 폭력적으로 나올 수도 있으니까." 바니타가 수화기에 대고 계속 말했다. "…그래, 용의자… 확실해. 이건 울프 경사를 용의자로서 체포하라는 명령이다."

29

백스터는 조수석에 앉아 실내 백미러로 뒷좌석을 힐끗 확인
했다. 애슐리 로클란은 초조하게 뒷좌석에 앉아서 차창 밖을 내
다보고 있었다.

백스터는 사무실에 남은 에드먼즈를 상상했다. 얼빠진 미소를
숨기지도 못한 채 허락 없이 울프의 업무 일지를 들춰보며 울프
가 범인이라는 증거를 모으고 있겠지.

울프의 아파트에 도착한 무장특공대가 강제로 문을 뜯고 초
라한 집 안으로 들어갔을 때 그는 집에 없었다고 한다. 백스터
가 꽉 막힌 도로 한복판에 앉아 있는 동안, 동료 수사관들은 울
프의 아파트 내부를 샅샅이 뒤지고 이사한 후로 먼지만 뒤집어
쓰고 있던 상자를 풀어 헤쳤다.

애슐리 로클란은 자초지종을 대충 전해 들었다. 그녀 역시 울
프의 행방을 알지 못했고, 정직 당했다는 사실도 전혀 모르고
있었다. 백스터는 울프를 마지막으로 본 사람으로서 헤어질 때
나눈 대화를 상세히 보고해야 했다. 하지만 얼굴에 주먹을 날렸
다는 말은 생략했다. 지금 상황과 관련이 없을 뿐더러 말을 해
봤자 불편한 질문만 쏟아질 것 같았다.

오후 12시 15분에 애슐리 로클란을 차에 태웠고 1시 30분에

웸블리 경기장 주차장에서 시몬스와 만날 예정이었다.

백스터와 로클란은 서로에게 한 마디도 하지 않았다. 차 안이 긴 침묵에 빠지지 않도록 핀레이는 트레이드마크인 쾌활한 태도를 잃지 않으려고 애를 써야 했다.

갑자기 문자 메시지가 도착하는 알림음이 울리더니 애슐리가 슬그머니 전화기를 확인했다.

"뭐야?" 백스터가 말했다. "전화기 내놓으랬죠."

백스터가 성마르게 손을 내미는 사이 애슐리는 서둘러 답장을 썼다.

"당장요!" 백스터가 다그쳤다.

애슐리가 전원을 끄고 휴대전화를 건넸다. 백스터는 배터리와 유심 카드를 분리하고 조수석 보관함에 넣었다.

"말해 봐요, 우리는 그쪽을 피신시키려고 목숨을 걸고 있는데 거기 앉아서 전화기나 만지고 있는 이유가 뭐죠? 안전가옥에 도착하면 밖에서 셀카라도 예쁘게 한 장 찍어서 페이스북에 올리지 그래요?"

뒤차가 경적을 울렸다. 핀레이가 고개를 들어 보니, 앞 차량 두 대는 이미 출발했다. 하지만 다시 신호가 빨간불로 바뀌는 바람에 움직일 수 없었다. 신호등 옆에는 팰리스 극장이 위압적으로 교차로를 내려다보고 있었다.

"지금 여기가 어디예요?" 백스터가 경악했다. "누가 이 길이 가장 빠르다고…."

그때 쾅 소리와 함께 차 뒷문이 닫혔다.

백스터와 핀레이는 얼빠진 표정으로 빈 뒷좌석을 돌아보았다.

애슐리 로클란이 단체 관광객들 사이를 지나 건물 모퉁이를 돌고 있었다. 백스터가 서둘러 조수석 문을 열고 내려 애슐리의 뒤를 쫓았다.

"경찰입니다!" 백스터가 신분증을 내밀며 인파를 뚫고 나아가기 시작했다. 몇 초 안에 애슐리를 발견하지 못한다면 이대로 영영 놓치고 만다.

백스터는 주위 사람들의 눈총을 받으며 근처의 쓰레기통에 올라가 행인들의 머리 위로 앞을 내다보았다. 전방 20미터에 애슐리가 보였다. 그녀는 상점에 가까이 붙어서 움직이고 있었다.

백스터가 쓰레기통에서 뛰어 내려와 사람들을 밀치며 달렸다. 애슐리가 다시 시야에 들어왔다. 겨우 5미터 남았을 때, 낯선 차량 한 대가 애슐리 앞에 미끄러지듯 멈춰 섰다. 애슐리는 달려가 조수석에 올라탔다. 운전자는 다가오는 백스터를 보고 액셀러레이터를 세게 밟으며 핸들을 꺾었다.

백스터가 자동차 창문에 한 손을 댔지만 차는 급하게 방향으로 틀고 빠르게 출발했다.

"울프!" 백스터가 필사적으로 불렀다.

그와 정면으로 눈이 마주쳤었다.

백스터는 차량번호를 몇 번이고 되뇌며 외웠다. 거친 숨을 내쉰 그녀가 휴대전화를 꺼내 핀레이에게 전화를 걸었다.

★

애슐리 로클란이 스스로 납치됐다는 말에 바니타 총경은 품위 없이 길길이 날뛰었다. 그녀는 에드먼즈와 시몬스를 다시 회의실로 끌고 들어와 방금 들어온 소식을 알렸다. 에드먼즈는 기록보관소에서 가져온 상자를 하나씩 다시 살펴보느라 바빴고, 시몬스는 지난 2년간 울프의 통화 내역을 조사하는 중이었다.

"울프가 확실하대요?" 에드먼즈는 얼떨떨했다.

"확실해." 바니타 총경이 말했다. "해당 차량을 1순위로 수배했어."

"우리끼리만 알고 있어야 합니다."

"동감이야." 시몬스 경감의 말에 바니타가 동의했다.

"그래도 공개하면 찾기가 쉬워집니다. 어디로 데려갈지 전혀 모르잖아요." 에드먼즈가 말했다. "여자가 위험해요."

"그렇다고 단언하기는 일러." 바니타 총경이 말했다.

"아니요." 에드먼즈가 바로잡았다. "아직 확실한 증거는 없지만 울프는 배후 인물이 맞습니다."

"정신 차려, 에드먼즈." 시몬스 경감이 야단을 쳤다. "수사팀장이 모든 범행을 지휘했다고 세상에 공표하면 어떻게 될지 상상할 수 있어? 다음 목표물을 태우고 떠났다는 얘기까지 해봐!"

바니타가 고개를 끄덕였다.

"하지만…." 에드먼즈가 입을 열었다.

"이런 상황에서는 약간의 전략이 필요해. 나는 의혹을 넘어서 폭스가 유죄라고 확신하기 전까지는 내 손모가지를 걸 생각이 없어." 시몬스가 에드먼즈의 말을 가로채며 말했다. "설사 유죄라도 시간과 여유를 갖고 어떻게 된 일인지 조금씩 세상에 그 사실을 내보내야 돼."

에드먼즈는 이런 식의 조직 생리에 이제 넌더리가 났다. 그는 회의실을 박차고 나가 문을 세게 닫았다.

"아주 잘했어. 아직도 관리직으로서의 면모가 남아 있는 모습을 보니 기쁘네." 바니타 총경이 시몬스에게 말했다.

★

에드먼즈는 남자 화장실 문을 열고 철제 쓰레기통을 발로 걷어차 저편으로 날려 버렸다. 답답했다. 웃고 싶은 동시에 울고 싶은 기분이었다. 애초에 책임을 회피하고 형식만 중요하게 여기는 관료주의가 이 사달을 낸 것이었다. 그런데 아이러니하게도 그 관료주의적 사고가 지금 울프를 보호하고 있었다. 상관들이 소치를 취하게 만들려면 울프가 유죄라는 확실한 증거를 찾아야 했다.

행방을 감추기 전 울프가 무슨 생각을 했는지 알아야 했다. 그래야 똑바로 판단할 수 있었다. 울프가 가장 나약했을 때를 찾아야 했다.

★

백스터와 핀레이는 런던 외곽의 사우스 밈스 휴게소에 차를 세웠다. 애슐리의 휴대전화를 다시 조립해 보니 그녀는 차로 이동하는 내내 울프에게 문자 메시지로 위치를 전송하고 있었다. 울프에게 온 하나의 메시지는 간단했다.

와두어 거리. 뛰어!

애슐리의 아파트로 돌아와 울프와 애슐리의 행선지를 알려줄 만한 단서를 수색했지만 소득은 없었다. 그러다 백스터와 핀레이는 경시청으로 돌아오는 길에 전화 한 통을 받았다. 울프가 탄 차량이 불법 주정차 단속에 걸린 것이다.

고물 포드는 연료가 거의 다 떨어진 채로 버려져 있었다. 그것은 울프가 돌아오지 않는다는 뜻이었다. CCTV 영상은 두 사람이 차를 버리고 화면 밖으로 사라지는 모습을 보여주었다. 아마 차를 바꿔 타러 갔으리라. 울프는 이제 그들보다 4시간 앞서 있었다.

"이게 에드먼즈의 위대한 이론에 어떻게 맞아떨어질까요?" 주차장으로 걸어 돌아가며 백스터가 물었다.

"모르겠다." 핀레이가 말했다.

"안 맞아요. 저 여자는 자진해서 같이 도망쳤어요. 자기 의지로 여기까지 와서 같이 차를 바꿔 탔고요. 울프는 여자를 살리려는 거예요. 죽이려는 게 아니라!"

"그 둘을 찾으면 다 알게 되겠지."

백스터는 황당하다는 듯 웃음을 터뜨렸다.

"절대 못 찾는다는 게 문제죠."

★

에드먼즈는 세인트 앤 정신병원 입구에 있는 접수대에 서 있었다. 사복을 입은 직원들이 보안 출입구를 드나드는 소리가 들릴 때마다 초조하게 고개를 들었다. 그가 떠올린 아이디어지만 그 효과가 있을지 슬슬 의심이 들기 시작했다. 왕복 5시간 거리까지 와서 무엇을 얻게 될지 확신할 수 없었다.

"에드먼즈 수사관님?"

한참 기다린 끝에 초췌한 여자가 그를 불렀다.

그녀는 출입카드를 찍고 미로 같은 음산한 복도로 에드먼즈를 안내했다. 문이 앞을 가로막을 때마다 멈춰서 카드를 찍고 계속 걸었다.

"저는 심 박사라고 합니다. 이곳 AMHP를 이끌고 있죠."

의미 모를 머리글자를 너무 빠르게 말해 에드먼즈는 메모를 할 수도 없었다.

심 박사는 들고 있는 서류를 획획 넘겨보고는 동료의 서류함에 무언가를 넣었다.

"궁금한 점이 있으시다고…. 일단 제 사무실로 가는 길에 있는 병동을 먼저 들르죠." 심 박사가 말했다. "그런 다음 조엘 파일을 찾아볼게요."

에드먼즈가 갑자기 멈춰 섰다. "조엘요?"

"조엘 셰퍼드요." 심 박사가 답답하다는 듯 말했다. 하지만 에드먼즈는 그녀와 이야기하고 싶은 환자가 누구인지 아직 말하지 않았다.

"조엘 셰퍼드라고요?" 에드먼즈는 기억을 되살려 보려고 일부러 다시 말했다. 울프가 대출한 적이 있는 기록보관소의 사건 파일에서 그 이름을 본 적 있었다. 그때는 이번 수사와 관련이 없다고 무시했었다.

"죄송해요." 정신을 못 차린 여자가 피곤한 눈을 비비며 말했다. "조엘이 죽은 일로 오셨다고 제가 멋대로 생각했네요."

"아니, 아닙니다." 에드먼즈가 재빨리 말했다. "제가 조금 애매하게 말했죠? 조엘 셰퍼드에 대해 말씀해주세요."

박사는 너무 지쳐서인지 에드먼즈의 갑작스러운 태도 변화를 알아차리지 못했다.

"조엘은 정신적으로 장애가 심한 청년이었어요. 근본적으로는 착했지만요."

에드먼즈가 수첩을 다시 꺼냈다.

"중증 피해망상, 조현병에 시달렸고 환각을 봤어요." 심 박사가 조엘이 입원했던 병실 문을 열며 설명했다. "하지만 그의 과거를 감안하면 그렇게 놀랄 일은 아니죠."

"괜찮다면 설명해주세요." 에드먼즈가 말했다.

박사는 한숨을 쉬었다.

"조엘은 여동생을 잃었어요. 잔혹하게 살해를 당했죠. 그래서 조엘이 그에 대한 보복으로 여동생을 죽인 남자들을 살해했고요. 악이 악을 키운 셈이죠."

병실은 주인이 없었다. 벽에 흰 페인트를 칠했지만 순백의 캔버스 위로 검은 십자가의 그림자만 으스스한 얼룩을 남겼다. 발밑의 바닥에는 성경 구절들이 새겨져 있었고 문 안쪽은 긁힌 자국으로 가득했다.

"상대적으로 문제가 큰 환자가 남긴 흔적은 도저히 없애지 못할 때가 있어요." 박사가 애석하다는 듯 말했다. "병실이 꽉 찼지만 이곳은 빈 방으로 남겨둘 수밖에 없었죠. 보다시피 여기는 아무도 들일 수 없거든요."

방은 쌀쌀했다. 퀴퀴하고 지저분한 냄새도 났다.

"어떻게 사망했나요?" 에드먼즈가 물었다.

"자살했어요. 약물 과용으로요. 불가능한 일이었어요. 여기서는 약을 배급할 때 한 알도 빠짐없이 모니터를 하기 때문이에요. 어떻게 그 많은 양을 모아뒀는지 아직도…." 박사는 말끝을 흐렸다.

"살인을 저지르고 살해 동기가 뭐라고 했습니까?" 에드먼즈가 가장 큰 십자가를 손으로 쓸며 물었다.

"말 안 했어요. 직접적으로는요. 조엘은 사탄, 아니 악마가 대신 나서서 '놈들의 영혼을 빼앗았다'고 믿었어요."

"악마라고요?"

박사가 어깨를 으쓱했다. "조엘은 온갖 망상에 사로잡혀 있었어요. 자기가 악마와 거래를 했고, 악마가 곧 약속한 대가를 찾으러 온다고 굳게 믿었지요."

"약속한 대가라면?"

"자신의 영혼이요." 심 박사가 시계를 보았다. "파우스트 거래가 아니면 뭐겠어요?"

"파우스트 거래요?" 에드먼즈가 그렇게 물으며 최근에 그 말을 어디서 들었는지 기억을 더듬었다.

"전설 속의 이야기 있잖아요. 로버트 존슨이 알몸으로 낡은 기타만 메고 사거리에 가서…(기타리스트 로버트 존슨이 악마에게 영혼을 팔아 기타 실력을 얻었다는 소문-옮긴이)."

이제 무슨 뜻인지 이해하고 에드먼즈가 고개를 끄덕였다.

"여기 온 김에 윌리엄 폭스가 머물던 병실도 볼 수 있을까요?"

의사는 그 부탁에 놀란 표정을 지었다. "이유가 뭔지…"

"금방 보고 나올게요." 에드먼즈가 고집했다.

"알았어요." 그녀는 복도로 먼저 나가 역시 흰색 칠을 한 병실 문을 열었다.

방 안을 돌아다니며 별 특징 없는 바닥을 훑어보던 에드먼즈가 바닥에 엎드려 철제 침대 아래를 들여다보았다. 또, 벽으로 걸어가 갓 칠한 흰색 페인트 위를 어루만져 보았다.

의사는 불편한 기색이었다. "뭘 찾는지 여쭤봐도 될까요?"

"도저히 없애지 못하는 흔적요." 에드먼즈가 중얼거렸다. 그는 침대 위로도 올라가 침대 뒤쪽 벽도 조사했다.

"방을 비울 때마다 전체적으로 손상 여부를 점검합니다. 남기고 간 물건이 있다면 우리가 알았을 거예요."

에드먼즈는 요란한 소리를 내며 침대를 끌더니 빈 공간에 쪼그리고 앉아 보이지 않는 울프의 흔적을 찾았다. 그의 손가락이 침대 프레임 뒤쪽 움푹 파인 곳에서 멈추었다.

"펜 있으세요?" 에드먼즈가 혹시라도 그 부분을 놓칠까 봐 시선을 돌리지 않은 채 외쳤다.

의사가 얼른 다가와 셔츠 주머니에 있던 뭉뚝한 연필을 건넸다. 에드먼즈는 연필을 낚아채고 미친 듯이 벽을 연필로 칠하기 시작했다.

"잠깐만요, 수사관님!"

갑자기 검은 형체가 서서히 드러났다. 글자, 단어였다. 마침내 에드먼즈는 연필을 떨어뜨리고 침대 끄트머리에 걸터앉아 휴대 전화를 꺼냈다.

"무슨 일이에요?" 심 박사가 걱정스럽게 물었다.

"이 방 환자는 다른 곳으로 보내세요."

"아까도 설명했지만 지금 빈 병실이…."

에드먼즈가 말을 잘랐다.

"그렇다면 이 병실을 잠그고 누가 와도 열어주지 마십시오. 과학수사팀이 도착할 때까지는요. 알겠습니까?"

★

울프와 애슐리는 600킬로미터가 넘는 여정의 끝자락에 다가가고 있었다. 포드 차량을 버리고 간밤에 울프가 미리 주차해둔 평범한 밴으로 갈아탄 이후 한 번밖에 정차하지 않았다. 나라를 가로지르기에는 요란하고 불편한 방법이었다. 터미널 밖 하차 전용 구역에 차를 세우고 두 사람은 글래스고 공항 입구로 달려 들어갔다.

7시간 내내 라디오 방송을 배경음으로 틀어놓았다. 대부분 곧 다가올 애슐리의 살인을 두고 토론을 했고, 시내의 한 마권 판매소는 정확히 몇 시에 그녀의 심장이 멎을지 혐오스러운 내기를 했다는 사실이 발각된 후 공개 사과문을 발표해야 했다.

"미친놈들." 애슐리가 웃음을 터뜨렸다.

그녀의 대담한 태도에 울프는 다시 한번 놀랐다.

라디오는 같은 뉴스를 반복적으로 방송했고, 울프는 앤드류 포드가 땅에 추락하는 순간을 떠올리게 될 때마다 미간을 찌푸렸다.

경찰은 그가 다음 피해자와 도망쳤다는 사실을 아직 발표하지 않았다.

울프는 동료들이 아직 전국에 자신에 대한 지명수배를 내리지 않았다는 데에 도박을 걸고, 10분 전 공항의 보안 담당자와 통화를 했다. 약속한 대로 저녁 8시 20분에 터미널에 들어가자 보안 담당자가 기다리고 있었다.

그는 40대 중반의 미남이었고 맵시 좋게 정장을 차려 입었다. 울프와 전화 통화를 마친 이후에는 무장 경찰 두 명까지 지원해 주었다.

"아, 정말 울프 수사관님이군요. 혹시나 했어요." 남자가 울프와 굳게 악수를 했다. "보안팀장 칼러스 디코스타입니다."

디코스타가 애슐리 로클란을 돌아보며 손을 내밀었다.

"이쪽은 물론 애슐리 씨겠죠." 그가 현재 위험에 빠진 애슐리에 대한 안쓰러움을 드러낼 의도로 울상을 지었다. "어떻게 도와드리면 될까요?"

"17분 후에 두바이로 떠나는 비행기가 있습니다." 울프는 본론부터 꺼냈다. "이 사람을 꼭 태워야 해요."

"여권 있으십니까?" 디코스타가 애슐리에게 물었다.

애슐리가 가방에서 여권을 꺼내 건넸다. 시간이 촉박했지만 디코스타는 전문가답게 여권을 꼼꼼히 뜯어보았다.

"따라오시죠." 그가 말했다.

보안 검색대를 지났고, 전기 셔틀 카트를 타고 빠르게 게이트로 이동했다. 로봇 같은 여자 목소리가 마지막 탑승 안내 방송을 했다.

이처럼 난감한 요청에 익숙한지 디코스타는 오른쪽으로 방향을 홱 꺾어 빠르게 카트를 운전했다.

"두바이에 도착하면 2시간 후에 멜버른으로 가는 비행기가 있어요." 울프가 조용히 애슐리에게 말했다.

"멜버른?" 그녀가 놀라서 물었다. "그게 계획이에요? 휴가를 가라고? 아니. 안 돼요. 조던은 어쩌고요? 우리 엄마는요? 전화도 못 쓰게 해서 뉴스로만 보고 있을 텐데…"

"계속 움직여야 해요."

애슐리는 심란해 보였지만 이내 고개를 끄덕였다.

"디코스타에게 말해야 하지 않아요?" 애슐리가 안내자를 가리키며 물었다. 그는 마치 액션영화 주인공처럼 카트 밖으로 몸을 빼고 카트를 몰고 있었다.

"안 돼요. 착륙하기 직전에 내가 직접 연락을 할 겁니다. 우리 말고 다른 사람에게는 행선지를 알리고 싶지 않아요." 울프가 말했다. "멜버른에서 내리면 일요일 오전 5시 25분쯤이에요. 그때는 안전할 겁니다."

"고마워요."

"도착하면 곧장 총영사관으로 가서 신분을 밝혀요." 울프가 애슐리의 여린 손을 잡고 손등에 휴대전화 번호를 휘갈겨 썼다. "나한테 도착했는지만 알려줘요."

그들은 이륙을 몇 분 남기고 게이트에 도착했다. 디코스타가 직원과 이야기하러 간 동안, 울프와 애슐리는 카트 뒷좌석에서 내려 서로를 마주 보았다.

"같이 가요." 애슐리가 말했다.

울프는 고개를 저었다. "안 돼요."

애슐리는 대답을 예상하고 있었다. 그녀는 한 발짝 다가가 그에게 기대고 눈을 감았다.

"애슐리 로클란 씨." 디코스타가 데스크에서 불렀다. "지금 탑승하셔야 합니다."

애슐리는 울프를 향해 수줍게 미소를 짓고 돌아섰다.

"다음에 봐요, 폭스." 그녀가 무심히 뒤를 보며 말했다.

"다음에 봐요, 로클란."

애슐리가 비행기에 오르자 디코스타는 게이트를 닫고 관제탑에 우선 이륙을 시키라고 요청했다.

사실 울프의 재킷 안주머니에 뻣뻣한 여권이 들어 있었다. 왜 여권을 들고 나왔는지도 모르겠다. 예상대로 애슐리가 같이 도망치자고, 런던에서 그를 기다리고 있을 문제에서 벗어나자고 했을 때 여권이 없었다면 갈등할 일도 없었을 텐데.

울프는 애슐리가 탄 비행기가 활주로에 위치를 잡고, 굉음을 내며 아스팔트를 달린 뒤, 화려한 저녁 하늘로 날아오르는 모습을 묵묵히 지켜보았다. 그녀는 위험에서, 또 그에게서 멀어지고 있었다.

30

2014년 7월 12일 토요일
오전 2시 40분

딘 해리스 순경은 평소처럼 거실 창가에 놓인 의자에 앉아 있었다. 그는 무료한 시간을 보내기 위해 지금 책을 읽고 있다.

부서의 다른 경관들은 딘이 봉제인형 살인사건에 투입되었다는 소식을 듣고 샘을 냈다. 딘은 임무를 배정 받고 초연한 척했지만 남몰래 자부심을 느꼈다. 물론 가족에게는 말을 했다. 그의 임무가 얼마나 중요한지 살을 붙여 설명했고 이제는 기억도 나지 않는 가짜 직책까지 만들어냈다.

하지만 자신이 범인의 실제 목표물 '애슐리 로클란'과 동명이인인 꼬마 여자아이를 지키며 2주간을 외롭게 보낼 줄은 전혀 예상하지 못했다.

꼬마의 가족들은 그를 철저히 무시하며 불편한 생활을 계속했다. 집에 딘이 있는 것을 겨우 참는 듯했고, 불안한 나머지 어린 애슐리를 화장실에도 혼자 보내지 않았다. 하지만 아홉 살 아이가 이 연쇄 살인사건의 피해자들과 아무 관련이 없다는 사실은 그들도 알고 딘도 알았다.

딘이 책을 읽다 말고 고개를 들었다. 위층에서 바닥이 크게 삐걱거리더니 이어서 기계 돌아가는 소리가 났던 것이다. 다시 책을 읽으려 했지만 어디까지 읽었는지 알 수 없었다. 지난 2주 동안 딘은 이 낡은 저택의 이상한 특징을 모두 파악했다. 저것은 한밤중에 온도가 떨어지면서 보일러가 자동으로 돌아가는 소리였다.

늘어지게 하품을 하고 시간을 확인했다. 야간 근무가 가장 힘들었다. 낮에 7시간을 잤지만 점점 몸이 무거워졌다. 근무가 끝나는 오전 6시가 까마득하게 느껴졌다.

안경을 벗고 아픈 눈을 비볐다. 다시 눈을 뜨자 방 안이 훨씬 밝아 보였다.

딘은 잠시 후 깨달았다. 어떤 이유에서인지 앞마당의 방범등에 불이 환하게 들어와 있었다.

의자에서 일어나 창문 밖을 내다보았다. 타이머를 맞춰둔 스프링클러가 빙글빙글 돌며 방범등의 센서를 건드린 모양이었다. 물줄기가 단 한 명의 관객 앞에서 공연을 선보였다.

20초 후 스프링클러가 멈추며 밝은 빛도 꺼졌고, 거실은 여느 때보다 더 어두워졌다. 딘은 딱딱한 의자에 몸을 기대고 지끈거리는 눈을 감았다.

그 순간 갑자기 눈꺼풀 안쪽에 붉은 빛이 보였다. 눈을 떴을 때는 창 밖에서 쏟아지는 하얀 불빛으로 앞을 볼 수 없었다. 딘은 비틀거리며 일어나 다시 밖을 내다보았다. 다시 집을 향해 환하게 켜진 방범등 뒤로 나머지 정원은 온통 암흑이었다.

뒷문에서 요란하게 쿵 소리가 났다. 딘은 빠르게 뛰는 심장박동을 느끼며, 의자 뒤에서 방탄조끼를 들었다. 불빛이 으스스한 복도로 나가 문으로 다가갔다. 몇 시간 전 편하게 쉰답시고 테이저 건을 다른 방에 두고 왔다는 사실이 뒤늦게 떠올랐다. 딘은 방탄조끼를 입고 경찰봉을 펼쳤다. 당장이라도 내려칠 기세로 경찰봉을 꽉 쥐고 머리 위로 치켜들었다.

그때 뒤에서 방범등이 꺼졌다.

어둠이 딘을 덮쳤다. 그는 숨을 참았다. 복도 저편에서 무언가 다가오는 소리에 겁을 먹고 경찰봉을 휘둘렀지만 허공을 가르면서 벽에 부딪칠 뿐이었다.

그 순간 다시 움직일 새도 없이 단단한 것이 이마를 때렸고 딘은 어둠 속에서 쓰러졌다.

가물가물한 의식으로 무전기에 손을 뻗어 긴급 버튼을 눌렀다. 열린 채널로 모든 소리가 전송될 것이다. 딘은 겨우 몸을 일으키고 전등 스위치를 향해 비틀비틀 걸었다.

"보안통제실, 추가 지원이 필요하다." 혀가 꼬부라진 소리로 말한 딘은 중심을 잃고 무전기를 바닥에 떨어뜨렸다.

벽에 몸을 기대며 전등 스위치를 눌렀다. 머리 위로 샹들리에 전등이 켜졌고, 복도와 어린 애슐리의 침실로 가는 계단에 진흙 묻은 발자국이 나타났다. 딘은 바닥에서 경찰봉을 얼른 집어 들고 힘겹게 계단을 올랐다. 점점 옅어지는 부츠 자국은 갑자기 방향을 틀고 여자아이의 방문 앞에 이르렀다.

딘이 문을 박차고 들어가 머리 위로 경찰봉을 들었지만 어수선한 방은 비어 있었다. 크림색 카펫에 찍힌 마지막 진흙 발자국은 열린 발코니 문으로 향했다.

텅 빈 정원을 내려다본 딘이 철제 난간에 등을 기대고 주저앉았다. 휘몰아치던 아드레날린이 사라지자 현기증이 밀려들었다.

지원이 도착하기를 기다리며 딘은 전화기를 꺼내 백스터에게 문자 메시지를 보냈다.

★

에드먼즈는 재킷을 뒤집어쓰고 잠이 들었다. 지난 몇 주 동안 그는 침대보다 소파에서 더 많은 밤을 보내고 있었다. 하지만 백스터는 초롱초롱한 눈빛으로 식탁에 앉아 방금 던에게서 받은 문자 메시지를 읽었다.

백스터는 재빨리 계단을 올라가 로클란 가족들이 안전한지 확인해 보았다. 에드먼즈와 함께 티아의 침실에 몸을 숨긴 그들은 곤히 잠들어 있었다.

울프 말이 맞았다. 울프는 범인이 애슐리에 접근할 수 없다면 같은 이름의 소녀를 찾아올 것이라 경고했다. 칼리드를 독살할 때 식성 까다롭다는 것 말고는 아무 죄 없는 세 사람도 덩달아 목숨을 잃었다는 사실이 그 증거였다. 범인은 자존심을 지키기 위해 무고한 어린아이도 죽일 수 있었다. 당연히 예상했어야 하는 일이다.

백스터가 로클란 가족의 거처를 원래 그들의 집에서 다른 곳으로 옮기겠다고 하자, 바니타 총경은 마지못해 동의했다. 바니타는 시간 낭비일 뿐이라고 생각했다. 백스터는 수사팀 내에 스파이가 있을 것이 걱정되어, 바니타 총경에게는 로클란 가족에게 자기 아파트를 내주겠다고 말해 놓고, 실제로는 에드먼즈의 집으로 로클란 가족을 데려갔다.

백스터는 울프가 함정에 빠졌다는 가능성을 아직 배제하지 않고 있었다. 어쨌거나 그녀는 오늘 하루동안에만도 두 명의 애슐리 로클란을 구하려 노력했다. 아직 화가 가라앉지 않았지만 백스터는 그녀가 이 세상에서 가장 신뢰하는 사람인 울프에게 전화를 하기로 했다.

한편, 에드먼즈는 여전히 울프가 유죄라고 믿었고, 백스터가 무슨 말을 해도 생각을 바꾸지 않을 것이다. 그는 백스터처럼 울프를 잘 알지 못했다.

백스터는 아침이 되면 에드먼즈에게 어떻게 울프를 변호할지 궁리하면서, 다시 전화기를 들고 울프에게 짧은 문자메세지를 썼다.

아이는 안전. 대화 필요. 전화 부탁.

울프는 경찰에서 추적하지 못하게 전화기를 버렸을 것이다. 하지만 그냥 전송 버튼을 눌렀다. 어떤 식으로든 그녀의 인생에서 가장 중요한 사람과 아직 끊어지지 않았다는 기분을 느끼고 싶었다. 다시는 그를 볼 수 없다는 가능성은 조금도 생각하고 싶지 않았다.

★

안드레아는 제프리를 깨우지 않으려고 소리 죽여 침대에서 내려왔다. 가운을 걸치고 계단을 살금살금 내려가 주방으로 들어갔다. 유리 지붕을 올려다보자 짙은 파란색 하늘에 태양이 떠오르기 시작했다. 이 유리 지붕은 주방 온도를 변화무쌍하게 만드는 주범이었다. 모델하우스처럼 완벽한 주방은 겨울에도 맑은 날이면 견딜 수 없이 뜨거워진다.

방해를 받지 않으려고 주방 문을 닫은 안드레아는 오렌지주스 잔을 들고 식탁에 앉아 전화기를 귀에 댔다. 이상하게도 몇 년을 떨어져 지냈지만 울프에게는 새벽 5시에 전화를 해도 전혀 어색하지 않았다. 다른 사람이라면 가당치 않은 얘기였다. 제프 리리 해도 미친기지였다.

언제나 전화를 받던 그였지만 벌써 여섯 번째로 음성 사서함으로 넘어가고 있다. 두서없이 메시지를 남기기보다는 전화를 끊기로 했다. 출근길에 다시 시도해보자.

엘리야 국장은 오늘까지 승진 제안에 대답을 하라고 요구했다. 이제는 생각하고 싶지도 않았다. 답을 해야 할 때 순간적으로 옳은 결정이 떠오르기를 바랄 뿐이었다.

안드레아가 방송국에 도착하자 울프가 전화를 받지 않는 이유가 분명해졌다. 그녀의 이메일 수신함은 울프와 애슐리 로클란을 목격했으니 어떤 형식으로든 금전적 보상을 해달라는 사람들의 메일과 사진으로 가득했다. 울프는 두 곳의 주유소에서 포착되었고 글래스고 공항에서는 카트 뒤에 타고 있는 모습이 찍혔다. 불과 몇 분 전에 두바이에서 온 흐릿한 사진도 있었다.

어떻게 할지 판단이 서지 않아 안드레아는 백스터에게 별일 없냐고 확인하는 문자를 보냈다. 그리고 출근하는 엘리야 국장과 마주치지 않도록 일찍 메이크업을 받으러 내려갔다. 굳이 재촉 받지 않아도 곧 엄청난 결정을 내려야 한다는 사실은 그녀도 잘 알고 있었다.

★

"안녕히 주무셨어요." 에드먼즈가 하품을 하며 주전자로 다가와 백스터에게 말했다.

"재워줘서 고마워." 백스터가 말했다.

에드먼즈는 아직 잠이 덜 깨서 그런지 그 말이 진심인지 아닌지 판단이 잘 서지 않았다.

"범인이 아이를 찾으러 왔어. 울프가 말한 대로야."

백스터의 말에 에드먼즈가 커피를 버리고 식탁에 앉았다.

"달아났대." 기대에 부풀어 있는 에드먼즈의 표정을 보고 백스터가 말했다. "꼬마 애의 집을 감시하던 순경은 뇌진탕 치료를 받고 있어. 하지만 괜찮을 거야."

백스터는 잠시 뜸을 들이고 속으로 열심히 연습한 변론을 준비했다.

"어제 일도 그렇고, 울프가 개입했다는 가능성을 조사한 일로 너를 원망하지는 않아. 그런 증거를 찾았는데도 조사를 하지 않았다면 일을 똑바로 하지 않았다는 뜻이겠지."

"보안기술팀에서 그러는데 봉제인형을 발견한 다음 날, 울프가 매들린 에이어스를 구글로 검색했었대요." 에드먼즈가 그렇게 대꾸했지만, 백스터는 자기 말만 이어갔다.

"너는 나만큼 울프를 잘 몰라. 울프에게는 규칙이 있어. 이 세상에서 그보다 더 도덕적인 사람은 없어. 때로는 법을 어기고 끔찍한 짓을 할지라도 말이야."

"조금 앞뒤가 안 맞지 않아요?" 에드먼즈가 최대한 눈치를 살피며 말했다.

"법과 도덕이 이상처럼 완벽하게 일치하지 않는다는 건 너도 알잖아. 울프는 절대 네 주장처럼…."

백스터는 말을 흐렸다.

에드먼즈가 자리에서 일어나더니 가방에서 서류철을 꺼내 그녀의 앞 식탁에 던졌다.

"뭔데?" 백스터가 걱정스레 물었지만 서류철을 열어볼 생각은 없어 보였다.

"어제 오후에 잠깐 내려갔다 왔어요. 세인트 앤 정신병원에요."

백스터의 얼굴이 어두워졌다. 선을 넘었다고 생각하는 것이 분명했다.

"네가 무슨 권리로…."

"중요한 걸 찾았어요." 에드먼즈가 백스터보다 목소리를 더 크게 높였다. "울프 병실에서요."

백스터는 몹시 화가 난 표정으로 식탁에서 서류철을 거칠게 집어 들고 펼쳤다. 첫 번째 사진은 대부분의 가구를 옮겨 놓은 작은 방이었다. 그녀가 참을성 없이 에드먼즈를 올려다보았다.

"넘겨봐요." 그가 재촉했다.

두 번째 사진은 뒤쪽 벽에 있는 더러운 자국을 담았다.

"참 흥미롭기도 하다."

사진들을 서류철 안에 다시 집어넣으려던 백스터가 세 번째이자 마지막 사진을 힐끗 보았다. 그녀는 1분 넘게 아무 말도 잇지 못하고 사진을 바라보다 얼굴을 일그러뜨렸다. 에드먼즈에게 눈물을 들키지 않으려 고개를 돌려야 했다.

무릎에 놓인 사진은 거친 표면에 깊이 새겨진 익숙한 이름들을 보여주었다. 울프가 벌을 받아야 한다고 생각했던 사람들이었다. 벽에 새겨 놓은 듯한 글씨는 낡은 건물의 벽에 영원히 남아 있었다.

"죄송해요." 에드먼즈가 작은 소리로 말했다.

백스터가 고개를 젓고 파일을 다시 식탁에 던졌다.

"잘못 짚었어. 그때는 제정신이 아니었던 거야! 그럴 리가…, 그럴 사람이…."

백스터도 스스로 억지를 부리고 있다는 것을 알았다. 지금까지 알았던 모든 진실이 거짓처럼 느껴졌다. 울프를 믿을 정도로 순진했다면 또 어떤 착각에 빠져 살고 있었던 걸인가? 기대에 부응하고 싶었던 남자, 따라잡고 경쟁하려 했던 남자, 곁에 두고 싶었던 남자. 그는 에드먼즈가 경고한 대로 괴물이었다.

갈랜드가 죽어가며 질렀던 비명이 귓가에 선했다. 불에 탄 시장에게서 풍기던 악취도 떠올랐다. 휴가를 잘 보내고 오라며 주위에 아무도 없을 때 챔버스 경사를 껴안았던 순간이 아직도 생생했다.

"울프예요. 틀림없습니다. 죄송해요."

백스터가 서서히 에드먼즈와 눈을 맞추고 고개를 끄덕였다.

틀림없었다.

31

"자네야?" 회의실에 들이닥친 바니타 총경이 핀레이를 몰아붙였다.

다음으로는 시몬스를 돌아보았다. "자네 짓이야?"

두 사람은 무슨 이야기를 하는지 영문을 몰랐다. 멍한 표정을 보고 더 화가 난 바니타는 스탠드에서 리모컨을 낚아채 채널을 마구 넘겼다. 드디어 머리 위에 사망 시계를 달고 뉴스 스튜디오에 앉아 있는 안드레아가 나왔다. 바니타가 음량을 높이는 순간 흐릿한 사진이 화면을 채웠다.

"…애슐리 로클란이 공항 보안팀장 파하드 알 머의 보호를 받으며 두바이 국제공항을 나서는 사진입니다." 안드레아가 말했다.

짧은 폰카메라 영상이 슬로우모션으로 재생되었다.

"울프 수사관과 애슐리 로클란이 글래스고 공항 제1터미널에서 달려가는 모습이 똑똑히 보입니다."

"다 아는 얘기잖습니까." 핀레이가 말했다.

"기다려 봐." 바니타가 성질을 냈다.

안드레아가 다시 화면에 나타났다.

"수사팀과 가까운 인물이 저희에게 독점으로 공개한 사실에 따르면 애슐리 로클란 씨는 방화 살인범의 재판 당시 증언을 했고, 다른 봉제인형 피해자들과도 연결 관계가 있다고 합니다. 또한 애슐리 로클란 씨를 국외로 보호하는 작전에 울프 경사가 관여했다는 사실도 확인되었습니다."

"똑똑한 녀석." 핀레이가 미소를 지었다.

"뭐라고?" 바니타가 내뱉었다.

"백스터 말입니다. 중요한 사실은 다 빼고 이 애슐리 로클란이 범인의 표적이라는 사실을 증명할 정도로만 정보를 흘렸어요. 이제 범인이 어린 애슐리나 다른 동명이인인 애슐리 로클란에게 다시 접근할 이유가 없어졌죠. 방금 아나운서는 범인이 실패한 거라고 본 세상에 말한 것이나 마찬가지입니다."

"런던 경시청이 무능해서 이 여자가 우리 보호를 안 받고 영국을 떠났다고 지금 온 세상에 떠들었어!" 바니타가 말했다.

"사람 목숨을 구하면 됐어요."

"하지만 우리가 입을 피해는 어쩌고?"

바니타의 사무실에서 전화벨이 울렸다. 작은 소리로 욕을 뱉고 씩씩거리며 회의실을 나가던 그녀가 시몬스를 불렀다. 시몬스는 주저하며 핀레이와 눈을 마주쳤다.

"시몬스!" 바니타의 부름에 시몬스가 황급히 따라 나갔다.

그때 에드먼즈가 회의실로 들어왔다. 그는 뉴스에 관심을 보이지 않고 조용히 가방을 풀었다. 이미 그 문제는 백스터와 충분히 의논을 했기 때문이었다.

"그래, 울프라고?" 핀레이가 물었다.

에드먼즈는 진지하게 고개를 끄덕이며 가방에서 꺼낸 서류철을 내밀었지만 핀레이는 손사래를 쳤다.

"나도 자네 말이 맞다고 생각해." 그러고는 다시 텔레비전으로 시선을 돌렸다.

"죄송하지만 별로 놀라지 않은 것처럼 보이세요." 에드먼즈가 말했다.

"자네도 너처럼 여기 오래 있다 보면 무슨 일이 생겨도 놀라지 않게 될 거야. 슬플 뿐이지. 내가 수사관 생활을 하며 배운 게 있어. 누군가를 지나치게 몰아붙이면 결국은 그쪽에서 반격한다는 사실이야."

"울프를 변호하시는 건가요?"

"그럴 리가. 하지만 그동안 '착한' 사람들이 서로에게 끔찍한 짓을 하는 모습을 수도 없이 봤어. 바람피우는 아내를 목 졸라 죽인 남편, 학대하는 배우자에게서 여동생을 보호하려는 오빠. 결국은 깨닫게 되지…."

"뭘요?"

"'착한' 사람은 없다는 것. 아직 지나치게 몰아붙여지지 않은 사람이 있을 뿐이야."

"그 말씀은 울프가 잡히지 않기를 바라는 것처럼 들려요."

"잡아야지. 몇 명은 이런 일을 당할 이유가 없던 사람들이야."

"몇 명은 그럴 이유가 있었고요?"

"그래, 몇 명은 있지. 걱정 마, 친구. 나는 누구보다 울프를 잡고 싶은 사람이야. 다치게 하고 싶지 않을 뿐이지."

바니타와 시몬스가 멋쩍은 얼굴로 회의실에 돌아와 자리에 앉았다.

에드먼즈는 범인의 예상 프로필을 한 장씩 나눠주었다.

"시간이 없습니다." 에드먼즈가 말했다. "그래서 범인에 대해 새롭게 밝혀진 정보를 다 모아봤습니다. 범위를 좁히기 위해 추측도 포함했어요. 백인 남성, 키는 180에서 195센티미터, 대머리이거나 머리를 짧게 깎았습니다. 오른쪽 팔과 뒤통수에 흉터가 있고, 부츠는 11호 사이즈를 신으며, 2012년 이전 보급한 표준 군화이므로 군인이거나 군인 출신입니다. 아주 영리하고 주기적으로 시험을 하는 방식으로 자존심을 세웁니다. 공감 능력이 떨어지고 인간의 생명을 경시하며, 도전을 즐기고 시험을 당하고 싶어 합니다. 삶에 재미를 느끼지 못하는 성격으로 이제는 군인이 아닐 가능성이 높습니다. 능석인 연술을 하는 것으로 보아 이 상황을 즐기고 있습니다. 사람들과 어울리지 못하며, 결혼하지 않은 독신자이고, 가장 기본적인 주거 형태에 살고 있을 겁니다. 런던 물가를 감안하면 질 낮은 동네의 원룸이라고 봅니다."

에드먼즈가 설명을 계속했다.

"살인을 좋아해서 군에 입대를 하는 사람은 그 안에서 자기 성향을 드러내고 폭력적인 행동을 하거나, 그랬다는 의심을 받고 불명예 제대를 하기 쉽습니다. 흉터를 생각하면 부상 가능성도 배제할 수는 없어요."

"추측이 너무 많은데." 시몬스 경감이 말했다.

"객관적 사실을 바탕으로 한 추측입니다. 그리고 이렇게라도 추적을 시작해야죠." 에드먼즈가 미안한 기색 없이 말했다. "위의 설명과 일치하면서, 처음 범행을 한 2008년 이전에 제대한 군인 명단을 정리해야 합니다."

"이번에도 훌륭했어, 에드먼즈." 바니타 총경이 말했다.

"괜찮다면 핀레이 선배님과 증거를 계속 살펴보고 싶습니다. 시몬스 경감님이 저 대신 명단을 정리하면 도움이 될 거예요."

시몬스는 새로 들어온 수사관이 그에게 일을 맡기는 이 상황이 달갑지 않았다. 속마음을 솔직히 말하려 했지만 바니타가 선수를 쳤다.

"필요한 대로 해." 그녀가 에드먼즈에게 말했다. "백스터는 밖에서 폭스를 찾고 있겠지?"

"자정까지는 아이 곁을 떠나지 않을 겁니다. 명령, 협박, 애원으로도 마음을 바꾸지는 못할 거예요. 시간 낭비하지 마시죠." 에드먼즈가 말했다.

핀레이와 시몬스는 어안이 벙벙해서 눈빛을 주고받았다. 지금 신참이 총경에게 명령을 내리는 거야?

"범인은 살인을 할 때마다 수사망에 점점 가까워지고 있습니다. 범인은 우리와 서로 얼굴을 마주하고 이 계획을 끝낼 거예요. 범인을 찾으면 울프를 찾을 수 있습니다."

회의가 끝났다. 바니타와 시몬스는 사무실로 돌아갔지만 에드먼즈는 핀레이와 단둘이 이야기를 하기 위해 회의실에 남았다. 그는 회의실 문을 닫고 망설였다. 범상치 않은 이 이야기를 어떻게 꺼내야 할지 막막했다.

"선배님…, 이상한 질문이지만 여쭤보고 싶습니다."

"응?" 핀레이가 닫힌 문을 힐끔 보며 말했다.

"어제 시몬스 경감님과 하신 이야기 말이에요."

"조금 더 구체적인 설명이 필요해." 핀레이가 웃었다.

"파우스트 거래요." 에드먼즈가 말했다. "무슨 뜻인지 궁금합니다."

"솔직히 나는 오늘 회의 내용도 가물가물하다."

에드먼즈가 수첩을 꺼냈다.

"피해자들에 대해 이야기하던 중에 선배님이 말씀하셨어요. '누가 보면, 범인과 결탁한 울프가 스스로 죽이고 싶은 사람들 명단을 범인에게 넘긴 걸로 생각하겠어요.' 그러자 시몬스 경감님은 이렇게 말씀하셨습니다. '파우스트 거래 말이지?'"

기억이 돌아오자 핀레이가 고개를 끄덕였다.

"별 말 아닐 거야. 시시한 농담이었을걸."

"설명해주세요, 네?"

핀레이는 어깨를 으쓱하고 자리에 앉았다.

"몇 년 전, 런던에 떠돌던 괴담이 하나 있었어. 악마가 사람들과 거래를 한다는 거였지."

"악마가 사람들과 거래를 한다고요?" 호기심을 느끼며 에드먼즈가 물었다.

"그래, 그래서 일명 '파우스트 거래'로 알려지게 되었지." 핀레이가 씩 웃었다.

"그 거래를 하려면 어떻게 해야 했어요?"

"뭐라고?"

"그러니까 실제로 그 거래를 하려면요."

"실제로?" 핀레이가 어리둥절해서 물었다. "그건 떠도는 도시 괴담일 뿐이야, 이 친구야. 그냥 잊어버려."

"부탁드려요."

"무슨 일인데?"

"중요할지도 모릅니다. 제발요."

"좋아, 그렇게 원한다니 내가 들은 대로 들려주지. 어떤 전화번호가 돌아다닌대. 그냥 평범한 휴대전화 번호가. 누구 번호인지도 모르고, 추적할 수 있는 방법도 없어. 딱 한 번만 통화가 가능하고 이후에는 연결이 끊기지. 이 번호를 입수한 사람은 원하면 그 악마에게 거래를 제안할 수 있어."

"악마와 거래를요?" 에드먼즈는 이야기에 사로잡혔다.

"그래, 악마와의 거래." 핀레이가 한숨을 쉬었다. "하지만 악마가 개입한 거래가 다 그렇듯이 한 가지 문제가 있어. 악마에게 거래를 제안한 사람이 바라는 대로 악마가 그 임무를 완수하면, 악마는 그 상대에게 대가를 바란다는 거야. 여기서 대가란…."

핀레이가 이야기를 하다 말고 에드먼즈에게 가까이 오라고 손짓했다.

"네 영혼!" 그가 외치는 바람에 에드먼즈가 놀라서 펄쩍 뛰었다.

핀레이가 겁 많은 동료를 보며 침을 튀기고 웃었다.

"그 이야기에 진실이 조금이라도 있을까요?" 에드먼즈가 물었다.

"대포폰으로 전화를 받는 악마? 아니, 나는 안 믿어." 핀레이의 얼굴이 이제는 진지해졌다. "오늘은 더 중요한 일들에 집중해, 알았지?"

에드먼즈가 고개를 끄덕였다.

"이제 됐지?" 핀레이가 말했다.

어린 로클란의 부모는 에드먼즈 집의 거실에서 텔레비전을 보고 있었다. 백스터는 식탁에 앉아 애슐리가 위층 침실에서 노는 소리를 듣고 있었다. 출출해서 뭐라도 먹으려고 일어나는데 애슐리가 갑자기 조용해졌다.

백스터가 벌떡 일어나 시끄러운 텔레비전 소리 너머로 귀를 쫑긋 세웠다. 하지만 다행히도 애슐리가 쿵쾅거리며 2층에서 내려오는 소리가 들렸다. 머리에 갖가지 머리핀과 꽃 장식을 단 애슐리가 주방으로 달려왔다.

"안녕, 백스터." 아이가 명랑하게 말했다.

"안녕, 애슐리." 백스터가 대답했다. 아이들과의 대화에 늘 서툰 그녀였다. 아이를 무서워한다는 사실을 아이들도 느끼는 것만 같았다. "너 정말 예쁘다."

"고마워. 언니도 예뻐."

백스터는 과연 그 말이 사실일까 싶었지만 희미하게 미소만 지어 보였다.

"지금도 창 밖에 사람이 보이면 내려와서 말해야 돼?"

"응, 부탁할게." 백스터가 최대한 들뜬 목소리로 말했다. "언니 친구가 오기로 했거든. 그러니까 미리 언니한테 알려줘." 거짓말이었다.

"응!"

백스터는 꼬마가 위층으로 달려 올라가리라 생각했지만 애슐리는 가만히 서서 키득키득 웃기만 했다.

"왜?"

"왜?" 애슐리가 웃었다.

"뭔데 그래?" 백스터의 인내심이 바닥나고 있었다.

"시키는 대로 말했어! 뒷마당에 사람이 있다고!"

백스터의 억지웃음이 싹 사라졌다. 그녀는 얼른 애슐리를 붙잡고 거실로 데려가 놀란 부모에게 손짓을 했다.

"위층으로 올라가서 문 잠가요." 그녀가 부부의 품에 딸을 맡기며 속삭였다.

위층에서 세 사람이 움직이는 사이, 백스터는 주방으로 달려가 가방에서 총을 꺼냈다. 그러다 집 옆쪽에서 무언가 긁히는 소리가 나자 제자리에서 얼음처럼 얼어붙었다. 발소리를 죽여 뒤쪽 창문으로 향했지만 밖에는 아무것도 보이지 않았다.

현관문에 무언가 부딪치는 소리가 났다.

백스터는 복도로 달려 나가 욕실로 들어갔다. 현관문 자물쇠에 금속이 닿는 소리를 들으며 총을 꽉 쥐었다. 현관문이 살며시 열렸고 문지방 너머로 긴 그림자가 쏟아졌다. 백스터는 숨을 죽이고 숨어 있다가, 침입자가 욕실 문 앞을 지나갈 때 밖으로 나와 머리에 총구를 댔다. 그러자 면도날, 날카로운 가위, 일회용 장갑으로 가득한 가방이 바닥으로 떨어졌다.

"경찰이다." 백스터가 발밑의 수상한 도구들을 내려다보며 말했다. "정체를 밝혀."

"티아. 알렉스 약혼녀예요. 저 여기 살아요."

백스터가 고개를 숙이고 보자 부푼 배가 눈에 띄었다.

"세상에! 정말 미안해요." 백스터가 총을 거두었다. "에밀리라고 합니다. 에밀리 백스터. 반가워요. 드디어 만났네요."

★

두바이 국제공항 보안팀장은 애슐리가 비행기에서 내렸을 즈음 울프와 통화를 마친 상태였다. 그는 근처에 있는 모든 사람들에게 고함으로 명령을 내리는 무시무시한 남자였다. 그래서 애슐리 로클란을 위해 멜버른 행 비행기 좌석을 다시 배치하도록 강요했다는 사실도 그리 놀랍지는 않았다.

애슐리의 심정은 참담했다. 같은 비행기에 탄 승객들은 닭장 같은 앞쪽 객실에 빈틈없이 앉았지만 그녀의 앞뒤로는 무려 네 줄이 비어 있었다.

지금은 공식적으로 일요일 아침이었지만 아직은 안전하지 않았다. 애슐리는 시간이 조정되지 않은 손목시계를 확인했다. 영국 시각으로 자정이 넘기 전까지는 긴장의 끈을 놓을 수 없었다.

울프에게 계획을 들었을 때부터 애슐리는 걱정스러웠다. 무고한 사람들로 가득한 비행기에 탄다니? 범인은 한계가 없는 듯 동에 번쩍, 서에 번쩍 모습을 드러냈다. 그에게 여객기를 추락시킬 능력도 있을까? 애슐리는 비행기가 공중에서 추락할 것이라 예상하고 벌써 몇 시간째 팔걸이를 움켜쥐고 있었다. 울프가 시킨 대로 식사와 음료수는 거부했고, 좌석에서 일어나 화장실을 가는 사람이 있을 때마다 불안하게 지켜보았다.

사방에서 흐린 불빛이 번쩍였다. 애슐리는 불안해하며 불빛을 올려다보았다. 승무원은 느끼지 못했는지 잠든 승객들 사이를 조용히 돌아다녔다. 팔걸이에 미세한 진동이 느껴지더니 손잡이가 마구 떨리기 시작했다. 비행기의 동체가 흔들리니 안전벨트를 채우라는 표시등에 불이 들어왔다.

범인이 그녀를 찾은 것이다!

비행기 전체가 격하게 흔들리자 사람들이 잠에서 깨어났다. 승무원들은 우려 섞인 표정으로 승객들을 안심시키며 서둘러 안전한 좌석으로 이동했다. 이번에는 불이 나갔다. 옆에 있는 창문을 더듬어 찾았지만 보이는 것은 어둠뿐이었다.

하지만 흔들림이 조금씩 가라앉았고 다시 기내 조명이 밝아졌다. 긴장 섞인 웃음이 기내를 채웠고 곧이어 안전벨트 표시가 다시 꺼졌다. 기내 방송으로 기장의 목소리가 들렸다. 그는 난기류를 통과했다며 사과하고, 그의 여객기에서는 1등석만이 아니라 전 좌석에 마사지 의자가 제공된다며 농담을 했다.

사람들이 다시 잠들기 시작하는 동안에도 애슐리는 착륙까지 남아 있는 시간을 계산했다.

★

안드레아는 이제 그녀의 트레이드마크가 된 방송 종료 멘트를 했다. 사망 시계에는 '+16:59:56'이라는 시간이 찍혔고 'On Air(방송 중)' 불빛이 꺼졌다.

그나마 다행스러운 하루였다. 사람들은 실패를 모르는 범인에게서 도망치려는 애슐리 로클란에게 행운을 보내거나 조언을 했다. 끔찍한 카운트타운은 자정이 지난 후 양수로 변했고 한 시청자는 '생명 시계'라는 새로운 이름을 지어주었다. 범인이 실패한 시간을 보여주며 이 시계는 처음으로 절망보다는 희망을 상징하게 되었다.

하지만 안드레아의 기분은 금세 꺾였다. 보도국으로 돌아가자 국장실 앞에서 엘리야 국장이 그녀를 기다리고 있었기 때문이다. 엘리야는 오만함이 뚝뚝 떨어지는 손짓으로 그녀를 부르고는 먼저 국장실로 들어갔다.

안드레아는 서두르고 싶지 않았다. 책상 근처에서 잠시 마음을 가다듬었다. 지금 내리려는 결정, 아니 이미 마음속으로 내린 결정이 얼마나 중요한 의미일지 생각하지 않으려고 애를 썼다. 혼잡한 보도국을 가로지른 안드레아는 심호흡을 하고는 국장실로 향했다.

★

울프는 현찰로 요금을 지불한 싸구려 여인숙에서 뉴스를 시청했다. 몇 시간째 안절부절못하던 그는 자정 직후 선불 휴대전화가 울리자 방 저편으로 몸을 날렸다. 낯선 번호로 온 문자를 열어본 그는 안도감에 침대에 등을 기댔다.

아직 무사! L

애슐리는 안전했다.

전화기에서 유심 카드를 빼고 반으로 자른 울프는 텔레비전을 끄려다가 동작을 멈추었다. 안드레아의 뉴스 채널은 사망 시계를 초기화했다. 다음 대상인 울프에게 남은 시간으로 맞춘 것이다.

-23:54:23

32

2014년 7월 13일 일요일

오전 6시 20분

바니타 총경과 시몬스 경감은 퇴근했고, 에드먼즈와 핀레이는 본부에서 밤을 새우기로 했다. 백스터는 자정이 지나 로클란 가족을 집으로 보낸 후, 새벽 1시가 조금 못 되어 본부로 합류했다.

에드먼즈는 조용한 집을 생판 남에게 민박집으로 내준 일로 티아가 문자와 전화 폭탄을 퍼부으리라 예상했다. 하지만 예비 엄마는 하루 종일 아홉 살 애슐리와 놀아주었고, 백스터가 나올 때는 깊이 잠들어 있었다.

백스터가 본부에 도착했을 때, 핀레이는 제대 군인 명단을 전부 훑는 엄청난 작업을 하고 있었다. 에드먼즈는 보관소에서 가져온 증거 상자를 회의실 바닥에 쏟아놓고, 산더미처럼 쌓인 증거를 꼼꼼하게 분류하느라 바빴다.

에드먼즈의 프로파일링과 몸에 입은 부상 정도를 기준으로 대부분의 제대군인을 후보에서 제외할 수 있었다. 1차적으로 검토한 1,000명 가운데 현재까지는 26명만이 명단에 이름을 올렸다.

그때 누군가 목을 가다듬었다.

백스터가 고개를 들자 야구 모자를 쓰는 볼품없는 남자가 서 있었다.

"알렉스 에드먼즈 씨가 요청하신 파일을 가져왔습니다." 그는 옆에 있는 손수레를 가리켰다. 그곳에는 기록보관소에서 추가로 온 상자 일곱 개가 차곡차곡 쌓여 있었다.

"저한테 맡기고 가시죠?" 백스터가 말했다.

백스터가 회의실로 들어가 문을 닫자 에드먼즈는 답답해서 외쳤다.

"대체 울프는 뭘로 범인을 찾은 거죠? 지문도, 증인도 없어요. 피해자들 사이의 관계도 전혀 안 나온다고요!"

"알았어, 진정해. 울프가 찾은 단서가 여기 없을지도 모르잖아." 백스터가 말했다.

에드먼즈가 바닥에 주저앉았다. 이제는 에너지가 다 고갈된 듯했다.

"네 앞으로 상자들이 왔어."

에드먼즈가 의아한 얼굴로 고개를 들었다.

"뭐야, 왜 말 안 했어요?" 그는 벌떡 일어나 회의실을 달려 나갔다.

★

버스 정류장에 서 있는 동안 이슬비가 점차 울프의 옷을 적셨다.

그는 간격을 두고 어떤 거구의 남자를 미행하고 있었다. 남자는 골드호크 로드에서 기차를 타고 코벤트 가든에서 길거리 연주를 구경하는 인파를 뚫고 나온 뒤, 초라한 카페로 들어갔다.

날씨가 변하면서 기온이 뚝 떨어졌다.

사냥감은 평범한 복장으로 모습을 위장했다. 다림질을 한 셔츠와 바지, 검은 롱코트, 광을 낸 구두는 런던 시내에서 흔히 볼 수 있었다. 게다가 평범한 검은 우산으로 얼굴을 가렸다.

거구의 남자가 사람들 사이를 씩씩하게 지나가는 동안, 울프는 힘들게 보조를 맞추었다. 울프는 스쳐 지나가는 이들을 바라보았다. 반대 방향에서 어깨를 치고 지나가는 사람, 잔돈을 달라고 구걸하는 사람, 번쩍번쩍한 전단지를 나눠주려는 사람. 그 누구도 옆에 있는 괴물을 알아차리지 못했다. 양의 탈을 쓴 늑대를.

이슬비가 장대비로 굵어지자 울프는 검은 롱코트의 깃을 세우고 체온을 빼앗기지 않으려고 어깨를 웅크렸다. 카페 창문에 달린 화려한 네온사인 시계의 숫자가 젖은 유리에 반사되었다.

오늘은 그의 마지막 날이자 마지막 기회였다.

지금 그는 시간을 낭비하고 있었다.

★

리포터 이소벨 플랫은 스튜디오에서 보도를 하는 법에 대해 속성 과외를 받았다. 의욕 넘치는 기술팀 직원이 무려 다섯 명이나 달려들어 미모의 리포터에게 언제 어느 카메라를 보면 되는지 설명했다. 기자로서 갓 걸음마를 뗀 이소벨은 오늘 뜻밖의 출세를 하게 되어 가장 얌전한 의상을 입었다. 엘리야는 불평하며 '단추 3개 풀 것'이라는 메시지를 전달했다.

첫 스튜디오 방송의 포맷은 간단했다. 일 대 일 인터뷰를 진행하다가 중간에 비디오테이프를 두 개 튼다. 하지만 이 30분짜리 방송은 전 세계에서 천만 명의 시청자가 볼 예정이었다. 이소벨 플랫은 토하고 싶을 정도로 부담스러웠다.

★

"찾았어요!" 회의실에서 에드먼즈가 소리쳤다.

백스터가 흩어진 서류 더미를 밟으며 회의실로 들어와 문을 닫았다. 핀레이와 바니타, 시몬스는 이미 안에 있었다.

에드먼즈가 증거 상자에서 서류를 꺼내 나눠주었다.

"이해하시기 힘들어도 참아주세요. 조금 복잡하거든요. 이건 울프가 기록보관소에서 대출한 사건 파일 중 하나입니다. 스티븐 셔먼, 59세, 도산한 전자 제조회사의 CEO. 그의 아들은 회사 이사였고 합병이 실패로 돌아가서인지…, 아무튼 이유는 중요하지 않고 이후에 자살을 했습니다."

"이게 어떤 관련이 있다는 거지?" 바니타 총경이 물었다.

"저도 그렇게 생각했습니다." 에드먼즈가 흥분했다. "하지만 합병이 무산된 책임이 누구에게 있냐면…, 크리스천 폴 주니어예요."

"누구?" 대표로 백스터가 물었다.

"호텔방에서 사라진 전자기업 후계자입니다. 피만 남고 몸은 사라진 사건요."

"아하." 백스터가 관심 있는 척하며 말했다.

에드먼즈가 종이 상자 하나를 더 풀면서 말했다. "이건 그의 딸이 폭발 사고로 사망한 사건이고…" 이번에는 다른 상자를 가리켰다. "…그 폭탄을 설치한 사람은 독방에서 질식해 죽었습니다."

네 사람이 멍한 표정을 지었다.

"모르겠어요?" 에드먼즈가 물었다. "전에 떠돌았다는 일명 '파우스트 거래'랑 같은 구조예요! 악마에게 복수를 의뢰하면 악마는 자신에게 복수를 의뢰한 사람의 생명을 거두어 가는 겁니다."

모두의 멍한 표정이 한층 더 멍해졌다.

"그건 도시괴담이래도." 핀레이가 끙 하고 신음을 뱉었다.

"다 연결돼 있어요." 에드먼즈가 말했다. "전부 다요! 악마와의 '파우스트 거래'는 악마라고 자처하는 누군가에게 어떤 사람이 복수를 위한 살인을 의뢰하고, 악마는 의뢰자가 원하는 복수를 대신 해주는 거예요. 복수가 끝나면 악마는 그 의뢰자의 목숨을 거두어 가고요. 지금까지는 울프가 왜 그 살인 예고 명단에 들어있는지 이해하지 못했어요. 울프가 복수를 하고 싶은 상대들 사이에 왜 끼어 있나 했죠. 이제는 아귀가 다 맞아요. 악마는 울프가 의뢰한 대로 복수를 해준 뒤에, 마지막에는 그 복수를 의뢰한 울프의 영혼을 거두어 가기 위해 울프를 죽이는 겁니다."

"말도 안 돼." 시몬스가 말했다.

"비약이 너무 심해. 소설 쓰는 것도 아니고." 바니타도 말했다.

에드먼즈가 다른 상자를 뒤져 보고서를 꺼냈다.

"조엘 셰퍼드. 6개월 전 사망, 의심스러운 자살. 복수를 위해 저지른 세 건의 살인으로 유죄를 선고받았고, 악마가 자기 영혼을 받으러 온다고 믿었대요. 그래서 자살 전에 이 사람은 세인트 앤 정신병원에 있었습니다. 울프와 같은 시기에 입원했었던 환자예요. 울프가 열흘 전 이 상자를 대출했고, 현재 그 상자에 들어 있던 증거 중 하나가 사라졌어요."

"무슨 증거?" 바니타가 물었다.

"피가 묻어 있는 성경의 한 페이지요. 지금 울프는 무언가를 찾은 것 같습니다. 그래서 악마를 자처하는 범인을 찾으러 간 것 같아요."

"그래서, 자네 말은 봉제인형 살인사건의 범인이 우리가 아는 것보다 더 많은 사람을 죽여왔다는 건가?" 바니타가 물었다.

"제 말은 '파우스트 거래'라는 것이 단순한 괴담이 아니라는 겁니다. 봉제인형 살인이 바로 파우스트 살인이에요. 울프는 범인이 누군지 밝혀냈고, 그래서 스스로를 악마라 여기는 그 범인을 쫓고 있다고 봅니다."

★

카페 문이 열리고 거구의 남자가 행인들 틈 사이로 섞였다. 울프가 남자의 얼굴을 자세히 보려고 오른쪽으로 몇 걸음 옮겼지만 우산과 다른 사람들에 가려져 얼굴은 보이지 않았다.

남자가 걷기 시작했다.

걸음을 옮길 때마다 사람이 더 많아졌고 울프는 남자를 시야에서 놓치지 않으려고 안간힘을 써야 했다. 빗줄기가 굵어지자 가벼운 비를 그냥 맞던 이들도 비를 피하려 달리거나 황급히 우산을 펼쳤다. 순식간에 열 개도 넘는 검은 우산이 앞에 있는 인도를 가득 채웠다.

울프는 남자를 놓치지 않으려고 차도로 내려가 10미터를 전속력으로 달렸다. 그런 다음 거구의 남자 뒤를 밟았다. 상점을 지나며 유리창에 비친 남자의 얼굴을 보려고 목을 뺐다. 계획을 실행에 옮기기 전에 그가 맞는지 확인해야 했다.

울프가 이상한 행동을 하자 주변에 있던 사람들이 그에게 관심을 보였다. 몇 명은 뉴스에서 본 남자를 알아차린 듯했다. 울프는 그곳을 벗어나려고 앞 사람을 추월했다. 이제 그와 목표물 사이에는 두 명밖에 남아 있지 않았다. 코트 안에 감춘 15센티미터 길이의 사냥칼 손잡이를 쥔 채 한 사람을 더 제쳤다.

놓치면 안 된다.

살인자를 살려두는 위험을 감수할 수는 없었다.

울프는 조용하고 인적이 드문 공원처럼 완벽한 기회를 노리고 있었다. 하지만 지금이 남자를 해치운 뒤 흔적 없이 사라지기에는 더 적합하다. 도로 한복판에 쓰러져 죽은 사람을 보고 달아나는 사람들 틈에 섞이면 된다.

신호등에 멈춰 섰을 때 남자의 옆모습을 힐끗 보았다. 틀림없이 그였다. 울프는 목표물의 바로 뒤에 가서 섰다. 거구의 남자의 검은 우산에서 튀긴 빗물이 울프의 얼굴을 때릴 만큼 둘은 가까워졌다. 울프는 그 남자의 관자놀이 근처에 집중했다. 거기에 칼을 찔러 넣을 것이다. 칼집에서 칼을 꺼내 가슴에 품었다. 손의 떨림을 멈추려고 심호흡을 했다. 이제 칼을 앞으로 찌르기만 하면….

도로 건너편에서 무언가가 울프의 시선을 사로잡았다. 울프는 고개를 들고 TV 전광판에 떠오른 자막 뉴스를 읽었다.

…독점 인터뷰 - 13:00 - 안드레아 홀, 울프 경사의 모든 것을 밝힌다. 독점 인터뷰 - 13:00 - 안드레아 홀, 울프 경사의…

뒤에 있던 사람들이 길을 건너려고 울프를 앞으로 밀치자 울프가 퍼뜩 정신을 차렸다. 차가 멈춰 섰고 범인은 더 이상 보이지 않았다. 울프는 칼을 소매 아래로 다시 넣고 앞으로 달려갔다. 검은 우산의 바다 속에서 그 얼굴을 필사적으로 찾았다. 갑자기 하늘에 구멍이 뚫렸는지 우산에 빗방울이 투둑투둑 떨어지는 소리가 온 삽한 서늘늘 가득 재웠나.

세인트 앤 정신병원

2011년 2월 11일 금요일

오전 7시 39분

조엘은 아침 식사를 하기 전 항상 차가운 병실 바닥에 무릎을 꿇고 기도를 했다. 매일 같은 시간에 직원이 그를 깨우고 문을 열어 수갑을 채웠다. 방에 갇혀 있지 않을 때면 항상 수갑을 차야 했다.

2주 전 조엘은 입원 기간을 늘리려고 정당한 이유 없이 간호사 한 명을 두들겨 팼고 소기의 목적을 달성했다. 비겁하지만 그는 악마에게 살해당할 운명으로부터 몸을 지키고 있었다.

어느 날 병원 복도에서 고함 소리가 들렸다. 조엘은 기도를 하다 말고 귀를 기울였다. 쿵쿵거리는 발소리가 문 앞을 빠르게 지나가더니, 건물 어디선가에서 비명 소리가 들렸다. 심장이 빠르게 뛰었다.

조엘이 복도로 나가 보니 다른 환자들도 불안한 얼굴로 휴게실을 보고 있었다.

"각자 방으로 돌아가!"

가장 몸집이 큰 병원 직원이 그렇게 외치며 소동이 일어난 곳으로 달려갔다. 이어서 괴로움으로 가득 찬 비명이 다시 한번 복도에 울려 퍼졌다.

조엘은 호기심 많은 환자들에 휩쓸려 휴게실 입구로 달려갔다. 목소리의 주인을 알 수 있었다. 울프였다. 조엘은 다른 환자들을 뚫고 휴게실에 들어섰다.

부러진 가구가 사방에 뒹굴고 있었고 기절한 의사가 휴게실 끝에서 치료를 받고 있었다. 커다란 복지사 세 명이 울프를 붙잡으려 했지만 실패했고, 간호사는 전화기에 대고 흥분해서 지껄였다.

"안 돼!" 울프가 외치는 말에 조엘은 깜짝 놀랐다. "내가 예상했었잖아! 이럴 거라고 내가 말했단 말이야!"

울프의 험악한 시선은 대형 텔레비전을 향하고 있었다. 기자가 런던의 어느 거리에 서 있었다. 충격을 받은 표정의 경찰 두 명이 임시 가림막을 들고 아직 연기를 내뿜고 있는 무언가를 감쳤다.

"내가 막을 수 있었어!" 악을 쓰는 울프의 얼굴에 눈물이 줄줄 흘렀다.

병원 직원들이 힘을 써서 그를 제압했고, 다른 의사가 커다란 주사기를 들고 황급히 들어왔다. 안락사를 시키러 온 동물병원 의사 같았다.

지금까지 파악된 사실을 TV 속 기자가 다시 설명했을 때 모든 것은 확실해졌다.

"방금 채널을 돌린 시청자분들을 위해 다시 말씀드립니다. 목격자의 신고에 따르면 지난 5월 방화 살인의 혐의를 벗은 나기브 칼리드가 경찰에 체포되었다고 합니다. 확인되지는 않았지만 시신이 발견되었다는 제보가 들어왔고, 보다시피 아직 뒤에서 연기가 피어오르고 있습…."

의사가 거대한 바늘을 왼쪽 팔에 깊이 찔러 넣자 울프가 비명을 질렀다. 울프의 몸이 축 늘어졌다. 기절하기 직전, 울프는 조엘을 바라보았다. 조엘은 안쓰러워하지도, 놀라지도 않았다. 그저 이해한다는 듯 고개를 끄덕이는 조엘을 보며 울프는 의식을 잃었다.

★

정신을 차렸을 때, 울프는 병실에 돌아와 있었다. 창밖에 어둠이 내려앉았다. 눈앞이 흐렸고, 왜 깨질 것처럼 울리는 머리를 손으로 감쌀 수 없는지 깨닫기까지는 한참이 걸렸다. 그는 침대에 묶여 있었다. 두꺼운 끈을 풀려고 몸부림을 쳤지만 소용이 없었다. 아까 몸 밖으로 폭발했던 분노는 아직도 속에서 이글이글 끓었다.

뉴스를 다시 떠올렸다. 너덜너덜한 흰 천 위로 연기가 피어올랐다. 울프는 고개를 옆으로 돌리고 바닥에 구토를 했다. 천 안쪽을 보고 싶지 않았다. 카메라가 무엇을 감추고 있는지 누구보다 잘 알았다. 또 한 명의 억울한 소녀가 얼마나 큰 고통을 받았을지 알 수 있었다.

눈을 감고 분노에 집중했다. 분노가 그를 사로잡고 생각을 흐리게 만들었다. 텅 빈 천장을 올려다보며 죄를 갚아야 할 사람들의 이름을 속삭였다.

그러다 어떤 기억을 떠올렸다. 절망의 구렁텅이에서 마지막으로 남은 수단이었다.

"간호사!" 울프가 큰소리로 외쳤다. "간호사!"

1시간 동안 속박을 풀어달라고 의사를 설득했고, 딱 전화 한 통만 쓰게 해 달라는 허락을 받기까지 30분이 더 걸렸다. 처분을 기다리며 울프는 매트리스 아래에서 구겨진 종이를 꺼냈다. 조엘이 준 종이를 그 안에 넣어두었다는 사실도 하마터면 잊을 뻔했다.

똑바로 설 수도 없어 울프는 부축을 받으며 전화기가 있는 복도로 나갔다. 간호사들이 자리를 비키고 혼자 남게 되자, 울프는 조엘이 준 구겨진 종이를 펼쳤다. 인쇄된 글자 위에서 크레용으로 쓴 숫자가 번졌다.

벽을 붙잡아 몸을 가누고 전화번호를 꾹꾹 눌렀다.

연결음이 들렸다.

작게 '딸깍'하는 소리에 이어 침묵이 뒤따랐다.

"여보세요?" 울프가 조심스럽게 물었다.

말이 없다.

"…여보세요?"

한참 만에 여자 목소리의 기계음이 응답했다.

"삐 소리 후에 전체 성명을 말씀하세요."

울프는 신호를 기다렸다.

"윌리엄 올리버 레이튼 폭스."

영원과도 같은 침묵이 또 이어졌다. 얼토당토않은 생각이었지만 기계음의 억양과 말투가 왠지 불안했다. 그의 절망에 기뻐하는 것 같았다. 그를 비웃는 것 같았다.

"무엇과. 교환. 하겠습니까?" 드디어 기계음이 물었다.

울프는 빈 복도를 힐끗 돌아보았다. 옆방에서 작은 목소리가 흘러나왔다. 속삭이기 위해 본능적으로 수화기를 손으로 가렸다.

그러다 망설였다.

"무엇과. 교환. 하겠습니까?" 기계음이 다시 재촉했다.

"나기브 칼리드…, 레이먼드 턴블 시장…, 매들린 에이어스…, 법정 경위…, 벤자민 챔비스 경사. 피해 소녀를 죽인 모든 사람." 울프가 말을 쏟아냈다.

침묵.

울프는 수화기를 귀에서 뗐다.

조금만 더 귀를 기울이다가 전화를 끊었다.

정신이 혼미한 와중에도 울프는 자조 섞인 웃음을 지었다. 약에 취한 상태였지만 이 상황이 얼마나 우스꽝스러운지 알 수 있었다. 하지만 그 이름들을 소리 내어 바깥세상으로 전하고 나니 기분이 조금은 후련해졌다. 듣는 사람은 없는 자동응답기라고는 해도.

조용한 복도를 절반쯤 돌아갔을 때, 귀청이 터질 듯 날카로운 벨소리가 울렸다. 울프는 무릎을 꿇고 양쪽으로 귀를 틀어막으며 뒤를 돌아보았다. 전화기가 지금은 울리지 않는 것 같았다. 약 때문에 감각이 왜곡된 것일까?

사회복지사가 그를 지나쳐 전화기로 달려갔다. 그녀가 수화기를 귀에 대는 모습을 보며 울프는 숨을 죽였다. 사람이든 기계음이든 수화기 반대편의 존재가 너무나 두려웠다.

사회복지사가 활짝 미소를 지었다.

"아. 그러게요, 죄송합니다. 저희 병원 환자 하나가 전화를 쓰고 있었어요." 그가 설명하며 상대에게 사과했다.

울프는 천천히 몸을 일으켜 세우고 자신의 병실을 향해 비틀비틀 걸어갔다. 어쩌면 그가 정말로 미쳤는지도 모르겠다.

33

2014년 7월 13일 일요일
오후 1시 10분

핀레이는 명단에서 한 명을 더 지우고 10초간 스트레칭을 했다. 그리고 제대 군인 400명 중 절반을 조사하는 일을 다시 시작했다. 구석 자리에 앉은 백스터는 책상에 코를 박고 이어폰으로 사무실 소음을 차단했다.

에드먼즈는 사무실 책상으로 돌아가 어떤 컴퓨터 프로그램에 접속했다. 바니타와 시몬스는 비좁은 사무실에 틀어박혀 안드레아의 인터뷰를 보고 있었다.

울프의 전 부인이 세상에 떨어뜨릴 폭탄이 무엇인지 숨을 죽이고 기다리면서 수습책을 논의하고 있으리라. 인터뷰 도중 사망 시계는 화면에서 사라졌지만 시계가 알려주지 않아도 시간이 얼마 남지 않았다는 사실은 명백했다.

핀레이는 명단에 있는 다음 이름을 보았다. 그는 지금 경찰청 데이터베이스, 구글 검색과 국방부가 접근을 허락한 약간의 정보를 이용해 용의자 후보를 압축하는 중이었다.

범인은 군인이지만 아직 제대를 하지 않았을 수도 있다. 반대로 군인이 아닐 지도 모른다. 핀레이는 애써 그런 가능성을 지웠다. 이건 울프를 찾는 유일한 희망이었다. 그와 백스터는 계속 가능성 있는 이름을 찾아 에드먼즈에게 전달했다.

1시간 후, 핀레이는 독수리 타법으로 다음 이름을 컴퓨터에 입력했다. 백스터에 비하면 부끄러울 정도로 느린 속도였다. 하지만 백스터가 자기 몫인 절반을 끝내고 그의 분량까지 더 달라고 하기 전까지 최대한 많이 해놓고 싶었다. 국방부 자료는 역시 간결했다.

레다니엘 매스 하사, 생년월일 74/02/16, (첩보부대) 정보병, 건강상의 이유로 2007년 6월 전역.

정보가 애매하고 너무 부족했다.

그래도 그 이름으로 얼른 구글 검색을 해보니 검색 결과가 수 페이지 나왔다. 대부분 뉴스 기사 아니면 토론 게시판 글이었다. 핀레이는 가장 위에 있는 링크를 열었다.

…매스 하사는 왕립 머션 연대로 전속 발령을 받고… 부대원 아홉 명이 사망한 사고에서 유일하게 생존한… 군용 트럭을 타고 이동하던 그들은 헬만드 주 하이데라바드 남부의 도로에서 사제 폭발장치에… 치명적인 내상과 안면과 흉부의 '심각한' 화상으로 치료를 받았다.

이번에는 그 이름을 경찰청 데이터베이스에 입력하자 키(190cm), 혼인 여부(미혼), 직업(무직), 장애인 등록(O), 가장 가까운 가족(없음), 알려진 주소(지난 5년 사이 없음) 등등 뜻밖에도 많은 정보가 나왔다. 에드먼즈의 프로파일링과 비슷했다.

의욕이 생긴 핀레이가 경찰청 데이터베이스를 좀 더 살펴보자,

왜 매스 하사에 대한 정보가 경찰청 데이터베이스에 많이 입력
되어 있는지 이해가 됐다. 그에 대한 첨부 파일이 두 개 있었다.
하나는 2007년 6월 런던 경시청에서 작성한 사건경위서였다.

[사건번호: 2874]
일시: 2007/06/26.
장소: 포틀랜드 플레이스 57번지 산재병원 3층, W1
시간별 사건경위:
[14:40] 소란 행위 신고가 들어와 위의 주소로 출동. 레다니
엘 매스라는 환자가 공격적인 행동을 보이며 직원과 대치 중
이었다.
현장에 도착하자 위층에서 고성이 들렸다. 매스(30대 남성,
180cm대, 백인/영국인, 안면 화상)는 바닥에 책상다리를 하
고 앉아 옆얼굴에서 피를 흘리며 허공을 응시했다. 책상이 뒤
집어지고 창문에 금이 간 상태였다.
환자가 처치를 받는 동안 머리 부분 부상은 자해의 흔적이
며 그 밖의 부상자는 없다는 사실을 전해 들었다. 제임스
바리클로프 박사에 따르면, 환자는 외상 후 스트레스 장애
(PTSD)를 앓고 있었고, 스스로를 공격한 이유는 신체 및 정
신적 외상으로 군대로 돌아가지 못한다는 소식을 들었기 때
문이었다.
의료진은 문제를 크게 만들지 않기를 바랐다. 체포를 하거나
경찰이 계속 개입할 근거가 없었다. 머리 부분에 부상을 입었
고 현 상태로는 자살 위험이 있어 구급차를 요청했다. 도착할

때까지 현장에서 대기할 예정이다.

[15:30] 구급대원 현장 도착.

[15:40] 런던대학교 병원까지 구급대원과 동반.

[16:05] 현장에서 철수.

핀레이는 자기도 모르게 자리에서 일어나 있었다. 현재까지 살펴본 용의자 중에서 가장 유력한 용의자를 어서 다른 팀원들에게 알리고 싶어 몸이 달았다.

마우스를 두 번째 첨부 파일로 옮겨 더블클릭을 했다. 뒤집힌 책상 옆에 컴퓨터가 부서져 있는 사진이 나왔다. 다음 사진으로 스크롤을 내렸다. 커다란 창문에 균열이 생겼다. 별 생각 없이 마지막 사진을 보던 핀레이의 등줄기가 오싹해졌다.

레다니엘 매스의 얼굴은 깊은 화상 흉터로 심하게 일그러져 있었다. 하지만 핀레이를 두렵게 한 것은 참혹한 흉터가 아니었다. 문제는 그의 눈이었다. 초점과 생명력은 없고 무언가를 계산하고 있는 듯한 눈.

수사관 생활을 하며 셀 수도 없이 많은 괴물을 보았다. 핀레이는 가장 잔인한 흉악범들에게 공통점이 있음을 발견했다. 바로 눈빛이었다. 지금 컴퓨터 화면에 보이는 남자도 감정이라고는 없는 차가운 눈빛으로 앞을 바라보고 있었다.

"백스터! 에드먼즈!" 핀레이가 외쳤다.

여러 정보를 종합해 보면, 핀레이는 범인이 레다니엘 매스라는 걸 직감적으로 확신할 수 있었다.

그가 봉제인형 살인범이든, 파우스트 살인범이든 중요하지 않왔다. 둘 다여도 상관없었다. 증거는 에드먼즈가 모으면 된다.

이제 그와 백스터는 놈을 찾아야 했다.

★

울프는 초조한 마음을 가라앉힐 수 없있다. 매스의 집 안에 미리 들어와 몇 시간째 비가 쏟아지는 도로를 주시하고 있기 때문이다. 창밖으로 매스가 집으로 돌아오는 모습을 포착할 수 있기를 빌었다.

울프가 칼리드 사건과 관련된 신문 기사를 스크랩한 파일은 아직 그의 손에 있었다. 이것을 매스가 직접 수집한 것처럼 매스의 아파트에 몰래 심어둘 계획이었다.

대부분 방화 살인 재판의 실패를 비판하는 기사들이었고, 죄 없는 애나벨 애덤스라는 여학생을 죽게 만든 사람들의 이름에 강조 표시를 해놓았다.

매스가 소속되었던 연대가 교전 중에 다수의 아프가니스탄 민간인(특히 어린아이들) 사상자를 낸 사실을 국방부에서 은폐하려 했다는 기사들도 포함했다. 단순하지만 이 자료를 보면 병적으로 정신이 불안정한 매스가 어떤 범행 동기로 봉제인형 살인을 저질렀는지 사람들은 납득할 수 있을 것이다. 폭탄 공격에서 기적적으로 생존했다는 개인적인 배경도 설득력을 더해줄 것이다.

울프는 몇 년 전 입원 중 자기도 모르게 매스에게 청부살인을 의뢰한 꼴이 되어 버렸다. 이제 울프는 그 일을 매듭지을 수 있는 하나뿐인 기회를 이미 놓쳤을지도 모른다.

하지만 이제라도 매스를 잡는다면, 울프는 다음주 화요일 아침 영웅이 되어 런던 경시청에 당당히 들어갈 것이다. 정신이 온전치 않은 제대 군인의 무고한 표적이 되었다가 정당방위로 그를 죽인 영웅 말이다. 매스가 죽으면 울프가 매스의 행동에 개입했다는 증거도 영원히 사라질 것이다.

하지만 지금으로서는 그럴 수 있을 가능성도 희박해졌다. 아까 매스를 놓침으로써 이 도시에 잔혹한 살인마를 풀어놓은 꼴이 되었기 때문이다.

돌이켜 보면, 매스가 그에게 메시지를 전달할 사람으로 하필 안드레아를 택할 줄은 몰랐다. 엘리자베스 테이트 모녀는 이번 사건과 절대 엮이지 말았어야 했다. 매스가 그늘 모녀를 이용할 줄도 몰랐다. 울프가 애슐리와 도망친 행동도 무모했다. 게다가 무엇보다도 에드먼즈의 존재를 예상하지 못했다.

에드먼즈는 초반부터 울프를 졸졸 따라다니며 괴롭혔다. 에드먼즈가 퍼즐을 완성하는 것은 시간문제였다. 어리석게 에드먼즈를 공격하지만 않았더라도 다른 동료들에게 수사 정보를 계속 들을 수 있었을 것이라는 후회가 밀려들었다.

울프가 해야 했던 행동, 앞으로 해야 하는 행동을 백스터만 이해해 줄 수 있다면 다른 건 아무래도 상관없었다. 그러나 백스터는 죽었다 깨도 절대 울프의 행동을 이해하지 못할 것이다. 백스터는 이제 울프를 미치광이로 여길 것이다. 그녀에게 있어 울프는 이제 매스와 다를 바 없는 존재일 것이다. 생각만으로도 괴로워서 견딜 수 없었다.

아래에서 커다랗게 쿵 소리가 났다. 아파트 현관문이 닫히는 소리였다. 울프는 싱크대 아래에서 찾은 묵직한 망치를 들고 문 너머로 귀를 기울였다. 잠시 후 아래층 집으로 사람이 들어갔는지 다시 커다란 문 소리가 나고 이어서 텔레비전 소리가 벽을 타고 위층까지 울렸다.

전 세계를 떠들썩하게 한 사이코패스 살인자의 집은 어쩐지 실망스러웠다. 마술쇼의 커튼 뒤를 엿보는 기분이었다. 피로 기괴한 그림을 그려놓거나 불길한 종교 문구를 벽에 휘갈겨 썼을 줄로만 알았다. 피해자가 늘어날수록 섬뜩한 사진이나 살인 기념품을 보관했을 거라 예상했지만 아무것도 없었다. 그럼에도 하얗게 칠한 공간에는 어딘가 음침한 구석이 있었다.

어디를 봐도 텔레비전과 거울이 없었다. 다 똑같이 생긴 옷 여섯 벌을 서랍에 깔끔하게 개어 넣거나 옷장에 걸어두었다. 냉장고에는 우유 한 통뿐이었고, 침대 없이 바닥에 얇은 요만 깔고 잠을 잤다. 겉으로는 멀쩡해 보이지만 완전히 다른 사람이 되어 집에 돌아온 군인들이 으레 보이는 행동이었다.

다시 창문에 서린 김을 닦자 좁은 측면도로 입구에 차 한 대가 서 있었다. 창문과 창틀 사이로 엔진 공회전 소리가 들렸다. 잘 보이지 않았지만 언뜻 봐도 이런 건물에 사는 사람이 타기에는 턱없이 비싼 차였다. 울프는 이상한 예감이 들어 자리에서 일어났다.

그 차가 갑자기 속도를 높여 울프가 있는 건물 앞까지 왔고, 무장특공대 표식을 단 경찰차 여러 대도 그 뒤를 바짝 쫓아 2층 창문 바로 아래 마당에 미끄러지듯 멈춰 섰다.

"젠장!" 울프는 재빨리 문 밖을 향해 내달렸다.

매스의 집에서 우중충한 복도로 나오자, 아파트 계단은 벌써 무장경찰들의 무게를 이기지 못하고 삐걱거리는 듯했다.

이제 도망칠 곳이 없었다.

무거운 부츠가 큰소리를 내며 그가 있는 층으로 오르고 있었다. 비상탈출구도, 창문도 없었다. 도망칠 길은 맞은편 집뿐이었다.

울프는 맞은편 집 현관문을 발로 찼다. 꼼짝도 하지 않았다.

다시 찼다. 나무에 금이 갔다.

필사적으로 문에 몸을 날렸다. 문에서 자물쇠가 떨어져나갔고 울프가 빈 집으로 들어간 순간, 계단 끝에 경찰들이 도착했다. 울프는 얼른 그 집 문을 밀어서 닫았다. 잠시 후 경찰들이 매스의 집 문을 쾅쾅 두드렸다.

"경찰이다! 문 열어!"

잠시 후, 그들은 요란한 도구로 문을 부수고 매스의 아파트 안으로 들어갔다. 심장이 빠르게 뛰었다. 바닥에 엎드린 울프는 불과 몇 미터 옆에서 기습 수색을 하는 무시무시한 소리에 귀를 기울였다.

"방이라고는 달랑 하나잖아!" 익숙한 목소리가 계단에서 언쟁을 하고 있었다. "지금까지 못 찾았으면 끝이라고요."

울프가 자리에서 일어나 어안 렌즈로 밖을 내다보니, 백스터와 핀레이가 시야에 들어왔다. 복도에서 조급하게 대기하던 백스터가 그를 정면으로 바라보았다. 한순간 울프는 백스터 눈에 그가 보인다는 확신이 들었다. 백스터가 망가진 자물쇠를 내려다보았다.

"집 한 번 좋네요." 그녀가 핀레이에게 말했다.

백스터가 문을 살짝 밀었다. 5센티미터쯤 열린 문이 울프의 발끝에 부딪쳤다.

울프는 그 집 창문에서 뛰면 다음 집 옥상으로 넘어갈 수 있다는 것을 확인했다.

그때 누군가 "이상 무!"라고 복도를 향해 외쳤고, 수색을 이끈 무장경찰이 무언가를 들고 매스의 아파트에서 나왔다.

"이 집 침대 매트리스 아래에서 발견했습니다. 수사팀 물건 같은데요."

그가 비난 섞인 말투로 강력범죄 수사팀 표시가 있는 노트북을 백스터에게 건넸다. 노트북의 은색 케이스에는 피 묻은 지문이 묻어 있었다. 조심스럽게 노트북을 열어보던 백스터는 더는 볼 수 없다는 듯 핀레이에게 건넸다.

"챔버스 거예요." 백스터가 노트북을 만지려고 긴 장갑을 벗으며 설명했다.

"어떻게 알아?"

"비밀번호 보세요."

핀레이가 화면과 키보드 사이에 있는 피 묻은 종이를 읽었다.

"Eve2014."

이브는 챔버스 경사의 부인 이름이었다.

백스터가 챔버스 경사의 노트북에서 키보드 하나를 아무거나 눌렀다. 잠자고 있던 컴퓨터에 다시 전원이 들어왔다. 신중하게 비밀번호를 입력하자 익숙한 런던 경시청 보안 서버의 홈 화면이 나타났다. 이메일 창이 열려 있었다. 7월 7일 자 메일이었다.

본 메일을 수신했다면 최근 메일 그룹 '강력범죄_수사팀_명령'에서 제외되었다는 뜻입니다. 접근 권한이 계속 필요하다면 업무 지원 센터에 문의 바랍니다.

감사합니다.

IT 지원팀

핀레이가 화면을 틀어 백스터에게 보여주었다.

"7월 7일에 우리가 챔버스 ID를 차단하기 직전까지 놈은 계속해서 우리 서버에 접속해 있었어요." 백스터가 신음하듯 말했다. "그때시 날 우디보더 힌빌 잎시 있었던 기고! 에드먼즈 그 미친놈이. 울프는 우리 정보를 범인에게 흘리지 않았어요!"

"그렇게 믿고 싶겠지. 나도 그래. 하지만 아직은 확실히 모르는 일이야."

백스터는 핀레이를 째려보고 걸음을 옮겼다.

"고마워요, 고생 많았어요…, 다음에 또 봅시다." 그렇게 말하며 백스터가 무장 경찰들을 서둘러 문 밖으로 내보냈다.

창문을 통해 빠져나온 울프가 옆 건물 옥상을 넘어 다음 건물에 설치된 비상계단을 통해 지상으로 내려갔다. 그는 얼굴을 가리고, 입구를 지키는 경찰들을 지나 측면도로로 빠졌다.

골드호크 로드 철도역 계단을 오르자, 상점 셔터에 빗줄기가 부딪치는 소리가 점점 희미해졌다. 울프는 문이 닫히기 직전 열차에 올라탔다. 열차가 출발하고 덜컹덜컹 다리 위를 달리는 동안 푸른 경광등을 밝힌 경찰차들이 다리 아래를 지났다.

방금 그는 유리한 고지에서 밀려나고 말았다.

34

2014년 7월 14일 월요일

오전 5시 14분

백스터는 아파트 창문을 때리는 빗소리에 잠에서 깼다. 파르르 떨리는 눈꺼풀을 들어 올리자, 멀리서 천둥이 우르릉 울리는 소리가 희미하게 들렸다. 전화기를 붙든 채로 잠이 들어서인지 전화기가 불편하게 뺨을 눌렀다.

내심 울프가 전화를 해주기를 기대했다. 어떻게 전화를 안 할 수가 있지? 분노와 배신감이 치밀었다. 전화 한 통 할 필요도 없을 만큼 그에게 의미 없는 존재였나? 물론 무슨 말을 듣고 싶은 건지 알 수도 없었다. 사과? 변명? 울프가 사실은 제정신이 아닌 환자라는 사실을 확인하고 싶은지도 모르겠다.

누워 있던 백스터가 소파에 일어나 앉자 빈 와인 병이 시끄럽게 바닥 위를 굴러갔다. 아래층 사람들이 일어나지 않았어야 하는데.

창문으로 다가가 빗물로 반짝이는 옆 건물 지붕들을 내려다보았다. 번개가 크게 칠 때마다 먹구름은 온갖 빛깔로 빛났다.

백스터는 오늘이 지나기 전에 무언가를 영원히 잃을 것이다.

그것이 어느 정도인지 알았으면 좋겠다는 생각뿐이었다.

★

챔버스의 노트북까지 입수한 수사팀은 레다니엘 매스가 범인이고, 봉제인형 살인과 파우스트 살인이 동일범의 소행이라는 확실한 증거를 찾았다.

에드먼즈는 연쇄 살인범을 체포하는 현장에 직접 가지 못해 조금 실망했다. 하지만 그가 머릿속에서 만들어낸 괴물이 어떤 모습이든, 이 사건에 울프가 개입했다는 사실만큼은 이제 명백했다. 다만, 경찰 조직의 생리상 그 점이 세상에 알려지는 날이 과연 오기는 할까?

에드먼즈는 새벽 4시 즈음 티아의 어머니에게 문자를 받고 곧장 전화를 걸었다. 간밤에 티아가 아주 조금이지만 하혈을 했고, 산부인과 측에서 혹시 모르니 병원으로 와서 태아의 상태를 확인하라고 권했다 한다. 어머니와 병원으로 가서 검사를 받은 티아는 다 괜찮으니 걱정할 필요 없다는 진단을 받았다. 병원에서는 몇 시간만 더 지켜보자고 했다.

오전 6시 5분, 바니타 총경은 오늘 카메라 앞에 서 온 세상의 시선이 집중될 것이 예상되자, 바지 정장을 입고 본부에 들어왔다.

"안녕, 에드먼즈." 바니타가 인사를 했다. "자료 정리해서 얼른 언론에 넘겨야 돼. 아주 난리야. 밖은 아수라장이야!"

"자정 전부터 진을 치기 시작했어요." 에드먼즈가 말했다.

"또 밤 샜어?" 놀라기보다는 감탄한 말투였다.

"계속 이러지는 않겠죠."

"그러는 사람이 어디 있겠어. 하지만…" 바니타가 미소를 지어 보였다. "잘 하고 있어, 에드먼즈. 계속 그렇게 열심히 해줘."

에드먼즈가 밤새 완성된 금전거래 보고서를 건넸다. 바니타는 문서를 훑어보고 물었다.

"확실하지?"

"그럼요. 골드호크 로드의 원룸 아파트는 부상병에게 집을 제공하는 자선단체가 소유하고 있습니다. 그래서 찾기 힘들었던 거예요. 메스는 아주 싼 집세만 내면 됩니다. 12쪽에 다 나와 있어요."

"훌륭해."

에드먼즈는 책상에서 봉투를 꺼내 바니타에게 건넸다.

"사건과 관련이 있나?" 바니타가 봉투를 찢으며 물었다.

"어떻게 보면요."

에드먼즈의 말에 바니타가 동작을 멈추고 미간을 찌푸리더니 사무실 안으로 걸어갔다.

★

중앙이미지분석팀 직원들은 런던 전역에서 들어오는 CCTV 영상을 토대로 밤새 안면 인식 소프트웨어를 돌리며 울프와 매스를 찾았다. 백스터는 그런 노력이 모래사장에서 바늘 두 개를 찾는 꼴이라고 생각했다.

"할 말이 있어요." 에드먼즈가 백스터에게 말했다.

백스터는 에드먼즈의 말이 무슨 말인지 들으려 책상에 걸터앉았다.

"에드먼즈 수사관!"

바니타 총경이 사무실 문가에서 에드먼즈를 불렀다. 한 손에는 접은 종이 한 장을 들고 있었다. "잠깐 와 보지?"

"큰일 났네." 백스터의 놀림을 들으며, 에드먼즈는 자리에서 일어나 총경의 사무실로 들어갔다.

애드먼즈가 새벽에 써서 바니타 총경에게 제출했던 편지가 책상 위에 펼쳐져 있었다.

"솔직히 놀랐어." 바니타가 말했다. "다른 날도 아니고 하필 오늘이라니."

"이번 사건에서 제가 할 수 있는 일은 다 했다고 생각합니다." 에드먼즈가 편지 옆에 있는 두툼한 서류들을 가리키며 말했다.

"그것도 아주 훌륭히 잘 했지."

"감사합니다."

"진심이야?"

"그렇습니다."

바니타가 한숨을 쉬었다. "나는 자네 앞날이 정말 밝다고 생각해."

"저도 그랬으면 좋겠습니다. 그렇지만 아쉽게도 그 미래는 여기가 아닌 것 같습니다."

"잘 알았어. 전근 서류를 제출하지."

"감사합니다, 총경님."

에드먼즈는 바니타와 악수를 하고 사무실을 나왔다. 백스터가 대화를 엿들으려고 복사기 옆을 서성이며 지켜보고 있었다. 에드먼즈가 재킷을 챙기고 백스터에게 다가갔다.

"어디 가?" 백스터가 물었다.

"병원요. 티아가 어젯밤에 입원을 했어요."

"혹시…? 아기는…?"

"둘 다 괜찮은 것 같아요. 하지만 제가 직접 가야 돼요."

에드먼즈는 백스터가 동요하고 있다는 것을 알 수 있었다. 에드먼즈 가족을 안쓰러워하는 마음 반, 중요한 시기에 우리 수사팀을 버리고 간다는 사실에 놀라는 마음 반이었다.

"저는 여기 없어도 되잖아요." 에드먼즈가 안심시켰다.

"혹시 저 여자 때문이야?" 백스터가 턱으로 바니타의 사무실을 가리켰다. "너보고 손 떼래?"

"뭐가 됐든 관심 없어요. 방금 재산범죄수사팀으로 돌아가겠다고 전근 요청서를 냈거든요."

"뭘 했다고?"

"결혼과 수사관을 더하면 이혼이라면서요." 에드먼즈가 말했다.

"그런 뜻이 아니라…, 다 그렇다는 건 아니야."

"곧 아이가 태어나요. 저는 못 버틸 거예요."

백스터가 미소를 지었다. 에드먼즈의 약혼녀가 임신했다는 소식에 얼마나 무정하게 반응했었는지 기억이 났기 때문이다.

"내 시간 그만 뺏고 재산범죄수사팀으로 돌아가지 그래?" 백스터가 씁쓸하게 웃으며 그때 했던 말을 되풀이했다.

뜻밖에도 백스터는 에드먼즈를 꽉 끌어안았다.

"왜 그래요, 어차피 원했어도 여기 오래 못 있었을 건데." 에드먼즈가 말했다. "다들 저를 미워하잖아요. 유죄가 확실해도 동료에게서는 등을 돌리면 안 된다는 게 강력팀 신조 아니에요? 뭐든 필요한 일 있으면 언제든지 전화하세요." 그러고는 진심으로 다시 말했다. "뭐든지요."

백스터는 고개를 끄덕이고 포옹을 풀었다.

"저 내일도 사무실에 나와요." 에드먼즈가 웃었다.

"알아."

에드먼즈는 백스터에게 다정한 미소를 지어 보이고 재킷을 걸치며 본부를 나섰다.

★

울프는 여관에서 훔친 주방 칼을 버리고, 올드 베일리가 있는 러드게이트 힐을 향해 떠났다. 영국의 중앙형사법원에 올드 베일리라는 악명 높은 별명을 지어준 올드 베일리 거리를 걷는 동안 빗줄기가 잦아들었고, 높은 건물의 처마 밑에서 비바람을 약간이나마 피할 수 있었다.

울프는 왜 법정을 범인과의 최후의 결전 장소로 선택했는지 스스로도 잘 모르겠다. 애나벨 애덤스의 무덤이라든가, 불 타는 애나벨의 시신 옆 나기브 칼리드가 발견된 장소라든가, 세인트 앤 정신병원처럼 이곳 못지않게 의미 있는 장소도 많았다. 하지만 왠지 법정이 정답이라는 느낌이 들었다. 모든 것의 출발점이 된 곳, 그리고 이미 칼리드라는 악마와 한 번 대결을 하고 살아남은 곳이 아니던가.

울프는 지난 주 내내 검은 수염을 깎지 않고 안경을 썼다. 장대비로 머리카락이 두피에 찰싹 달라붙자 변장은 더욱 감쪽같아졌다. 법정 입구에 도착한 울프는 비에 젖은 채로 사람들 뒤에 줄을 섰다. 앞에 있는 시끄러운 미국인 관광객들의 대화로 미루어 보아 세간의 주목을 받는 살인사건 재판이 열리는 듯했다. 마침내 법원 문이 열렸고 비를 맞고 있던 방청객들은 질서 있게 안으로 들어가 앉았다.

얼마 지나지 않아 법정 문이 열렸고, 익숙한 나무와 가죽 광택제 냄새가 흘러나왔다. 손목이 부러지고 피투성이가 되어 끌려 나온 그날 이후 발도 들이지 않았던 곳이다. 다른 사람들을 따라 안으로 들어간 울프가 1열에 앉아 법정을 내려다보았다.

아래에서 법원 서기, 변호사, 증인, 배심원단이 법정으로 들어왔다. 피고인이 피고인석으로 이끌려 들어오자 뒤에서 방청객들이 그에게 손을 흔들고 손짓하는 기척이 느껴졌다. 곧이어 사람들이 일어섰고, 판사가 법정으로 들어와 높은 단상에 홀로 앉았다.

★

바니타 총경은 에드먼즈의 증거가 틀림없다는 사실을 확인한 후, 언론에 매스의 사진을 공개했다. 심하게 일그러진 얼굴이 전 세계 뉴스 채널을 뒤덮었다. 보통 방송에 범인의 몽타주를 내보내려면 경찰홍보팀이 방송국에 애원을 해도 3초 정도 방송을 타는 것이 고작이었다. 바니타는 이번 사건이 전례 없는 수준으로 언론에 노출되었다는 점을 기회로 이용했다. 범인은 악명을 떨치고 싶은 욕망에 스스로 발목이 잡혀 몰락하는 중이었다.

몽타주가 방송에 나가자마자 매스를 봤다는 신고 전화가 수백 통 쏟아졌다. 무려 2007년으로 거슬러 올라가는 목격담도 있었다. 백스터는 새로 들어온 신고 내역을 10분마다 확인하고 이미지분석팀과 연락하는 임무를 맡았다.

백스터의 컴퓨터에서 알림음이 울렸다.

오늘 아침 오전 11시 5분 목격담이었다. 장소는 러드게이트 힐이었다.

핀레이가 무엇을 찾았냐고 물을 새도 없이 백스터는 자리에서 벌떡 일어났다. 그리고 계단을 달려 내려가 이미지분석팀 통제실로 향했다.

★

칼리드 재판 때와 달리 여유롭고 품격 있는 재판을 지켜보는 울프의 기분은 묘했다. 지금 울프가 보고 있는 재판의 피의자는 살인이 아닌 과실치사 혐의에 대해 유죄를 인정했다는 것 같았다. 오늘로 공판 3회째인 이번 재판은 유무죄 여부를 따지는 자리가 아니라 유죄를 전제로 형량을 결정하는 자리였다.

재판이 시작되고 90분이 지났을 무렵 울프의 뒤에서 두 명이 슬그머니 자리를 떴다. 문이 큰소리로 닫히자 고요한 법정에 있던 사람이 약간 놀란 반응을 보였다.

변호사가 변론을 마치고 자리에 앉았을 때였다. 멀리 떨어진 곳에서 갑자기 화재경보가 울렸다. 다른 경보장치도 도미노처럼 하나씩 작동되었고, 시끄러운 경보음은 조용한 법정 속으로 파도처럼 밀려들었다.

★

"여기 들어오면 안 됩니다! 나가요!" 중앙이미지분석팀 팀장이 백스터에게 명령했다.

"러드게이트 힐. 오전 11시 5분." 백스터는 헐떡이느라 숨도 쉬지 못했다.

제어판 앞에 앉은 직원이 상관의 지시를 기다리며 상관을 쳐다보았다. 팀장이 마지못해 고개를 끄덕이자, 그는 러드게이트 힐에 가장 가깝게 설치된 CCTV 영상으로 화면을 전환했다.

"잠깐만!" 백스터가 외쳤다. "잠깐! 저게 뭐죠?"

화면 가득히 떼 지어 움직이는 사람들이 보였다. 대부분 말쑥한 정장 차림이었고 검은 가운을 입은 여자 하나는 가발을 쓰고 있었다. 이미지분석팀 직원들이 서둘러 다른 컴퓨터에 타이핑을 하더니 메시지를 읽었다.

"중앙형사법원에 화재경보가 울렸답니다."

백스터는 눈을 번뜩이며 통제실에서 달려 나왔다.

전력질주로 계단을 오르던 백스터가 수사본부 앞에서 속도를 늦추었다. 그녀는 핀레이의 책상으로 태연하게 걸어가 비밀 이야기를 하려고 무릎을 꿇었다.

"울프가 어디 있는지 알아냈어요." 백스터가 속삭였다.

"잘됐네!" 핀레이가 말했다. 다만, 왜 작은 소리로 대화를 해야 하는지 이해할 수 없었다.

"올드 베일리에 있어요. 매스도요. 완벽하게 맞아떨어져요."

"그런 고급 정보는 나보다는 더 높은 사람에게 보고해야 하지 않겠어?"

"울프와 매스가 같은 건물에 같이 있다고 말하면 위에서 어떤 반응을 보일지 알잖아요. 런던에 있는 무장 경찰은 죄다 그리로 보낼 거예요."

"그러고도 남지." 핀레이는 백스터가 무슨 말을 하려는지 짐작이 갔다.

"또 울프를 체포하려고 하면, 울프가 가만있을 것 같아요?"

핀레이가 한숨을 쉬며 말했다. "그래서?"

"우리가 먼저 가야 돼요. 말로 설득하는 거예요."

핀레이가 아까보다 더 무거운 한숨을 쉬며 말했다. "미안하지만 나는 빼줘."

"왜요?"

"백스터, 나는…, 알다시피 나도 울프에게 무슨 일이 생기는 선 원하시 않아. 하시만 울프는 본인 스스로 신택을 했어. 난 은퇴가 코앞인데 여기서 잘릴 위험을 감수할 수는 없어. 지금은 아니야. 울프를 위해서 그렇게까지 희생할 순 없어."

백스터는 상처를 받은 듯했다.

"저 혼자 갈게요."

"안 돼."

"울프와 몇 분 얘기만 하면 돼요. 그 다음에는 지원을 요청할게요. 맹세해요."

핀레이가 잠시 생각을 하더니 입을 열었다.

"위에 보고할 거야."

백스터가 낙담한 표정을 지었다.

"…15분 후에." 핀레이가 덧붙였다.

그 말에 백스터가 미소를 지었다. "30분은 필요해요."

"20분 주지. 몸 조심해."

백스터는 핀레이의 뺨에 입을 맞추고 책상에서 가방을 집어

들었다. 핀레이는 걱정스런 마음으로 타이머를 켰다. 백스터는 천천히 바니타 총경의 사무실 앞을 지나더니, 문을 나가자마자 쏜살같이 달리기 시작했다.

★

법정 안의 사람들이 물건을 챙기고 탈출하는 동안 울프는 자리에 남아 있었다. 피고인석의 남자는 순간 탈출하고 싶은 유혹에 사로잡힌 듯했다. 하지만 갈팡질팡하는 사이 법정 경위 두 명이 서둘러 피고인을 데리고 안으로 들어갔다. 군중으로부터 밀려난 변호사가 다시 달려와 노트북을 챙겨 나갔다.

그러자 이제 그 악명 높은 올드 베일리 법정에는 울프만이 남았다. 시끄럽게 화재경보가 울리는 와중에도 여기저기서 문이 닫히고, 사람들이 비상구로 탈출하는 소리가 들렸다.

울프는 차라리 실제로 불이 났기를 바랐다. 하지만 지금은 그보다 훨씬 위험한 상황일 것이다.

35

2014년 7월 14일 월요일

오전 11시 57분

꼬박 20분간 줄기차게 울리던 경보음이 갑자기 사라졌다. 이명이 서서히 가라앉자 법정은 평소처럼 다시 고요해졌다.

그렇지만 갑자기 정적을 깨고 쿵쿵거리는 새로운 소리가 크게 들렸다.

거구의 남자가 엇박자 걸음으로 법정 문을 향해 다가오고 있었다. 울프는 여전히 방청석에 앉아 있었다. 억지로 호흡을 천천히 가다듬었다. 주먹을 불끈 쥐자 손등이 하얗게 변했다.

느릿한 발자국 소리가 점점 더 커졌다. 법정 문이 쿵 소리를 내며 흔들렸다. 잠시 침묵이 흐르는 동안 울프는 너무 긴장되어 숨도 쉬기 힘들었다.

그때 머리부터 발끝까지 검은색 옷을 입은 거구가 방청석 아래에서 나타났다. 그는 롱코트에 달린 모자를 깊숙이 뒤집어썼다.

"이 말은 꼭 해야겠군." 매스가 입을 열었다.

그는 한 음절, 한 음절 토하는 것처럼 말을 했다. 이상한 발음으로 말을 뱉어낼 때마다 침이 튀어 법정 조명 아래에서 빛났다. 마치 말하는 법을 잊은 사람 같았다.

"여기 남아 있다니 아주 감동받았어."

매스는 방청석 의자 사이를 지나면서, 해골처럼 하얀 손가락으로 반질반질한 의자를 어루만졌다.

울프는 혼란스러웠다. 매스는 고개를 들지 않고도 그의 위치를 정확히 아는 듯했다. 법정을 선택한 쪽은 울프였다. 하지만 혹시 매스가 원하는 곳에 제 발로 걸어 들어온 것은 아닐까 하는 걱정도 들었다.

"비겁한 자도 승리가 확실할 때는 싸울 수 있다. 하지만 나는 패배가 확실할 때 용감하게 맞서 싸우는 자가 좋다.'" 매스가 판사석으로 가는 계단을 오르며 이런 문장을 읊었다.

모자 쓴 남자가 벽에서 정의의 칼집을 꺼내 들어 올리자 울프의 가슴이 두근거렸다. 매스가 긴 손가락으로 금색 손잡이를 감싸 쥐고 칼집에서 칼을 뽑았다. 금속과 금속이 마찰하는 소리가 귀를 찔렀다. 매스는 잠시 움직이지 않고 장검을 감상했다.

"조지 엘리엇(영국의 유명 소설가-옮긴이)이 한 말이지." 그가 친절하게 설명을 해줬다. 짙은 색 나무 의자 위로 반사된 금속의 번쩍임이 여기저기서 희번덕거렸다. "그 여자가 당신을 좋아했을 것 같아."

매스가 칼로 법정에 있는 나무 책상을 내려쳤다. 칼날은 무뎌도 묵직한 칼이 나무 책상에 깊숙이 박혔다. 매스가 흔들거리는 책상에 걸터앉았다.

한 공간에 같이 있는 시간이 길어질수록 울프는 불안해졌다. 모자를 벗고 보면 그도 평범한 인간일 것이다. 영리하고 잔혹한 살인자일지라도 인간은 인간이었다. 하지만 그는 은밀하게 떠도는 도시괴담의 중심에 있는 끔찍한 진실이기도 했다. 그 엄연한 현실을 무시할 수는 없었다.

울프는 매스가 다른 곳을 보는 사이 신발 끈을 풀었다. 이걸 사용할 만큼 매스와의 거리가 가까워지지 않기를 바랄 뿐이었다. 끈을 풀고 그 끈을 손에 돌돌 감던 울프가 갑자기 얼어붙었다. 매스가 모자를 벗어 버리자, 상처로 일그러진 그의 얼굴이 드러난 것이다.

그동안 본 사진과 병원 기록은 매스가 얼마나 심각한 부상을 입었는지 완벽하게 표현하지 못했다. 시체처럼 창백한 피부에 좁은 길처럼 움푹 파인 흉터가 구불구불 흘렀고, 그것은 표정이 바뀔 때마다 좁아지고 넓어졌다. 매스가 드디어 방청석으로 고개를 들었다.

울프는 수사 과정에서 매스가 유복한 유년기를 보냈다는 정보를 얻었다. 명문 가문에서 자랐고, 사립 중고등학교를 나와, 요트 클럽 회원으로도 활동했다. 한때는 미남으로 통하기까지 했다. 지금도 어딘가 상류층 특유의 말씨가 어렴풋이 남아 있는 듯했다.

울프는 매스가 스스로를 고립한 이유를 이제야 이해했다. 왜 자선 행사와 골프 클럽을 다니는 가족의 품에 돌아갈 수 없었는지, 왜 그토록 절실하게 군대로 돌아가기를 원했는지 알 수 있었다. 현실에는 그가 돌아갈 곳이 없었기 때문이다.

만약 매스에게 그런 고통스런 폭발 사고가 일어나지 않았더라면, 그도 그저 평범한 시민으로 살아갔을까? 아니면 폭발 사고로 인해 추악한 본성을 감추던 귀족적인 겉모습만 잃은 것일까?

"자, 울프. 소원대로 됐어?" 매스가 물었다. "이제 어린 애나벨 애덤스는 한이 풀렸으니, 그 애가 편안하게 잠들 수 있을까?"

울프는 대답하지 않았다.

매스가 비뚤어진 미소를 지었다.

"시장이 불에 타는 동안 몸 좀 녹였어?"

무의식적으로 울프는 고개를 저었다.

"아니라고?"

"나는 이렇게 되기를 원하지 않았어." 울프가 자기도 모르게 중얼거렸다.

"아, 너는 원했어." 매스가 조소를 보냈다. "네가 죽인 거야."

"내가 너에게 전화를 했을 때 나는 환자였어! 화가 나서 내가 무슨 짓을 하는지 몰랐다고!" 울프는 스스로에게 분노가 치밀었다. 지금 그는 매스에게 놀아나고 있었다.

매스가 무거운 한숨을 쉬었다.

"너도 '그럴 의도가 아니었습니다.', '계약을 물려주세요.' 이런 말을 하는 부류라면 정말 실망스러워."

"나도 실망이 클 거야. 네가 그렇고 그런 괴물이라면…."

"나는 괴물이 아니야!" 매스가 고함으로 말을 자르며 벌떡 일어났다. 그렇게 큰소리를 낼 수 있으리라고는 생각하지 못했다.

다가오는 사이렌 소리가 긴장된 분위기를 갈랐다.

매스가 분노를 이기지 못하고 숨을 몰아쉬었다. 자제력을 잃는 매스의 모습은 무시무시했지만 오히려 울프는 용기가 솟았다.

"…넌 사악하고 변태적인 행동을 해놓고는 어떤 계시가 있어서 그랬다고 책임을 전가하는 괴물이야. 너는 남들과 똑같은 살인자일 뿐이야."

"내가 누구인지 모르는 척하는 거야? 내가 어떤 존재인지 몰라?"

"나는 네가 누구인지 알아, 매스. 너는 착각에 빠진 이기적인 사이코패스야. 곧 죄수복을 입은 다른 괴물들처럼 평범한 존재가 되겠지."

매스의 눈빛에 울프는 공포를 느꼈다.

"나는 영원히 변하지 않는 불멸의 존재야." 매스는 자신감이 넘쳤다.

"여기서 보니까 그렇게 불멸의 존재로는 보이지 않는데." 울프는 당당한 태도로 말했다. "가벼운 코감기만 걸려도 손쓸 틈도 없이 저 세상으로 갈 만큼 나약하게 생겼어."

매스가 의식적으로 얼굴에 깊세 파인 끌싸기들을 어구민졌다.

"이건 레다니엘 매스의 것이었어." 그가 기억을 더듬으며 나직하게 말했다. "그는 약하고 열등한 놈이었지. 놈이 불에 타며 남긴 껍데기를 내가 차지한 거야."

매스는 나무 책상에 박힌 의장검을 비틀어 다시 꺼내고 법정으로 걸어 나왔다.

"내게 반항하려는 건가? 그런 점은 마음에 드는군, 울프! 너는 도전적이고 의지가 강하지. 법정에서 증거가 필요하다고 하면 가짜로 만들어내는 스타일이야. 배심원이 무죄라고 선언하면 자기 손으로 죽도록 두들겨 패고 말이야. 그래서 잘렸다가 복직을 했지. 이제 죽을 때가 됐는데도 삶에 절절히 매달리고 있어. 존경스러워. 정말이야."

"그렇게 마음에 든다면…." 울프가 농담을 했다.

"놓아 달라고? 세상이 그렇게 호락호락하지 않다는 것쯤은 알면서 그러나."

갑자기 사이렌 소리가 뚝 끊겼다. 그 말은 곧 무장 경찰이 법원 안으로 쏟아질 것이라는 의미였다.

"경찰이 왔어, 매스." 울프가 말했다. "네가 뭐라고 하든 경찰은 너의 행적에 대해 이미 다 알고 있어. 이제 끝이야."

울프가 법정을 나가려고 자리에서 일어났다.

"숙명…, 운명. 참 잔인한 것들이야." 매스가 말했다. "지금도 너는 네가 이 법정에서 죽지 않을 거라 믿는군."

"잘 있어, 레다니엘 매스."

울프는 천천히 법정 출구로 발걸음을 옮겼다.

"로널드 에버렛은 덩치가 꽤 컸어." 매스가 평범한 대화를 하듯 말했다. "피를 7.5리터 정도 흘렸나? 그보다 더 많았던가? 에버렛은 신사답게 자기가 죽을 것이라는 운명을 당당히 받아들였어. 대퇴동맥에 작은 구멍을 뚫었어. 그는 피를 흘리며 죽어가는 동안 자기 인생을 구구절절 이야기했지." 매스가 이어서 말했다. "한 5분쯤 지나니 과다출혈 쇼크 증상이 보이기 시작하더라고. 아마 온몸의 피가 20에서 25퍼센트 빠져나갔을 거야. 곧 의식을 잃었고, 10분쯤 지나자 심장에서 피가 다 빠져나와 죽고 말았지."

매스가 무언가를 바닥에 끄는 소리가 들렸다. 울프는 걸음을 멈추었다.

"이 얘기를 하는 이유는 하나야." 그가 방청석 아래쪽에서 울프를 향해 말했다. "왜냐하면 이 여자는 지금 벌써 8분째 피를 흘리고 있거든."

울프는 천천히 뒤로 돌았다. 법정 바닥에 붉은 핏자국이 남아 있었다. 매스는 백스터의 머리카락을 움켜쥐고 질질 끌고 있었다. 매스는 백스터가 항상 가방에 들고 다니는 여름용 실크 스카프로 재갈을 물리고, 그녀의 양손을 수갑으로 결박했다.

백스터는 힘이 없어 보였고 놀라울 정도로 창백했다.

"이 여자가 이렇게 되는 건 원래 계획이 아니었어." 매스가 백스터를 더 안쪽으로 끌며 울프에게 외쳤다. "원래는 다른 계획이 있었어. 그런데 이 여자가 혼자 우리를 찾으러 올 줄 누가 상상이나 했겠냐고?"

매스가 백스터를 바닥에 내팽개치더니, 자신만만한 얼굴로 울프를 올려다보았다.

울프의 얼굴이 험악해졌다. 그 순간, 자기가 악마라고 주장하는 인간과 그가 휘둘렀던 무거운 칼을 보면서 느꼈던 공포는 전부 사라졌다.

울프는 문을 박차고 나가 계단으로 달렸다.

매스는 지금 법정 1층에서 백스터의 옆에 무릎을 꿇고 앉아 있다. 매스가 움직일 때마다 그의 일그러진 흉터가 움직였다. 백스터는 그가 팔을 붙잡자 뿌리치려고 몸부림을 쳤다. 공기 중에 고약한 입 냄새와 성난 피부를 달래려 듬뿍 바른 연고 냄새가 섞였다.

매스는 백스터의 팔꿈치를 사타구니 바로 오른쪽으로 가져가 꾹 눌렀다. 피가 아까보다는 천천히 흘렀다. 그가 침을 흘리며 말을 했다. "피가 너무 빨리 바닥나면 안 되지."

매스는 다시 일어나 법정 문을 바라보았다.

"이제 우리 영웅이 죽음을 맞으러 오고 있는데."

36

2014년 7월 14일 월요일
오후 12시 6분

법원 건물 저편에서 사람들 목소리가 들렸다.

울프는 계단의 마지막 세 칸을 한 번에 뛰어내려 매스가 있는 법정 1층으로 달렸다. 벌써부터 숨이 차서 가슴이 조이고 옆구리가 고통스럽게 쑤셨다.

울프는 1층 법정 문 아래로 조금 흘러나온 선홍색 피 웅덩이에 발을 디디고 문을 열었다. 백스터는 아직 피고인석 아래에서 피를 흘리고 있었다. 울프가 다가가려 했지만 매스가 칼을 높이 들고 앞을 가로막았다.

"여기까지." 매스가 말했다.

일그러진 미소가 더 혐오스러웠다.

★

백스터는 온몸에 힘이 빠졌다. 축축한 바지가 피부에 달라붙자 냉기가 느껴졌다. 온힘을 다해 동맥을 계속 압박했고 눈을 깜박일 때마다 잠이 쏟아졌다.

그 순간, 백스터는 자신의 등을 찌르고 있는 총구가 느껴졌다. 그러고 보니 몸에 차고 있는 권총집에 총이 있었다. 손을 조금만 움직이면 꺼낼 수 있을 것 같았지만 매스가 채워놓은 수갑 때문에 그럴 수 없었다. 매스는 백스터에게 총이 있다는 사실을 아직 발견하지 못한 것 같았다. 백스터는 자신이 깔고 누운 총을 잡으려고 조심스럽게 팔꿈치를 들었다. 그러자 다리에서 뚝뚝 떨어지던 피가 쿵쾅거리는 심장박동과 같은 속도로 뿜어져 나오기 시작했다. 오른쪽으로 몸을 틀어보았지만 왼팔 때문에 움직일 수 없었다.

손가락이 가까스로 백스터의 총에 스쳤다. 백스터는 허리를 뒤로 젖혔다. 몇 밀리미터 더 뻗을 수만 있다면. 팔이 빠져도, 팔이 부러져도 괜찮았다.

주위의 피 웅덩이는 몇 초 만에 2배로 커졌다. 백스터는 답답한 마음에 악을 쓰고 다시 팔꿈치로 피를 막았다. 방금 /조산의 헛된 움직임으로 출혈이 심해져 7분간의 남은 생명을 단축했다.

★

매스가 롱코트를 법정 방청석에 걸쳤다. 코트 안에 입고 있는 의상은 울프가 골드호크 로드에서 본 셔츠, 바지, 신발과 똑같았다. 그의 위장복이었다. 울프는 아직도 거칠게 숨을 몰아쉬고 있었다.

이제 매스와 울프는 정면으로 얼굴을 마주하고 섰다. 키와 덩치로는 울프가 조금 더 유리했지만 매스는 근육이 더 많았다.

방청객 중 누군가가 급히 대피하느라 만년필을 서류 위에 놓고 갔다. 울프는 자세를 바꾸며 무기로 쓸 만한 금속을 슬쩍 집어 들었다. 매스가 말을 이었다.

"어제 거기 있었다는 거 알아, 피카딜리 서커스 교차로."

울프는 너무 놀라서 순간 분노도 잊었다.

"네가 할 수 있는지 보고 싶었어." 매스가 말했다. "하지만 너는 나약해, 울프. 어제도 나약했어. 나기브 칼리드를 죽이지 못한 날에도 나약했고, 오늘도 나약하지. 내 눈에는 다 보여."

"어제 네 놈이 움직이지 않았더라면…."

"나는 안 움직였어." 매스가 가로챘다. "나는 네가 내 옆을 지나치는 걸 봤지. 궁금하더군. 내가 바로 앞에 서 있었는데 나를 정말로 못 본 건지? 아니면 보기 싫었을 뿐인지? 너는 당황한 거야."

울프는 고개를 저었다. 사람들 속에서 매스를 놓쳤던 기억을 더듬었다.

매스는 지금 그를 조롱하는 중이었다.

"그러니 무의미한 짓이라는 걸 알겠지?" 부드럽던 말이 잠시 멈추었다. "왜냐하면 나는 네가 좋아. 진심이야. 그래서 다른 사람들과 달리 선택권을 주려고 해. 무릎을 꿇고 앉아. 깔끔하게 죽여주겠다고 약속하지. 아무것도 느끼지 못할 거야. 그게 싫다면 나와 맞서 싸우고…, 끔찍한 결말을 맞을 수도 있어."

울프는 거부의 의사로 매스의 아니꼬운 표정을 따라 지었다.

"허어…, 넌 안 된다니까."

매스가 한숨을 쉬며 칼을 높이 치켜들었다.

★

백스터는 피를 멈춰야 했다. 매스가 지켜보는 동안에는 시도조차 할 수 없었다. 매스가 울프와 대화를 하고 있는 지금이라면 가능할지도 모른다. 의도를 알아차린다면 매스는 결사적으로 출혈을 막지 못하게 손을 썼을 것이다.

백스터는 팔꿈치를 떼지 않고 결박된 손으로 허리띠를 풀었다. 그 허리띠로 다리에 난 상처 바로 윗부분을 휘감았다. 죽을 것 같은 고통을 느끼며 허리띠를 단단히 조이고 또 조이자 피가 한 방울씩만 흐르게 되었다.

아직 출혈이 있었지만 그래도 이제 손은 다시 자유로워졌다.

★

매스가 울프에게 한 걸음 다가갔다. 울프는 한 걸음 물러났다. 또 한 걸음. 의외로 무겁게 느껴지는 만년필 뚜껑을 벗기고, 뾰족한 쪽 바로 아래를 쥔 다음 칼처럼 앞으로 내밀었다.

매스가 앞으로 달려들며 아까부터 들고 있던 칼을 거칠게 휘둘렀다. 울프가 뒤로 휘청이자 칼은 옆쪽 벽에 꽂혔고 매스는 다시 칼을 뽑아들고 덤볐다. 칼날이 울프의 얼굴을 가까스로 빗나가 허공을 갈랐다. 매스는 자기가 칼을 휘두르는 힘에 못 이겨 균형을 잃고 비틀거렸다. 울프는 과감하게 앞으로 튀어나가 매스의 팔 윗부분을 만년필로 찔렀다 빼고 다시 안전한 거리로 물러났다.

매스가 비명을 지르고 상처를 확인했다. 그는 방금 뚫린 상처가 신기하다는 표정으로 그곳을 손가락으로 태연하게 눌렀다.

평온했던 순간은 폭풍의 눈처럼 빠르게 지나갔다. 격분한 매스가 다시 칼을 날렸다. 울프는 구석으로 뒷걸음질 치며 본능적으로 칼을 피했다. 그러나 빗나간 무기가 왼쪽 어깨를 스치자 고통이 뒤따랐다. 울프는 매스에게 몸을 날리고, 칼을 든 매스의 팔을 계속 펜으로 찔러대며 금속 펜촉을 더욱 깊숙이 박았다. 하지만 매스가 휘두른 칼을 피하다가 울프도 바닥으로 쓰러졌다. 펜은 나무 바닥을 데굴데굴 굴러 어디론가 사라졌다.

잠깐 동안 두 남자는 움직이지 않았다. 울프는 바닥에 누워 고통스럽게 축 늘어진 자신의 팔을 붙잡았고, 매스는 셔츠 소매 아래로 흐르는 검붉은 피를 홀린 듯 바라보았다. 두렵다거나 아프다는 티를 내지는 않았다. 하찮게 여긴 상대가 이렇게 큰 상처를 냈다는 사실에 격분했을 뿐이었다. 매스는 무거운 칼을 다시 들어 올리려 했지만 칼은 바닥에서 들리지 않았다. 그는 왼손으로 바꿔 들어야 했다.

"무릎 꿇어, 레다니엘 매스." 울프가 힘겹게 몸을 일으키며 비웃었다. "깔끔하게 죽여주겠다고 약속하지."

매스가 모욕을 느끼고 얼굴을 일그러뜨렸다. 그는 백스터 쪽을 향한 울프의 시선을 쫓았다.

"궁금한 게 하나 있는데, 네가 진실을 알았어도 저 여자를 구하자고 그렇게 열심히 싸웠을까?"

울프는 일부러 그를 자극하는 말을 무시하고 백스터에게 한 걸음 다가갔다.

하지만 매스가 다시 앞을 가로막으며 울프에게 말했다.

"그 누구보다 죽어 마땅한 사람이 바로 저 여자라는 진실 말이야." 매스가 말을 이었다.

울프는 무슨 말인지 알아들을 수 없었다.

"챔버스 수사관은 용감한 남자가 아니었어. 그는 내 손에 죽을 때 애원을 했어. 울면서 나에게 빌었지. 자기는 아무 잘못이 없다고 애걸복걸을 했어."

매스가 백스터를 조롱하듯 미소를 지었다. 그 순간 울프는 기회를 포착하고 달려들었다. 공격을 막기는 했지만 매스는 비틀비틀 뒤로 물러나다가 방청석 의자 위로 쓰러졌다. 그러자 매스가 백스터를 찌를 때 썼던 가위와 수갑 열쇠도 바닥에 떨어져 나뒹굴었다. 백스터는 이를 눈여겨보았다.

매스는 쓰러져서도 설명을 계속했다. "알고 보니 챔버스는 여기 백스터를 위해서, 그리고 너와 백스터의 우정을 지키기 위해 감사위원회에 편지를 보낸 사람이 자기라고 네가 착각하게 두었다지…"

울프는 불편한 표정을 지었다.

"…칼리드의 유죄를 입증했던 네 수사를 완전히 무너뜨린 그 편지 말이야." 울프가 믿을 수 없다는 듯 백스터를 바라보았다. 매스는 희번덕한 눈빛으로 그 모습을 즐겁게 감상했다. "아무래도 내가 사람을 잘못 죽였나 봐."

차마 울프와 눈을 맞출 수 없던 백스터가 겨우 고개를 들었다. 그 순간 그녀가 갑자기 숨 막히는 비명을 질렀다.

울프는 다가오는 매스를 너무 늦게 발견했다. 어쩔 수 없이 울프도 그에게 덤벼들고 마구 휘두르는 칼을 막았다. 두 사람은 모두 바닥에 쓰러졌다. 매스도 칼을 놓치자, 울프는 인정사정없이 매스에게 주먹을 날렸다. 이미 흉측하게 망가진 얼굴이라 맞은 티도 나지 않았다.

매스가 필사적으로 손을 뻗어 울프의 부러진 어깨를 붙잡았다. 피부 아래에서 뼛조각이 으스러졌지만 울프의 분노를 부추

겼는지 주먹만 더 강해졌다. 울프는 증오와 분노에 휩싸여 악을 썼고, 버둥거리며 몸부림치는 매스는 귀가 먹먹해졌다. 울프가 매스의 망가진 얼굴에 세게 박치기를 했다. 매스의 코가 부러졌고 저항하려고 파닥거리던 팔나리가 잠잠해졌다.

잔인한 공격에 힘을 잃은 매스가 속수무책으로 그를 올려다보았다. 커다란 눈에 떠오른 것은 애원이었다. 두려움이었다.

★

법정 바닥을 기어가고 있는 백스터의 뒤로 바닥이 붉게 물들었다. 그녀는 아까 매스가 땅에 떨어뜨린 가위를 들고 얼굴을 아프게 누르고 있는 재갈을 잘랐다. 그리고 그때 떨어뜨린 수갑 열쇠를 향해 다시 기어갔다.

★

울프는 주머니에서 신발 끈을 꺼냈다. 신발 끈을 두 겹으로 포개서 더 탄탄하게 만들고, 쓰러진 적의 머리를 바닥에서 들어 올렸다. 그리고 매스의 목에 신발 끈을 단단하게 감았다. 그러자 매스가 거칠게 발버둥을 쳤다.

"그래 봐야 너만 더 힘들어져." 울프가 몸부림치는 남자에게 말했다.

테이블 아래에는 떨어진 만년필이 있었다. 울프는 일어나 만년필을 가져왔다.

"어디 한번 말해 봐. 네가 악마라면 나는 뭐가 되지?"

매스가 몸을 뒤로 빼려 했지만 소용없었다. 울프는 매스의 오른쪽 다리에 망설임 없이 만년필을 찔러 넣으며 백스터가 당한 대로 되갚아주었다. 고통으로 비명을 지르는 매스의 목에 신발 끈을 다시 강하게 감자 비명이 뚝 그쳤다. 울프는 다친 팔로 할 수 있는 만큼 끈을 꽉 조였다.

매스가 울프에게서 벗어나려는 처량한 움직임이 점점 약해졌다. 매스의 눈 흰자에 핏줄이 솟았고, 울프는 끈을 더 세게 당겼다. 힘에 부쳐 팔이 후들거렸다.

"울프!"

백스터가 외쳤다. 그녀는 잘 움직이지 않는 손으로 수갑 열쇠를 찾고 있었다. 법정이 빙글빙글 놀았다. "울프! 그만해요!"

분노가 너무 커서 백스터의 말도 들리지 않았다. 울프는 다시 매스를 내려다보았다. 눈에서 생명이 꺼지고 있었다. 더 이상은 정당방위가 아니었다. 지금 그는 처형을 하고 있었다.

"그만하면 됐어!"

날카로운 쇳소리와 함께 백스터가 총을 들고 울프의 가슴을 겨누었다. 울프는 놀라서 그녀를 멍하니 바라보았다.

"이제 그만해."

37

백스터는 지금 기절하기 일보직전이었다. 땀으로 피부가 끈적이고 차가워졌다. 갈수록 속이 메스꺼웠다. 쓰러지지 않게 증인석에 몸을 기댄 채 계속 울프에게 총을 겨누었다. 그녀가 알던 울프가 맞는지 자신이 없었다. 울프는 한 발 물러나며 넋 나간 표정으로 발밑에 쓰러진 남자를 내려다보았다. 자기가 이토록 잔인한 행동을 했다는 사실에 놀란 것 같았다.

의식은 잃었지만 매스의 목숨은 아직 붙어 있었다. 흉한 얼굴로 숨을 헐떡이는 동안 가슴이 오르락내리락했다. 그렇게 당해도 싼 인간이었다. 하지만 만신창이가 되어 법정 바닥에 누워 있는 꼴을 보니 일말의 동정심이 들었다.

울프가 그를 해치우기 전에 싸움은 끝이 났다.

가까이에서 사람들이 고함치는 소리에 울프는 정신이 번쩍 들었다. 그가 백스터에게 달려갔다.

"내 몸에 손대지 마!" 백스터가 외쳤다.

그녀는 울프를 두려워하는 듯한 표정으로 방아쇠에 얹은 손을 움찔거렸다.

울프는 최대한 양 손을 높이 들었다.

"널 도와주려는 거야." 백스터의 반응에 놀란 울프가 말했다.

"가까이 오지 마."

지금 보니 울프의 소매도 검붉은 피로 흠뻑 젖어 있었다.

"내가 무서워?" 그렇게 묻는 목소리가 갈라졌다.

"그래."

"이건…, 이건 내 피가 아니야." 그가 안심시켰다.

"그렇게 생각하면 괜찮아져?" 백스터는 기가 막혔다. 혀가 꼬이기 시작했다. "당신이 무슨 짓을 했는지 봐!" 그녀가 구석에서 죽어가는 남자를 가리키며 말했다. "당신도 괴물이야."

울프가 눈에서 매스의 피를 닦아냈다.

힘겹게 팔을 들고 있는 울프가 눈물을 글썽였다. "너는 절대로 해치지 않아."

법원 건물 어딘가에서 시끄러운 소리가 울렸다.

"이쪽이야!" 백스터가 외쳤다.

어서 모든 것이 끝나기를 바랄 뿐이었다. 집중하려고 애를 쓰자 눈꺼풀이 떨렸다. "난 진실을 알고 싶어요. 정말로 선배가 그런 거예요? 정말로 선배가 봉제인형 살인사건의 피해자들에게 매스를 보낸 거야?"

울프는 망설였다.

"그래."

순순히 인정하는 말에 백스터는 숨이 턱 막혔다.

"애나벨 애덤스가 죽은 날이었어." 울프가 이어서 설명했다. "복직하고 나서 파우스트 거래에 대한 소문을 조사하기 시작했지만 처음엔 진짜라고는 생각하지 않았어. 더구나 내가 파우스트 거래를 했으리라곤 꿈에도 생각하지 않았어! 정말이야. 2주 전 그 명단을 보기 전까지는." 울프가 백스터와 눈을 맞췄다. "2

주 전 그 명단을 보고 나서 깨달았어. 내가 정신병원에 있을 때 끔찍한, 정말 끔찍한 실수를 했다는 걸 말이야. 하지만 그걸 바로잡으려고 최선을 다했어. 이런 결과를 원했던 게 절대로 아니야."

백스터는 스르르 바닥에 주저앉았다. 호흡이 급격하게 빨라졌다.

"말을 할 수 있었잖아요." 말이 느려지고 손에 든 총이 점점 무거워졌다. 무게를 지탱하려고 하니 팔이 후들거렸다. "나를 찾아왔어야지."

"어떻게 그래? 내가 정신병원에 있는 동안 그런 짓을 했다고 어떻게 말할 수 있겠어?"

울프는 엘리자베스 테이트 옆에서 찍힌 그 사진처럼 지금 절망에 빠진 얼굴이었다.

"나 때문에 이 사람들이, 우리 친구들이 이런 일을 당했어." 그는 백스터를 둘러싼 피 웅덩이를 보자 정말로 가슴이 찢어지는 것 같았다. "나 때문에 네가 이런 일을 당했는데?"

참았던 눈물이 백스터의 뺨을 타고 흘렀다. 눈물을 닦을 여력도 없었다. 피로 가득한 바닥에 눈물이 떨어졌다.

"그래도 내가 있으면 수사에 도움이 될 거라 생각했어. 놈을 찾을 수 있다는 자신이 있었어." 울프가 매스를 가리켰다. "자료 조사는 다 했으니까."

"믿고 싶어요. 하지만…."

백스터가 기어이 무너졌다. 그녀가 총을 무릎에 떨어뜨리며 옆으로 풀썩 쓰러졌다.

법원 로비에서 더 많은 사람이 고함을 쳤다. 울프는 방청석 뒤에 있는 법정 문을 애타게 바라보았다. 곧 있으면 꼼짝없이 붙잡히고 만다. 하지만 탈출구를 지키는 사람은 없었다.

울프는 조심스럽게 백스터를 바닥에 눕히고 매스의 구겨진 코트를 접어 다리 아래에 대 심장보다 다리를 높였다.

"싫어." 백스터는 그를 밀어내려고 힘겹게 몸을 일으켰다.

"가만히 있어." 울프가 그녀를 다시 바닥에 천천히 눕혔다.

백스터가 떨리는 손을 내밀자 울프는 놀란 표정을 지었다. 그는 다쳐서 힘이 없는 손으로 백스터의 손을 다정하게 쥐었다.

그때 철컥 소리와 함께 손목에 차가운 금속이 와 닿았다.

"당신은 체포됐어." 백스터가 이제 끝났다는 표정으로 희미하게 웃으며 속삭였다.

반사적으로 손을 뺐지만 축 늘어진 백스터의 손이 따라 왔다. 울프는 다정한 얼굴로 내려다보며 미소를 지었다.

"그 편지…." 백스터가 말을 꺼냈다. 일이 이렇게 된 이상 그에게 설명을 해야 했다.

"이제는 중요하지 않아."

"안드레아와 나는 선배가 너무 걱정됐어요. 그래서 도우려고 했던 거예요."

"대체 무슨 생각으로 여기 혼자 왔어?" 그렇게 묻는 목소리에는 걱정과 분노, 그리고 약간의 감탄이 묻어났다.

"선배를 구하려고." 백스터가 작은 소리로 말했다. "선배가 죽기 전에 잡아들일 수 있다고 생각했어요."

"그래서 결과는 어때?"

"별로네." 백스터가 웃었다. 누워 있으니 약간이나마 힘이 생겼다.

"이상 무!" 로비에서 걸걸한 목소리가 메아리쳤다.

경찰들이 쿵쿵거리며 다가오자 바닥이 진동했다. 울프는 초조하게 열린 문을 돌아보았다.

"여기야!" 울프가 외쳤다.

백스터는 문득 이런 생각을 했다. 울프는 그가 옳은 행동을 했다고 변명조차 하지 않았다. 보내달라고 설득하거나, 무죄를 증명하는 거짓 이야기를 꾸며 도와달라고 부탁하지도 않았다.

"여기!" 울프가 다시 외쳤다.

백스터가 그의 손을 잡았다. 이번에는 진심에서 우러난 행동이었다.

"선배는 나를 두고 가지 않았어요." 그녀가 미소를 지었다.

"그럴 수도 있었어." 그가 씩 웃었다.

"하지만 그러지 않았잖아. 그런 사람 아니라는 거 알아요."

손목을 묶었던 수갑이 스르르 풀렸다. 울프는 어리둥절한 표정으로 자유가 된 손을 내려다보았다.

"가요." 백스터가 속삭였다.

그렇지만 그는 달아나지 않고, 아직도 한 손으로 백스터의 다친 다리를 세게 누르고 있었다.

경찰들이 우당탕탕 소리를 내며 질주하는 열차처럼 다가왔다.

"가라고요!" 백스터가 방청석 의자에 기대앉으며 명령했다. "울프, 제발!"

"너만 혼자 두고는 안 가."

"괜찮아요." 백스터가 다급하게 안심시켰다. 벌써 정신이 흐릿해졌다. "이제 나를 데리고 갈 지원군이 왔잖아요."

울프가 반박하려고 입을 열었다.

소리는 점점 더 커졌다. 무전기 잡음과 금속과 금속이 철컹철컹 부딪치는 소리는 더 또렷해졌다.

"시간이 없어요! 그냥 기리고!"

백스터가 그나마 남은 힘으로 울프를 밀어내며 애원했다.

울프는 혼란스러운 듯 보였지만 얼른 바닥에서 코트를 집어 들고 법정 뒤에 있는 작은 문으로 달렸다. 그는 잠시 멈춰 서서 백스터를 돌아보았다. 그 일굴에 매스를 짓기밀기 짖히 놓은 괴물은 흔적도 없었다.

그렇게 울프는 법정을 빠져나갔다.

백스터는 매스를 힐끗 쳐다보았다. 과연 목숨을 건질 수 있을지 의심스러웠다.

검은 옷의 정복 경찰들이 법정으로 쏟아져 들어오자 백스터는 양 손을 높이 들고 머리 위로 신분증을 들어 보였다.

★

울프는 피 묻은 셔츠를 감추려고 매스의 코트 단추를 채웠다. 그리고 비상구를 젖혀 열었다. 사방에서 경보음이 울렸지만 아수라장이 된 법원 앞 거리에 있는 사람들에게는 들리지 않을 것이다.

비가 억수 같이 쏟아졌다. 일렬로 선 구급차들의 경광등 불빛이 빗물에 더 번쩍거리며, 음산한 도시와 먹구름을 빛냈다. 기자와 구경꾼의 수는 점점 늘어났다.

허리를 숙이고 폴리스라인을 지나던 울프는 평소보다 더 위태롭게 지붕 끝에 서서 그 현장을 내려다보고 있는 정의의 여신상을 힐끗 쳐다보았다. 그리고는 검은 우산을 쓴 사람들 사이를 비집고 나아가기 시작했다.

빗줄기가 거세지자 울프는 검은 롱코트의 모자를 뒤집어썼다. 인파의 끝 쪽으로 향하는 그를 사람들이 밀치고 지나갔다. 울프는 그들의 눈총을 무시했다. 그 누구도 옆에 있는 괴물을 알아차리지 못했다.

양의 탈을 쓴 늑대를.

옮긴이 유혜인

역자 유혜인은 경희대학교 사회과학부를 졸업했다. 글밥 아카데미
수료 후 바른번역에서 번역가로 활동 중이다. 옮긴 책으로는 《유령
호텔》,《나는 상처받지 않기로 했다》,《위선자들》,《악연》 등이 있다.

인쇄 2023년 1월 1일 초판 45쇄
저자 다니엘 콜
옮긴이 유혜인
ISBN 978-89-98274-93-1　03840

출판사 도서출판 북플라자
주소 서울특별시 강남구 논현동 118-13 5층
홈페이지 www.bookplaza.co.kr

영화 판권, 오탈자 제보 등 기타 문의사항은 book.plaza@hanmail.net으로 보내주세요.
잘못된 책은 구입하신 서점에서 교환해 드립니다.